UP IN FLAMES

HAILEY ALCARAZ

TRADUCCIÓN DE RENATA SOMAR ARAGÓN

VINTAGE ESPAÑOL

Título original: *Up in Flames*

Primera edición: octubre de 2024

Copyright © 2024 Hailey Alcaraz Hershkowitz

Copyright © 2024, Penguin Random House Grupo Editorial USA, LLC
8950 SW 74th Court, Suite 2010
Miami, FL 33156
Publicado por Vintage Español,
una división de Penguin Random House Grupo Editorial
Todos los derechos reservados.

Traducción: Renata Somar Aragón
Diseño de cubierta: Danielle Ceccolini
Ilustración de cubierta: Jeff Östberg

Penguin Random House Grupo Editorial apoya la protección del *copyright*. El *copyright* estimula la creatividad, defiende la diversidad en el ámbito de las ideas y el conocimiento, promueve la libre expresión y favorece una cultura viva. Gracias por comprar una edición autorizada de este libro y por respetar las leyes del Derecho de Autor y *copyright*. Al hacerlo está respaldando a los autores y permitiendo que PRHGE continúe publicando libros para todos los lectores. Queda prohibido bajo las sanciones establecidas por las leyes escanear, reproducir total o parcialmente esta obra por cualquier medio o procedimiento, así como la distribución de ejemplares mediante alquiler o préstamo público sin previa autorización.

Impreso en Colombia / *Printed in Colombia*

ISBN: 979-8-89098-180-6

24 25 26 27 28   10 9 8 7 6 5 4 3 2 1

Para mi mamá,
quien creyó en mis historias
incluso antes de que yo tuviera
las palabras para contarlas.

Primera parte

A los ojos del amor,
todos somos chispas
esperando la llama.

Giovannie de Sadeleer

1

Ruby Ortega siempre conseguía lo que quería.

Sin embargo, a menudo Ruby Ortega también quería lo que no podía tener, y así fue justo como terminó en el predicamento en que se encontraba ahora: rodeada de una parvada de chicos alborotados que le prodigaban toda la atención y adoración que anhelaba esa tediosa noche y, a pesar de ello, seguía sintiéndose un poco aburrida.

Entre la multitud se encontraban, por supuesto, los hermanos Trujillo, quienes nunca desaprovechaban la oportunidad de presumir y alardear frente a cualquiera. En una ocasión encontró en un cuaderno, garabateado entre corazones y florituras, el nombre de Álex, el más joven de los imponentes gallitos Trujillo, y así empezó a sospechar que su hermana tenía un enamoramiento no correspondido. Luego pasaron varios de los chicos con los que creció: Mike Thomas, Ian Percy y Daniel de la Cruz, cuyos progenitores, o trabajaban con su padre, o asistían a las mismas clases de *spin* que su madre, o desempeñaban un rol en el círculo de la alta sociedad a la que pertenecían los Ortega. Hubo otros menos conocidos, como Sam Gómez. Sus padres lo enviaron al internado el año pasado, después de que saliera en su Bimmer una madrugada y emprendiera una entusiasta parranda en la que hubo alcohol, y que tuvo como consecuencia una deuda de varios miles de dólares por daños a la propiedad cerca de Balboa Park. A pesar de eso, todos los chicos que rodeaban a Ruby eran aceptables en general. No había nadie especial, pero al menos eran mejores que las chicas de su edad.

Mientras se turnaban para jactarse de logros que les parecían impresionantes, como un puntaje elevado en *Madden* o torneos de *beer pong*, Ruby fingía interés con una leve sonrisa y echaba un vistazo furtivo y salvaje al resto de los asistentes a la fiesta apiñados en el centro del patio de la posada tipo *bed & breakfast* de su familia.

Por lo menos doscientas personas asistieron a los quince años de su hermana Elena y su padre juraba que la mayoría estaban relacionadas con su familia, pero tratándose de él, ¿quién podría estar seguro? A todos les llamaba primo tal o cual, o tía fulanita. La fiesta de quince años de Ruby había sido tres años antes y, en esa ocasión, su padre le presentó por lo menos a veinte personas: "primos" que ella jamás había visto.

Elena llevaba meses farfullando sobre esta fiesta y, en la última semana, nadie de la familia había podido hablar de otra cosa. Cuando estaba tratando de tomar las decisiones más importantes, pidió la opinión de todos salvo la de Ruby. El color del vestido, ¿ese verde menta que nadie tuvo el valor de decirle que resaltaba las tonalidades más enfermizas de su piel? Los recuerdos de la fiesta, ¿los llaveros con su fotografía? ¿Quién diablos querría eso? Y las flores para los arreglos de las mesas, ¿pero en verdad importaba que fueran unas margaritas exóticas por las

En llamas   7

que su mamá tuvo que perseguir a tres floristas? De cualquier forma, eran solo *margaritas*. Papi tuvo derecho a expresar sus opiniones, pero mamá fue fundamental en toda decisión. Incluso Carla, que solo tenía ocho años, pudo hacer sugerencias, pero cada vez que Ruby se atrevía siquiera a insinuar algo para la planeación, Elena contestaba de mala forma: "Ay, Ruby, estoy segura de que estás muy ocupada preparándote para la universidad, no es necesario que te inquietes por mi cumpleaños".

Esa actitud fue tan constante, que Ruby llegó a su límite.

Suspiró aburrida e hizo un intenso contacto visual con Alex, quien se encontraba al otro lado del círculo de chicos zampándose una sopaipilla. Alex miró alrededor con incertidumbre antes de comprender que Ruby había fijado la vista en él. Ruby deslizó la mano sobre la brillante tela de su vestido, muy consciente del efecto que ese gesto podría tener. La manera voraz en que Alex se le quedó mirando mientras se comía el buñuelo y se espolvoreaba toda la camisa con azúcar, le resultaba repugnante y satisfactoria al mismo tiempo.

Ruby era una chica esbelta, pero a su figura no la compensaban las sutiles curvas que la mayoría de las jóvenes adquirían al dejar la pubertad atrás. Su piel era clara. No semejaba porcelana, pero era lo bastante luminosa para que la gente comentara con frecuencia que "no parecía latina", fuera lo que fuera que significara eso. Tenía cabello grueso y oscuro que, en sus mejores días, caía sobre su espalda como glamorosas olas y, en los peores, generaba comparaciones con Medusa. Aunque algunas chicas enlistaban estas cualidades como defectos, Ruby sabía que todas eran rasgos que podía usar a su favor si aplicaba la cantidad correcta de confianza en sí misma y una buena dosis de aleteo de pestañas. Cualquier obstáculo se doblegaba ante su voluntad.

Alex se acercó a ella a toda velocidad, y en el trayecto varios chicos alrededor fruncieron el ceño al ver que él había sido el elegido.

—Vaya, te ves increíble —fue todo lo que pudo murmurar mientras una sonrisa nerviosa aparecía en sus labios cubiertos de azúcar.

Ruby le devolvió la sonrisa sintiendo de inmediato esa reconocible satisfacción de saber que todas las miradas se posaban en ella.

Alex interpretó su breve silencio como una oportunidad para mencionar lo que él consideraba su rasgo personal más notable.

—No sé si viste una nueva camioneta allá afuera —dijo. Ruby se mantuvo impávida, pero eso no lo detuvo—. Es mía, acabo de comprarla. Tiene trescientos caballos de fuerza. Y eso es mucho. La mayoría de la gente no sabe la diferencia entre los caballos de fuerza y el torque.

¿Cómo pasamos tan rápido de hacerme un cumplido a este aspecto técnico?, se preguntó.

De alguna manera, Alex luego logró pasar al tema de la capacidad de remolque que, al parecer, tampoco tenía que ver con los caballos de fuerza. Ruby tuvo que resistirse al abrumador deseo de aclarar que eran cosas similares en el sentido de que, a ella, ambas le importaban un comino partido a la mitad.

Miró a Ian Percy, que se encontraba de pie a la derecha del colosal hombro de Alex con cara de hastío y desilusión. A Ruby siempre le había parecido repugnante, sobre todo desde que se enteró de que tenía varios iPhone para enviarles mensajes de texto a sus distintas novias, pero ¿no sería tal vez un blanco más interesante?

En llamas   9

—Lo lamento —murmuró dirigiéndose a Alex mortificada—, parece que mi champaña desapareció —dijo, levantando las manos vacías y encogiendo los hombros con impotencia.

Lo miró parpadeando de manera sensual, pero de todas formas tuvo que esperar cinco segundos completos antes de que Alex se diera cuenta de que lo que esperaba de él era que le fuera útil y le trajera una copa.

La mirada de Alex se iluminó finalmente.

—¡Ah! Iré por una copa para ti, los camareros nunca me piden identificación —dijo mientras se llevaba la copa a los labios y la vaciaba con un sonoro y caricatural sorbo—. Es porque soy muy alto —añadió sin que fuese necesario.

Ruby lo recompensó con una cariñosa palmada en el hombro.

—Qué lindo, ¿en serio lo harás? Entonces te veo aquí en unos minutos —dijo y, antes de ni siquiera asimilar que se había desecho del incompetente bufón, porque, en serio, ¿qué demonios le veía Elena a ese tipo?, sintió que alguien la jalaba del brazo y la alejaba de su manada de admiradores.

—Ruby. Catherine. Ortega —dijo la voz y, en ese instante, Ruby giró dándoles la espalda a los chicos y quedó frente a la mirada fulminante y recriminatoria de su madre, la única persona en el mundo cuyos susurros podían escucharse por encima de los sordos retumbos de un DJ—. ¿Estás tratando de provocarle un ataque cardíaco a tu padre?

Aunque el padre de Ruby subsistía gracias a una dieta conformada, sobre todo, por tequila y carne roja, y la posibilidad de un ataque cardíaco no podía descartarse, no entendía del todo por qué la culpa sería de ella.

Antes de poder responder, su madre le habló en tono áspero.

—Sabes que tu padre no quería que usaras este vestido, todavía no sé cómo lograste salir de casa con él puesto sin que yo lo notara—le dijo mirando furiosa el entallado y corto vestido color verde pastel que apenas se aferraba a su torso y revelaba más de lo que cualquier escote de buen gusto permitiría. Por supuesto, que fuera tan entallado era solo una de dos razones por las que sus padres no lo aprobaban. La otra era que Elena no había dejado de quejarse de que el verde pastel era demasiado parecido al color menta del vestido que ella había elegido, lo cual le parecía ridículo a Ruby porque todos sabían que el verde era *su* color.

Aunque para escapar aquella tarde de la autoritaria vigilancia de su madre había tenido que aplicar técnicas casi de espionaje, en lo personal creía que su mayor logro fue entubarse en el vestido y cerrar la cremallera sola: tuvo que saltar una y otra vez, y casi se dislocó un hombro en el intento.

—Esto no habría sido un problema si Elena me hubiera incluido en el cortejo—dijo Ruby cruzando los brazos de forma dramática, pero en cuanto se dio cuenta del efecto que este gesto tenía en sus senos, de cómo los elevaba por encima del pronunciado escote, los descruzó y los dejó caer a sus costados con falsa inocencia. Como parte de la ceremonia, su hermana había elegido a cuatro de sus amigas para que usaran vestidos de noche iguales e insistió mucho en que Ruby no formara parte. Por supuesto, Ruby prefería usar un vestido diferente al de las demás, pero detestaba que la excluyeran. No era el tipo de persona que sabía lidiar con el rechazo.

Claro, también estaba el hecho de que, cuando ella cumplió quince años, tampoco incluyó a Elena en su grupo de damas.

—Es el cumpleaños de Elena y ella eligió, igual que tú elegiste cuando celebramos tus quince —dijo su madre al mismo tiempo que sujetó con fuerza el escote del vestido de Ruby y lo jaló hacia arriba, cubriendo y empujando con brusquedad su pecho bajo la brillante tela— y así son las cosas, Ruby. Es una fiesta de quince años, un cumpleaños, no un evento en un club nocturno. Ahora toma este suéter y cúbrete antes de que tu abuela o, aún peor, tu padre, te vea. ¡Anda! —agregó su madre antes de lanzarle un espantoso cárdigan gris e irse.

Por un momento, Ruby pensó si valdría la pena mencionar que su abuela *había visto* el vestido antes de salir de casa y le había sonreído maliciosamente mientras decía, entre dientes, que las chicas de su edad merecían tener aventuras salvajes, pero se contuvo. No quería meter en problemas a Mamá Ortega.

El sermón de su madre y el ligero olor a moho del suéter la distrajeron, por lo que no notó cuando Alex Trujillo, tan alto y torpe, regresó salpicando, con cada paso, las dos cervezas que traía.

Ruby lo había escuchado *zumbar y rezumbar* sobre su camioneta, ¿y él no se tomó la molestia de recordar que lo que quería era champaña? Típico.

—Oye, ¿quieres ir a platicar un rato afuera? —preguntó Alex con una sonrisa de esperanza.

Ruby no podía imaginar algo que se le antojara menos que aislarse con ese chico, ni siquiera ahora que traía ese mortificante suéter encima. Sin embargo, antes de que pudiera decir algo, Alex añadió:

—Mi hermano me dijo que Ashton Willis regresó del semestre en el extranjero y que acaba de llegar. Está afuera con unos amigos.

Las palabras se le atoraron a Ruby en la garganta por unos instantes. Eso era lo que había estado esperando toda la noche. O, quizá, toda la vida.

Arrojó el suéter a la silla donde lo encontró su madre y, entusiasmada, tomó del brazo a Alex para que su enorme cuerpo la ocultara de los moralistas ojos de su familia.

—¡Tu propuesta suena increíble! —dijo.

Tuvo que esforzarse, de manera consciente, por respirar. El cuerpo entero le temblaba de emoción y euforia. En los últimos días se había sentido ansiosa por muchas cosas, porque terminaría la preparatoria, porque tendría una vida lejos de su aislada comunidad, donde conocía a todos y todos la conocían. Pero no había nada como una noche de verano en el sur de California y estaba segura de que ese momento cambiaría su vida.

Su pulso se aceleró cuando cruzaron el patio repleto de gente, adornado con parpadeantes guirnaldas de luces que solo usaban para las bodas y otros eventos especiales. Ella y Alex zigzaguearon entre las mesas tipo *bistró* y los meseros con sus fulgurantes charolas de plata. La música empezó a atenuarse y, por un instante, se sumergieron en la oscuridad mientras deambulaban a un lado de la posada. Al final, volvieron a salir a la luz y caminaron hasta el frente del edificio; al área donde brillantes candelabros, como de gran caserío, iluminaban una discreta sala de espera.

A diferencia de la parte de atrás, donde se llevaba a cabo el evento, el patio del frente era mucho más íntimo. Estaba adornado con algunos rosales florecientes y dos bancas *vintage* que su mamá encontró en un anticuario, y que luego envió a restaurar a Vermont. La posada fue originalmente un granero y todavía conservaba algo del encanto rústico en la parte exterior. Tenía un arco en pico sobre puertas convertidas y viejos paneles blancos deslavados. Era un lugar lindo, formaba parte de la familia de Ruby casi como si fuera una persona y, estar ahí y que Ashton hubiera vuelto agitó algo en su corazón.

En llamas 13

Desde Navidad, Ashton había estado estudiando en España y, aunque planeó volver a tiempo para la fiesta de Elena, una serie de vuelos retrasados hicieron que a Ruby se le dificultara un poco predecir su anticipado regreso. Y, bueno, que le resultara casi insoportable también. Pero ahí estaba ahora, había vuelto.

Por fin sería suyo.

Ruby se encontraba a varios pies de distancia, iba caminando sobre el sendero empedrado cuando lo vio de espaldas a ella. En cuanto su mirada se posó en la desgarbada figura, comenzó a derretirse. El corazón le palpitaba con una mezcla tan fuerte de nostalgia y anhelo que se sintió mareada.

Los Willis habían vivido en la casa vecina a la de los Ortega desde que Ruby tenía memoria. Ashton era dos años y medio mayor que ella, pero crecieron juntos, con infancias entrelazadas. Demonios, incluso había una fotografía de ambos juntos en la tina cuando aún gateaban; una reliquia que antes la mortificaba, pero que ahora provocaba que se ruborizara de emoción.

Ashton siempre había sido dulce y amable con ella, era su confiable poder caballeresco en un mundo social adolescente que a menudo se tornaba dramático y tumultuoso. Muchas veces le dio aventón a la escuela para que no tuviera que rebajarse a esperar el autobús. Incluso la escuchó quejarse de sus rompimientos más recientes sin hacer los comentarios sarcásticos a los que sus compañeras de clase eran tan proclives, cuando le insinuaban que tal vez el problema no eran *ellos*, sino ella. Por supuesto, hubo ocasiones en que Ashton le llegó a parecer un poco bobo, como cuando se andaba por las ramas al hablar de cómics o cuando insistía en mojar en aderezo *ranch* todo lo que comía, pero Ruby sabía que esas cosas realmente no importaban mucho. Ahora veía que estaban hechos el uno para el otro;

que se fueron enamorando, sin darse cuenta, mientras crecían juntos. Había suspirado con demasiadas comedias románticas como para no saber que la chica de al lado siempre se queda con el protagonista.

Todo le quedó claro casi dos años antes, cuando Ashton regresó a casa de visita de la universidad. Acababa de hacer un viaje a Lake Havasu, en Arizona, y el bronceado les daba a sus pecosas mejillas un brillo adorable. En esa ocasión, se quedaron toda la noche hablando en el patio trasero de los Willis, acostados sobre el trampolín bajo las estrellas, como solían hacerlo cuando eran niños. Ashton le contó todo sobre la universidad, sobre su dormitorio, sus clases y la fraternidad. Ella permaneció recostada a su lado, en éxtasis, preguntándose si sus pestañas siempre habrían sido así de largas, si siempre habría olido así de bien.

Después de eso, cada nueva visita era más prometedora que la anterior.

Ashton no había reunido el valor necesario para besarla, pero Ruby sentía su anhelo en lo más profundo de su cuerpo. Esta sería la noche. Tenía el fulgurante vestido verde pastel, zapatillas de tacón con punta abierta, se había sometido a un rizado de cabello profesional y, con suerte, había bebido suficiente alcohol para darse la última dosis de confianza que necesitaba antes de revelar sus sentimientos. Esta sería la noche.

Inhaló hondo, ajustó su vestido para arreglar la manipulación de su madre hasta que su escote volvió a exhibir el elevado pecho de la heroína de una novela romántica y, por último, soltó el brazo de Alex. No podía arriesgarse a emitir señales confusas ahora que Ashton estaba ahí. Se enmarañó un poco el cabello, justo a tiempo, antes de que él volteara y la viera. Cuando sonrió, Ruby se derritió.

En llamas 15

Ashton estaba emocionado y, sin duda, percibía sus vibraciones. Después de verlo estrechar manos con Alex, lo abrazó con fuerza y presionó cada centímetro de su cuerpo contra el de él.

—Hola, Ashton —dijo respirando muy cerca de su camisa y acurrucando su rostro en su cuello.

—Vaya, ¡no tenía idea de que me extrañabas tanto! —dijo él riendo, mientras se separaba de ella. Sus mejillas tenían un tenue brillo rosado, apreciable a pesar de la semioscuridad—. ¡Debería irme del país con más frecuencia!

A pesar de que nunca se cohibía, Ruby parpadeó y sonrió de una manera que, a su parecer, la hacía verse tímida.

—O tal vez, la siguiente vez que escapes seis meses a Europa, ¡deberías pensar en llevarnos a algunos contigo!

Ashton rio con sutileza y el dulce brillo de sus ojos se quedó prendado de Ruby.

—Créeme que pensé en ello.

RUBY PASÓ LA SIGUIENTE HORA TRATANDO SIN ÉXITO de captar la atención de Ashton y alejarlo de ahí, hasta que tuvo que recurrir a sensuales miradas de soslayo y aprovechar cualquier oportunidad para acariciar su brazo o hacer chocar su hombro con el de él. Finalmente, el grupo empezó a dispersarse. Poco a poco, todos volvieron a la fiesta para bailar, beber algo, encontrar a un pariente perdido o, en el caso de Alex, para preguntar por tercera vez si ya habían empezado a servir el postre. Había pasado casi la mitad de la noche, pero al fin solo quedaron Ruby y Ashton acurrucados en la banca donde los bañaba la tenue luz del patio como si estuvieran en un mundo que solo les pertenecía a ellos. Ashton hablaba de manera dispersa sobre el semestre que pasó en el extranjero, describiendo los edificios antiguos y los nuevos sabores de una manera deslumbrante. A Ruby le costaba trabajo seguirle el paso. Sentía una tibia vibración en todo su cuerpo mientras él describía los carnosos camarones en los abundantes cuencos de paella y le explicaba que siempre los hacía a un lado porque las colas lo asustaban. Ashton también habló de la alucinante y colorida arquitectura de Barcelona. Le contó a Ruby que decidió inscribirse en el programa de arte en lugar de en el de inmersión en español, lo cual a ella le pareció impráctico y encantador al mismo tiempo. Impráctico porque vivían en el sur de California y ahí se hablaba español casi tanto como inglés; ella habría elegido el curso de lengua. Ashton no sabía ni diez palabras en español, pero su amor por las cosas bonitas e intelectuales, como los museos y el arte clásico, triunfaba por encima de la practicidad de ser bilingüe. Era el tipo de idealismo comprometedor que tanto enternecía a Ruby. Ese era su brillante y soñador Ashton.

Completamente atolondrada, lo escuchó hablar. En parte, porque ella nunca había salido del país y no tenía nada con qué comparar esta sensación de asombro, pero sobre todo por lo encantador que le parecía en ese momento.

Ruby estaba sentada sobre sus piernas cruzadas y tenía las manos sobre el regazo, lo bastante cerca de él para que pudiera tomarlas con facilidad si quisiera. Uno de los brillantes tirantes de su vestido no dejaba de deslizarse hacia abajo, pero ella esperaba cada vez más tiempo antes de acomodarlo de nuevo... hasta ahora, que de plano no lo acomodó y permitió que se quedara abajo y revelara la piel de su hombro.

En llamas   17

Cuando Ashton pareció darse cuenta de que solo quedaban ellos en el patio, hubo un momento de silencio. Ella lo vio mirar la piel expuesta de su hombro y luego concentrarse en su rostro. Casi se sintió admirada de su capacidad para no sucumbir ante el efecto de su cuerpo en ese deslumbrante vestido.

—Ruby Ortega —dijo Ashton en un suspiro. Ruby escuchó en su voz una cálida adoración—. Luces... *estupenda* —añadió. Ella habría podido quedarse para siempre en la pausa de contemplación que siguió a sus palabras, de no ser porque estaba ansiosa por que la besara—. ¿Te emociona ir a la universidad? ¿Puedes creer que las clases empiezan el próximo mes?

Ruby asintió lento, sin romper el contacto visual con él.

—Me urge salir de aquí —dijo al mismo tiempo que reprimía el pensamiento de su irritante hermana y su exigente madre. No quería pensar en ellas en ese momento.

Ashton miró hacia arriba, a las estrellas, sin tomarse la molestia de retirar las mechas de cabello rubio que le caían sobre los ojos.

—Es asombroso ver cuánto hay allá afuera. Te sorprendería. También extrañarías este lugar.

Buena Valley era el lugar donde ella y Ashton se encontraron. Siempre amaría su ciudad natal por eso, pero últimamente Ruby sentía que había crecido y que el lugar le quedaba chico. Sabía que, para que ella y Ashton pudieran explorar su romance, necesitarían un lugar nuevo, un espacio que no les fuera tan familiar. Esa fue, en gran medida, la razón por la que solicitó el ingreso a una universidad en Arizona, pero claro, no le dijo a nadie que esa había sido su lógica. La Universidad Estatal de Arizona tenía un sólido programa de negocios y estaba lo bastante lejos para correr una aventura propia, pero también lo bastante cerca para volver a casa con frecuencia. Y, sobre todo, allí estaba Ashton. *Su* Ashton.

—¿Me prometes que nos veremos? Es decir, sé que tienes tu propia vida allá, pero quiero saber que podré verte. Te he extrañado, Ashton. ¿Me vas a mostrar el campus? ¿Me ayudarás? —preguntó con una voz cada vez más suave y acercándose más a él, enviándole una especie de energía mental para que volteara a mirarla. Ruby no podía quitar los ojos de esa sutilísima barba dorada que empezaba a crecer en su barbilla y que deseaba acariciar con las puntas de sus dedos, aún deslumbrantes por la manicura.

—No necesitarás mi ayuda, Ruby, nunca la has necesitado —dijo Ashton para molestarla—, pero claro que te mostraré el campus. De hecho, hay alguien a quien me encantaría que conocieras —dijo bajando por fin la vista del cielo y volviendo a posarla en Ruby, en esos ojos fulgurantes, en el desbordante escote y todo lo demás. Un sentimiento de aprensión cubrió su rostro antes de añadir—: A mi novia, Millie.

Ruby se quedó fija en la palabra *novia* y ladeó un poco la cabeza para que a Ashton se le facilitara encontrar sus labios. En lo personal le parecía que era demasiado pronto para hacerse llamar "novia", pero no iba a protestar. Haría lo que él quisiera. Entreabrió los labios y, en ese momento, la palabra "Millie" la traspasó como un picahielo directo a los nervios. Se quedó petrificada.

¿Quién *demonios* era Millie?

Se sentó muy derecha.

—*¿Qué dijiste?*

Ashton inhaló nervioso, rápido, con prisa.

—Eh, sí... conocí a alguien. Millie. Millie Hamilton. Pasó un par de semanas antes de que me fuera a España, pero nos hemos estado viendo a larga distancia. Sí, eso. Y, de hecho, Millie, sí,

En llamas   19

Millie, me visitó en Barcelona algunos días y... y fue genial —dijo de manera un poco inconexa—. Va a venir este fin de semana a conocer a mi familia. Llega mañana. Vive en Arizona, pero va a venir para que volvamos juntos al campus.

De no haber estado sentada, Ruby seguro se habría caído en ese instante.

¿Novia? Ruby conocía a Ashton de toda la vida y nunca había tenido novia. Siempre pensó que estaba esperando con toda paciencia que ella se acercara y, ahora que finalmente las estrellas se habían alineado... ¿tenía una novia? Se suponía que *ellos* tenían que estar juntos. Ella ya había cumplido dieciocho. Si su edad fue lo que lo detuvo todo ese tiempo, ya no era un impedimento. Además, estarían en la misma universidad, tendrían espacio alejados de sus respectivas familias para averiguar cómo se hacen las cosas. ¡Podrían estar juntos! Se *suponía* que estarían juntos.

Desanimada, se dejó caer hacia el brazo de la banca y se acomodó muy enojada el tirante.

—Novia. Millie. *Vaya* —dijo con aire burlón.

—Fue algo inesperado, por supuesto —continuó Ashton—. Este tipo de cosas siempre lo son, pero es genial. Creo que te va a simpatizar.

¿*Este tipo de cosas*? ¿Qué diablos sabía Ashton Willis acerca de *este tipo de cosas*? Fuera de la familia de ambos, la única chica a la que había mencionado era la Mujer Maravilla. Ah, pero ahora, claro, era un experto en romances y era capaz de hacer generalizaciones más filosóficas sobre *este tipo de cosas*. ¡Ay, por favor!

Permaneció estática, respirando lento y con furia.

—¿Crees que me va a *simpatizar*? ¿Por qué?

—Porque es una persona hermosa por dentro y por fuera. Nunca había conocido a nadie así, cuando estamos juntos...

—Suena sensacional —interrumpió Ruby sin miramientos. Había escuchado suficiente.

—Lo es. Sé que te agradará —dijo Ashton e hizo una pausa. La miró de esa manera cálida y profunda que solo él podía—. Sabes que eres una de mis amigas más cercanas. Espero que te agrade Millie.

Ruby sabía que la iba a odiar, abrió la boca para decirle justo eso, pero en ese momento se abrieron las puertas del frente y Carla entró de golpe gritando.

—¡Pastel! Apresúrense. ¡Es hora del pastel!

Ashton sonrió con poco entusiasmo y le dio a Ruby unas palmaditas en la mano. Ella no sabía si Ashton no se daba cuenta de que acababa de romperle el corazón o si le tenía lástima. De cualquier manera, el gesto la molestó mucho.

—Creo que es mejor que volvamos a la fiesta.

Ruby asintió.

—Claro. No queremos perdernos el pastel por nada del mundo —dijo como desafiándolo.

—La Ruby que conozco, a la que quiero, no querría perderse el pastel nunca —dijo Ashton en tono de broma y mirando hacia atrás por encima del hombro mientras se levantaba para dirigirse a la puerta.

Ni siquiera notó que Ruby no lo seguía.

Ella esperó hasta que la puerta se cerró detrás de él y cuando estuvo segura de que se encontraba sola, agarró la primera bebida que vio: una Corona *Light* tibia y a medio tomar que se bebió de golpe con un gesto furioso. Hizo una mueca de dolor cuando percibió el amargo sabor y luego lanzó la botella al otro lado del patio, donde chocó con una maceta de cerámica con buganvilias.

—¿*Novia?* —musitó para sí misma—. ¿Mejores amigos? ¿De qué diablos habla?

—No tengo *ni* idea.

Ruby se paró de un salto y giró temblorosa en busca de la fuente de aquella voz. El dueño apareció junto a ella de la misma misteriosa manera en que sus palabras se habían materializado en medio de la oscuridad del patio y colocó su cálida mano sobre el hombro de Ruby, evitando así una épica caída en los adoquines tras el fracaso romántico.

—¿Tú quién diablos eres? ¿De dónde saliste? ¿Por qué demonios te escondes entre las malditas sombras así? —exclamó al tiempo que jalaba el brazo y daba un paso atrás para liberarse del desconocido. Se agarró de la banca y trató desesperadamente de recuperar el aliento, sin dejar de fulminar con la mirada a aquel individuo de piel aceitunada que la miraba tan entretenido.

El desconocido rio y levantó las manos en un gesto inocente.

—Espera, espera, no me estaba escondiendo. Vine en busca de paz y, antes de darme cuenta, tú y aquel chico rubio estaban compartiendo un momento especial —explicó. Ruby detectó un ligerísimo acento hispano en su voz, algo que no habría notado en medio de aquel caos, de no ser porque le recordó la manera en que su abuela extendía las vocales y enrollaba las "r" cuando estaba distraída—. No quise arruinar la atmósfera que estabas tratando de crear. Me pareció que lo que estabas diciendo y mostrando lo haría sentirse atraído. No sé en qué diablos pensaba ese tipo —añadió el desconocido con una sonrisa y recorriendo con la mirada su vestido. de arriba abajo con la mirada.

—¿Y. Tú. Quién. Eres?

—Remy Bustillos, trabajo con tu papá —contestó el desconocido sonriendo mientras extendía la mano.

Ruby lo ignoró.

—¿Trabajas para mi papá? ¿Qué edad tienes?

El desconocido levantó las cejas y dejó caer su brazo como si nada; como si supiera que negarse a estrechar la mano de alguien era, para algunos, un saludo común.

La irritación y la vergüenza de Ruby se apaciguaron lo suficiente como para dejarla sentir un poco de curiosidad por esa persona que tan desvergonzadamente se había inmiscuido en el que, se supone, sería el momento más romántico de su vida. No parecía tener edad suficiente para ser compañero de trabajo de su padre, de hecho, no se veía mayor que ella. Era alto y tenía cabello oscuro, peinado de forma escrupulosa. A pesar de la tenue luz del patio, sus ojos causaron un impacto en Ruby. Siempre le había parecido que los ojos oscuros parecían cuentas, que eran como de tiburón, pero en este caso, los que la miraban fijamente ahora se sentían infinitos. Era, digamos... guapo, pero de una manera exagerada, presuntuosa e irritante.

El chico sonrió entre dientes.

—¿No es una pregunta un poco grosera para alguien que apenas conoces?

—¿No es grosero escuchar la conversación de dos personas que hablan en privado?

—Oh. Por lo que pude oír, me parece que esperabas que fuera mucho más que una conversación.

—¿Y justifica lo que hiciste? —preguntó Ruby poniendo los ojos en blanco—. No tienes la más mínima idea de lo que estás diciendo.

El joven encogió sus amplios hombros e inclinó la cabeza hacia ella para poder hablar más bajo. A pesar de sí misma, Ruby no pudo evitar inclinarse también.

En llamas 23

—Tal vez no, pero creo que ese chico está loco. En lo personal, me gustaría saber más sobre lo que hablaban —explicó con voz ronca, dulce... ¿insinuante?

¿Cómo se atreve? Ruby aún estaba molesta por el rechazo de Ashton y no tenía idea de qué podría haberle hecho pensar a este tipo, sin importar cuán guapo fuera, que era un buen momento para tratar de verse seductor.

—Por supuesto que no —dijo sintiendo escalofríos. Había intentado gritar, pero las palabras se le quedaron atrapadas en la garganta y solo escaparon como un susurro colérico. Salió hecha una furia por la puerta del frente y caminó en línea recta por el vestíbulo vacío hacia el patio trasero, ansiosa por fingir que no acababa de tener ese encuentro con el testigo de cómo le rompieron el corazón.

2

Antes de volver a unirse a la fiesta, Ruby se detuvo un minuto frente a las puertas de doble panel de vidrio que llevaban al patio trasero y escuchó el sonido apagado de su familia cantando "Cumpleaños feliz" en el interior de la posada. Elena estaba sentada en una silla al centro de la pista de baile, junto a la típica escultura de hielo en forma de cisne. Así, sepultada entre la abultada tela con brillitos de su vestido, parecía una bola de helado de pistacho. Dos meseros le llevaron un pastel de tres pisos, una monstruosidad de azúcar empotrada en un glaseado del mismo color verde menta que el vestido y con dos velas encendidas: 1 y 5. La multitud vitoreó cuando Elena sopló y extinguió las dos flamas con delicadeza y un gozo resplandeciente que le coloreaba las mejillas.

Si Ashton creía que solo iba a lamerse las heridas y retroceder, estaba equivocado, pensó al salir al patio trasero. Esa *no* era la manera en que los Ortega hacían las cosas.

—¿Dónde has estado, *mija*? —le preguntó su padre colocando su mano con suavidad sobre su hombro.

El estómago de Ruby se retorció en cuanto recordó la orden respecto a su vestido. No soportaría que la volvieran a regañar después de todo lo que acababa de pasar.

Por suerte, su padre pareció percibir su desilusión, así que no mencionó el vestido. Tenía una forma mágica de hacer eso, de saber cuándo insistir y cuándo dejar pasar algo, especialmente si se trataba de Ruby.

—Te perdiste toda la fiesta de tu hermana —continuó su padre.

—No, para nada. Solo... salí un momento al frente —dijo con una sonrisa forzada, demasiado sutil—. Es una fiesta maravillosa, papi.

Su padre asintió, contemplando con los labios fruncidos a la alegre multitud.

—Supongo que ya viste que Ashton volvió.

Ruby se quedó en silencio. No le había dicho a nadie de su familia lo que sentía por Ashton, le sorprendió que su padre comprendiera.

—Sus padres me platicaron que tiene una invitada especial que llegará mañana. Te contó, ¿verdad? —dijo su padre antes de tomar los dos platos de pastel de chocolate que le ofreció un mesero que pasaba de darle el más grande a Ruby.

Ella lo tomó y asintió cabizbaja.

—Sí, es su novia.

—¿Y estás triste por el asunto de la novia?

Ruby miró a su padre echando chispas. ¿Acaso podría la noche empeorar? Su alma gemela acababa de desdeñarla ¿y ahora tendría que revivir todo el asunto con su padre? *Dios santo*. Cortó un trozo de pastel con su tenedor y se lo llevó a la boca. Al menos, estaba delicioso.

Su padre chasqueó ligeramente la lengua y asintió de nuevo, como si Ruby hubiera respondido.

—Escucha, sé que esta noticia tal vez te entristezca, pero uno no puede forzar estas cosas.

Ruby abrió la boca medio llena para interrumpir a su padre, pero él la calló con una intensa mirada. ¿Por qué de pronto todos tenían tanta prisa por darle un sermón sobre "este tipo de cosas"? ¿Tan estúpida parecía en lo emocional que todos los hombres de su vida sentían la necesidad de darle un detallado manual sobre asuntos del corazón?

—No, ni siquiera *tú* puedes forzar estas cosas. Porque supongo que de eso se trata *todo esto*, ¿no? —dijo su padre usando su tenedor para señalar su vestido, pero sin dejar de mirarla a los ojos como si se negara a reconocer, con algo más que un utensilio de metal, que estaba vestida de esa manera—. Se trata de Ashton, ¿cierto?

Ruby se encogió de hombros. A él no podía mentirle, pero tampoco podía confesarle sus planes de seducción.

—¿No te dijo mamá que dejaras de comer cosas azucaradas después de tu última cita con el cardiólogo? —exclamó Ruby.

Su padre asintió de nuevo, no se veía sorprendido. Dejó el pastel en la mesa más cercana.

—Ruby, eres inteligente, fuerte y hermosa. No necesitas hacer *todo esto* para lograr que otros lo vean. Si no pueden hacerlo por sí mismos, es su culpa, son ellos quienes salen perdiendo.

Sintió que los ojos se le llenaban de lágrimas al escuchar estas palabras, al ver la solemne manera en que su padre la contemplaba. Respiró hondo para mantener la compostura.

—Y, sin duda, tampoco necesitas andar corriendo por ahí en los eventos familiares con las chichis colgándote del escote.

Ruby se ruborizó cuando su padre le lanzó una última mirada con la que pareció decirle que sabía todo antes de recoger su pastel e irse por ahí a hablar con alguien más. Con alguien que, quizá, no lo exasperaba por andar exhibiendo las chichis.

A LA MAÑANA SIGUIENTE RUBY DESPERTÓ CON UN AGUDO DOLOR DE CABEZA PROVOCADO por la champaña y una lista de catorce tareas por hacer, escritas en el papel monogramado de Eleanor Robinson Ortega. Su madre era el tipo de mujer disciplinada que lograba equilibrar una implacable agenda de eventos de caridad, sesiones de ejercicio, terapia, compromisos sociales y mandados del hogar, así que no le sorprendió que hubiera salido a la carrera a una clase de *spinning* a las seis de la mañana, al día siguiente de la fiesta de Elena. Tampoco debió sorprenderle que esperara que su hija fuera igual de productiva.

Claro, Ruby *iría* a la universidad en dos semanas y, como era de esperarse, no había empacado nada, pero no veía por qué tenía que solucionar eso al amanecer, en especial después de una noche como la anterior.

A pesar de la desmoralizante extensión de la lista de su madre, la prioridad de Ruby esa mañana era espiar a Ashton. Desde la ventana de su cuarto alcanzaba a ver la cochera de los Willis, el lugar donde alguna vez fue secuestrada junto a una pila de cajas de cartón y un rollo de cinta adhesiva. Tal vez debería enfocarse un poco más en las tareas que su madre dejó detalladas, pero se dijo que, en el aspecto emocional, le vendría mejor observar la actividad de Ashton. Quizás así podría decidir si dejar las cosas en paz o averiguar cómo demonios hacer entrar en razón a ese chico despistado que tanto amaba.

Alrededor del mediodía, lo vio volver del aeropuerto con... *ella*. A pesar de que trepó sobre su tocador y pegó la cara a la ventana, a esa distancia no logró ver gran cosa de la chica. Millie parecía ser rubia y bastante menos alta que Ashton, quien le extendió la mano cuando bajaron del Prius y caminaron hasta la entrada de la casa de los Willis. Ahí se detuvieron frente a las puertas dobles de hierro forjado y se dieron un prolongado beso antes de entrar. Ruby se quedó mirando boquiabierta, horrorizada y con muchísima envidia hasta bastante después de que los perdió de vista.

—Ruby, ¿me prestas tu... Pero *¿qué haces?* —preguntó Carla con la cabeza inclinada como un cachorrito curioso. Claro, la más joven de las hermanas Ortega tuvo que elegir ese momento para aparecer en la puerta de su habitación.

Si hubiese sido alguien más, Ruby habría tratado de mentir, pero a diferencia de Elena, Carla no la delataría con sus padres y, a diferencia de sus padres, era demasiado pequeña para juzgarla. Su edad y su dulce disposición la convertían en territorio neutral entre las mujeres Ortega.

—Ashton regresó con esa chica —murmuró Ruby mientras bajaba del tocador, justo antes de darse un doloroso golpe en la rodilla con el borde biselado. Hizo una mueca y se paró sobre el piso.

—¿Te encuentras bien? —preguntó Carla.

—No, no estoy bien. Después de darme alas durante años, Ashton está saliendo con una chica de la universidad —gruñó.

—Ah —exclamó Carla mientras se sentaba en el borde de la cama de Ruby y empezaba a revisar una pila de bikinis—. Pero, me refiero a tu rodilla. Bueno, también lamento enterarme de

En llamas 29

eso, no sabía que Ashton te *gustara*. Siempre dices que es un bobo.

Ruby puso los ojos en blanco y lanzó con violencia unos zapatos a la caja vacía más cercana, a pesar de que su madre le había pegado una etiqueta que decía LIBROS.

—No. Es decir, solía decir eso, pero las cosas han cambiado. Él ha cambiado. *Yo* cambié también. Pensé que lo habíamos hecho juntos y que por fin había llegado el momento en que seríamos pareja, pero ahora está ahí esta chica que vino a arruinarlo todo.

El rostro de Carla mientras la escuchaba le recordó, de manera espeluznante, la forma en que la miraba su padre.

—Pues Ashton la trajo, ¿no? Eso quiere decir que no está aquí para arruinar las cosas, sino porque él quiere que esté, ¿cierto?

Ruby lanzó un tenis huérfano a la caja y fulminó a Carla con la mirada.

—¿A qué viniste?

Carla bajó la mirada y con aire tímido levantó un frasco de barniz de uñas de Dior que estaba en una caja sobre la mesita de noche de Ruby.

—Lamento que Ashton haya herido tus sentimientos. Pero ¿recuerdas lo que dice Mamá Ortega? "Lo que está destinado a ser encontrará el camino". Tal vez así son las cosas —dijo Carla mirando a su hermana con simpatía, transmitiendo compasión con sus oscuros y rutilantes ojos.

Ruby había visto a su abuela forzar al irritante desconocido, Remy Bustillos, a que bailara cumbia con ella al final de la noche, riendo a carcajadas y criticando cómo movía los pies el chico, por lo que las opiniones de Mamá Ortega eran, en el mejor de los casos, dudosas. A pesar de todo, sus palabras le resultaron reconfortantes en ese momento.

—Bueno, estoy segura de que, si te parece que no soportarías, podrías quedarte en casa esta noche —sugirió Carla resignada mientras abría el frasco de barniz de uñas y lo probaba en el dedo chiquito del pie.

Ruby la miró enseguida con aire inquisitivo.

—¿Quedarme en casa? ¿Adónde tenemos que ir?

Carla examinó su dedo y continuó soplando para secar el barniz.

—A la cena —contestó, pero como Ruby no parecía saber de qué estaba hablando, continuó—, la cena en casa de los Willis —explicó viendo a Ruby fruncir cada vez más el ceño—. Nos invitaron esta noche a conocer a la novia de Ashton. Mamá nos avisó esta mañana en la cocina, ¿no recuerdas?

Ruby recordaba haber estado en la cocina temprano. Cierto, su madre preparó un batido de proteína y habló por teléfono para poner una queja por un cargo de tarjeta de crédito no reconocido al mismo tiempo que hablaba con sus tres hijas, pero, como de costumbre, ella estaba más preocupada por seleccionar el filtro de Instagram perfecto para las fotografías de la noche anterior. Ahora que Carla lo mencionaba, sin embargo, le parecía recordar que la cena fue una de las muchas cosas sobre las que había hablado su madre.

Lo meditó muy bien, dejó que la idea diera vueltas en su cabeza hasta que se convirtió en mucho más que una visita de cortesía a los vecinos: una oportunidad. Y justo la que necesitaba.

—Cena. En casa de los Willis. Correcto. Claro —murmuró. Sus pensamientos se empezaron a acelerar. Si tenía suerte, Ashton las vería lado a lado y enviaría a esa chica a empacar para que ellos pudieran dejar este complicado asunto atrás antes del primer día de clases.

En llamas 31

3

A lo largo de los años, Ruby había cenado en casa de los Willis casi con la misma frecuencia que lo había hecho en la suya. Sus padres insistían en cierta cantidad de decoro en su mesa, pero la señora Willis era mucho más relajada. A Ruby le vinieron a la mente varias ocasiones en que cenó allí vistiendo solo su traje de baño tras haber pasado la tarde en la alberca y muchas otras en las que comieron en la sala de estar viendo dibujos animados, algo que jamás sería aceptado en su propia casa. Ashton decía que era porque sus padres eran blancos y así era como cenaban, sin embargo, la mamá de Ruby también era blanca, así que no veía por qué esa podría ser la única explicación. De hecho, pasó buena parte de su adolescencia preguntándose si las peculiaridades de su familia eran típicas cosas raras que toda la gente había vivido, o si eran resultado de sutiles diferencias culturales. A veces era imposible saberlo.

A pesar del relajado código de vestimenta, Ruby se encontró de pronto escudriñando lo que se pondría esa noche. Decidió usar unos nuevos *jeans* y una camiseta recortada. Su espíritu competitivo le dijo que incluyera unas sandalias de plataforma de Prada que hacían lucir sus piernas de manera increíble, pero sabía que su madre sospecharía si apareciera con zapatos de tacón en una barbacoa a mitad de la semana.

Echó un último vistazo, deslizó los pies en sus sandalias Tory Burch favoritas y agarró su celular.

No había ningún mensaje de texto.

Mientras Ashton estuvo en España, el contacto era intermitente, pero se ponían al día dos o tres veces por semana. Él le contaba sobre sus bares de tapas preferidos o de sus viajes de fin de semana a Sevilla o Lisboa, y ella encontraba maneras discretas de enviarle *selfies* en las que se veía muy bien y transpiraba un falso candor. Pero desde la fiesta de quince años y la llegada de Millie, él no se había comunicado. A Ruby no le resultaba difícil imaginar por qué, pero de todas maneras se sentía lastimada.

En ese momento vio que tenía otra notificación, un nuevo seguidor en Instagram. No reconoció el nombre de usuario, pero cuando dio clic identificó enseguida la risita entre dientes de Remy Bustillos. Como si el primer encuentro no hubiese sido lo bastante desconcertante, acababa de encontrarla en redes sociales.

Frunció los labios y jugueteó con la idea de bloquear a ese peculiar e insistente personaje, cuando de pronto la figura de su madre en la puerta captó su atención. Eleanor vestía un deslumbrante vestido de Lilly Pulitzer recto y liso, y llevaba el cabello color trigo en un chongo suelto, pero a la inmaculada escultura que formaban sus cejas la estropeaba el evidente ceño fruncido.

—¿Estás lista?

Ruby supo en ese instante que su madre le estaba preguntando muchas cosas y no solamente si ya se había terminado de vestir. Era una clásica advertencia velada de Eleanor Ortega.

—No lo sé, *¿lo estoy?* —respondió, sintiéndose avergonzada en el mismísimo instante en que las palabras salieron de su boca.

Los labios de su madre mostraron la más sutil expresión de desagrado, un gesto tan discreto que Ruby estaba segura de que pasaría desapercibido a todos los demás.

Eleanor Ortega era el ejemplo de la paciencia y el aplomo, en tanto que ella tendía a algo que parecía pasión en sus mejores días y terquedad en los peores: un rasgo heredado de su padre. Sabía que tal vez se esforzaría toda la vida por tratar de lucir tan ecuánime y controlada como su madre y, aun así, no lo lograría jamás.

—Me doy cuenta de que la nueva relación de Ashton hirió tus sentimientos y lo lamento. Desearía que no fuera así, pero lo es y tienes que lidiar con ello, de ser posible, con madurez. Y, si no, al menos de forma *privada*. Ashton te ha conocido toda la vida y le importas, incluso si no es de la manera que esperabas. No está tratando de lastimarte y no quiero que pongas en riesgo una amistad de toda una vida solo porque tu ego resultó lastimado.

El pulso de Ruby se aceleró tanto que lo sintió en la frente. *¿Un ego lastimado? ¿Cree que se trata solo de eso?*

—Mamá —dijo rechinando los dientes—. No estoy enfadada porque lastimó mi ego, es más que eso, es...

Su madre levantó la mano y los diamantes de su brazalete brillaron con la luz del atardecer.

—De acuerdo, tal vez no comprendí bien. Si en verdad esto va más allá del ego, si se trata de sentimientos profundos. De todas formas, espero lo mismo de ti. Tratar de destruir su relación no servirá para mostrarle lo que sientes ni para convencerlo.

Ruby asintió de mala gana. Aunque no le agradó mucho que su madre comparara sus esfuerzos románticos con una fuerza destructiva, al menos comprendía la lógica de su argumento.

Eleanor dio media vuelta para salir de la habitación, pero hizo una pausa, volteó y le lanzó a su hija una última mirada pensativa.

—¿Entonces... crees que tus sentimientos por él son reales y serios?

—Sí, mamá.

—¿No se trata solo de querer algo que no puedes tener?

—Mamá.

Era una pregunta válida, pero de todas formas la irritó. Ya no era solo una niña que enloquecía por cualquier chico. Había crecido y era capaz de sentir emociones reales, de enamorarse. ¿Por qué les costaba tanto trabajo a sus padres creerlo?

—De acuerdo, lo lamento, tenía que preguntar —dijo su madre con un suspiro—. ¿Y crees que son el uno para el otro? ¿Crees que podrían hacerse felices?

Ruby no dudó para nada.

—Sí.

—De acuerdo —dijo su madre—. Bien, por favor piensa en las razones por las que te sientes así. No tienes que decirme, pero deberías saberlo. Comprender por qué te sientes de cierta manera es parte de ser adulto —agregó a punto de dar la vuelta en el pasillo, desde donde volteó para hacer una última petición—: Y compórtate esta noche en la cena.

Ruby suspiró frustrada, guardó su teléfono en su bolsillo y siguió a su madre. Entonces descubrió que Elena había estado todo ese tiempo acechando afuera de su habitación y, claro, escuchando la conversación.

En llamas 35

—Me sorprende que estés dispuesta a mostrar la cara después de lo que sucedió en mi fiesta —siseó Elena imprimiéndole un amargo ardor a sus palabras—. *Todos* vieron cómo te le lanzabas a Ashton esa noche.

Ruby se ruborizó, pero se negó a validar el malicioso comentario con una respuesta. Empujó a su hermana para alcanzar a sus padres en el piso de abajo, diciéndose que no había manera de que todos supieran lo que había sucedido. E incluso si así fuera, a ella no le importaba lo que las amiguitas menores de edad de Elena pensaran de ella. Las únicas personas que en verdad sabían sobre la conversación eran ella, Ashton y su nuevo seguidor en Instagram: Remy.

A pesar de todo, siguió sintiendo las mejillas enrojecidas al cruzar la calle con su familia.

AUNQUE LOS PADRES DE RUBY SOLÍAN SOSLAYAR que los menores de edad bebieran en ocasiones especiales porque sabían que estaban rodeados de seres queridos que siempre estaban atentos, no lo consentían de manera sistemática. Ver a Millie sorber una segunda copa de vino solo reforzó la sensación de que le estaban robando privilegios. Ruby apenas soportaba verla. Ashton estaba tomando una cerveza Coors *Light* de la hielera cuando notó su mirada y le respondió con una sonrisa antes de acercarse a ella con Millie caminando a su lado.

Ruby se sintió abochornada cuando los vio acercarse. No era vergüenza, sabía lo que sentía por Ashton y también que tenía todo el derecho de sentirse así. Lo que hacía que le hormiguearan las sienes era la furia de que le negaran algo, o, más bien, a alguien que ella estaba convencida de que le pertenecía. Aunque solo fuera ella quien reconociera la pertenencia por el momento.

—Ella es Ruby, la vecina sobre la que te he contado —dijo Ashton sin mucho ánimo y con la mano extendida hacia ella—. Ruby, te presento a Millie.

Ruby contestó con una sonrisa tiesa. Claro, Ashton se refirió a ella como su *vecina* a pesar de que estaba segura de que había por lo menos diez sustantivos más que pudo usar. Estaba de acuerdo en que referirse a ella como su alma gemela habría sido un poco incómodo, pero ¿vecina? Cómo si solo fuera una chica a la que a veces saludaba ondeando la mano cuando sacaba los víveres de su automóvil.

Bueno, pero mencionó haberle hablado de mí, pensó. *Eso significa que ha hablado de mí y, por lo tanto, piensa en mí.*

—Gusto en conocerte, Millie —dijo Ruby con muy poco entusiasmo.

Y el rostro de Millie se iluminó. Si Ruby hubiera estado dispuesta a darle algo de crédito, habría podido decir que tenía el tipo de sonrisa que encendía una habitación, pero no estaba dispuesta y no lo hizo.

—Durante semanas, Ash no ha hablado más que de la famosa Ruby Ortega, por eso le dije ¡que tenía que conocerte! ¡Me alegra mucho que por fin sucediera!

—¿Ash? —dijo Ruby, repitiendo el nombre cariñoso de Ashton con las cejas arqueadas.

Ashton se sonrojó, pero no dijo nada. Siempre había odiado ese sobrenombre, desde que un grupo de bravucones del tercer grado descubrieron cuánto se parecía a *ass*, a "culo" en inglés.

Supongo que ahora no le incomoda tanto, pensó Ruby con desagrado.

La cena en sí misma fue algo comparable a un desfile nacional en honor de la pareja. Su propia madre pasó casi cuarenta y cinco minutos elogiando el corte tipo *bob* de Millie y tratándola como si fuera la invitada especial de un *show* televisivo nocturno. ¿Qué estaba estudiando? ¿De dónde era? ¿Cómo se conocieron ella y Ashton? ¿A qué se dedicaban sus padres?

Bla, bla, bla.

Las preguntas por sí solas le causaban bastante inquietud, pero las reacciones de su madre ante las respuestas fue lo que terminó colmándole el plato. Por un instante, consideró fingir sentirse enferma solo para dejar de escuchar a Eleanor delirar entusiasmada sobre cuán inteligente había sido Millie al elegir Comunicaciones como especialización, cuán orgullosa debía estar de que su padre fuera bombero o cuán dulce era que ella y Ashton se hubieran conocido en la biblioteca gracias a amigos que tenían en común.

Bla, bla, bla.

Ruby se metió una papa frita en la boca y le ofreció a la señora Willis ayudar a recoger la mesa mientras Ashton y Millie entretenían a su familia con anécdotas y *selfies* que se tomaron abrazados cuando Millie fue a España.

Cuando por fin regresó a la sala, notó que ahora el centro de la conversación era Elena. Su hermana fruncía el ceño malhumorada con los brazos cruzados mientras trataba de hacer entender a sus padres.

—No es justo —dijo quejándose—. ¡Ya tengo *quince* años!

—Sí, *solamente* tienes quince años —dijo papi con firmeza—. Todavía tienes hora límite para volver a casa y es imposible que regreses para entonces.

Elena puso los ojos en blanco.

—Pero, estoy segura de que a Ruby *sí* la dejarán ir... ¡porque ella siempre consigue lo que quiere!

—Si tan solo así fuera —murmuró Ruby para sí misma a pesar de que no tenía idea de por qué Elena estaba haciendo tal berrinche.

Ashton, quien estaba sentado muy cerca de Millie en el *love-seat*, volteó a ver a Ruby.

—Le estaba diciendo a tu familia que Millie y yo vamos a ir a una fogata en la playa, esta noche, para reunirnos con algunos amigos —explicó—. Las invité a ti y a tu hermana, pero tus padres dicen que no. Ella no puede ir, pero la invitación sigue abierta para ti. ¿No es así? —agregó expresando, como siempre lo hacía, una ansiosa deferencia al dirigirse al padre de Ruby porque, como casi todos sabían, lo asustaba un poco.

El padre de Ruby le lanzó una intensa mirada de advertencia a su hija.

—Ruby tiene dieciocho años, es adulta. Por supuesto que tiene *permitido* ir —dijo haciendo énfasis en *permitido* para hacerle saber a Ruby que el permiso era condicionado. Tenía permiso de ir, pero solo si no aprovechaba esta salida como otra oportunidad para lanzársele de nuevo a Ashton.

En la sala reinó el silencio... salvo por el sonoro gruñido de desilusión por parte de Elena.

Si Ruby no iba, bueno, se sentiría como cobardía, como ceder o renunciar. Si iba, tendría que continuar viendo a Ashton adorando a esa chica.

Al final, la decisión se redujo al hecho de que había *extrañado* mucho a Ashton todos esos meses que pasaron separados. Él había estado ahí para ella toda su vida, listo para salir juntos o hablar, y ajustarse a su ausencia había sido difícil. Incluso cuando se fue a la universidad, enviaba mensajes de texto o volvía a casa de visita con suficiente frecuencia para que la añoranza no se volviera insoportable. Ruby daría cualquier cosa por volver en el tiempo, por volver a esos días en que se echaba a su lado en el sofá en la sala de juegos de los Willis, mientras él le explicaba por millonésima vez la diferencia entre los universos de DC y Marvel. Lo extrañaba. Lo extrañaba y, a pesar de que había vuelto, *lo seguía* extrañando. Estaba en casa, claro, pero ya no era suyo. Ahora le pertenecía a Millie.

Así que, a pesar de sus reservas, solo se escuchó a sí misma decir: "Sí".

4

Cuando Ruby se acomodó en el asiento trasero del Prius de Ashton, pensó en lo extraño que se sentía todo en aquella improvisada excursión.

Buena Valley, su pueblo natal, era una pequeña comunidad rural en las colinas de San Diego. Para ellos, ir a la playa era una actividad que duraba todo el día. Incluso bajo las mejores condiciones, sus casas se encontraban a cuarenta y cinco minutos en automóvil de la playa más cercana y, si había algo de tráfico, como solía suceder, a una hora. Asistir de manera espontánea a una fogata resultaba un inconveniente. Además, nunca lo habían hecho. Era obvio que todo era por Millie, que el objetivo era hacerle ver cuán glamoroso podía ser el estilo de vida californiano. Pero si Millie no se daba cuenta de que las haciendas con caballos y las granjas en el área donde ellos vivían distaban mucho de ser los centros surfistas y las playas de deslumbrante arena de la California que a menudo mostraban en televisión, lo único que le quedaba a Ruby era esperar que Ashton lo notara.

Lo que ella notó, no sin cierta repulsión, fue que Ashton iba manejando con una mano en el volante y la otra reposando en un gesto íntimo sobre el muslo de Millie. Sus dedos tamborileaban sobre la tela con lunares del vestido corto y recto, sin prestar mucha atención, como acostumbrado. Era obvio que para ella también era habitual que Ashton la tocara así. Tanto, que continuó parloteando sobre la vista sin siquiera notar dónde tenía él la mano ni la envidia de la pasajera en el asiento de atrás.

Ruby sacó su teléfono para distraerse un poco. Lo último que vio esa tarde seguía abierto y, como era la página de Instagram de Remy, la entretenida sonrisita en la fotografía de su perfil le hizo sentir que había pasado toda la noche observándola (y riéndose de ella).

Deslizó la pantalla sin mucho entusiasmo y vio sus fotografías: playas tropicales y centros vacacionales de cinco estrellas, comidas de lujo y cocteles decadentes, fotos instantáneas en las que aparecía en algún atuendo raro con una hermosa chica tomada de su brazo. Hizo clic en una fotografía reciente de él vestido de esmoquin y acompañado por una rubia bronceada en traje de noche azul marino. En la imagen, estaba etiquetado un elegante hotel de la ciudad de Nueva York y la leyenda decía: ¡Me siento honrado de que nuestra *app* fuera reconocida en la ceremonia de premiación de esta noche!

Conque una *app*, ¡eh! Ruby agrandó la foto de Remy, evaluando su sonrisa y sus rutilantes ojos negros. No se veía como los *nerds* obsesionados con la tecnología que a veces venían de Silicon Valley, pero tampoco como las personas que trabajaban para su padre. Había algo en él que le llamaba la atención, además del hecho de que fuera tan joven, pero no sabía qué con exactitud.

De todas formas, ni siquiera creía que Ortega Properties tuviera una *app*.

Pero entonces, ¿quién era este tipo?

Deslizó varias fotografías más. Remy vacacionando en Bali, Remy corriendo un maratón, Remy disfrutando de una cerveza en un bar en la terraza de un edificio. Los comentarios eran casi más intrigantes que las idílicas imágenes. En una fotografía de Remy usando un traje de baño sumamente entallado en una playa de arenas blancas, una usuaria llamada "ashleyyyyyyy" comentó —con una serie de corazones— que esa playa no era nada en comparación con las playas mediterráneas que habían visitado juntos, en su yate, la primavera anterior. Otras chicas dejaban notas cargadas de insinuaciones que aludían a mensajes directos: madrugadas en que nadaron desnudos y una infinidad de actividades provocativas que hicieron que Ruby abriera los ojos como platos al verlas en Instagram, una plataforma pública.

¿Quién era *ese tipo*?

Dio clic en la imagen más reciente, publicada esa mañana: una fotografía artística de una taza de café en un balcón frente a una playa, con un cielo azul y zonas arenosas como telón de fondo. Remy había escrito la leyenda: Disfrutando de un maravilloso viaje de negocios en la hermosa California. La ubicación que etiquetó era un centro vacacional de lujo, conocido porque habitualmente hospedaba a varios políticos y celebridades.

Ortega Properties estaba creciendo, claro, pero por el momento solo consistía en la posada de lujo que formaba parte de su rancho. Hace poco empezaron la construcción de un salón de recepciones que estaría junto a la posada y habían tenido conversaciones sobre un viñedo o un restaurante con alimentos "de la granja a la mesa" en el futuro, pero todo era muy local. ¿Para qué necesitarían una aplicación?

Ruby frunció el ceño, estaba a punto de ingresar su nombre en Google para averiguar más, pero entonces notó que Millie estaba asomada desde el asiento delantero, tratando de verla.

—¿Y tienes? —dijo Millie. Era obvio que su pregunta le daba continuidad a una conversación que había estado teniendo con Ruby sin que ella se diera cuenta.

—Oh, lo siento. ¿Tengo qué? —preguntó Ruby mientras bloqueaba la pantalla de su celular y ocultaba de nuevo el travieso rostro de Remy.

—¿Tienes novio? ¿Sales con alguien? —preguntó Millie entre risitas.

Ashton dejó de mirar el camino y observó a Ruby a través del retrovisor hasta que habló.

—No, no del todo —dijo ella lentamente dirigiendo su respuesta más a Ashton que a Millie.

Millie sonrió como animándola.

—¿No del todo? Pero entonces, ¿hay alguien?

—Podría decirse. Es... complicado.

Ruby vio a Ashton fruncir el entrecejo por el espejo retrovisor. Pero como no alcanzaba a ver el resto de su rostro, le era imposible saber si su respuesta lo había preocupado o confundido.

—Bueno, solo pregunto porque uno de nuestros amigos de la escuela, el compañero de cuarto de Ashton del año pasado, está en la ciudad con su familia y vendrá a vernos esta noche a la fogata —explicó Millie, casi leyendo la mente de Ruby—. No sé qué tipo de chico te gusta, pero él es muy guapo y lindo, y pensé que te resultaría agradable conocer a algunas de las personas que estarán en el campus este año. Pero ¿quién sabe? Tal vez se entiendan y tú puedas dejar atrás la situación complicada en que estás. ¡Seguro no quieres empezar la universidad metida en un desastre! Y Charlie es *tan lindo*. Pero, claro, no tienes que salir con él si no...

—¿Qué? —interrumpió Ashton con un ruido confuso, mitad tos, mitad risa entrecortada—. ¿Charlie y Ruby? ¿Qué? ¡No! —dijo y volvió a reír.

El sonido estridente y de confusión que emitió dejó a Ruby anonadada por un instante. Se quedó mirando la parte de atrás de su cabeza con curiosidad, examinando las puntas de sus orejas y las pecas en la parte trasera de su cuello.

¿Tenía... *celos*?

Los ojos color avellana de Ashton volvieron a asomarse por el retrovisor y el destello de aflicción espontánea deleitó a Ruby sobremanera.

Millie negó con la cabeza mirando a Ashton con inocencia y desconcierto al mismo tiempo.

—No lo sé. Vale la pena intentarlo, ¿no? Charlie es un chico maravilloso y muy buen amigo.

Ruby sonrió sin dejar de observar el espejo retrovisor, pero Ashton se negó a que sus miradas se volvieran a encontrar. Entonces ella fijó la vista en los abundantes mechones de cabello rubio oscuro que le caían sobre la frente. ¡Estaba celoso!

—En ese caso, sin duda vale la pena ver cómo salen las cosas —le dijo Ruby a Millie con calma y un intenso anhelo palpitándole en el pecho.

RUBY SABÍA QUE, MIENTRAS ASHTON WILLIS CAMINARA POR la faz de la tierra, ningún otro chico estaría a la altura ante sus ojos. Dicho lo anterior, no podía imaginar un prospecto romántico más incompatible e inadecuado que Charlie Hampton, un chico tembloroso y de voz pequeñita.

Podría soportar al más bobo de los bobos si eso le diera la oportunidad de atraer la atención de Ashton, pero ¡vamos! Era difícil creer que alguien en el mundo pudiera sentirse siquiera un poco intimidado por Charlie.

También la había desalentado el descaro de Millie. Le desagradó mucho que, a pesar de que en realidad no se conocían, se sintiera con derecho a involucrarla en lo que era, a todas luces, una cita a ciegas. Pero que ella y Ashton la dejaran sola con el tal Charlie a solo minutos de haberse encontrado con sus amigos, eso sí fueron agallas. Quizá Ruby la había subestimado, tal vez Millie sabía muy bien lo que estaba sucediendo y todo era parte de un plan malévolo. Tal vez dejarla escuchando a Charlie balbucear una aburrida lista de pasatiempos era un castigo que Millie había estado preparando para ella desde mucho antes.

Ruby casi deseaba que así fuera porque, al menos, eso le resultaría comprensible.

—Y, y... ¿sabes en qué dor... dor... dormitorio vas a vivir? —preguntó Charlie.

—Sí —dijo Ruby de una manera cortante que no alentaba a preguntar más y dar seguimiento.

—Recuerdo que me sentí abrumado en mi primer año. Hay mucho que aprender. Pero no te preocupes. Tú, tú averiguarás cómo fun... funcionan las cosas enseguida —dijo Charlie sonriendo nervioso, sus labios temblaban, indecisos de qué expresar.

En realidad, a Ruby no podría preocuparle menos la universidad. Sabía que era una tontería, pero muchas de sus expectativas se relacionaban con el romance que esperaba tener con Ashton.

Sus planes se basaban en sus ensoñaciones diurnas respecto a estudiar en su habitación en el dormitorio universitario, o asistir a juegos de futbol o caminar a clase, y en ellas siempre aparecía él desempeñando un papel fundamental. Ni siquiera después del incidente en la fiesta de Elena consideró que sus fantasías pudieran no realizarse, y hasta entonces tampoco había pensado cómo sería la vida en la universidad si no estuviera con él. Por otra parte, aunque no pensara rendirse con Ashton, sabía que tendría que estar resolviendo ya todos los demás aspectos logísticos relacionados con el inicio de clases.

Todavía tengo tiempo, pensó, *solucionaré todo pronto.*

—¿Entonces eres de San Diego? —se aventuró a preguntar Charlie tembloroso. Aunque su tartamudeo nervioso había disminuido, su suave voz apenas se alcanzaba a escuchar por encima del sonido de las olas chocando a lo lejos, en la playa.

En otra situación, Ruby habría precisado la diferencia entre el rural Buena Valley y la ciudad de San Diego en sí, pero en este caso solo asintió y sacó su celular por décima vez. Sabía que era un gesto grosero, pero no quería ilusionar a este tipo haciéndole creer que su conversación iba bien.

—¿En qué te vas a especializar? —preguntó en tono chillón Charlie, justo cuando ella vio que tenía una nueva notificación.

—Negocios —respondió Ruby mientras habría el mensaje recibido.

REMY
Vaya que te mueves rápido ☺

A Ruby se le erizó el vello del cuello. ¿Remy estaba *ahí*? ¿La estaba observando? Escudriñó la playa en la oscuridad sintiendo un curioso hormigueo. Aparte de los diez amigos apiñados alrededor de la fogata, no había muchas personas alrededor. Divisó unas cuantas siluetas a lo largo de la playa, entre el grupo de amigos y la siguiente fogata, y entonces lo vio recargado en el muro de contención que separaba la playa de la acera. En cuanto posó su vista en él, reconoció la figura de amplios hombros.

—¿Me disculpas un minuto, Charlie? Creo que acabo de ver a alguien que conozco —interrumpió Ruby al tiempo que le devolvía a Remy la feroz mirada.

Charlie miró de forma alternada entre ellos.

—¿Te refieres a ese tipo que está ahí solo en la oscuridad mirándonos?

Ruby se encogió de hombros. Para ese momento, entre Charlie y Remy, prefería arriesgarse con el extraño acechador.

—Regreso en un instante —le dijo a Charlie por encima del hombro.

Se acercó a Remy acomodando, como por instinto, los cabellos rebeldes que la brisa marina hacía bailar.

—¿Y ahora qué? ¿Me estás acosando? —gritó.

La sonrisa de Remy aumentaba con cada paso que Ruby daba hacia él, pero ella luchó contra el deseo de responderle de la misma forma, así que solo forzó sus labios y exhibió una rígida sonrisita juguetona.

Se dijo a sí misma sin mucho convencimiento que, que fuera tan guapo no explicaba lo raro que era que hubiera aparecido ahí de repente.

—Bueno, si te estuviera acosando, no sería nada difícil —dijo Remy descruzando los brazos y metiendo las manos a sus bolsillos—. Has publicado tu ubicación tres veces desde que llegaste aquí. Cualquiera habría podido encontrarte. Además, mi hotel está al final de la calle —explicó inclinando la cabeza hacia la derecha. Ruby reconoció la terraza flanqueada con palmeras del centro vacacional que Remy había etiquetado esa mañana—. Es bueno ver que sigues con tu vida después de lo sucedido en la fiesta, pero debo decir que me sorprende tu elección —agregó, y ambos miraron hacia la fogata. Aún era posible discernir al escuálido Charlie parado en la periferia del grupo, observándolos.

Ruby puso los ojos en blanco e ignoró su comentario.

—Si trabajas para mi padre, ¿por qué no vives aquí?

Remy chasqueó la lengua y rio entre dientes.

—No trabajo *para* tu padre. Trabajo *con* él. Tengo mi propia empresa.

Ruby todavía no lo había visto a plena luz y, una vez más, se encontró preguntándose qué edad tendría. En todas sus fotografías parecía un individuo moreno con grueso y brillante cabello que, sin problema, habría podido ser el gallardo héroe o, quizás en el caso de Remy, el hábil gemelo malvado de una telenovela. No podía llevarle más de un par de años, pero había algo en él, en su sonrisa o su forma de vestir, en la manera en que se comportaba, que lo hacía lucir mayor. Más maduro.

—Una *app*, ¿cierto? —presionó Ruby sin dejar de escudriñar su apariencia. Esa noche vestía *shorts* y una camiseta gris que permitía apreciar su musculoso pecho.

Remy asintió y sus ojos brillaron con aire engreído.

—Me buscaste, ¿no es cierto?

Ruby se obligó a superar la vergüenza que comenzaba a inundarla.

—Ni siquiera imaginaba que mi papá supiera lo que es una *app* —dijo e imaginó a su padre matando el tiempo en su rancho, cortando flores, acariciando caballos y deteniéndose a enviar un tuit. No se le ocurría algo más improbable.

—Bueno —dijo Remy—, en realidad no sabe, pero está aprendiendo. Es un hombre inteligente y está interesado en saber lo que necesitarán los establecimientos locales para conocer la tecnología más avanzada de la industria de la hospitalidad. Está buscando ideas creativas para mantenerse al día con el siguiente gran evento que se presente.

Eso sí sonaba a su papá. No era fan de la tecnología, eso era seguro, pero era despiadado en lo que se refería al negocio que construyó de la nada, y ella sabía que haría cualquier cosa para asegurarse de que continuara teniendo éxito, incluso si eso implicaba reunirse con muchachitos aduladores para que le dieran clases sobre etiquetas, *influencers* y algoritmos.

—¿Y eso es a lo que te dedicas? —preguntó. Había algo especial en ese misterioso hombre que sabía expresarse tan bien, algo que la intrigaba y la ponía nerviosa al mismo tiempo.

Él volvió a asentir.

—Así es, es lo que he estado haciendo el último año más o menos. Viajo y ayudo a los negocios a detectar y desarrollar características más personalizadas y enfocadas en las experiencias del consumidor. Son sobre todo hoteles, pero también he colaborado con un par de salas de eventos y agencias de viajes. Esta semana, San Diego, la próxima, Miami.

Aunque Ruby no entendió lo que quiso decir con *características más personalizadas y enfocadas en las experiencias del consumidor*, no lo hizo evidente.

—¿Dónde vives? —preguntó apoyándose en el muro donde estaba Remy. Ya no estaban cara a cara, ahora ambos podían ver la playa.

50 *Hailey Alcaraz*

Él continuaba de pie, pero sus cuerpos estaban tan cerca que Ruby sintió en la piel el ligero cosquilleo del vello del brazo de Remy.

—Es curioso que preguntes: no muy lejos de donde vas a vivir —contestó riéndose y haciendo chocar de forma juguetona su hombro con el de ella. En cuanto aquella piel cálida tocó la suya, Ruby sintió que la carne se le ponía de gallina. De inmediato deslizó su mano a lo largo de su antebrazo para hacer desaparecer los indicios antes de que Remy se diera cuenta.

—Relájate —dijo él en tono provocativo—, tu papá me dijo que empezarías a estudiar en Arizona este verano. Yo tengo un condominio en Scottsdale, aunque últimamente no paso mucho tiempo ahí.

En ese momento, Ruby notó tres figuras caminando desde la fogata hacia donde estaban ellos: Millie y Ashton acompañados del torpe Charlie, que los seguía arrastrando los pies detrás. Al parecer, lo que se necesitó para que Ashton prestara atención fue que Charlie fuera a acusarla de haber desaparecido en la noche con un alto y bronceado desconocido.

—¿Qué tal, amigo? Ashton Willis —dijo Ashton en un tono brusco y asertivo al acercarse extendiéndole la mano a Remy—. Esta es mi novia, Millie y él es nuestro amigo Charlie. Estuviste en la fiesta de quince años de Elena, ¿cierto?

Remy estrechó la mano de Ashton y Ruby se preguntó si estaría flexionando su antebrazo de forma intencional, como muestra de dominio, o si sus músculos siempre se delineaban con tanta precisión.

—Claro, te recuerdo —dijo Remy. Una breve y casi indetectable sonrisita apareció en su rostro, y Ruby rezó para que Ashton no la notase—. Soy Remy Bustillos.

En llamas 51

Ashton se mantuvo en una postura rígida, solo asintió rápido.

—Ah, de acuerdo. ¿Y de qué conoces a los Ortega?

En la voz de Ashton había una cautela deliciosa. Ruby tuvo que esforzarse para no dejar salir una risotada de satisfacción mientras los observaba.

La traviesa risita de Remy volvió a aparecer.

—Soy un colega del padre de Ruby. Estaba de paso en la ciudad para asistir a un par de reuniones y él me invitó a la fiesta —dijo volteando a ver a Ruby y, en esta ocasión, se atrevió a guiñarle un ojo—. Me la pasé increíble.

Al cuerpo de Ruby lo invadió una mortificación febril cuando vio a Ashton abrir los ojos como platos y, al verlo también fruncir el ceño, se dio cuenta de que había notado el guiño.

—Genial —dijo Ashton con voz monótona tratando de fingir desinterés—. Bien, solo vinimos por Ruby, estamos listos para volver a casa.

Ruby notó que no le había preguntado si *ella* estaba lista, pero no le importó: los evidentes celos la tenían sintiéndose en la luna. Se separó del muro con un alegre salto.

—¡Nos vemos pronto, Remy!

Remy los observó, uno por uno, con esa mirada que no parecía dejar de sonreír jamás, y Ruby se preguntó qué estaría pensando. ¿Él también habría notado los celos de Ashton?

No era que le importara, de hecho, no le interesaba lo que Remy pensara de ninguno de ellos, tampoco le importaba lo que pensara de ella o su vida.

—¡Ve con cuidado! —gritó. En esta ocasión, estaba segura de que Remy esperó a que Ashton volteara a verlo antes de guiñarle el ojo una vez más—. Tal vez te vea en Arizona.

5

En los días que siguieron, Ruby reprodujo en su mente el tenso trayecto de vuelta a casa desde la playa. El cortante interrogatorio de Ashton sobre Remy y sus gruñidos de desaprobación fueron como música para sus oídos. De pronto se convirtieron en el *soundtrack* de bienvenida a sus últimos caóticos días en casa. El enfado de Ashton la emocionó a tal grado que enterarse de que Millie le había dado el número de su celular a Charlie sin su autorización no le molestó tanto. Los celos mal ocultos de Ashton eran todo lo que necesitaba para enfrentar los desafíos que le esperaban, ya fueran los tímidos textos de Charlie o los preparativos de último minuto para mudarse a la universidad. Por primera vez desde que llegó Millie, sintió un genuino entusiasmo.

En su última noche en casa, de pronto se encontró sentada en la terraza de atrás mirando cómo se extendía el rancho de su familia cada vez más en la ladera. Cuando era niña, el rancho proveía hogar a tres caballos, un pequeño huerto de aguacate y naranjos, y un jardín en expansión en el que, en cada estación del año, surgía un nuevo vegetal o hierba. El rancho creció a la par que ella y, ahora, la propiedad se extendía casi hasta donde alcanzaba a ver. La Posada Rancho Ortega estaba en la falda de la colina que formaba la frontera de lo que consideraba su patio trasero a pesar de que, técnicamente, "patio" era una forma pintoresca de llamarle a aquel verdoso complejo. Sus padres le habían comprado la tierra y la construcción a un rancho vecino diez años antes y lo convirtieron en una encantadora posada de doce habitaciones. Jorge y Paola, un matrimonio, fueron los primeros empleados de tiempo completo que contrataron. Cuidaban el terreno y la posada con tanto amor y cuidado que ella a menudo pensaba en ellos como parte de la familia. El personal aumentó a medida que creció la posada. Casi todos los días era posible encontrar a su padre y a Jorge debatiendo sobre la logística para alcanzar la siguiente gran meta del señor Ortega.

De pronto escuchó la puerta de atrás abrirse. Su padre salió con una copa llena de un líquido color ámbar. En general, no bebía por la noche, pero reservaba su tequila especial tanto para los días difíciles como para los excelentes. Cuando se sentó en una silla junto a ella, Ruby se preguntó qué tipo de día habría sido aquel.

—Me encanta cómo se ve este lugar al atardecer —dijo su padre con un suspiro.

El sol cerniéndose apenas por encima de las colinas alrededor bañaba a la propiedad con un tono rosado. La brisa fresca hizo crujir las hojas de los árboles de aguacate al pasar entre ellos, Ruby alcanzaba a escuchar el distante sonido de los caballos moviéndose inquietos en sus caballerizas, comunicándose entre ellos con resoplidos y relinchos.

Le sonrió con ternura a su padre, saboreando la nostalgia en su voz. Por supuesto, tanto él como su madre amaban ese lugar, pero su padre en especial porque, para él, era la encarnación del *sueño americano*. Lo era *todo*. Y aunque ella no sentía la misma profunda gratitud o asombro por cada capullo o paca de heno en la propiedad, le encantaba ver lo mucho que su padre la amaba. Y, claro, también era su hogar. Un hogar muy hermoso.

—¿Sabes? Empecé a ahorrar para comprar esta tierra cuando estaba en la preparatoria —dijo su padre, empezando a contar una historia que ella había escuchado un sinfín de veces a lo largo de su vida. Por lo general, le aburría volver a escucharla, pero no cuando la contaba él. Todo siempre era distinto con su padre, podía perdonarle todo tipo de cosas que no le soportaría a nadie más.

Además, esa historia le encantaba.

—Claro que el vecindario no se parecía en nada a lo que es ahora. No había ningún Starbucks ni estudio de Pilates a la vista. Era un lugar mucho más rural —continuó su padre con un resoplido que ella conocía bien—. En aquel entonces, cuando yo venía al terreno, la gente daba por hecho que era el jardinero —dijo poniendo los ojos en blanco en un gesto desesperado que Ruby imitó—. Mientras construíamos esta casa, tu mamá y yo vivimos en una casa rodante. ¿Te imaginas? ¡Tu madre viviendo en una casa rodante! —dijo entre risas.

Sin importar todas las veces que la había escuchado, siempre le costaba trabajo imaginar esa parte de la historia.

—Trabajamos muy duro —le dijo su padre con aire reverencial—. Ambos teníamos empleos a tiempo completo y pasábamos los fines de semana en el mercado de granjeros con cualquier cosecha que pudiéramos conseguir para vender.

Por la forma en que su padre narraba, era obvio que lo que los motivó fue su ambición. Vivían de manera frugal, pero animados

En llamas 55

porque sabían que sus sueños cambiarían la situación. Su madre solía ser un poco más fría respecto a los desafíos y a la realidad de cuán difíciles fueron esos años, pero siempre les recordaba a ella y sus hermanas que una verdadera unión significaba apoyarse el uno al otro en los dilemas de la vida.

Y todo eso le parecía muy romántico a Ruby.

—Mira qué lejos hemos llegado —añadió su padre con un suspiro—. Mira qué lejos puedes llegar trabajando duro Ruby, nunca lo olvides —dijo recorriendo con la mirada el escenario frente a ellos, antes de posarla en ella con aire sabio.

Ruby asintió. Ahora que se enfrentaba a tantos cambios inminentes, aquel conocido lema familiar la conmovió con una gravedad inusitada. Eran cambios que anhelaba, pero que, de todas maneras, implicaban aventuras desconocidas.

Volteó al extremo este de la propiedad y miró la adición más reciente al rancho, lo que pronto sería un salón de recepciones. Sería la entrada de Ortega Properties al negocio de bodas y eventos. Ya habían realizado fiestas y reuniones modestas en el patio de la posada, pero esta expansión permitiría llevar a cabo eventos a gran escala. Todavía se encontraba en las fases preliminares, solo se había construido la base de concreto y el esqueleto de la estructura, pero su padre ya había reservado el evento inaugural para el verano siguiente. Apenas unas semanas antes celebraron que la primera gobernadora de California, Claudia Cortez, a quien su padre conoció en la cámara de comercio años atrás, les reservara el espacio para un evento de trescientas personas en julio. No fue muy específica sobre qué tipo de evento sería, pero insistió en que quería ser la primera en usarlo. Su padre imaginó que tal vez la gobernadora se estaba preparando para ocupar un lugar en el senado y, aunque a Ruby no le interesaba la política en particular, le emocionaba la idea del misterioso evento nocturno. En general, las operaciones del día a día del negocio de la familia le aburrían muchísimo, pero una elegante fiesta de alto nivel y repleta de gente importante sin duda le causaba interés.

Suspiró y exhaló una emoción que sintió tensa cuando abandonó su pecho.

El tiempo que pasaba fuera, en el rancho, disminuyó a medida que ella fue creciendo porque las labores que antes realizaba pasaron a manos de los encargados. En los últimos meses, sin embargo, esa tierra que era su hogar la había consolado. Se sentaba en la terraza de atrás o daba un paseo por la propiedad, acariciaba los hocicos con manchas de los caballos o arrancaba una fresa directo de la enredadera y la mordía allí mismo en el jardín. Pasaba la mayor parte de ese tiempo pensando en la agonía amorosa que le provocaba la ausencia de Ashton, sus paseos eran una excusa para dejar su celular a un lado en lugar de desear con ansias recibir un mensaje de texto de él. Ahora, en su última noche, se daba cuenta de cuánta paz le había dado ese lugar y cuánto extrañaría caminar por la propiedad en tiempos difíciles. Qué extraño sería tratar de encontrar su lugar en la vida sin caminar por aquella tierra que conocía tan bien, sin percibir en el aire el aroma de los naranjos en flor, sin el consuelo del mundo que crearon sus padres justo para transmitirle esa sensación de pertenencia.

—Ruby Catherine, estamos muy orgullosos de ti —continuó hablando su padre. Su voz dejaba escuchar un trino de emoción.

Ruby flexionó las piernas hacia su pecho y posó su mejilla en sus rodillas mientras le sonreía a su padre con ternura. Bajo la tenue luz alcanzó a ver sus ojos vidriosos.

En llamas 57

—¿Sabes? Cuando tu abuela llegó a este país, yo solo era un bebé —contó su padre hablando lento y en voz baja. No era dado a los arrebatos de llanto, Ruby escuchaba el control que ejercía sobre sí mismo mientras hablaba—. Cuando mi papá se fue, ella supo que en México no había nada para nosotros, por eso me trajo aquí. Éramos solo ella y yo. Lo único que mamá sabía decir en inglés era "sí", "por favor" y "gracias" —explicó enjugándose las lágrimas que empezaban a surgir en sus ojos antes de darle un generoso trago a su bebida—. Quería dos cosas. Quería un rancho —dijo sosteniendo su copa en alto y señalando el jardín que se extendía hacia el horizonte. A lo lejos, Bonnie, el más bullicioso de los caballos, relinchó en lo que pareció una respuesta—. Un rancho para mantenernos conectados con la vida que ella tenía en México, con nuestra herencia y estilo de vida. Pero también quería avanzar, tener más oportunidades —agregó sorbiendo sonoramente un poco de tequila entre los dientes—. Quería que yo fuera a la universidad, lo decía todo el tiempo —dijo lanzándole a Ruby una mirada profunda e inhalando con fuerza—. Como sabes, yo no pude hacerlo. Claro, estoy orgulloso de lo que he logrado, pero la universidad no apareció en mis cartas. Todavía me rompe el corazón no haber podido estudiar y complacer a mamá, ella hizo *todo* por mí. Sin embargo, construí esto, nos di un hogar y raíces aquí, y logré hacer lo necesario para que tú y tus hermanas vayan a la universidad. Tu abuela logrará su sueño, serás la primera Ortega en graduarse y eso, Ruby, es algo asombroso.

Para ese momento, el padre de Ruby renunció a contener sus emociones, dos lágrimas silenciosas rodaron por sus mejillas mientras hablaba. Ruby sintió una aguda punzada en la parte trasera de la garganta y se dio cuenta de que sus lágrimas también amenazaban con escaparse. Asintió, su labio superior tembló de manera muy ligera. Este era un derecho de nacimiento del que hablaron a lo largo de toda su infancia, algo que ella nunca cuestionó. Pero la inminencia, ver que por fin cumpliría con un destino familiar que había durado generaciones, le cayó encima con un peso inesperado.

—Vas a hacer cosas maravillosas, *mija* —dijo su padre. No era un halago, sino una afirmación hecha con certidumbre inquebrantable—. Pero no te olvides de tu hogar, no olvides de dónde vienes.

—Papi —dijo Ruby riéndose, la voz se le atoró en la garganta y produjo un sonido que fue medio risa, medio sollozo—, voy a estar a una hora en avión. No me voy para siempre. Voy a estar viniendo a casa todo el tiempo.

Una sonrisa apareció en el rostro de su padre. Ya fuera por las lágrimas, por el tequila o por ambos, pero sus mejillas, por lo general morenas, se veían ahora rosadas.

—Eso espero, *mija*. Te vamos a extrañar.

Ruby sonrió.

—¿A qué hora llega Mamá Ortega mañana?

Algunas semanas antes, mientras Ruby estaba perdida en la ensoñación del día en que se mudaría, se imaginó viajando por el desierto en el asiento del pasajero del automóvil de Ashton hacia su nueva vida. No invirtió mucho tiempo ni energía en pensar en lo poco probable e impráctico que era ese escenario. Para empezar, en la cajuela del Prius de Ashton no cabría ni un décimo de su guardarropa, así que la logística de mudar todas sus cajas era simplemente absurda. Además, como su padre dijo, que la aceptaran en la universidad era un ceremonioso logro colectivo de los Ortega, y los miembros de la familia no se perderían *de ninguna manera* los momentos cruciales de su experiencia, los cuales incluían el viaje en carretera a Tempe y ayudarla a acomodarse en la habitación del dormitorio universitario. Para ser franca, no le sorprendería que estuvieran planeando asistir a la primera clase con ella. Su abuela, quien no había salido de California desde que llegó a Estados Unidos cincuenta años atrás, llegaría en automóvil a la mañana siguiente para acompañarlos. Vendría de Chula Vista.

—Ya conoces a tu abuela. Le dijimos que llegara a las ocho de la mañana, así que lo más probable es que esté aquí antes del amanecer —dijo su papá riendo con ternura—. Está muy emocionada, Ruby —agregó empinando su copa hacia atrás y bebiendo sonoramente el último trago. Las últimas gotas del tequila aplacaron sus lágrimas. Cuando volvió a hablar, sus ojos se habían aclarado y sonaba muy profesional—. Pero no te miento, me agrada la idea de tomar la carretera temprano, creo que no han podido extinguir el incendio cerca de Imperial, así que el tráfico podría ponerse pesado debido a los cierres de vías y las evacuaciones. Ya sabes cómo es esto.

Ruby asintió.

Ese verano había sido particularmente seco y la amenaza, siempre presente, de que todo el estado ardiera y terminara hecho cenizas era inevitable. Las colinas ennegrecidas y los horizontes humeantes ahora eran tan comunes como los señalamientos viales y los semáforos.

—Te veo demasiado callada esta noche —señaló su padre frunciendo el ceño—. ¿Estás emocionada?

No era el tipo de persona que se emocionara fácilmente porque siempre esperaba que sus deseos se volviera realidad de forma inevitable. El anhelo era un sentimiento poco usual en ella. Por primera vez en la vida se enfrentaba a un futuro lleno de nuevas experiencias y posibilidades desconocidas, incluso si Millie estaba en medio de ello.

—Sí, estoy emocionada, papi —dijo sonriendo.

—Bien, ¡entonces creo que ambos nos hemos ganado un sorbito de tequila! —anunció poniéndose de pie—. ¡Propongo un brindis por la primera Ortega que asistirá a la universidad!

Segunda parte

Y te buscaré de manera infinita,
porque soy mariposa nocturna y tú eres mi flama.
Sabiendo que arderé
al rozarte volveré,
porque eres fuego, llamarada.

—Zúbair Ahsan

6

Ruby salió del sofocante edificio de la biblioteca hacia el bullicioso y brillantísimo patio del campus, murmurando para sí misma mientras guardaba de mala gana su MacBook en el bolso Louis Vuitton que sus padres le regalaron en su graduación. Los cuatro chicos de su grupo de estudio de economía pasaron riendo a su lado, a toda velocidad, en dirección de las escaleras.

Uno de ellos, un tipo llamado Parker, se detuvo en el primer escalón y volteó a verla.

—¿Te dije lo linda que te ves hoy?

Ruby tenía el ceño fruncido como de costumbre.

—No, eso es lo único que no salió volando de tu bocota. ¿Es que nunca dejas que los otros hablen?

Parker sonrió, era obvio que confundía la irritación de Ruby con una especie de coqueteo.

—Eres tan graciosa. Tenemos que tomar un café pronto. Te enviaré un mensaje de texto —dijo Parker y subió corriendo las escaleras, demasiado rápido para notar que Ruby le mostraba el dedo del medio.

Era la única chica en el grupo de estudio de economía y, a pesar de que a los otros no les costaba ningún problema prestarle atención en las fiestas, cada vez que se reunían para estudiar ella pasaba la mitad del tiempo teniendo que escucharlos o, de plano, siendo ignorada. El fin de semana anterior, todos le habían dado un buen vistazo a su camiseta recortada durante una fiesta improvisada en la parte trasera de un automóvil y los muy tontos prácticamente tropezaban unos contra otros tratando de conseguirle un *cooler* de mango.

En algún momento, ella les recordó que había sacado la máxima calificación en los últimos tres exámenes a pesar de que dos los había hecho teniendo resaca. Su padre siempre le había dicho que permitiera que su trabajo hablara por sí mismo, pero ahora sabía que si se veía forzada a escuchar de nuevo a esos bobos y su *mansplaining* sobre el concepto del valor de uso, terminaría gritándoles.

Necesitaba una taza de café.

Ella y Ashton habían planeado reunirse hacía cinco minutos, pero al escudriñar el cada vez menos nutrido grupo de estudiantes que deambulaban por ahí, no vio a su larguirucho amigo por ningún lado.

Apretó los dientes y, cuando sacó su celular, descubrió que no tenía un mensaje de Ashton, sino de Charlie.

CHARLIE
¿Cenamos este fin de semana? 😊 😊 😊

No había podido deshacerse de él desde aquella noche en la playa. Pero tenía que darle crédito: a pesar de su timidez y sus buenos modales, Charlie Hampton era persistente. Por supuesto,

En llamas 65

también sospechaba que la intervención de Millie era un factor que no podía descartar.

De cualquier forma, poco después de mudarse a la universidad, algunas noches después de que su familia le dijera adiós y volviera a California, Ruby aceptó la propuesta de Charlie: ver una película juntos. Ese mismo día, un poco más temprano, se había enterado de que Millie y Ashton se mudarían juntos, así que, cegada por la angustiante noticia, habría aceptado una tortura medieval si se le hubiese presentado.

Charlie no era el único chico que usaba para distraerse de la relación de Millie y Ashton, pero era el más improbable. Sin embargo, como formaba parte del círculo de amigos de Ashton, supuso que valía la pena tenerlo cerca por el momento.

Le dio *me gusta* a su mensaje, era el tipo de gesto que no implicaba ningún compromiso y mantenía a los chicos como Charlie a raya. En ese momento oyó que alguien gritaba su nombre; una voz que, poco antes, había empezado a escuchar en sus pesadillas. Se forzó a sonreír sin mucho éxito y, al voltear, se encontró con Millie y Ashton.

Desde que empezó el semestre, cada vez que ella y Ashton hacían planes para verse, él omitía la posibilidad de incluir a Millie, pero Ruby no recordaba la última vez que no vino con ella. *¿También irán al baño juntos?*, pensó.

—Hola, Ruby, ¿qué tal estuvo tu clase? —preguntó Ashton sin esperar a que ella le recordara que no había tenido clase—. ¿Has llamado a tus padres en días recientes? —añadió y, una vez más, la interrumpió cuando apenas acababa de abrir la boca para responder—. Acabo de hablar con mi mamá, me dijo que podían ver humo desde nuestro patio trasero. Los incendios están, bueno...muy cerca.

—Qué miedo —murmuró Ruby sin mucha convicción. Solo entonces se dio cuenta de que no estaba segura cuándo fue la última vez que llamó a casa. ¿Había sido hace una semana? Tal vez un poco antes—. Pero no te preocupes, estoy convencida de que todo estará bien. Los incendios se acercan a veces, pero nunca pasan al otro lado de la carretera.

Millie y Ashton asintieron al unísono, como si tuvieran pensamientos sincronizados.

En las primeras semanas del semestre, Ruby cumplió bastante bien con el hábito de llamar a su madre todas las tardes mientras caminaba de vuelta al dormitorio después de clases. Eleanor estaba ansiosa por conocer todos los detalles de su nueva vida: qué estaba aprendiendo, con quién pasaba tiempo, qué ropa se había puesto, cómo se sentía. Aunque a veces el interés de su madre en sus idas y venidas se tornaba inestable o demasiado entusiasta, hasta ese momento se había mantenido bastante sano. Hasta antes de la universidad, toda esa información siempre estuvo bastante disponible: un vistazo al calendario de Ruby, una rápida conversación con Elena o Carla, o una visita a su historia en Instagram podían proveerle a Eleanor los detalles que necesitaba. Sin embargo, ahora que estaba a un estado de distancia, el flujo de la información era distinto y, por primera vez en la vida, Ruby tenía el control de su propia narrativa. La primera semana hablaron casi dos horas, fue casi como ponerse al día con una vieja amiga a la que no había visto en años, a pesar de que solo llevaban separadas algunos días. Era la primera vez en su relación que, en lugar de sentir que estaba haciendo el recuento de los sucesos de su día para que su madre los aprobara, tenía una conversación de dos vías con alguien a quien en verdad le interesaba su vida.

En los últimos días, sin embargo, Ruby había estado bastante ocupada. Ya fuera porque le enviaba mensajes de texto a Ashton, porque salía a pasear con compañeros de clase o porque, como sucedió el fin de semana pasado, terminó besándose en la sala común con el chico alto que vivía en la habitación a tres puertas de distancia, sus llamadas diarias a casa terminaron quedándose a medio camino.

Después, se decía a sí misma, *la llamaré después*.

Cruzó la plaza y se apresuró a apartar una mesa vacía en el patio con Ashton y Millie, afuera del sindicato estudiantil. Recordó que, en los primeros días de clase, pasó junto a esas mesas cubiertas por toldos como velas de barco y se preguntó quién podría querer sentarse en el exterior con esas temperaturas tan elevadas. Hacía tanto calor que, cuando trataba de sentarse, la gente terminaba literalmente con las rejillas de las sillas de metal pirograbadas en las piernas. En más de una ocasión Ruby cuestionó su propia decisión de abandonar el moderado clima de San Diego mientras el implacable sol de su nuevo hogar le provocaba oleadas de calor y añoranza de casa. Pero luego llegó octubre por fin y la temperatura empezó a descender hasta transformarse en una suave brisa que, aunque no del todo otoñal, al menos era tolerable.

Ashton entró rápido al sindicato para traer café para todos, mientras las chicas se acomodaban en la mesa. Al otro lado del patio se estaba llevando a cabo una manifestación en favor de la inmigración. Al principio, ese tipo de eventos intrigaron y conmocionaron a Ruby, quien en más de una ocasión soportó un buen rato adicional bajo el abrasador sol para leer las pancartas de los manifestantes y escuchar sus exigencias. Ahora, sin embargo, comprendía lo comunes que eran en los campus universitarios.

—Mmm, hoy están siendo especialmente bulliciosos —murmuró, tratando de sonar casual a pesar de la curiosidad que aún sentía cuando se encontraba con ese tipo de grupos.

Antes de entrar a la universidad, nunca vio así de cerca una protesta como esa, no en la unida y armoniosa comunidad en la que creció. Pero no era ingenuidad, Ruby sabía que sucedían todo el tiempo porque había visto las noticias y porque tenía Tik-Tok. Era solo que en Buena Valley nunca tenían desacuerdos que los obligaran a organizarse y protestar. Al menos, no que ella supiera.

En la universidad, en cambio, parecía haber una manifestación distinta todos los días, una nueva causa que necesitaba atraer la atención. Salario igualitario, cambio climático, tráfico de seres humanos... La lista era interminable. Aunque había dejado de pararse frente a cada grupo de activistas porque, seamos honestos, ¿quién tiene tiempo para eso?, su mente seguía inquietándose por todas las formas en que el mundo estaba en crisis.

Millie asintió y se quedó mirando a los manifestantes, pensativa.

—Oh, sí. En el curso de derechos humanos que estoy tomando, acabamos de realizar un panel sobre el creciente sentimiento antiinmigración en Estados Unidos. Una de las chicas de mi clase dijo que vandalizaron su automóvil porque usó su hiyab en la escuela, le pintaron la palabra "terrorista" con pintura en aerosol. A mí... me resulta imposible creer que la gente pueda actuar así, ¿sabes? Ni siquiera imagino cómo puede ser eso.

Ruby entrecerró los ojos y escudriñó a Millie, que seguía distraída. ¿De verdad podía mostrar su angustia de esa manera tan abierta o sería una especie de actuación para hacerse la buena?

Francamente, le costaba trabajo ver a través de esa chica.

—Me dijo Charlie que te vería este fin de semana, ¿es cierto? —preguntó Millie entusiasmada, volviendo a enfocarse en Ruby.

Ruby se encogió de hombros. Vio a Ashton en el interior del sindicato estudiantil esperando con paciencia que prepararan los cafés. Una de las razones por las que más lo quería era su constante esfuerzo por hacer cosas amables por ella, incluso ahora cuando Millie venía pegada a sus atenciones.

—Se han estado viendo mucho ustedes dos —continuó Millie con una sonrisa estampada en su pecoso rostro, como si esperara una respuesta específica.

—No sé si diría que nos hemos estado viendo "mucho" —respondió Ruby con frialdad, esperaba que su indiferencia aplacara un poco el entusiasmo en la pregunta.

Por suerte, antes de que Millie pudiera averiguar más, Ashton se acercó equilibrando tres cafés calientes entre las manos. Se detuvo para colocar los vasos de papel sobre la mesa y le dio un beso en la mejilla a su novia antes de sentarse.

El rostro de Millie se iluminó.

—Bueno, lo único que sé es que él habla de ti todo el tiempo, creo que en verdad lo has vuelto loco.

Ruby no reaccionó ante esta información, solo sorbió un poco de café y trató de ocultar la ligera irritación que le causó notar que Ashton había olvidado ponerle crema a su café.

Ashton miró a Millie arqueando una ceja.

—¿Hablas de Charlie? Ah, es cierto, Ruby, está muy enamorado —dijo riendo, o, más bien, produciendo un sonido que denotaba nerviosismo y que intrigó y complació a Ruby—, pero, supongo que no es nada nuevo para ti: llevas años volviendo locos a los chicos.

Ruby sonrió y miró rápido a Millie en busca de algún indicio de celos. ¿Le molestaría que su novio la considerara una chica capaz de captar la atención de todos los hombres que se cruzaban en su camino? *Bueno, casi todos los hombres*, pensó mirando a Ashton de reojo. Pero, si a Millie le molestaba, al menos no lo mostró.

—Oh, ¿saben qué? ¡Podríamos hacer algo los cuatro juntos! —sugirió Millie muy feliz, dándole palmaditas a Ashton en el brazo—. ¿Qué les parece este fin de semana?

—Mmm —dijo Ruby cambiando de posición en su silla.

—Ay, ¡sería muy divertido! ¿Qué les parece el sábado? ¿Tal vez en nuestro departamento? —exclamó Millie riendo nerviosamente y casi resplandeciente por el entusiasmo.

Ugh, una noche con Millie y Charlie no era algo que Ruby consideraría "pasarla bien", pero casi nunca desaprovechaba la oportunidad de convivir con Ashton. Sería un desafío desagradable, pero podía lidiar con ello.

—Ashton, ¿no tienes clase? —dijo Ruby tratando de cambiar el tema. Los estudiantes comenzaron a cerrar sus computadoras y a colgarse la mochila al hombro antes de abandonar el patio y caminar hacia los edificios alrededor.

Antes de responder, Ashton volteó a ver a Millie y se quedó mirándola por un instante que pareció privado. Ruby no sabía si lo que acababa de presenciar era una pareja comunicándose algo importante en silencio o si solo se trataba de una nauseabunda e íntima muestra de afecto.

—No, hoy no, la cancelaron —contestó negando con la cabeza.

—Qué raro, últimamente han cancelado muchas de tus clases —dijo Ruby. Estaban en medio de los exámenes semestrales y ella sentía que su carga de trabajo se había duplicado, en tanto

En llamas   71

que Ashton parecía tener la mitad de las tareas que tenía a principios de semestre. Se puso de pie y empezó a reunir sus pertenencias, pero él ni siquiera la miró—. Bueno, gracias por el café, supongo que los veré este fin de semana.

—¡Oh! —dijo Millie sonando sorprendida—. ¿Te tienes que ir tan pronto? Bueno, claro, estás muy ocupada. Sí, por supuesto, ¡nos vemos el fin! ¡Te enviaré un mensaje de texto! —exclamó mientras Ruby se alejaba y se despedía de la feliz e insoportable pareja ondeando la mano por encima del hombro sin prestarles más atención.

LA COMPAÑERA DE CUARTO DE RUBY ERA UNA TÍMIDA, PERO DULCE CHICA LLAMADA PATTY. Fue asignada a esa habitación por el departamento que administraba las residencias estudiantiles. El primer día de clases, la placa con el nombre de ambas decía PATRICIA PETERS, pero ella insistió en que Patricia era demasiado obsoleto y que siempre le habían llamado Patty. Patty no se parecía en nada a las chicas con las que se llevaba en la preparatoria, pero, de todas formas, esas chicas nunca le agradaron. Ruby no tenía mucha experiencia viviendo en espacios limitados ni compartiéndolos. De hecho, no tenía mucha experiencia compartiendo nada, pero suponía que en lo que se refería a compañeras de cuarto, Patty Peters era una buena opción porque era callada, limpia y amable.

El rostro redondo y el cabello rizado de Patty eran una presencia más o menos constante en la pequeña habitación, pero a veces salía a media tarde a beber un *chai latte* en el Dutch Bros de la esquina porque Hannah, su amiga, trabajaba ahí. De no ser por eso y sus clases, rara vez iba más allá de donde terminaba el edificio del dormitorio. Casi siempre que Ruby volvía a la habitación tropezándose tras haber pasado la noche fuera, o cuando regresaba de clases, encontraba a Patty acurrucada en la cama, tecleando alegremente en su laptop.

Eran apenas las cinco de la tarde cuando volvió de su multitudinaria cita para beber café y, como esperaba, Patty ya tenía puesta la piyama con estampado de donas, y estaba matando el tiempo mientras tarareaba una canción de Taylor Swift que se escuchaba en el fondo de la habitación, a muy bajo volumen.

—Ah. ¡Hola, Ruby! —dijo en cuanto la vio entrar. Llevaban viviendo juntas casi tres meses y Patty aún sonaba gratamente sorprendida de verla—. ¡Mira lo que llegó! —agregó y señaló un gran jarrón de vidrio lleno de hermosas y brillantes flores sobre el escritorio de Ruby.

Ruby se permitió sonreír muy satisfecha y, a pesar de que acababa de ver a Ashton siendo servil y adulador con Millie, tuvo la ligera esperanza de que él las hubiera enviado; de que fuera un gesto oculto de sus verdaderos sentimientos.

Patty bajó disparada de la cama y voló al lado de Ruby mientras ella sacaba la tarjeta de entre las flores.

—¿Sabes quién las pudo haber enviado? —preguntó Patty.

Ruby negó con la cabeza y le echó un vistazo a la tarjeta. Cuando su vista por fin llegó a la firma, sintió su estómago tensarse.

No era para nada lo que imaginó.

En llamas 73

7

—*Eres el* más invasivo, creído...

—...amable, generoso y *encantador* hombre que has conocido —terminó de decir Remy sin perder ni un segundo, a pesar de que ella empezó a hablar en cuanto contestó el teléfono. Ruby puso los ojos en blanco y, como si Remy lo hubiera percibido, agregó—: Me reservo el derecho de comprarte cosas bonitas siempre que me venga en gana, Ruby Ortega.

—¿Cómo averiguaste mi dirección? —preguntó con tono exigente y resuelta a ignorar lo que Remy seguro consideraba un discurso encantador.

—Soy una persona que sabe arreglárselas.

Ruby supuso que preguntar cómo supo que sus flores preferidas eran las peonias solo habría validado más la extraña manera en que Remy se pasó de la raya y la elevada opinión que tenía de sí mismo, así que solo dejó pasar ese detalle.

—Entonces este es solo un enorme arreglo de flores enviado al azar, así de la nada y por el que no esperas nada a cambio, ¿cierto?

—Yo no dije eso —contestó Remy con voz cálida—. Siempre que hago las cosas, las hago por algo.

—Que es...

—Me gustaría que me acompañaras este fin de semana a un evento de recaudación de fondos.

Las palabras se le atoraron de pronto a Ruby en la garganta. Aunque Remy parecía arrogante y demasiado llamativo, le resultaba difícil aferrarse a ese sentimiento mientras lo escuchaba hablar. No podía negar lo mucho que le atraía la idea de ponerse un vestido bonito para ir a una fiesta elegante, incluso si su acompañante no fuera el objeto de sus afectos.

—¿Para qué es la recaudación de fondos? —preguntó empezando a apaciguarse, pero sin dejar de caminar de un lado a otro frente a la puerta de entrada y con el teléfono pegado a la oreja.

—¿Acaso importa? —contestó Remy con voz suave—. No me hagas suplicar, Ruby, solo di "sí".

¿Remy? ¿Suplicar? Sí, cómo no, pensó tratando de reprimir la risa.

—El evento será en La Princesa Resort, en el centro —continuó Remy—. Habrá buena comida y bebidas. Vamos, no me digas que no estás harta de la comida del comedor universitario. Solo di que sí, ¿de acuerdo? No quiero ir solo a esto.

—¿Y qué tal si ya tengo una cita? —dijo sintiéndose agradecida de que Remy no estuviera a su lado y pudiera ver la sonrisa engreída que apareció de pronto en su rostro.

—Cancélala —contestó él sin dudar, como si tuviera derecho a imponer su voluntad sobre su agenda.

A Ruby le costaba trabajo creer que Remy no tuviera otras opciones, pero de todas formas su persistencia la halagaba.

—De acuerdo, iré.

En llamas 75

—Genial, te recogeré a las seis y media —dijo Remy. Ruby escuchó que sonreía.

—Deberías volver a usar un vestido verde, como el de la fiesta de quince años. Te ves bien vestida de verde.

El estómago le revoloteó a Ruby, pero no permitió que su voz la delatara.

—Me veo bien vestida con cualquier cosa. Te veo el sábado —dijo Ruby antes de colgar, a pesar de que aún lo escuchaba riéndose.

MIENTRAS RUBY ESPERABA QUE REMY LLEGARA EL SÁBADO POR LA NOCHE, miró su reflejo en el espejo en la puerta del baño de su habitación estudiantil. Le había pedido prestado el vestido a Hannah, la amiga de Patty. Por suerte, Hannah era de su misma talla y era una chica generosa. Por supuesto, habría preferido comprar un vestido nuevo porque llevaba muchísimo tiempo sin hacer compras, pero eso habría implicado llamar a casa y pedir dinero adicional además de su modesta mesada mensual y, como todavía no había llamado para averiguar si su familia se encontraba a salvo a pesar de la proximidad de los incendios forestales, se sintió culpable y no quiso marcarles únicamente para pedir más dinero. Además, eso habría implicado toda una serie de cuestionamientos y no tenía ganas de incluir a sus padres en esta experiencia. Sabía que a su padre le agradaba Remy, pero respetarlo como colega y que le agradara que saliera con su hija eran cosas muy diferentes.

De cualquier forma, la colección de vestidos formales de Hannah resultó ser un excelente plan B. Ruby eligió un vestido largo de gasa con cuello alto, espalda escotada y un delicado patrón de flores color verde y rosa pastel. Le dio gusto que el vestido incluyera el color que Remy deseaba que usara, pero sin evidenciar que había tomado en cuenta sus preferencias al elegir su vestimenta.

Después de todo, no se equivoca. Me queda bien el verde, pensó mientras aplanaba la falda del vestido con la mano.

Su cabello no estaba cooperando ese día, más bien trataba de mantenerse fuera de los broches y al margen del espray con el que lo había atado formando un chongo bajo su nuca. A pesar de los cabellos rebeldes que salían volando aquí y allá, se veía bonita. Patty confirmó sus sentimientos antes de salir a la lavandería con un cesto de ropa sucia apoyado en la cintura.

Charlie le había enviado un mensaje esa mañana para desear que se divirtiera y preguntarle cuándo podría verla. Había tratado de averiguar los detalles desde que Ruby canceló la cita doble con Millie y Ashton. Si hubiese sido Ashton quien preguntara, con mucho gusto habría revelado más información con la esperanza de producirle algo de celos, pero no sentía la necesidad de presumirle al ordinario y pobre Charlie que tenía una cita en la noche con un individuo que era, en esencia, el prototipo del hombre guapo, alto y moreno.

Ignoró el mensaje, esperaría hasta que Ashton estuviera cerca para revelar algunos detalles sobre la riqueza y madurez de Remy, pero omitiendo lo insoportable que era, claro.

Apenas acababa de soltar su teléfono cuando escuchó a alguien tocando a la puerta con un solo golpe. Como las cerraduras de las entradas al edificio del dormitorio requerían deslizar una identificación para abrirse, creyó que Remy le llamaría al celular antes de entrar, sin embargo, ahí estaba él con un traje color gris carbón y camisa blanca recién planchada. El cuero negro de sus zapatos y cinturón brillaban casi tanto como sus ojos. Había llegado seis minutos antes y a Ruby le costó trabajo no sentirse complacida por su puntualidad, un valor que su padre siempre decía que era importante. Cuando Charlie pasaba a recogerla para sus citas, solía llegar cinco minutos tarde, nervioso y mascullando algo sobre algún imprevisto u otra cosa.

—Pareces sorprendida de verme —dijo Remy arqueando una ceja y prescindiendo de cualquier saludo formal—. No esperabas a alguien más, ¿o sí? —preguntó con una sonrisa más provocativa que amigable.

Ruby se ruborizó, tal vez aceptar acompañarlo había sido un error después de todo. Remy parecía un individuo refinado, pero cada vez que se veían, a ella le daba la impresión de que había algo un poco peligroso en él.

—Solo supuse que tendría que reunirme contigo en el vestíbulo —dijo Ruby en tono brusco mientras se hacía a un lado para que él pudiera entrar a la habitación—. Olvidé que tu insistencia no tiene límites.

—No es que sea insistente, solo sé arreglármelas, ¿recuerdas? —dijo Remy guiñando—. Estaba yo en la puerta cuando alguien salió, me permitió entrar y me dio las indicaciones correctas —dijo mirando la habitación con curiosidad hasta que su vista se posó en el escritorio de Ruby. Al principio, pensó que admiraba las flores que le había enviado y que ocupaban buena parte de la superficie del desordenado escritorio, pero antes de que pudiera siquiera empezar a preocuparse de que notara que las flores estaban cerca de su almohada porque le agradaba olerlas antes de acostarse a dormir, lo cual habría inflado su, de por sí, enorme ego, notó que lo que había captado su atención era otra cosa.

En el muro, sobre su escritorio, había un pequeño cuadro de corcho, que Remy observó con atención. Ruby conocía demasiado bien las fotografías, así que sabía lo que él estaba mirando: algunas instantáneas de su familia en su propia fiesta de quince años; fotografías de los quince de Elena; un viaje a Disneylandia con amigos al final del último año de preparatoria; ella con el vestido que usó en su graduación y abrazando a Mamá Ortega; y, en la esquina derecha, dos fotografías con Ashton. Por la forma en que Remy estiró el cuello, supo que estaba enfocado en esas últimas.

Una fue tomada en la fiesta de graduación de Ashton, tres años antes. No fueron juntos; fue más o menos un año antes de la epifanía romántica de Ruby, cuando descubrió que Ashton era algo más que un compatriota bobo. Ashton fue con su compañera del laboratorio de química y Ruby con un tipo del equipo de baloncesto, pero antes de encontrarse con sus respectivas parejas, se reunieron en el patio trasero de Ashton para tomar algunas fotografías. En estas, se veían más larguiruchos y desgarbados. El rostro les brillaba por la emoción y los últimos vestigios de la pubertad. Estaban parados lado a lado, ni siquiera se tocaban. A menudo a Ruby le asombraba que aquellos dos chicos bobalicones no tuvieran idea de qué tipo de emoción les esperaba.

Junto a esa fotografía se encontraba la tristemente célebre imagen de ella y Ashton cuando aún gateaban, desnudos en la tina. Él le estaba dando un botecito de juguete, y al regordete rostro de Ruby lo inundaba la risa.

Remy miró a Ruby por encima del hombro, no tuvo que decir nada, la ridícula mueca en su cara hablaba por sí misma. Ella sintió que las mejillas se le ruborizaban por segunda vez en menos de tres minutos.

En llamas 79

—Es una habitación agradable —dijo Remy alejando por fin la mirada del corcho y dejándola vagar por todo el lugar. Ruby y Patty habían pasado buena parte de la mañana limpiando lo que era, sobre todo, el desastre de Ruby: hicieron las camas, aspiraron y sacaron del pequeño refrigerador varios quesos con fecha de caducidad vencida.

—¿Cómo van tus clases? ¿Qué tal la universidad?

—Las clases van bien —respondió ella sin mucha emoción. Tomaba la universidad como tomaba casi todo en la vida: con una resolución inquebrantable, como si, para ella, solo el éxito fuera posible. Por eso la pregunta le resultaba un poco obvia—. La universidad va bien, me agrada. He conocido algunas personas simpáticas. Mi compañera de cuarto me agrada. Me mantengo ocupada.

Remy asintió, su mirada se posó en ella como si buscara algo. Siempre que la veía, a Ruby le daba la impresión de que, debajo de la negra superficie de sus iris, se tramaba algo más, como si no solo la estuviera observando, como si estuviera escaneando su interior para cumplir con un objetivo secreto.

Y eso hacía que el corazón se le desquiciara en cada ocasión.

Después de un momento, la expresión irónica de Remy se transformó en una sonrisa.

—Pues te ves bien, Ruby. Y... ¿que tus ojos verdes combinen con ese vestido? —preguntó antes de silbar a manera de respuesta, señalándola—. Me da mucho gusto verte.

Desde que Remy entró, ella había permanecido en alerta máxima. Su inquisitiva presencia le aceleró el ritmo y la puso inmediatamente a la defensiva, pero para su alivio, parecía que él estaba listo para empezar a comportarse como era debido.

—A mí también me da gusto verte. Me sorprendió tener noticias tuyas —dijo señalando el arreglo floral. Se habían enviado algunos mensajes desde que ella se mudó a la universidad, pero solo para que él le recomendara algunos restaurantes o para alguna broma ocasional. Aunque Remy siempre era quien iniciaba la conversación, también era el que de manera continua dejaba de responder el último mensaje enviado. Ruby se decía que era una persona ocupada y que, de vez en vez, tal vez olvidaba contestar, sin embargo, la consistencia con que repetía el patrón hizo que una parte de ella empezara a preguntarse si no se trataría de una especie de estrategia rara de dominación. Era una táctica que ella había empleado en varias ocasiones. Además, tomando en cuenta que solo vivía a unas millas del campus, le resultaba extraño que hubiesen pasado casi cuatro meses desde que se vieron aquella noche en la playa, antes de que él hiciera algún esfuerzo por volver a verla.

Los labios de Remy se fruncieron de manera casi imperceptible, como si se le acabara de ocurrir algo, pero se hubiera reprimido antes de expresarlo.

—¡Vámonos! ¿Estás lista?

Ruby tomó su bolso de encima de la cama y asintió.

—Estoy lista si tú lo estás.

8

—**No puedo creer** que conduzcas una camioneta *pickup* —dijo Ruby frunciendo la nariz mientras se acercaban a la deslumbrante camioneta negra estacionada fuera del edificio del dormitorio.

Remy arqueó una ceja y le abrió la puerta del pasajero.

—Di por hecho que conducirías algo ridículo y exagerado. Como un Ferrari —dijo Ruby recogiendo la parte baja de su vestido para subir a la camioneta.

Remy rio divertido antes de cerrar la puerta con firmeza. Aunque ella no lo escuchaba, cuando lo vio cruzar frente al vehículo y dirigirse a la puerta del conductor, le pareció que continuaba riéndose solo.

Mientras Remy se acomodaba el cinturón de seguridad, Ruby volvió a preguntarle a qué tipo de evento de recolección de fondos asistirían. Él no le había dado más detalles desde que la invitó.

—Es una gala para reunir dinero para los centros de evacuación que ayudan a las personas afectadas por los incendios —le explicó al incorporarse a la carretera.

Una vez más, la culpa volvió a embargarla. Estaba segura de que su familia se encontraba bien, pero de verdad necesitaba llamar a casa.

—¿Y cómo te involucraste *tú* en algo así? ¿Los eventos de caridad son algo común en tu vida? —le preguntó. Él miraba fijamente el camino, y Ruby aprovechó para observar su perfil enmarcado por el chirriante desierto que se veía por la ventana. Entonces vio en sus labios formarse una sonrisa.

—Sí y no. Debido a mi negocio, muchas organizaciones me contactan para ver si puedo apoyar su causa de alguna manera, ya sea donando, promoviendo o lo que sea. Es obvio que no puedo decirles sí a todas, pero en este caso había un beneficio mutuo —explicó tamborileando los dedos en el volante.

—¿Qué significa eso?

—Pues... —dijo inclinando la cabeza hacia un lado, como tratando de elegir las palabras correctas—. Ellos me piden donar algunos servicios a su subasta silenciosa —explicó mirándola por el rabillo del ojo—. ¿Sabes lo que hace mi aplicación? —preguntó, Ruby negó con la cabeza—. De acuerdo, pues para decirlo en pocas palabras, permite que los huéspedes de los hoteles tengan experiencias especiales y más personalizadas adonde quiera que vayan. Que tengan todo lo que los reconforta, las cosas que reflejan sus intereses.

Ruby frunció el ceño.

—¿Qué significa eso? —repitió con un poco más de impaciencia.

—Al principio era una aplicación para que lugares pequeños, como la posada de tus padres, se mantuvieran relevantes, en especial en zonas donde no había Grubhub o Uber Eats u otro sistema que pudiera ofrecer esos servicios tan solicitados. Sin embargo, el proyecto creció y ahora incluye cosas mucho más extravagantes y de nicho. Los usuarios pueden solicitar una decoración especial o alimentos, bebidas y actividades específicas, el rango es muy amplio. La aplicación les permite a los consumidores diseñar sus propias vacaciones hasta el menor detalle.

—¿Y la gente está dispuesta a pagar por algo así? —preguntó ella. Le costaba trabajo creer que alguien se molestara en descargar una aplicación y pagar para asegurarse de que al llegar a su hotel encontraría el banderín de cumpleaños perfecto o su marca preferida de refrescos en el minibar. Luego supuso que ella no pasaba suficiente tiempo en la posada como para saber si eso era lo que los clientes realmente deseaban.

Remy asintió y su divertida expresión le hizo saber a Ruby que reconocía lo ridículo que resultaba todo aquello.

—Sí, funciona en particular bien con los grupos de mujeres que organizan despedidas de solteras, pero también hemos detectado un crecimiento importante en los cumpleaños y los aniversarios. ¿Sabes? Creo que, sobre todo, tiene que ver con la experiencia VIP. Es decir, en realidad no se trata de que lo que solicita la gente realmente sea importante, sino de que sientan que lo es.

Ruby no estaba segura de entender del todo, pero reconocía la importancia del estatus y la exclusividad, así que estaba dispuesta a conceder que el concepto pudiera funcionar.

—Si tú lo dices —dijo—. ¿Qué donaste?

—Dos cosas. Bueno, más o menos. Tengo algunos contactos y fuentes en la industria de la hospitalidad que en este momento están teniendo auge debido a que la gente tiene que salir de sus casas —dijo mirándola como si esperara una reacción—. Doné un par de noches en una propiedad increíble con la que trabajo en Austin y que incluye un *tour* personalizado por varios *pubs*. La gente puede elegir distintos tipos de bares, así como muchos otros elementos especializados. Un grupo hizo un *tour* de *karaokes* en peluca y patines de ruedas. En fin, todas las ganancias obtenidas, se usarán para comprar agua y alimentos para la gente que fue alojada en el Buena Valley Community College. Convirtieron el estadio de baloncesto en hogar temporal para las personas evacuadas por los incendios.

Ruby asintió.

—¿Qué otra cosa donaste? —preguntó tratando de apaciguar su interés. Le sorprendía lo mucho que necesitaba controlar sus sentimientos cuando estaba con Remy, lo mucho que necesitaba aplacar su curiosidad. Era como si estuvieran jugando una especie de póquer emocional. No era un sentimiento nuevo para ella porque a menudo jugaba con chicos tímidos, pero Remy parecía estar consciente de que estaba participando en el juego. Y eso *sí* era nuevo.

—Ahí es donde entra el beneficio mutuo que mencioné. No puedo solo regalar cosas cada vez que la gente las solicita, tengo un negocio que mantener y hacer crecer —explicó mirándola de nuevo—. Generé un código promocional para la gente que ha sido evacuada por los incendios. Con él podrán tener acceso a estancias con descuento en nuestras propiedades afiliadas. Los centros de evacuación y las agencias de ayuda me están ayudando a hacer la publicidad.

Ruby volvió a fruncir el ceño.

—Supongo que cobras una tarifa cada vez que la gente se aloja en esas "propiedades afiliadas", ¿no? —preguntó, él asintió—. Entonces, ¿básicamente estás lucrando con la gente que perdió sus hogares? ¿A cuánto asciende el descuento?

—Soy un negocio, un *pequeño* negocio, ¡no la Cruz Roja!

—¿De cuánto es el descuento? —insistió ella.

—Quince por ciento.

—¡Quince por ciento! —exclamó Ruby carcajeándose. La risa casi le impidió continuar hablando—. Eso no es una donación, ¡es una campaña de *marketing*! —dijo y, aunque estaba hablando mucho más fuerte, no sonaba enojada. Solo no podía creer la desfachatez de Remy, su audacia para hacer pasar una estratagema por un acto caritativo cuando, en realidad, apenas rayaba la superficie de lo que implicaba ayudar a otros. Era tan... tan desvergonzado. Le asombraba que no solo se saliera con la suya haciendo algo así, sino que incluso lo alabaran por ello. Estaba fascinada.

Remy chasqueó la lengua.

—Escucha, Ruby, alguien va a beneficiarse de todo este desastre, la gente va a necesitar casas nuevas, objetos nuevos. ¿Por qué no podría ser yo el beneficiado? — preguntó. Ruby negó con la cabeza en un gesto de ligera incredulidad. Remy salió de la carretera y ella divisó, enmarcada por el atardecer rosado, la silueta del centro vacacional: una construcción con ángulos producto del estilo adobe que lo hacían parecer un castillo. Remy prosiguió—. Este hotel usa nuestra *app*. Si te hospedas aquí, puedes elegir distintos aromatizantes ambientales para tu habitación o que un chef personal especializado en sushi prepare tu plato favorito—explicó mientras desaceleraba y se acercaba al *stand* del *valet*. Ruby empezó a desabrochar su cinturón de seguridad—. Incluso puedes solicitar que te envíen toallas monogramadas para cuando bajes a nadar a la alberca.

Ruby miró a Remy y puso los ojos en blanco.

—Ay, ¡pero vaaaaaya! ¡Qué elegante!

EN CUANTO APARECIÓ EL *VALET* VESTIDO CON ES-MOQUIN y guantes blancos para abrir la puerta del pasajero de la camioneta de Remy y acompañarla a la acera, Ruby se sintió transportada a un maravilloso escenario de pura extravagancia, completamente distinto a todo lo que había experimentado.

Cuando Remy apareció a su lado y puso su mano en la parte más estrecha de su espalda, la inundó una especie de gozo como el de las mañanas de Navidad y sintió deleitantes fuegos artificiales recorrer su cuerpo. Remy le entregó al *valet* un billete doblado de veinte dólares con toda naturalidad y la condujo a través de la puerta de vidrio del vestíbulo del hotel.

Ambos caminaron como si flotaran sobre los pisos de mármol. Al llegar a la mesa de recepción, una mujer con vestido de noche Versace de escote profundo y tirantes de cuentas, y con una insignia en uno de los tirantes, los registró dando grititos y abrazando con todo su cuerpo a Remy. A Ruby le fue imposible no notar la familiaridad con que tocó sus bíceps al preguntarle cómo estaba.

—Ruby, esta es Isabelle Wyatt. Su padre es dueño de una cadena de restaurantes de cortes de carne con la que trabajé. Isabelle ha sido muy generosa y protagonizó un par de los videos promocionales para las redes sociales de Capitán.

—¿Capitán? —repitió Ruby.

—Su *app* —dijo Isabelle fulminando a Ruby con una mirada que emergió desde el fondo de aquellas enormes pestañas falsas que parecían alas.

—*Sé el capitán de tu propia aventura* —interrumpió Remy en tono gracioso, guiñándole a Ruby y con la cadencia de un *slogan* practicado y puesto a prueba demasiadas veces.

En llamas 87

—De acuerdo, les daré sus identificaciones para que puedan entrar —murmuró en tono sexy Isabelle al tiempo que buscaba las tarjetas con sus nombres—. Pero solo si prometes buscarme más tarde para ponernos al día —agregó inclinándose de una forma tan provocativa sobre la caja, que Ruby temió que el papel de las tarjetas le cortara la piel a lo largo de todo el escote.

Isabelle le entregó a Remy dos tarjetas con sus nombres y una pequeña bolsa blanca con obsequios que él le pasó de inmediato a Ruby. Un discreto vistazo entre el papel de china arrugado le permitió ver una caja de chocolates Godiva y un frasco de viaje de crema corporal La Mer.

Nada deleznable, pensó Ruby.

Isabelle se concentró en tratar de seducir a alguien más mientras Remy pegaba su tarjeta a la solapa de su traje y le entregaba a Ruby la suya. Ahora, sobre su pecho, en una gruesa tarjeta de cartón podía leerse: REMY BUSTILLOS—CAPITÁN.

Ruby escudriñó los sutiles pliegues de tela de su vestido tratando de decidir cuál sería el lugar menos flagrante para colocar su tarjeta de visitante.

—¿Necesitas ayuda? —preguntó Remy meneando las cejas con aire travieso. Ruby puso los ojos en blanco, pegó la tarjeta en la banda de su bolso y caminó hacia el salón de fiestas abierto. Siguió el sonido de risas educadas, el tintineo de las copas de coctel y la suave melodía interpretada por un cuarteto de cuerdas tocando en vivo.

Había crecido literalmente con fiestas en su patio, en un mundo de élite con nanas, con la vestimenta clásica de las escuelas privadas y membresías de clubes de yates, pero ¿esto? Esto era algo distinto.

Cuando Remy se paró a su lado, seguía boquiabierta. De la charola de un camarero que pasaba, tomó con destreza dos flautas de champaña con borde dorado y le dio una a Ruby, sonriendo mientras ella trataba de recobrar la compostura.

—¿Esto es una *recolección de fondos*? Tal vez si se deshicieran de una de las fuentes de chocolate podrían comprar más cobijas para los niños pobres y sin hogar —dijo burlándose y asombrada. A pesar de que la atmósfera le emocionaba, estaba consciente de lo extraño que era estar rodeada de lujo mientras el objetivo era tratar de beneficiar a gente que lo había perdido todo.

Otro camarero pasó con una charola con ostras en medias conchas arregladas en una espiral sobre una cama de hielo y Ruby tomó una enseguida. Sus ojos brillaron con codicia cuando presionó la fresca concha contra sus labios y echó la cabeza hacia atrás. Mientras sorbía la fresca, salada y deliciosa ostra, Remy se acercó a ella y le murmuró algo al oído.

—¿Sabes? Las ostras son afrodisíacas.

Ruby tosió sorprendida ante el vulgar comentario y frunció los labios para asegurarse de no escupir la ostra hasta el otro lado del salón. Terminó con la incómoda sensación de que se le saldría por la nariz, así que se cubrió la boca, respiró hondo y logró tragarla sin dejar de fulminar a Remy con la mirada.

—*Eso*, en cambio —dijo señalándola y sonriendo—, eso no fue afrodisíaco.

Ruby puso los ojos en blanco de nuevo, pero no pudo evitar reír.

—Eres tan desagradable.

—Sí, bueno, soy multitudes, así les sucede a las mejores personas, ¿no? —dijo Remy. Entre ellos hubo un momento durante el que él no dejó de mirarla con cariño innegable y los ojos un poco arrugados por la cálida sonrisa—. ¿Te molesta si te presento a algunas personas? Este es uno de esos eventos en los que hay que codearse con la gente, hacer *networking* y ese tipo de cosas.

A pesar de que tuvo la intención de volver a hacer un comentario para molestarlo, solo asintió. Tal vez no sentía nada romántico por Remy, nada comparable con lo que sentía por Ashton, pero no podía negar que todo lo que había sucedido esa noche le parecía emocionante. Los artículos de lujo, la elegancia, esa sensación de adultez que le parecía como de otro mundo. Era increíble.

Y tenía que admitir que Remy también era como de otro planeta. Le hacía pasar momentos incómodos cada vez que exageraba demasiado de todas las maneras incorrectas posibles y, aun así, era... fascinante. Cuando lo observaba, algo en su interior crepitaba y destellaba. El copioso estruendo de su risa, el resplandor de su sonrisa, la caballerosidad con la que sacaba su tarjeta de presentación del bolsillo forrado con seda de su saco. Todo le resultaba cautivante.

Remy le resultaba cautivante.

Sospechaba que él sentía lo mismo. Mientras caminaban por el salón, Ruby levantó la vista y descubrió sus oscuros y profundos ojos fijos en ella sin importar lo que estuviera sucediendo. Y cada vez que se encontraba con ellos, el revoloteo de la emoción en su pecho ardía con más vigor.

Aceptó una segunda flauta de champaña mientras miraban en silencio los precios de los artículos en subasta. El paquete del hotel en Austin de Remy se había vendido por ocho mil dólares y él estaba tan complacido que pujó por un bolso *clutch* para Ruby. No ganó, pero a ella le impresionó que se mantuviera en la carrera hasta que el precio sobrepasó los cinco mil dólares.

Después de cenar, el comité organizador de la gala brindó por quienes apoyaron el evento y animaron a la gente a seguir donando. Le pidieron a Remy que se pusiera de pie y le agradecieron el programa de descuentos que les ofreció a las víctimas de los incendios. A Ruby le deleitó notar que sus bronceadas mejillas se habían tornado rosadas, pero no estaba segura si se debía a que se sentía avergonzada por la gratitud inmerecida o que de pronto sufrió un irreprimible ataque de risas ante toda la fachada del evento.

De pronto, Remy se acomodó en su silla y se inclinó hacia ella. El olor del alcohol mezclado con el punzante aroma de su colonia formaba una combinación intoxicante.

—Salgamos a tomar un poco de aire fresco —murmuró Remy con voz seductora.

Cuando Ruby volteó y lo miró a los ojos, estaba muy consciente de cuánta gente lo seguía observando. O, más bien, de cuánta gente *los* observaba.

Aceptó esperarlo en el patio mientras él recogía una botella de champaña solo para los dos. Cuando se levantó de la mesa, habría podido jurar que sintió su mirada seguirla mientras se alejaba.

Salió y caminó hasta el borde del patio. Permaneció de pie con los brazos apoyados en la baranda de piedra y miró el deslumbrante desierto que se extendía frente a ella. Ahora que el sol se había puesto, el calor de principios del otoño dio paso a una sensación árida, pero agradable. Las siluetas de las montañas se veían oscuras y puntiagudas más allá de las titilantes luces de la ciudad.

Cerca de donde se encontraba, un grupo de chicas más o menos de su edad se habían reunido alrededor del mobiliario en el patio, bebían bebidas de colores brillantes y chismorreaban entre murmullos y risitas disimuladas.

—Viste que está aquí, ¿no? *Te dije* que vendría —dijo una de ellas riendo—.

—De hecho, nunca lo he visto en persona, solo en fotografías —dijo otra.

—Es mucho más guapo en persona —interrumpió una de sus amigas resoplando—. Mi hermano me mostró un artículo sobre él, decía que es uno de los veinticinco líderes de menos de veinticinco años a los que había que prestarles atención o algo así. ¡Él es el más joven de la lista! En el artículo se decía que Capitán era una *app*... ¿cómo dijeron? Ah, sí, "deliciosamente frívola", ¿o "frívolamente deliciosa"? Como sea, mi hermano dice que la idea ni siquiera es de él, que se la robó a un compañero de su fraternidad antes de que lo expulsaran en su primer año en la universidad. O algo así.

Ruby volteó con sutileza, todavía tenía la espalda hacia ellas, pero alcanzaba a ver sus siluetas apiñadas como si estuvieran compartiendo secretos. Sin darse cuenta, por el alcohol, de lo fuerte que estaban hablando en realidad.

—También vi un TikTok sobre él —dijo la primera chica sacudiendo varios mechones de cabello oscuro mientras hablaba—. Decía que unos productores le suplicaron que participara en uno de esos *reality shows* en una isla de puro sexo, ya saben, esos en que envían a los participantes a un lugar extraño para que se la pasen ligando sin parar. Al parecer, él se rehusó por cuestiones de negocios, pero apuesto que lo hizo porque ya se acostó con la mayoría de las chicas que participarían en el programa —explicó riendo a carcajadas y echando vigorosamente la cabeza hacia atrás.

En un gesto juguetón, la tercera chica empujó el hombro de su amiga.

—Yo escuché que anda con alguien en cada uno de los hoteles en que trabaja.

Ruby se dio cuenta de que aquellos rumores deberían espantarla, estaba segura de que sus padres no aprobarían una relación con él, en especial su madre. El simple hecho de ver su Instagram le había hecho sospechar que Remy llevaba una vida bastante alocada, pero al escuchar a esas chicas chismorrear y adularlo, sintió más bien el perverso orgullo de haber captado la atención de alguien capaz de desencadenar escándalos así de lascivos.

Incluso antes de que tocara uno de sus rizos con las yemas de sus dedos, Ruby presintió que Remy estaba cerca porque las chicas de pronto se quedaron en un silencio obligado que la llenó de una incomparable sensación de superioridad. Volteó a mirarlas deleitándose en el asombro y la sorpresa con que la contemplaban, y luego le sonrió al joven que sostenía la botella de Veuve Clicquot en una mano, y un plato con *crostini* de atún de aleta amarilla en la otra. La indiferente manera en que Remy miró al grupo de chicas parecía indicar que sabía de qué estaban hablando, pero no le importaba. Le sonrió con sutileza a Ruby mientras equilibraba el plato sobre la baranda y descorchaba la botella con el satisfactorio sonido de costumbre: *pop*.

—¿Estás tratando de embriagarme? —preguntó Ruby riendo, pero sin dejar de mirarlo.

Remy se detuvo y de pronto se puso muy serio.

—¿Estás ebria? —dijo. Miró la flauta de champaña a medias y luego a ella.

Ruby volvió a reír, esta vez un poco más fuerte, de una manera un poco más forzada. Solo había bromeado. Para ser franca, solo trató de sonar seductora, no esperaba que él respondiera de una forma tan sombría.

—No, esta es apenas mi segunda copa —respondió negando con la cabeza.

Remy asintió, pero ya no hizo nada por servir la botella que acababa de abrir.

—En serio —dijo Ruby arrebatándole la botella de las manos y bebiendo un generoso trago directo de ella. Le sonrió juguetona sintiendo las frescas burbujas disolviéndose en su lengua—. Veo que eres algo famoso en esta fiesta —señaló, ansiosa por cambiar de tema y averiguar más respecto a lo que acababa de escuchar decir a aquellas chicas. Entonces le devolvió la botella de champaña.

—Ah, ¿sí? —preguntó Remy sorbiendo rápido de la flauta y arqueando una ceja.

—La gente parece saber bastante sobre ti.

—Ah —dijo riéndose tanto que las burbujas de champaña se desbordaron de la copa—. Creo que más bien quieres decir: *notorio*. No *famoso* —agregó bebiendo un poco más, pero sin interrumpir el contacto visual—. ¿Es eso un problema?

—No lo he decidido aún —dijo Ruby tratando de reprimir una sonrisa, resuelta a permanecer impávida lo más posible, pero por la manera en que brillaban los ojos de Remy se dio cuenta de que tal vez no tendría éxito.

Remy le extendió la botella de vuelta.

—¿Sabes? Hice reservaciones para que pasemos la noche aquí —le dijo con toda naturalidad señalando el hotel con la barbilla.

Ruby se quedó paralizada con el brazo extendido.

—Yo, tú... ¿qué?

Remy volvió a reír a carcajadas.

—Relájate, te reservé una habitación aparte. Aunque no te correría de la mía si desearas pasar la noche ahí —dijo con una voz tan profunda y sensual que casi sonó como un ronroneo.

Ruby tomó la botella que le ofrecía Remy y volvió a llevársela a la boca. La emoción de colocar sus labios en algo que acababa de tocar los de él hizo que las burbujas le resultaran aún más deliciosas.

—Solo quería comportarme como un adulto responsable y no conducir después de haber bebido —añadió él. La miró y sus ojos centellearon—. La gente suele cometer tonterías tras unas cuantas copas, ¿sabes?

A LA MAÑANA SIGUIENTE, RUBY DESPERTÓ LENTA-MENTE, PARPADEANDO y saboreando la suavidad como de mantequilla de las sábanas sobre su piel. Se incorporó y miró alrededor. Y al ver la inmaculada decoración de la suite del hotel, el lujoso mobiliario color crema y las obras de arte moderno, de pronto se dio cuenta de que estaba sonriendo.

La noche anterior fue...

Suspiró.

Fue algo especial, no podía negarlo.

Miró hacia abajo y notó que llevaba una cómoda bata de lana. Del lado izquierdo, sobre su corazón, había una *R* bordada y ence-rrada en un corazón rojo. Sin duda era producto de la intervención de Capitán, pero no estaba segura si era *R* de Ruby o de Remy.

Se frotó los ojos aún adormilada y los recuerdos de la noche anterior pasaron por su mente en fragmentos vagos. La cham-paña, la comida, *el coqueteo*.

Vio a Remy parado en la puerta de su habitación, enmarcado por la luz fluorescente del corredor. Era tarde y tenía los ojos vi-driosos, pero su mirada se mantuvo intensa e insistente mientras hablaba con ella con esa voz profunda que hizo que le vibrara la columna. Estaba recostado en el marco de la puerta con la cabeza inclinada hacia ella, deslizó las puntas de sus dedos a lo largo de su brazo con una suavidad que la dejó paralizada.

—Me gustaría pasar —dijo, y, por un instante, sus palabras sonaron tensas—, pero no de esta manera.

Ruby no estaba segura si, al decir "esta manera", se refirió a la champaña que bebieron durante la gala o al territorio gris del romance en que habitaban, donde la omnipresente figura de Ashton se veía a la distancia. Después de todo, sus sentimientos por él eran el secreto que la unía a Remy y que la separaba a la vez. Remy era *guapísimo* y la claridad con que expresó su deseo la hizo sentir poderosa, pero eso no eliminaba de la ecuación su amor por Ashton. Por eso, la noche anterior, saboreó la tensión por un instante antes de susurrar: "Buenas noches" y cerrar la puerta de su habitación.

9

Cuando Ruby por fin logró salir de la cama, se sintió aliviada al descubrir que solo había recibido un mensaje breve de Remy en el que decía que tuvo que salir temprano para tomar un vuelo, pero que había hecho arreglos para que un automóvil la llevara de vuelta al campus. No estaba segura de lo que significaban las confusas emociones que le había provocado la noche anterior, pero estaba segura de que no estaba lista para volver a verlo de inmediato.

Lo que no le brindó alivio fue bajar de la limusina y encontrar a Charlie esperándola en el patio del edificio de su dormitorio, caminando de ida y vuelta y murmurando algo para sí mismo. Su expresión pasó de la confusión a la conmoción en cuanto la vio descalza, en traje de noche y con el cabello despeinado.

—Ruby —exclamó en un grito ahogado y parpadeando con furia, como si verla en ese estado fuera solo producto de su deficiente vista.

—¿Qué haces aquí?

Charlie lanzó al aire los dos vasos de papel con café como si eso fuera explicación suficiente.

—De acuerdo, mira... —empezó a decir Ruby, pero él la interrumpió.

—Me... ¡me engañaste! —gritó.

Ruby se ruborizó al notar que el grito de Charlie había captado la atención de algunos estudiantes que acababan de salir del comedor y pasaban por ahí platicando.

—Charlie, yo...

Charlie abrió los ojos como platos y señaló el vestido de Ruby.

—¡Mírate! Estuviste fuera... ¡Toda la noche!

Ruby puso en blanco los ojos y se cruzó de brazos.

—Si tan solo escucharas...

—¿Cómo pudiste hacerme esto? —preguntó con la voz entrecortada, densa por las lágrimas, y salpicando saliva.

—Yo no...

—¡No me *mientas*, Ruby!

Era obvio que no tenía caso explicarle nada a un tipo histérico que ni siquiera era su novio y a quien solo conocía desde hace algunos meses.

En realidad, ni siquiera importaba que no hubiera sucedido nada con Remy la noche anterior. *Bueno, quizá no* nada, pensó al recordar la corriente eléctrica que sintió cada vez que la tocó. De cualquier forma, nada justificaba ese tipo de berrinche, en especial viniendo de alguien a quien no consideraba más que un juguete temporal.

Además, tampoco valía la pena que la avergonzaran en público. Los lloriqueos y gemidos de Charlie habían captado la atención de un pequeño grupo de personas que los veían desde la zona para estacionar bicicletas más cercana.

—Creo que deberías irte —sugirió Ruby con la mayor calma posible.

Los ojos azules e inyectados de Charlie se abrieron como platos. Era obvio que se preguntaba cómo podía Ruby ser tan despiadada como para mandarlo a paseo en ese estado, pero ella no veía otra solución. Charlie no la iba dejar hablar, no le interesaba recibir una explicación, lo único que quería era que ella cayera en una angustia igual a la suya. Quería una disculpa.

Y ella no se la iba a ofrecer.

Charlie parpadeó boquiabierto, pero no se movió, así que Ruby siguió su propio consejo y subió a toda velocidad a su habitación.

UNOS INSTANTES DESPUÉS, RUBY SE ENCONTRABA DE NUEVO en la puerta ordenando un Uber y demasiado distraída para siquiera verificar si Charlie se había ido o no.

Necesitaba ver a Ashton *de inmediato*.

Apenas acababa de cambiarse de ropa cuando su celular empezó a vibrar y anunciar los mensajes entrantes. Algunos eran de Charlie. *¿Qué más podría decir este tipo?*. También había un par de Millie y uno alarmante y críptico de Ashton: Ruby, no estoy seguro de lo que pasó, pero creo que será mejor que mantengas un perfil bajo por algún tiempo.

No sabía qué le resultaba más exasperante, que Charlie hubiera llamado a Ashton y a Millie en cuanto ella entró al edificio, o que Ashton le hiciera esa ridícula petición tras recibir el mensaje de Charlie.

¿Mantener un perfil bajo? ¿Qué diablos quiere decir? ¿Ashton en verdad estaba tan enojado por un ridículo malentendido?

En llamas 99

La única manera de averiguarlo no implicaba "mantener un perfil bajo", una frase que no existía en el vocabulario de Ruby.

Abordó casi sin aliento el Uber y, después de acomodarse en el asiento trasero, trató de organizar lo que diría. *¿Cómo puedo hacerle entender a Ashton que, aunque Charlie no me importa, no quise lastimarlo? ¿Cómo explicarle que la única razón por la que estuve de acuerdo en salir con Charlie o Remy fue para distraerme de los sentimientos que tengo por él? ¿Cómo puedo aclarar todo esto sin sonar como una perra egoísta?*

En cuanto el Uber se detuvo en el estacionamiento del complejo de apartamentos donde vivían Ashton y Millie, Ruby salió disparada y solo alcanzó a darle las gracias rápido al conductor antes de apresurarse a llegar a las escaleras. Se dirigió al segundo piso subiendo los escalones de dos en dos con sandalias que, en su prisa por salir, no notó que eran distintas. Su teléfono empezó a sonar en cuanto vio la puerta de Ashton y Millie, y, como por reflejo, se lo estrelló en la oreja.

—¿Qué? —contestó casi con un ladrido.

Entonces se detuvo frente a la puerta en cuanto escuchó a Carla, su hermana más chica, estallar en llanto.

10

—¡*Ruby!* —*escuchó a Carla gritar*—. Los incendios... llegaron a Vista Lane. Cancelaron las clases y Elena escuchó que los Trujillo perdieron su casa. Evacuaron su vecindario hace unos días. ¡Y no viven muy lejos de nosotros! Hay humo en todos lados, vino la policía para decirnos que había llegado el momento de irnos. *Ruby*, ¿qué pasará si se incendia nuestra casa?

Ruby se sentó en la parte superior de las escaleras sintiendo que el aire se le quedaba atrapado en la garganta, tratando de asimilar las apresuradas y frenéticas palabras de su hermana. Por fin logró hablar.

—Carla, todo estará bien. Todo va a estar bien. ¿Me puedes pasar a mamá o a papi?

—No saben que te marqué, no querían preocuparte en la universidad. Parece que estás muy ocupada.

El estómago se le retorció a Ruby. *¿Qué tipo de hija está demasiado ocupada para esto?*

—En las noticias están diciendo que la gente debería evacuar —explicó Carla con voz entrecortada—, pero papi dice que están exagerando. Nos vamos a quedar, Ruby, pero todo es... muy alarmante.

Qué manera de atenuar la situación, pensó Ruby.

—Lo sé, Carla, me apena que estés pasando por esto, pero papi sabe lo que hace. Si no cree que necesiten evacuar, estoy segura de que tiene razón.

—Desearía que estuvieras aquí —murmuró Carla—, Elena se ha convertido en un monstruo desde que te fuiste —dijo con un suave resoplido.

Elena era un monstruo, estuviera ella ahí o no, pero al menos había llegado a ser tolerable de vez en cuando y a asumir su papel de hermana sándwich. Sin embargo, a Ruby no le costaba imaginar que ahora, en su ausencia, asumía y explotaba lo más posible el papel de hermana mayor. Pobre Carla.

—Lo sé, yo también desearía estar ahí, pero todo estará bien. Te quiero y papi también te quiere, él jamás las pondría en peligro. Lo sabes, ¿verdad?

—Sí, tienes razón —contestó Carla—. Te quiero, Ruby.

—Te llamaré mañana, ¡anímate! —dijo y colgó, pero permaneció varios minutos sentada en el último escalón con el celular entre las manos aun después de terminar la llamada.

No había razón para hacer lo que hizo, salir corriendo de su dormitorio e ir ahí. Ahora lo veía. Ashton se acercaría a ella y superarían lo sucedido juntos. Ahora volvería al dormitorio y, quizá, llamaría a sus padres.

Se levantó para irse, pero se detuvo antes de dar el primer paso.

Si los incendios estaban tan cerca de su casa, los padres de Ashton también estarían angustiados.

Dio media vuelta y tocó con suavidad en la puerta. Millie la abrió, la simpatía y el afecto hacían brillar sus dorados ojos.

—Ay, Ruby, hola. ¿Te encuentras bien? —preguntó en un tono dulce y suave, como si estuviera hablando con un niño que acababa de caerse de la bicicleta.

—Sí, es decir, no del todo —dijo tratando de mirar detrás de Millie—. ¿Está Ashton en casa?

Millie miró por encima de su hombro, con aire aprensivo y cerró un poco la puerta. Su rostro ocupaba la mayor parte de la estrecha abertura.

—Oh, no creo que sea el mejor momento.

Dios santo, ¿en verdad todos están tan molestos por la estúpida aventura con Charlie? Lo lastimé, no lo asesiné, pensó. Su mente revoloteó un poco, se preguntó si Ashton estaría celoso porque pasó toda la noche fuera con alguien. ¿Cómo reaccionaría si supiera que, de todos los candidatos posibles, fue con Remy? Pero entonces hizo un enorme esfuerzo y descartó esa idea por el momento.

—Mira, no estoy aquí para hablar de Charlie ni de nada parecido. Necesito hablar con Ashton. Es sobre sus padres. Sobre nuestros padres.

Millie contempló a aquella Ruby exasperada y reflexionó sobre la manera en que protegía a Ashton. ¿Quién era ella para asumirse como custodia de su bienestar? Ruby lo había conocido toda su vida, a su familia también. ¿No contaba eso para nada?

Los rastros de cautela desaparecieron de su rostro y se hizo a un lado para permitirle a Ruby pasar.

—Iré por él —dijo al tiempo que le indicaba a Ruby que se sentara en uno de los bancos de su pequeña cocina.

Millie atravesó la sala y deslizó la puerta de vidrio que daba al patio donde Ashton parecía estar haciendo sentadillas. Tal vez solo estaba sentado en el suelo leyendo. Pero al observar con más

En llamas 103

cuidado, Ruby se dio cuenta de que no se había equivocado, Ashton vestía shorts deportivos y una camiseta, y su delgado cuerpo estaba inclinado hacia las rodillas. Millie se arrodilló para hablar con él, le quitó con suavidad uno de los audífonos. Había dejado la puerta entreabierta y, desde el otro lado de la sala, Ruby escuchó la respiración entrecortada de Ashton mientras lo esperaba con impaciencia.

¿Desde cuándo hace ejercicio Ashton?, se preguntó contemplando a su amigo incrédula. Tenía recuerdos vívidos de Ashton llorando a gritos cuando estaba en tercer grado y su papá lo forzó a unirse a un equipo de futbol americano de Pop Warner. Desde entonces no había vuelto a hacer nada más extenuante que una caminata en el bosque.

Tras unos minutos, Millie susurró las palabras mágicas que Ashton necesitaba escuchar, cualesquiera que fueran. Le ayudó a ponerse de pie y ambos entraron al departamento. Ashton tenía el rubio y despeinado cabello pegado a la cabeza, y su camiseta gris mostraba anillos de sudor en las axilas y el centro del pecho. Su esbelto cuerpo se veía muy distinto, los nervudos y tensos músculos cubiertos por el brillo del sudor tomaron a Ruby por sorpresa.

—Hola —dijo Ashton con frialdad—, ¿qué hay? —agregó casi sin mirarla, solo caminó directo al refrigerador y sacó una botella de agua, pero no le ofreció nada a ella.

—Acabo de hablar con Carla. Los incendios están... muy cerca. Les dijeron a nuestros padres que evacuaran —dijo Ruby sintiéndose asombrada de lo raro que era decir todo aquello en voz alta, de lo extraño que era referirse a su propia vida de esa manera. En las noticias había escuchado en incontables ocasiones sobre gente que había sido evacuada, pero decir aquello respecto a su propia casa y su familia era demasiado irreal, era como si se estuviera expresando en una lengua que no sabía que podía hablar—. Solo quería asegurarme de que estuvieras al tanto.

Las húmedas y ruborizadas mejillas de Ashton palidecieron frente a ella en segundos.

—Sabía que era una posibilidad, pero... —dijo antes de apoyar las manos en la barra para estabilizarse. Ruby vio perlas de sudor gotear de su nariz a la barra.

—Mi familia no se irá —añadió Ruby—, así que quizá no sea tan serio como parece. Tal vez por eso tus padres no te han dicho nada.

—Oh —exclamó Ashton frunciendo el ceño, como si quisiera preguntarle algo más, pero no pudiera elegir las palabras. Entonces suspiró de manera muy profunda—. Gracias por avisarme, los llamaré ahora mismo.

Ruby asintió y se puso de pie. Pensó en abrazarlo y en decirle lo agradecida que se sentía de que se tuvieran el uno al otro. Ashton la atraería hacia él y la pegaría a su camiseta húmeda, la rodearía con sus tibios y delgados brazos, y ambos enfrentarían este desafío juntos. Encontrarían la manera de lidiar con la ansiedad de la espera, de no saber si sus hogares sobrevivirían ese desastre natural.

Pero para su sorpresa, no fue Ashton quien la abrazó. En cuanto estuvo de pie, Millie la rodeó con sus brazos.

—Oh, no puedo ni siquiera imaginar cómo debes sentirte, pero estoy segura de que todo estará bien. ¡Sé que superaremos esto juntos!

RUBY LLAMÓ A SU PADRE EN CUANTO VOLVIÓ al dormitorio.

—En serio, *mija*, en las noticias lo están haciendo todo parecer peor de lo que es —dijo su padre exasperado—. Estamos bien, solo hay un poco de humo.

Ruby se sentó frente a su laptop, analizó un mapa de la actividad del fuego y trató con desesperación de entrar en sintonía con la despreocupación de su padre. Vio extensas zonas de color rojo oscuro cubriendo Buena Valley y las áreas circundantes, y, a partir de ese momento, no pudo dejar de imaginar a su padre parado junto a la ventana, observando las llamas acercarse a la casa mientras hablaban.

Su padre amaba su hogar, pero estaba segura de que no pondría en riesgo a su familia por él.

¿Cierto?

—Ni siquiera estamos en una zona de evacuación obligatoria —añadió su padre, como si hubiera percibido su escepticismo—. La evacuación es opcional.

Pero eso no la reconfortó como él esperaba.

—De acuerdo —dijo Ruby hablando lento—, pero se irán si te dicen que deben evacuar, ¿verdad, papi?

—Claro que sí —contestó su padre sin dudar.

—De acuerdo —repitió ella—. Y me harás saber si necesitan algo, ¿cierto? Me avisarás si hay algo que yo pueda hacer.

—Lo único que necesitas hacer es concentrarte en tus tareas escolares y dejar de preocuparte por nosotros. Nos veremos pronto, el Día de Acción de Gracias, cuando toda esta locura se haya calmado y podamos reírnos de la extraña aventura que ha sido. En serio, *mija*, volverás a casa muy pronto.

Ruby cerró su laptop, no podía continuar viendo ese mapa. Solo suspiró y se forzó a creerle a su padre.

Dentro de poco, todo volvería a ser como debería.

11

Noviembre trajo consigo la primera brisa fría del año, pero a pesar de la perdurable frescura del otoño, Ruby se sentía atrapada en una constante pesadilla febril. A partir de que descubrió lo cerca que estaban los incendios forestales de Buena Valley, empezó a sentir que el calor de la ansiedad la abrumaba en todo momento. Por las noches no dejaba de dar vueltas sobre su cama, sudorosa y semidespierta, y todas las mañanas se levantaba con los ojos adoloridos y las sienes palpitantes. Lidió con las clases y los deberes escolares con la abrumadora y aplastante fatiga de una persona perdida en el desierto, y revisando su celular de manera constante para ver si había información nueva.

Un día después de haber hablado con su familia, Ashton le dijo a Ruby que sus padres habían evacuado, y cuando ella se lo mencionó a Carla, se enteró de que, de hecho, los Ortega eran los únicos de esa calle que habían decidido quedarse, detalle que le hizo sentir agudas punzadas de pánico en todo el cuerpo.

Confiaba en su padre, era un hombre inteligente, cariñoso y responsable.

Pero también podía ser muy necio y ella lo sabía tal vez mejor que nadie porque era igual a él.

La espantosa posibilidad de que en algún momento su familia quedara atrapada en el feroz infierno de su amada casa y ella no pudiera hacer nada, empezó a obsesionarla.

Después de su discusión, Charlie había tratado de contactarla varias veces para tratar de reconciliarse y averiguar más. Ruby dudaba en responder. Quizá no lo haría ni siquiera si no estuviera tan preocupada por su familia. Sus celos y la exagerada reacción que tuvo debido a su inseguridad destruyeron cualquier sentimiento de tolerancia o incluso de cariño que habría podido tener por él.

Remy también se mantuvo en contacto. Un par de días después de la gala le envió una fotografía de sí mismo sorbiendo un gran coctel color neón en un balcón que daba a Bourbon Street. Se encontraba en Nueva Orleans por razones de trabajo, aunque la alborotada multitud que se veía detrás de él y su impertinente sonrisa no parecían nada adecuadas para un evento profesional.

El único texto que añadió a la fotografía fue: Salud, y aunque una pequeña parte de Ruby trató de encontrar el significado en una palabra que solo usó para acompañar un brindis, descubrió que también le costaba trabajo encontrar el significado de aquellos ojos oscuros que le sonreían desde una fotografía. De cualquier forma, la distancia física y el hecho de que no supiera nada sobre el caos en que se encontraba inmersa hacían que aquella noche de coqueteo se sintiera como si hubiera tenido lugar muchos años atrás, en otra vida. Como si le hubiera sucedido a otra persona.

Lo más sencillo era no pensar en eso.

Le dio *me gusta* a la fotografía y no hizo nada más, decidió que lo mejor era no decirle nada de lo que estaba pasando. Todas las fuentes noticiosas imaginables, de CNN a BuzzFeed, estaban cubriendo hasta cierto punto los incendios, así que estaba segura de que Remy estaría al tanto de que habían avanzado aún más hacia el sur, aunque todavía no hubiera hecho la conexión entre esa información y su familia. No le pareció necesario abrumarlo con los detalles de sus problemas personales. La única razón por la que le interesarían los incendios era la posibilidad de beneficiarse con ellos, y aunque eso le molestaba un poco, lo que en realidad le daba celos era que Remy fuera tan ajeno a la situación.

En cambio, anhelaba con desesperación la empatía de Ashton, deseaba poder cargar con él esas preocupaciones, tanto como deseaba volver a aquel hogar que esperaba se mantuviera indemne y tan pintoresco como lo recordaba.

Pero Ashton estaba más lejos que nunca.

Ruby se dijo que seguro estaba igual de inmerso que ella en los problemas de su familia y que eso explicaba por qué nunca lo veía en el campus ni tenía noticias de él. Ella solo veía pasar los días navegando a la deriva e inclinándose sobre la superficie de su antigua vida. Seguro Ashton estaba pasando por lo mismo.

Algo que no esperaba era que, entre todas esas personas incapaces de acompañarla en esos días extenuantes, Millie hubiera surgido como una fuerza imperturbable y activa.

De hecho, al decir: "que hubiera surgido" estaba subestimando la situación. Para ser una chica tan cortés y modesta, Millie había logrado penetrar en la vida de Ruby con una fuerza asombrosa. Aunque en ningún momento fue del todo grosera, no dejaba de insistir en que se necesitaban la una a la otra.

Apenas una semana antes, Ruby habría considerado que pasar tiempo a solas con Millie sería más doloroso que atravesar el incendio forestal caminando, pero estaba estresada y exhausta, así que bajó la guardia y sucumbió al contundente afecto de la novia de Ashton.

—Te sorprenderían las cosas a las que te puedes acostumbrar —le había dicho Millie—. Siempre viví sola con mi papá y recuerdo que cuando tenía que ir a trabajar por las noches me sentía *demasiado ansiosa*. No podía calmarme sino hasta el día siguiente, cuando volvía a casa, y en la noche, cuando se iba, todo empezaba de nuevo. Luego se registró como parte del equipo de protección silvestre Phoenix Fire para ayudar a extinguir los incendios en todo el país y se iba durante semanas. ¿Te dije que hace unos días lo enviaron a Buena Valley con su equipo? En fin, me gustaría poder decirte que las cosas se facilitan, pero creo que, más bien, mantenerte ocupada y con esperanza te permite aprender a vivir con la preocupación.

Adonde quiera que Ruby volteaba, encontraba a Millie, esperándola afuera del salón de clases con un café y una sonrisa amigable, acomodándose en la biblioteca con una pila de libros frente a ella o insistiendo en que fuera a su casa para ver una película y relajarse. En algún momento, Ruby incluso empezó a esperar esta exagerada compasión de parte de Millie, pero lo que más le sorprendía era la ausencia de Ashton. Cada vez que aceptaba una invitación de Millie, se aferraba a la débil esperanza de que él también estaría ahí, pero eso solo sucedía en raras ocasiones.

¿Cómo estaba viviendo todo aquello? ¿Acaso la estaba evitando?

¿Por qué?

UNA NOCHE, TRES DÍAS DESPUÉS DEL AVISO DE EVA-CUACIÓN VOLUNTARIA, Ruby se encontraba limpiando la cocina en el departamento de Ashton. Millie había insistido en que se consintieran a media semana con helado con crema y fruta, y como ella nunca rechazaba un postre decadente, aceptó. Como lo hacía cada vez que veía a Millie, preguntó por Ashton, pero recibió la misma vaga respuesta: había ido a hacer un encargo o al gimnasio. Esta vez, sin embargo, Ruby se sintió oficialmente alarmada por su ausencia.

¿Tendría que ver con el asunto de Charlie? Porque ella sentía que, para ese momento, habían pasado siglos. ¿O habría otra razón por la que no querría, o incluso soportaría, verla? ¿Qué diablos estaba sucediendo? Lo extrañaba, y no solo a él. Sus días parecían habitarlos las cosas y las personas que extrañaba. *Necesitaba* a Ashton.

De pronto se abrió la puerta del frente y Ashton atravesó el umbral. Ruby alcanzó a ver en su rostro lo que le pareció un breve gesto de consternación, pero él le sonrió enseguida con indiferencia y caminó hacia Millie.

Besó su mejilla y le preguntó con aire distraído cómo había estado su día. Ruby notó de inmediato su incomodidad al encontrarla ahí. Se veía tenso, casi nervioso. Ella sintió que el corazón se le quebraba.

—Oh, no, Ashton, ¿qué pasa? ¿Tuviste noticias de nuestros padres? ¿Qué sucedió? —preguntó pensando que tal vez se había mantenido distante porque estaba tratando de protegerla de alguna terrible noticia respecto a Buena Valley. Y enseguida tuvo sentimientos conflictivos: se sintió furiosa al pensar que le había ocultado algo y, al mismo tiempo, conmovida por su manera de protegerla.

A Ashton pareció sorprenderle la pregunta.

—¿De qué hablas? No pasa nada malo, hablé con mis padres, se encuentran bien, siguen viviendo en casa de mi tía —explicó negando con la cabeza.

Ruby asintió, de todas formas, si algo malo hubiera sucedido en casa, seguro su familia le habría avisado. Quizá debería sentirse aliviada, pero notó que Ashton continuaba a la defensiva.

Millie le dio una palmada en el hombro y le sonrió con cariño.

—Ash, creo que deberías terminar con todo esto. Solo dile y deja de cargar con el asunto.

Ruby miró de forma alternada entre ellos, sintiendo tanta curiosidad como furia. ¿Decirle qué? ¿Qué le estaban ocultando? Se cruzó de brazos y miró a Ashton echando chispas.

Él respiró hondo, su aprensión era palpable. Millie lo miró y asintió como si tratara de animarlo a reunir el valor necesario para expresarse.

—Creo que ya notaste que no he estado mucho en el campus —empezó a decir sin quitar la vista de la barra de la cocina—. Bien, se debe a que... este semestre no me inscribí a ninguna clase —explicó y por fin levantó la vista. Primero miró a Millie, quien le sonrió aprobando su valor, y luego a Ruby.

—¿Cómo? ¿De qué estás hablando?

—Toda mi vida pensé que sería abogado como mi papá, pero cuando empecé a tomar clases y vi todo ese asunto de la filosofía y las ciencias políticas, me di cuenta de que no era para mí. Me sentía infeliz, Ruby, empecé a sentir que... No lo sé, es decir, me graduaría el próximo año, pero todo se sentía *mal, equivocado*. No podía continuar de esa forma, así que empecé a hablar con Millie y su papá sobre mi inquietud.

A Ruby se le puso la carne de gallina, negó con la cabeza sin darse cuenta, deseando que Ashton callara lo que estaba a punto de decir, deseando que no sucediera.

—Empecé a trabajar con él en la estación de bomberos.

—No, Ashton —dijo ella sintiendo el corazón latir en sus sienes.

—Con todos los incendios que hay, se necesitan bomberos. Él me ayudó a conseguir un lugar en los equipos forestales.

No.

—Acabamos de terminar el entrenamiento. Me voy... pasado mañana —terminó de decir rápido.

El corazón de Ruby latía de una forma tan veloz y ruidosa que, más que alcanzar a escuchar sus últimas palabras, las sintió. No podía estar hablando *en serio*. ¡No su dulce, sensible y estudioso Ashton!

Sintió que la furia se apoderaba de ella, sintió su temperatura aumentar en el pecho, sintió el ardor en la garganta y, cuando por fin salió de su cuerpo, el blanco fue Millie.

—¡Tú! —gritó—. ¡Todo esto es culpa *tuya*! ¿Vas a permitir que haga esto?

¿Vas a permitir que desperdicie su vida de esta forma?, pensó, pero no se atrevió a pronunciar las palabras.

Los labios de Millie temblaban, pero, aun así, miró a Ruby de la misma manera feroz e intensa que ella la veía.

—Me parece que es muy valiente de su parte y creo que necesitamos a cualquiera que esté dispuesto a ayudar a extinguir esos incendios. Están arruinando la vida de la gente.

¡Por Dios santo! Ruby lo sabía. Su propia familia formaba parte de la gente de la que Millie hablaba. ¡Pero eso no significaba que

Ashton fuera quien tuviera que salir corriendo al rescate! ¿Cómo podía permitir que hiciera algo tan tonto y peligroso?

Ruby no podía seguir mirándolos, no podía continuar viendo cómo Millie apoyaba en silencio a Ashton para que cometiera tal insensatez.

Gruñó exasperada y salió a toda velocidad del departamento. Azotó la puerta con tanta fuerza que cuando estuvo en el corredor no escuchó el traqueteo de los platos en las alacenas. Se detuvo en la puerta y trató de ponerse el suéter con manos temblorosas, pero la cólera, el dolor y el miedo la invadían, y su cuerpo no cooperaba. Cuando escuchó que la puerta se abría detrás de ella, ya se lo había puesto dos veces al revés. Ashton salió escurriéndose, parecía un cachorrito arrepentido en busca de consuelo. A Ruby le pareció conmovedor e irritante al mismo tiempo.

—*¡No puedes hacer esto!* —trató de decir en apenas un murmullo, pero las palabras se le quedaron atrapadas en la garganta y solo produjo un extraño chirrido.

—Tengo que hacerlo —insistió él en voz baja—. Es nuestro hogar.

Ella volvió a negar con la cabeza y él malinterpretó su gesto. Ruby no quiso decir que no podía hacerle eso a ella, aunque también sentía eso en el fondo. Lo que quiso decir fue que él, Ashton Willis, no podía hacer eso, no era capaz. Era un chico dulce, inteligente y torpe, y esas no eran las habilidades adecuadas para sobrevivir en un incendio. Ruby temía que, si se iba, no volvería a verlo. ¿Cómo podía ser tan estúpido? ¿Por qué no entendía?

¿Y cómo esperaba que ella aceptara lo que estaba haciendo?

—Lo sé —dijo Ruby—, pero esto no puede ser, debe haber algo más que *tú* puedas hacer. ¿Por qué tiene que ser de esta manera?

En llamas 115

¿Por qué hay que luchar contra los incendios? *¿Por qué tengo que perderte a cambio?*

Estando aún rodeado por el marco de la puerta, Ashton metió las manos en los bolsillos de sus pantalones deportivos y miró en otra dirección. A Ruby le urgía creer que Ashton era un hombre capaz de trazar su propio camino y ponerse a la altura de la situación de manera inesperada, pero entre más veía a aquel muchacho con cabello rubio oscuro y pestañas largas al que conocía desde niña, más le preocupaba que estuviera caminando a tumbos hacia el desastre y no supiera qué hacer después. Y eso le aterraba.

—Sé que estás molesta, Ruby, pero solo salí a pedirte algo: ¿cuidarías a Millie mientras estoy lejos?

Ruby se quedó paralizada. Primero le pidió que apoyara el absurdo plan suicida que, obviamente, Millie había fraguado, ¿y ahora quería que también la protegiera de las terribles consecuencias?

—¿Cuidarla? ¿Cómo si fuera un gato?

Una sonrisa apareció en los labios de Ashton, pero no llegó a sus ojos. La miró un instante antes de volver a bajar la vista, y eso bastó para que ella percibiera su preocupación, su inquietud.

—No, lo que quiero decir es que... como su papá y yo estaremos en los incendios, no quiero que se preocupe a un grado fatal. Quiero que sepa que habrá alguien aquí, alguien que estará pendiente de ella, que se asegurará de que se cuide a sí misma.

Ruby sintió que estaba a punto de vomitar. ¡Qué audacia! Ashton *sabía* cómo se sentía y, a pesar de ello, de todas formas permitió que cargara con todo: el riesgo de perderlo por culpa de una idea estúpida y la obligación de consolar a su afligida novia.

—¿Por qué no le pides eso a alguno de sus amigos? —preguntó, pero sabía que Charlie era demasiado débil para una tarea como esa. Seguro solo la inquietaría más. Pero debía haber alguien más, alguien que no fuera *ella*.

Ashton finalmente caminó hasta Ruby, quien trataba de reunir la fuerza de voluntad necesaria para irse, para dejar atrás esas dolorosas e innecesarias tonterías que Ashton estaba tratando de endilgarle. Había algo falso en la manera en que se movía, algo que le hacía pensar en una simulación o un juego infantil. Era como si la gravedad que mostraba en ese momento fuera solo una fachada, una máscara, y no estaba segura de que se la hubiera puesto para beneficio propio o por el bien de ella. Ashton colocó su mano sobre la que Ruby tenía en la baranda. Ella sintió que la carne se le ponía de gallina y, al mismo tiempo, que la ardiente rabia en su estómago empezaba a apaciguarse.

—Tú eres en quien confío —dijo Ashton con seriedad y ternura—, eres la persona más fuerte que conozco —añadió. Fue tan dulce, tan genuino, que Ruby quería creer con desesperación que se trataba de una declaración romántica. Quería ignorar el compromiso subyacente con Millie que Ashton les estaba imponiendo a ambas—. Me sentiré mucho mejor sabiendo que, mientras yo no esté, ella podrá contar contigo.

Ruby apretó la mandíbula.

—Sabes que lo haré. Sabes que nosotras estaremos bien. Si alguien necesita que lo cuiden, *eres tú*.

Tú eres quien me necesita, tontito, pensó.

Se quedaron un momento en silencio, tomados de la mano. Ashton la miró por más de un segundo por primera vez desde que comenzó esa pesadilla de conversación. Ella buscó en su rostro algún cambio, algo que le indicara que, debajo de la superficie de aquel sensible y tímido chico, había rudeza y resiliencia, que había un hombre fuerte y despiadado capaz de sobrevivir.

De pronto cayó en cuenta de que ese podría su último momento juntos, que era la última oportunidad que tenía para hacerle ver las cosas con claridad. Dejó que su mano se elevara hacia su rostro y cubrió su rosada mejilla con su palma. Esta era su oportunidad. Ashton era como la Bella durmiente o Blanca Nieves, o como cualquier indefensa princesa que necesitara que la despertaran. Ella lo salvaría. Este era el momento.

Levantó el rostro y lo miró. Él no se acercó más, pero tampoco se alejó. Estaba paralizado, apenas respiraba, y Ruby solo deseaba que sus labios recorrieran el brevísimo espacio que los separaba de los de ella.

Lo escuchó pasar saliva, vio sus labios separarse y, por un instante, él se inclinó. Pero entonces pareció contenerse, retrocedió y se pasó la mano por la barbilla.

—Ruby —empezó a decir con voz insegura.

—¿Sí? —dijo ella con voz entrecortada y el cuerpo tenso por el anhelo.

—Te... te llevaré a casa —dijo Ashton, dando por fin un paso atrás.

Al poner esa distancia física entre ellos, su expresión se endureció, fue como si se hubiera salpicado la cara con agua fría. Metió la mano en el bolsillo de sus pantalones, y el tintineo que produjeron las llaves fue el único sonido entre ellos. Ella lo siguió en silencio, bajaron por las escaleras y caminaron hacia el poste de luz que hacía brillar al Prius en la oscuridad. Ruby se atrevió a lanzarle algunas miradas mientras caminaban, mil cosas le daban vueltas en la cabeza, pero él continuó caminando con la cabeza gacha hasta que estuvieron en el automóvil.

Ella se preguntó en qué diablos estaría pensando él. En la tontería de ser bombero, claro. Era una dura experiencia que abrumaría a cualquiera. Ruby pensó que tal vez podría llamarles a los padres de Ashton. Los Willis nunca apoyarían una idea tan tonta e irresponsable, era algo demasiado distinto a lo que siempre planearon para él. ¡Solo le faltaba año y medio para terminar la universidad, por Dios santo!

Y, por otra parte, ¿qué acababa de suceder? Tal vez solo fue un momento, pero fue muy intenso. Algo importante pasó.

Ashton manejaba y ella ahora lo miraba sin reservas, con la esperanza de que su descarada forma de observarlo lo hiciera abandonar cualquier cosa que tuviera en la cabeza.

Se veía tan rígido, tan serio. Tenía la mandíbula apretada, sujetaba el volante con los brazos tiesos y, debajo de las escasas mechas rubias que formaban su fleco, se alcanzaba a ver que tenía el ceño ligeramente fruncido.

¿En qué está pensando?, Ruby no podía soportar no saberlo.

Escuchó a Ashton moverse de manera casi imperceptible y activar las luces intermitentes, entonces notó con horror que se iba a estacionar en uno de los espacios con parquímetro fuera del edificio de su dormitorio. La boca se le resecó en cuanto él se estacionó.

—Ashton —dijo tratando de pronunciar su nombre con suficiente firmeza para captar su atención, pero de todas formas se escuchó extraño, etéreo.

Finalmente, Ashton volteó a verla con una expresión peculiar, oscura.

—Solo quería hacer algo valiente, ¿sabes? Algo significativo —confesó. Un sentimiento que a ella le resultaba denso y misterioso surgió entre ellos por un instante, antes de que él se lanzara

En llamas 119

hacia el frente y la besara. Ruby sintió sus labios apresurados e impacientes, parecía que le daba miedo perder el valor.

Ashton ya se estaba separando de ella cuando Ruby apenas empezaba a comprender lo que estaba sucediendo. Antes de que pudiera abrir sus labios para encontrarse con los de él o estirarse para tocar su suave y despeinado cabello, él ya se había ido, había vuelto a su asiento y su cinturón de seguridad se había retraído.

A su favor, diría que se veía casi tan sorprendido como ella, a quien le fue imposible no notar también su decepción.

—Lo lamento —dijo Ashton con voz ronca—. No sé lo que estoy haciendo. ¿Podríamos... podríamos mantener esto en secreto?

—No tienes por qué lamentarlo —dijo Ruby tocando sus propios labios incrédula. ¿Los labios de Ashton en verdad estuvieron sobre los de ella apenas hace unos segundos? ¿En verdad la besó?

No fue el "primer beso" que siempre imaginó, pero sucedió, ¿no? ¡Se besaron!

—No —insistió él—. No sé en qué estaba pensando, lo juro —agregó negando con la cabeza. La oscuridad le impidió a Ruby confirmarlo, pero le pareció ver que el labio inferior de Ashton temblaba un poco—. Debo ir a casa. Buenas noches, Ruby.

Ella asintió, más para sí misma que para Ashton, quien ya no la estaba mirando. Desabrochó su cinturón lentamente. Él no dijo nada más, ella abrió la puerta y salió del Prius. En cuanto la puerta se cerró, el automóvil empezó a moverse y Ashton volvió a Millie.

En estado de *shock*, sintiendo casi que el estómago le daba vueltas, Ruby subió a la acera. Buscó las llaves en el bolsillo de su suéter mientras se acercaba a la puerta del edificio y de pronto escuchó una voz ronca y conocida detrás de ella.

—Buenas noches, Ruby Ortega.

12

Ruby gruñó, giró y vio a Remy apoyado en su camioneta *pickup*, sonriendo.

—Ay, *Dios mío*. Sabes que tengo un teléfono celular, ¿no? Pudiste solo llamar.

—¿Y qué tiene eso de divertido? —dijo Remy enderezándose antes de cruzar hacia donde ella se encontraba. Tenía una bolsa de comestibles en las manos.

Ella cambió el peso de su cuerpo de una pierna a la otra, incapaz de adivinar lo que significaba esa mirada traviesa. ¿Había visto a Ashton besarla? Y, de ser así...Vaya, ¿qué pensaría de eso?

Era la primera vez que lo veía desde el evento de recolección de fondos, su presencia la puso nerviosa de inmediato.

—Y, claro, de no haber venido en persona me habría perdido el romántico espectáculo del siglo —añadió en un tono seco que hizo eco en todo el cuerpo de Ruby. Se sintió mareada, puso los ojos en blanco y las náuseas se transformaron en algo más angustiante.

—¿Sabes, Remy? Esta noche no estoy de humor para tus burlas, tus tonterías y tus provocaciones.

Remy arqueó una ceja, no se veía del todo sorprendido por su brusquedad, más bien intrigado.

—¿En serio? ¿Por qué esa cara triste? Me pareció que las cosas por fin estaban acomodándose, como siempre lo deseaste.

—No tienes idea de lo que dices —contestó ella de mala forma—. Voy a entrar, no pienso quedarme aquí en el frío escuchando cómo te burlas de mí por algo sobre lo que no sabes nada.

Ruby dio media vuelta y sujetó sus llaves, pero él colocó la mano sobre su hombro para detenerla.

—Escucha, he estado siguiendo las noticias sobre los incendios, por eso quise venir a verte —dijo en un tono parco que sonaba deliberado—. No sabía que interrumpiría... *eso* —agregó frunciendo los labios en lo que a Ruby le pareció una mueca involuntaria—. ¿Has sabido algo de tu familia? —dijo al final con un suspiro.

Ruby asintió con aire escéptico. ¿Cómo podía Remy pasar de la malicia a la compasión con esa facilidad y tan rápido? ¿Y por qué tendría que tomarse la molestia?

—Sí, siguen ahí. Están bien, pero asustados.

—Al menos se encuentran a salvo. Pase lo que pase, todo lo material es reemplazable.

Ruby no supo qué responder, era justo el tipo de cosa que decía la gente cuando no se encontraba en el ojo del huracán. Remy estaba sacando provecho de todo el asunto de los incendios, claro que podía ponerse sensible y decir que las cosas siempre podrían ser peores.

—Sé que tal vez esto no sea lo que desees escuchar —admitió Remy hablando con un poco más de naturalidad, pero como paralizado—, es especial después de aquella noche en la gala. El dinero y los objetos parecen extraños cuando te das cuenta de que todo se reduce a esto. O... ¿quizá son de mal gusto? No lo sé, pero he estado pensando un poco en este asunto, preguntándome si estaría haciendo lo correcto, o si vale la pena. Supongo que es difícil saberlo.

A Ruby le sorprendió tanto aquella profunda reflexión, que solo pudo asentir con la cabeza. ¿Qué estaba haciendo Remy ahí? ¿Qué quería?

—Sé que tal vez yo no sea quien esperabas que te reconfortara en este difícil momento, pero, escucha, soy el que se quedó aquí —canturreó Remy en un tono autocrítico que sonaba a falsa sinceridad.

Ruby puso los ojos en blanco, se negaba a dignificar esa burla con una respuesta. En su interior, aún le dolía lo abrupto del afecto de Ashton, lo sentía a flor de piel, no necesitaba que Remy viniera a jugar con ese sentimiento. Deslizó la tarjeta en el lector con un ademán y abrió la puerta de golpe.

—Vaya, vaya, ¡espera! ¿Dónde está la increíble Ruby Ortega que conocí en el verano? ¿Dónde está esa chica valiente que decía todo lo que sentía sin reservas? —exclamó Remy al tiempo que saltaba frente a ella e interponía su musculoso cuerpo para impedirle pasar. En ese instante, Ruby notó un resplandor desafiante en la profundidad de su mirada. Remy contuvo el aliento y esperó que ella respondiera antes de acercarse un poco más, de tal suerte que Ruby no tuvo otra opción más que mirarlo—. Vamos, no quise molestarte —dijo.

Aunque aún no le agradaba lo que Remy le decía, notó un tono más amable en sus palabras, casi suplicante.

—Ah, está bien, entonces viniste a enamorarme burlándote de mí por mi... Porque yo... —dijo, pero no se atrevió a pronunciar el

En llamas 123

nombre de Ashton frente a Remy y a reconocer el secreto que él sabía—. *Muévete de mi camino*, por favor.

Remy volvió a reír entre dientes. ¿Cómo era posible que, entre más se enojaba ella, más entretenido se veía él?

—Escucha, vine porque me enteré de que los incendios se acercaban a tu casa y no contestaste mis últimos mensajes. Eso es todo. Y traje vino —dijo levantando la bolsa de víveres. Ruby escuchó el característico tintineo de dos botellas chocando. Notó que Remy no había mencionado nada sobre la gala y se preguntó de manera superficial si tal vez no significó nada especial para él después de todo. Por otra parte, tampoco volvió a mencionar a Ashton, y eso le brindó alivio—. Me da la impresión de que te vendría bien una copa, en especial después de lidiar con un tipo como yo —agregó Remy guiñando.

Ruby titubeó.

—De acuerdo, pero solo porque trajiste vino —murmuró antes de empujarlo para pasar e inclinó un poco la cabeza para indicarle que la siguiera.

RUBY SINTIÓ UNA PUNZADA DE APRENSIÓN AL ENTRAR A SU HABITACIÓN y ver que no había nadie. Pasaban de las nueve de la noche y esperaba encontrar a Patty acurrucada en su cama con un libro y una taza de té.

En cuanto entraron y cerró la puerta, trató de sopesar la reacción de Remy. No quería que pensara que lo había invitado a pasar de forma deliberada porque sabía que Patty no estaría. Pero él no dijo nada, solo sacó una de las botellas de vino tinto de la bolsa y le pidió un descorchador. Ella tomó uno de la caja con artículos misceláneos de cocina que ella y Patty tenían sobre su pequeño refrigerador. Sacó dos vasos rojos de plástico mientras Remy descorchaba la botella. Él los tomó y vertió todo el contenido de la botella en los vasos.

Luego hizo chocar su vaso con el de ella.

—A la salud de Ruby Ortega, una chica con un espíritu peculiar —dijo. Una sonrisa misteriosa y contemplativa apareció en sus labios antes de que se llevara el vaso a la boca.

Ruby no tenía idea de lo que quiso decir con eso, pero se negó a preguntarle y caer en su juego. Bebió un sorbo de vino y se sentó en la cama, en el lugar de costumbre. Sintió pánico por un instante, en cuanto se dio cuenta de lo que acababa de hacer. ¿Trataría Remy de sentarse junto a ella en la cama? Sabiendo que estaban solos, ¿lo tomaría como una señal?

Sin embargo, Remy tomó la silla junto a su escritorio y se sentó frente a ella.

—¿Sabes? La primera vez que te vi pensé que eras muy hermosa —dijo en un tono tan serio que sorprendió a Ruby, como si solo estuviera continuando una conversación que habían estado teniendo todo ese tiempo—. Claro que no fui el único que lo pensó. Y, aunque en verdad aprecié lo bien que te veías con aquel vestido verde, hubo algo más que me llamó la atención, algo que me sigue atrayendo a ti —explicó. Bebió un poco de su vaso sin quitarle la mirada de encima, parecía esperar que ella le preguntara de qué se trataba, pero Ruby no dijo nada. Aunque deseaba con desesperación averiguarlo, deseaba aún más no darle alas y seguir cayendo en su juego, cualquiera que este fuera—. Me pareció que había algo *irrefrenable* en ti, que eras el tipo de persona que no permitiría que nada se interpusiera en su camino o la retrasara. Que eras una persona

En llamas 125

tan intensa que podrías romper algunas botellas de cerveza sin previo aviso.

Ruby sintió que se ruborizaba, así que acercó el vaso a su boca para ocultar su enrojecido rostro. Era obvio que Remy le estaba haciendo un cumplido, pero le sacaba de quicio que esa fuera la imagen mental que tenía de ella.

—Esa chica no es de las que juegan a hacerse difíciles, sabe que es una en un millón y solo persigue lo que quiere —agregó mirándola pensativo. Ruby solo pudo concentrarse en lo fuera de lugar de esa situación, ese guapo y joven hombre con camisa de franela recién planchada, bebiendo un vino que seguro era muy costoso, en su diminuta habitación del dormitorio escolar, rodeado de bolígrafos de colores y cuadernos, de baratijas de chicas que le recordaban lo distinto de las etapas en que ella y Remy se encontraban en la vida—. Pero tal vez me equivoqué.

Ruby se sintió desilusionada de golpe.

—¿Y por qué? —preguntó con aire indiferente sin poder contenerse.

—Todavía sigues derritiéndote por ese tipo, todavía tienes la esperanza de que sacará la cabeza de ese hueco en la tierra y se dará cuenta —dijo. Habló tan rápido, que a Ruby le dio la impresión de que no era la primera vez que pensaba en ello.

—¿Y? ¿Eso qué tiene que ver con todo lo demás? ¡Es *a él* a quien quiero!

Remy empezó a juguetear con una pequeña libreta de notas Post-it rosadas que estaban sobre el escritorio de Ruby.

—¿Y qué sabes *tú* sobre lo que quieres? —dijo con voz suave. Parecía que, más que dirigirse a ella, solo estaba pensando en voz alta.

—Tienes... ¿cuántos? ¿Dieciocho años?

Ruby asintió de mala gana. Se sintió irritada y avergonzada al mismo tiempo.

—Ruby, hay todo un mundo allá afuera, no tienes que aferrarte a lo que siempre has conocido solo porque te resulta familiar y parece fácil, hay...

Ruby levantó la mano y lo interrumpió.

—Ay, por favor, ¿cuántos tienes tú? ¿Un año más que yo? ¿Dos? No necesito que me vengas a sermonear, no tienes idea de lo que estás hablando —dijo gruñendo—. Tal vez yo sea joven, pero no soy idiota. Sé lo suficiente, sé que eres una persona *horrible*.

—¿Sabes? A veces pienso justo eso sobre mí mismo —confesó Remy riendo en voz baja—. Ruby, hay mucho más que Ashton. Te guste o no, conozco tus sentimientos, tu secreto, y aunque no tengo la menor intención de contárselo a Millie ni a nadie, tampoco soy el tipo de individuo que solo se queda viendo qué pasa. Así que, ¿qué quieres? ¿Quieres que te consienta y te consuele? ¿Quieres que te diga que solo es cuestión de tiempo y que muy pronto se dará cuenta de que tus ojos verdes son como dos joyas deslumbrantes? ¿Que dentro de poco se enamorará profundamente de ti para siempre? —preguntó. Y esa última pregunta la enunció en un tono socarrón que a ella le pareció reflejo de la impresión que tenía de Ashton—. ¿Es eso lo que quieres escuchar?

—¿Por qué tienes que hablar, para empezar? ¡No es asunto tuyo! —argumentó Ruby sintiendo todo su cuerpo arder de odio.

Remy se puso de pie de pronto.

—Yo creo en hablar y expresarme cuando se trata de algo que me interesa, algo que importa.

Remy colocó su mano en el borde de la cama y Ruby sintió el colchón sumirse un poco con el peso adicional. Remy se inclinó sobre ella, estaba tan cerca que podía ver su propio reflejo en

En llamas 127

sus deslumbrantes ojos negros. Abrió la boca para decirle que quería que se fuera y no volver a verlo nunca, pero las palabras no salieron.

—¿O prefieres que te diga lo irresistible que me resultas cuando te enojas de esta forma? —preguntó Remy en un tono estremecedor que parecía una mezcla de ternura y honestidad brutal. Habló con tanta suavidad que daba la impresión de estar susurrando. Ruby de pronto se descubrió a sí misma observando el movimiento de sus carnosos labios. En su mejilla sintió el tibio aliento de sus palabras—. Sé que no soy a quien anhelas, pero no puedo dejar de pensar en ti. Y creo que podríamos hacernos felices el uno al otro.

Ruby no se atrevió a moverse, no podía solo apagar su amor por Ashton, incluso si quisiera. No obstante, había algo en Remy que no podía ignorar, algo que la molestaba y enfurecería, claro, pero también algo eléctrico y emocionante. Algo que le provocaba interés, aunque no podía explicarlo del todo. De hecho, no sabía si querría explicarlo.

Remy permaneció ahí, a solo pulgadas. En su mente daban vueltas preguntas que no se atrevía a pronunciar. *¿Me va a besar? ¿Quiero que lo haga? ¿Qué le hace pensar que sabe lo que se necesita para hacerme feliz?*

Habría imaginado que el hecho de que dos guapos hombres la besaran de forma inesperada la misma noche sería muy divertido, pero estaba tan confundida en ese momento, que le resultaba casi doloroso.

Remy, sin embargo, no la besó, solo levantó la mano de su cama y dejó algo de espacio entre ellos. El colchón rechinó y recuperó su forma. Remy terminó de beber el vino en su vaso antes de volver a hablar y enderezarse.

—Puedes guardar la otra botella para la próxima vez que tengas un día difícil.

Y luego, de la misma inesperada manera en que llegó, se fue.

13

Al día siguiente de que Ashton se fuera a Buena Valley, Ruby se encontraba distraída editando su ensayo de *marketing* cuando la interrumpió el repiqueteo de su celular. Millie le había suplicado que se quedara en su departamento mientras Ashton estaba fuera y, afligida por la promesa que le había hecho, aceptó de mala gana. De cualquier forma, no podía concentrarse en nada que no fuera el desastre en casa. Cuando extendió el brazo sobre el sofá para contestar, se dio cuenta de que lo que pensó escuchar ni siquiera era el tono de su teléfono celular. En los últimos días había estado contestando las llamadas incesantes de su familia. Era lógico que sus hermanas estuvieran asustadas por los incendios y las recientes discusiones entre sus padres. Pero ¿y su madre? No podía imaginar lo que estaría sintiendo Eleanor, pero por la serie de llamadas poco naturales que había recibido de ella en esos días, supuso que no sería nada agradable.

—Ay, ya conoces a tu padre —le dijo días antes su madre, suspirando tras varios intentos para que le contara, aunque fuera sin mucho ánimo, sobre sus clases en la universidad—. Solo desearía que fuera un poco menos necio y nos permitiera llevar a tus hermanas a casa de Mamá Ortega unos días —explicó. Ruby trató de encontrar las palabras para consolar a su madre durante el melancólico silencio que siguió, pero era algo que no había hecho nunca. Eleanor Ortega le ganó con facilidad, usando un tono sin duda más animado—. Bueno, al menos ahora que se fue medio pueblo, ¡ya no hay tráfico en la calle!

Ruby y Eleanor rieron descorazonadas, por piedad e incomodidad más que nada. Sin embargo, los comentarios de su madre continuaban inquietándola incluso ahora, días después de la conversación.

La voz de Millie respondiendo su celular en la habitación de al lado, sacó a Ruby del tren de ideas y le hizo notar que seguía mirando la pantalla en negro de su propio teléfono. Pensándolo bien, su teléfono se había mantenido en un silencio espeluznante todo el día. Se dio cuenta de que lo único más angustiante que las incesantes llamadas de su familia era no tener noticias de ella para nada. De inmediato le lanzó a Carla y Elena otra serie de ¿Cómo va todo? Estaba segura de que se encontraban bien, pero en esos días era inusual que Carla no estuviera en contacto y, en general, era muy raro que Elena no estuviera pegada a su teléfono.

Al mismo tiempo, se esforzó por escuchar la conversación de al lado; tenía la esperanza de que la llamada fuera de Ashton. La noche anterior le había enviado un mensaje a Millie para decirle que llegó bien y una fotografía de él en su uniforme de bombero. Se veía tan devastadoramente guapo, que Ruby tuvo que recordar con más frecuencia que, al menos, se habían besado. Eso le daba fuerzas para no ir a la habitación vecina y ahorcar a su novia de pura envidia. Aunque le daba gusto que le hubiera mostrado el mensaje, seguía preguntándose por qué Ashton no

En llamas 131

la había llamado aún. Anhelaba escuchar su voz. Solo había pasado un día, pero cuando un ser amado se encuentra en un lugar tan lejano y peligroso, un día puede sentirse como semanas. Hizo su laptop y su celular a un lado y caminó hasta la puerta cerrada de la habitación de Millie. Estaba a punto de tocar cuando escuchó... ¿Qué era eso?

Se inclinó un poco más y casi pegó la oreja a la puerta.

¡Llanto!

¡Millie estaba llorando!

Abrió la puerta de un empujón y encontró a Millie encorvada en su cama, de espaldas a la puerta. Desde donde estaba notó enseguida que le temblaban los hombros y la escuchó hablar entre bocanadas llorosas:

—Pero ¿estás bien? —preguntó Millie.

Un terror helado se extendió en su estómago cuando atravesó la habitación y se sentó junto a Millie, pero ella ni siquiera se había dado cuenta de que Ruby entró. *¿Qué le sucedió a Ashton?* Sabía que no estaba hecho para ser bombero. ¡Y apenas llevaba ahí *un día*, Dios santo!

Escuchó el apagado tartamudeo de una voz masculina proveniente del teléfono de Millie, pero no podía discernir las palabras. Cuando notó que era demasiado grave para ser la voz de Ashton, una punzada de pánico se apoderó de ella. Se preguntó si estaría tan herido que no pudo hacer la llamada él mismo.

—No seas tonto —dijo Millie sorbiendo. Levantó la vista y sus ojos enrojecidos e inflamados se encontraron con los de Ruby, a quien los últimos minutos de la llamada le parecieron una eternidad.

Ruby seguía sentada en un tenso silencio, escuchando a Millie llorar y gimotear.

—¿Estás seguro? —preguntó Millie y, por fin, dio fin a la llamada con un solemne suspiro.

—¿Qué pasa? ¿Se encuentra bien? —preguntó Ruby enseguida.

Millie asintió.

—Se rompió las piernas. Es decir, se encuentra bien, pero está en el hospital —dijo con labios temblorosos.

Ruby abrió los ojos como platos.

—¿Las piernas? Quieres decir, ¿ambas? ¿Cómo? ¿Qué sucedió? ¿Cuándo fue?

—Dice que se tropezó y tuvo una mala caída. ¿Sabes? Esa es una de las maneras más comunes en que los bomberos se lastiman en los incendios forestales —explicó con voz entrecortada por el llanto. La impaciencia se apoderó de Ruby mientras escuchaba. Solo a Millie se le ocurriría dar lecciones sobre protocolos de seguridad cuando había información mucho más importante que transmitir—. Sucedió ayer, pero estaba tan drogado por los analgésicos, que no pudo llamar sino hasta hoy —dijo Millie enjugándose dos grandes lágrimas que rodaron por sus mejillas al recordar los angustiantes detalles—. Pero se escucha bien a pesar de todo. No podrá trabajar durante algún tiempo, claro, pero sonaba bien.

Ruby asintió con la mandíbula tensa. No sé le ocurría nada que decir, pero, poco a poco, el abrumador miedo de que Ashton pudiese morir empezó a disiparse. Se encontraba bien. Estaba vivo.

Millie inclinó la cabeza y la apoyó en el hombro de Ruby.

—Oh, me da tanto gusto que estés aquí. ¡Gracias! Es muy dulce de tu parte preocuparte por mi papá. No sé cómo habría tomado esto de haber estado sola.

En llamas 133

Un momento. ¿Su *papá*? Ruby se puso rígida y enderezó el brazo, obligando a Millie a retirar la cabeza de su hombro.

—¿No estabas hablando de Ashton?

Millie frunció el entrecejo confundida.

—No, quien llamó fue mi papá. No he sabido nada de Ashton hoy —dijo. Tenía el cabello rubio peinado hacia atrás en una trenza holgada y a Ruby le pareció que parecía una niña chiquita, en especial con esa triste y confundida expresión con que la miraba.

A Ruby la inundó de inmediato una mezcla de alivio y enojo. Por supuesto, no le deseaba ningún mal al papá de Millie, ni siquiera lo conocía. Pero ¿cómo se le ocurría que a ella podría consternarla de esa manera lo que le sucediera a un perfecto desconocido? ¡Claro que dio por hecho que hablaba de Ashton! Solo una chica cabeza hueca como Millie no se habría dado cuenta.

Se puso de pie y empezó a caminar de ida y vuelta en la habitación. Ashton no estaba herido, eso era todo lo que importaba en realidad. Era lógico que Millie estuviera alterada, sabía que no podía o, más bien, *no debería* culparla por el malentendido. Era solo que no tenía la energía necesaria para sentir más compasión por ella en ese momento. Por eso solo dio un profundo suspiro.

La mirada vidriosa de Millie no dejaba de seguirla.

—Lo... ¿lo siento? No quise preocuparte...

Ruby asintió de manera desdeñosa.

—Está bien. ¿Vas a ir a verlo?

—Sí, necesito buscar un vuelo —dijo convencida, pero su voz se desvió enseguida—. Aunque... sé que los han limitado por el humo. Tal vez podría rentar un automóvil, ¿no? ¿Qué edad necesitas tener para hacerlo? Supongo que también podría tomar

un autobús, pero creo que toman mucho más tiempo en llegar...
—dijo con los hombros caídos, como si las opciones la abrumaran hasta en lo físico.

Ruby la miró. Una vez más, al ver a aquella frágil chica que parecía perdida, recordó que eso fue justo lo que Ashton imaginó cuando le pidió que la cuidara. Millie era toda sonrisa y optimismo cuando el desastre se veía cerca, pero cuando las cosas por fin se concretaban, se volvía inútil. Ruby puso los ojos en blanco.

—Espera, voy por mi teléfono. Te ayudaré a ver qué opciones tienes. ¿Cuándo te gustaría partir? ¿Mañana por la mañana? —preguntó por encima del hombro, a punto de salir de la habitación.

Tomó su teléfono y vio que el mensaje que les había enviado a sus hermanas antes de ir a la habitación de Millie seguía abierto.

El corazón se le encogió.

Junto al mensaje había un pequeño signo de admiración rojo: No entregado.

Entonces, no era que su familia no estuviera en contacto, es que no tenía servicio de telefonía. Trató de reenviar el mensaje, luchando con dedos nerviosos en la pantalla, pero, sin importar cuántas veces dio clic en Intentar de nuevo, el resultado fue el mismo.

Después de tres intentos rápidos, trató de llamar. Presionó cada uno de los números y se pegó el teléfono a la oreja, como si presionar con más fuerza aumentara la probabilidad de superar cualquier barrera celular que la estuviera apartando de su familia.

Llamó a su padre, su madre y a sus dos hermanas. En cada ocasión, el teléfono timbró solo una vez antes de enviarla al buzón de voz.

En llamas 135

Se quedó mirando al estúpido e inútil aparato, sintió el cuerpo tenso, trató de organizar sus pensamientos. Entonces notó otra notificación inusual en la pantalla. Un correo de voz. Sin siquiera ver de quién era, dio clic para escucharlo y volvió a pegar el celular a su oreja.

"Ruby, mija, te hablo para preguntarte por tus padres —entre un fondo de ruidos desconocidos, la voz de Mamá Ortega sonó entrecortada por la falta de aliento—. El servicio celular está malo, también aquí. Dicen que es algo que tiene que ver con las torres, yo qué sé. ¿Has tenido noticias de tus padres y tus hermanas? Traté de llamarlos en cuanto vi las noticias sobre los fuertes vientos, pero...

Y entonces, silencio.

Ruby miró su celular y descubrió que ese era el final del correo de voz. Se había cortado. A media oración, así nada más.

Mierda.

El nudo de miedo en su pecho empezó a crecer con cada latido. Llamó a su abuela de vuelta, pero no le sorprendió que tampoco esa llamada pudiera realizarse. Tal vez esa era la razón por la que su teléfono no había sonado para nada.

—¿Ruby? —dijo Millie desde el marco de la puerta—. ¿Me escuchaste?

Ruby miró a Millie con los ojos bien abiertos, alarmada, pero no pudo pronunciar ninguna palabra.

¿Cuándo fue la última vez que tuvo noticias de su familia? ¿La noche anterior? ¿O había pasado más tiempo? ¿Cómo pudo ser tan desconsiderada? ¿Por qué no les llamó antes?

Oh, Dios, ¿y si se quedaron atrapados en su casa? ¿O si el incendio llegó y ahora ellos estaban...?

No, no podía pensar de esa manera. Lo más probable era que solo fuera un percance en las torres de señal celular, como dijo Mamá Ortega. Su familia estaba bien, solamente no podían llamarle.

Pero ¿y qué tal si algo malo sucedió?

En general, la intuición de Mamá Ortega no se equivocaba, y si ella estaba inquieta...

Ruby tenía que ponerse en contacto con ellos.

Se quedó mirando a Millie con un gesto adusto y resoluto. No se atrevía a revelar sus temores, necesitaba hacer todo a un lado para poder enfocarse en lo que haría a continuación.

No se le ocurría dónde podría estar su familia ni de qué le podía haber sucedido.

Tenía que hacer algo.

—Necesito volver a casa.

Millie abrió los ojos sorprendida.

—¿Y...? —dijo, esperando que Ruby elaborara, pero ella no tenía tiempo para explicaciones.

—Necesito ir a casa —repitió Ruby con más fuerza—. Iré contigo. Nos vamos mañana temprano.

En llamas 137

14

Mientras la mente de Ruby trabajaba a toda velocidad en encontrar la manera de superar todos los obstáculos, Millie no dejaba de abrir la boca siempre que había un silencio para llenarlo con sus incesantes preguntas. Ruby estaba utilizando toda su energía para canalizar sus miedos, enfocarse y planear, así que no podía formular la frase necesaria para decirle a Millie que se callara de una vez por todas y, mucho menos, responder a todas sus dudas. Por eso su respuesta fue solo un furioso silencio. En dos ocasiones trató de salir de la habitación sin Millie detrás, la primera fue agachada al balcón y la segunda, al baño. Y, sin embargo, Millie la siguió las dos veces sin darse cuenta.

Solo cuando Ruby le ordenó que empezara a empacar, dejó de seguirla. Para ser justos, Millie le había preguntado qué debería empacar, pero no hizo nada hasta que no vio a Ruby sacar una maleta que encontró en el closet, lanzarla a la cama y empezar a arrojar en ella todas las cosas que se le atravesaban en el camino.

—Ah, sí, sí, creo que puedo continuar haciendo mi maleta yo sola —dijo Millie tartamudeando al tiempo que recogía un par de pantuflas de peluche que Ruby acababa de lanzar de un lado al otro de la habitación.

Ruby empezó a empacar su propia maleta, pero, de la misma manera que lo había estado haciendo cada veinte minutos desde que descubrió que no había servicio de telefonía celular, volvió a marcarle a su padre. Colgó en cuanto volvió a escuchar en el buzón de voz el saludo que ya conocía. Se sentía frustrada, aventó el teléfono al buró y trató de hacer un plan.

Gracias a la insistencia de su madre en que comenzara a ser independiente y aprendiera "lo que valía un dólar", no había traído su Jeep ni tenía más de treinta y siete dólares en su cuenta bancaria. Incluso si hubiese podido pagarlo, dudaba poder convencer a algún conductor de Uber de que manejara seis horas para llevarla de vuelta a Buena Valley y, mucho menos, de que lo hiciera en medio de un desastre natural. Pero nada de eso importaba ahora, encontraría la manera de volver a casa, de eso no tenía duda.

Después de devanarse los sesos tratando de encontrar otra manera, la desagradable solución llegó y la aporreó con la fuerza de una bofetada.

No había hablado con él, no se habían enviado ni siquiera un mensaje ni dado un *me gusta* en redes sociales desde aquella incomoda y extraña noche en que Ashton la besó, pero sabía que, si alguien tenía los medios para ayudar a una descuidada estudiante universitaria sin un céntimo y muy poco tiempo para salir de Arizona y llegar al epicentro del peligro, era él.

Así pues, decidida, pero con gran amargura, Ruby llamó a Remy Bustillos.

PASABA DE LA MEDIANOCHE CUANDO RUBY SUCUM-
BIÓ a la errática y abundante fatiga y cayó en el sofá de Millie.
Pasó la noche dando vueltas, la mayor parte del tiempo horrorizada y boquiabierta mirando las noticias, las imágenes de áreas
carbonizadas en su ciudad natal. Vio amados puntos de referencia dañados al punto de casi resultar irreconocibles. El ala norte
de su preparatoria se había desmoronado y ahora era un montón de esquirlas ennegrecidas. Un reportero de cabello oscuro,
sentado en la banca donde Ashton solía esperarla para llevarla
a casa en su Prius todas las tardes, ofreció cálculos financieros
de los daños: cifras enormes e insondables para ella. Aunque la
banca no era ahora más que un nudo de metal fundido, Ruby aún
podía ver la tímida sonrisa de Ashton cuando ella atravesaba el
patio para acercarse a él en las tardes soleadas.

Al mismo tiempo, en la parte baja de la pantalla se deslizaban
cifras en una banda color rojo brillante. Más de diez heridos. Se
estimaba que había unas 150 personas desaparecidas. Cada vez
que miraba las cifras pasar, el estómago se le revolvía y se preguntaba en qué categoría estaban los integrantes de su familia.

CUANDO LA ALARMA SONÓ, ELLA YA ESTABA DES-
PIERTA, caminó con dificultad hasta el baño y trató de hacer
algo con su pálido y arrugado rostro antes de que llegara Remy.
La intensa desilusión y la torpeza con que se trataron la última
vez, continuaban irritándola. Prefería que pensara en ella como
alguna de las deslumbrantes versiones de la Ruby que fue durante la fiesta de quince años de Elena y en la gala, pero ni todo
el corrector y champú seco del mundo le servirían para borrar las

ojeras o la apariencia grasosa y apelmazada que ahora tenía su cabello debido a la sudorosa noche que pasó en vela. Sabía que su apariencia no debía importarle en absoluto en un momento como ese, pero con todas las cosas de las que había perdido el control en su vida, anhelaba poder arreglar por lo menos eso.

Le irritó aún más abrir la puerta del frente, cinco minutos antes de la hora acordada, y ver que Remy parecía listo para asistir a un almuerzo, con jeans recién planchados, camisa de cuello y rasurado, tan reciente, que todavía alcanzó a percibir el aroma de su loción para después de afeitar cuando lo saludó sin emoción. Traía en las manos una charola de cartón con tres cafés y una caja color rosa con el logo de una panadería mexicana en la tapa. Aunque le molestaba profundamente que Remy creyera que iban de vacaciones, su estómago rugió ante la posibilidad de tener un desayuno de verdad. En los últimos días había estado tan ansiosa que no había podido comer algo que requiriera un esfuerzo mayor al necesario para ingerir bebidas energéticas y barras de granola.

—Buenos días —dijo Remy. ¿Cómo era posible? ¡Remy tenía la capacidad de hacer sonar un saludo casual como un comentario sarcástico!

—Gracias por hacer esto, Remy —murmuró Ruby haciéndose a un lado para que el alto y corpulento joven pasara por la puerta—. Creo que Millie ya casi está lista.

Remy asintió, colocó la charola sobre el escritorio, revisó las palabras en uno de los vasos de café y le entregó a Ruby el que decía CON CREMA.

—Tengo muchas ganas de conocer a la famosa Millie, incluso si es en medio de circunstancias tan desafortunadas —dijo y bebió un poco de café.

En llamas 141

Ruby alcanzó a ver algo indiscernible en su mirada y no pudo evitar fruncir el ceño. No tenían muchas otras opciones, pero era perturbador ver lo mucho que a Remy parecía agradarle la idea de venir a rescatarla. ¿Cómo era posible que este tipo pudiera sentir placer en una situación como la que ella atravesaba?

Remy abrió la boca para decir algo más, pero en ese momento apareció Millie cargando una enorme bolsa de tela. Remy tosió en lugar de hablar y volteó a ver a la novia de Ashton.

—¡Ah! ¡Nuestro héroe está aquí! ¡Hola, Remy! *¡Qué gusto* volver a verte! —exclamó Millie colocando su bolsa en el sofá y lanzándose a Remy para abrazarlo. El gesto le pareció a Ruby demasiado cariñoso e inesperado, tomando en cuenta que solo se habían visto una vez en la playa, meses atrás.

La mirada de Remy se iluminó de una manera engañosa.

—Me da gusto poder ayudar. Toma, traje algo para desayunar. ¿Alguna vez has comido pan dulce? —dijo al tiempo que abría la caja de la panadería con un ademán exagerado para revelar una variedad de panes de colores brillantes y formas diversas.

Ruby lo observó, arqueando la ceja con curiosidad, mientras él señalaba y explicaba los tipos de panes y los sabores. Su padre siempre reservaba el placer del especial manjar que era el pan dulce mexicano para cuando visitaban a Mamá Ortega en Chula Vista. Entraban a una panadería y elegían distintos panes de los altos gabinetes con puertas de vidrio que cubrían las paredes. No había visto ninguna panadería mexicana cerca del campus y estaba segura de no haber visto tampoco una en Buena Valley. Se sintió algo intrigada y trató de imaginar a Remy, vestido con aquellas costosas prendas y eligiendo galletas de jengibre en forma de puerquito y conchas rosas para ella y Millie.

—Este es mi favorito —dijo Remy señalando un par de polvorones tricolor en forma de triángulo con las puntas rosa, café y blanco. También eran los favoritos de Ruby, pero no dijo nada.

—¡Qué *lindos*! —murmuró admirada Millie y tomó sonriendo un pan en forma de concha marina—. Ruby, ¡nunca mencionaste lo agradable que era Remy!

Ruby se quedó mirando fijo a Remy mientras él hincaba los dientes en la esquina sabor chocolate de su polvorón.

—Bueno, supongo que no me había dado cuenta de lo *agradable* que es —murmuró Ruby—. En fin, leí en internet que algunas secciones de la carretera están cerradas, así que tal vez nos tomará un poco más de tiempo de lo normal. Voy a empezar a subir las cosas a la camioneta mientras ustedes disfrutan del desayuno. Me gustaría partir lo antes posible —agregó colgándose la enorme bolsa de Millie al hombro y arrastrando su bolsa marinera mientras Remy la miraba divertido.

Se detuvo cerca de la puerta con la esperanza de que su caballerosidad hiciera su aparición, pero solo lo escuchó decir:

—Perfecto, Ruby. ¡Te vemos abajo en unos minutos!

En llamas 143

15

Remy jugueteó con las llaves de su camioneta e insistió en que Millie se sentara en el asiento del frente. Luego dio clic al llavero para abrir los seguros de las puertas.

—Descuida, el asiento trasero también es *muy* cómodo —le aseguró a Ruby con un irritante guiño.

Se puso el cinturón de seguridad, volteó hacia atrás y la miró fijamente.

—¿Estás lista para volver?

—*Sip.* Vámonos —contestó ella con una sonrisa gélida.

—Le voy a avisar a Ashton que ya vamos saliendo —dijo Millie lanzándole una mirada a Remy mientras él salía en reversa del lugar donde se había estacionado—. Los bomberos salen muy temprano, es muy probable que ya esté en la línea de fuego, pero al menos, creo que verá el mensaje más tarde, cuando revise su teléfono.

—Bien pensado. Ya tiene demasiado de qué preocuparse para, además, tener que adivinar dónde estás —dijo Remy mirando rápido hacia atrás por el espejo retrovisor y, al encontrarse con la mirada de Ruby, agregó—: ¡Dile que ambas están en buenas manos!

Ruby tenía la esperanza de que, con todo lo que estaba pasando, Remy no planeara mencionar su último encuentro o, peor aún, el beso clandestino del que había sido testigo. Pero al ver el fulgor malicioso en su mirada cuando escuchó el nombre de Ashton, supo que, el hecho de que no hubiera mencionado nada hasta el momento no significaba que lo hubiese olvidado.

O que dejaría el acontecimiento en el pasado.

RUBY CREÍA QUE LAS SEÑALES DEL INCENDIO SE PRESENTARÍAN DE FORMA GRADUAL, que los indicios de la devastación irían apareciendo a medida que se acercaran, pero, salvo por un tráfico más nutrido del que se solía encontrar en los tramos largos de la carretera en la zona desértica, no notó nada fuera de lo común la mayor parte del trayecto. Sin embargo, en cuanto cruzaron la línea estatal y entraron a California, se conmocionó al ver la manera abrupta en que el mundo se transformó: de las arenosas colinas del desierto pasaron a la brumosa y carbonizada zona del desastre. De hecho, perfectamente hubiera podido trazar una línea en el cielo y separar de forma drástica la zona clara y azul del lugar donde apareció la negra humareda.

A medida que se acercaron a Buena Valley fueron viendo más oficiales de policía a lo largo del ennegrecido borde de la carretera. Dirigían el tránsito con efectividad, pero lucían agotados. Cada cierto tiempo, con que advertían del peligro que implicaba atravesar una zona donde un desastre natural de gran magnitud estaba teniendo lugar.

En llamas 145

Además de las casas que vio reducidas a cenizas, lo que más le dolió a Ruby fue notar lo azaroso de la destrucción. Los incendios habían diezmado algunas casas y dejado otras prácticamente indemnes. Pasaron por vecindarios quemados donde las únicas señales de existencia humana que quedaban eran algunos artefactos extraños, ennegrecidos, que soportaron las llamas, como la estructura de una bicicleta o una chimenea. A veces, tras pasar hileras y más hileras de casas derruidas, se veía una a la que el fuego no había casi tocado. ¿Qué fue lo que determinó que, mientras sus vecinos perdieron todo, los habitantes de esas casas no sufrieron daños? No pudo evitar preguntarse quién habría recibido el embate pernicioso del fuego en su vecindario y quién se habría salvado.

Cada cierta cantidad de minutos, Millie inhalaba de manera profunda y murmuraba algo como: "Ay, esta pobre gente" o "Ni siquiera puedo imaginar".

Tal vez creía estar siendo empática, pero a Ruby, que observaba ansiosa la desgracia con la esperanza de detectar algún patrón que le indicara que su casa, su comunidad y su familia estarían bien, los comentarios de Millie solo le provocaban punzadas de rabia. Le molestaba que su casa en Arizona, a cientos de millas, fuera de las que no resultarían dañadas y que insistiera en recordárselo cada cinco minutos chasqueando la lengua o diciendo: "Ay, Dios mío".

Presa de la aflicción, Ruby dejó caer la cabeza contra la ventana. Se escuchó un golpe seco. Remy miró de inmediato por el retrovisor y se encontró con su mirada, pero ninguno de los dos habló.

NO DESPERTÓ SINO HASTA UNA HORA DESPUÉS, CUANDO empezó a reconocer vagamente algunos puntos de referencia que iban pasando y se dio cuenta de que habían llegado a Buena Valley y ella ni siquiera lo notó. Las renegridas fachadas de muchas de las tiendas las hacían irreconocibles, cosa para la que creyó estar preparada tras haber visto las noticias la noche anterior, pero, con cada calle que avanzaban, una tienda de donas o gasolinera le recordaba que, en efecto, estaba en casa. A medida que pasaban junto a los tocones de los árboles afectados y los escombros a lo largo de las aceras, tuvo que continuar recordándose que ese era el lugar donde había crecido.

Al llegar a un retén policíaco, Ruby tuvo que mostrarle su permiso de conducir a un oficial para probar que era residente. El oficial les explicó que los retenes habían sido implementados para evitar los saqueos a las casas. Aunque el panorama revelaba desolación y abandono, ella no era la única que viajaba a casa para evaluar la destrucción. Adonde quiera que mirara había grupos de personas revisando con tristeza los restos de sus casas, negocios o escuelas.

—¿Qué sucede ahí?

Fue la primera vez, en horas, que Millie emitió algo que no era un murmullo compasivo y, a pesar de la apatía que Ruby sentía por cualquier cosa no relacionada con volver a casa lo antes posible, estiró el cuello y vio un grupo nutrido de gente en medio de una conmoción.

Apiñadas en un estacionamiento, vieron varias patrullas con las luces prendidas, rodeadas de una multitud. A pesar de la distancia, Ruby alcanzó a escuchar los gritos frenéticos, las voces tensas en las que se entremezclaban el español y el inglés. Al otro

En llamas 147

lado de la multitud estaban estacionados dos autobuses blancos y una camioneta de color oscuro. Aunque las cabezas tapaban las letras de la camioneta, alcanzó a ver a varios oficiales uniformados con chalecos antibalas que decían POLICÍA. CONTROL DE INMIGRACIÓN Y ADUANAS.

—Ay, por Dios, ¡como si la situación no fuera lo bastante aterradora ya! —dijo Millie con un grito ahogado—. Esta gente tal vez perdió tanto como todos los demás, ¿y ahora también va a tener que lidiar con esto?

Buena Valley estaba a solo una hora de la frontera con México y, aunque en su comunidad rara vez se hablaba de ello de manera explícita, Ruby siempre vivió entre personas con distintos estatus migratorios. Su padre era uno de los pocos que hablaba de ello. En una ocasión, durante una barbacoa del 4 de julio, se metió en una acalorada discusión con el padre de Ashton sobre los trabajadores indocumentados. El señor Willis hizo un comentario denso sobre la carga que representaban los "ilegales" y su padre señaló que no le parecía que él se viera demasiado "cargado" cuando los contrataba para que podaran su jardín o lavaran sus baños por salarios ridículos. Ruby sabía que su historia familiar no era ajena a las dificultades de las personas que trataban de obtener la ciudadanía. Apenas una generación atrás, Mamá Ortega y Papi habrían podido estar en ese grupo de personas a las que los oficiales de migración interrogaban ahora.

Se encogió de dolor al ver que uno de los oficiales empujaba a una mujer contra el costado de un autobús y la esposaba. Los gritos de pánico estallaron entre la multitud, Ruby vio a otros oficiales empezar a actuar como el primero, a contener a algunos de los indignados testigos con un nivel de violencia que hizo que el estómago se le revolviera. El caos se extendió cuando el nutrido grupo de oficiales de migración se movió entre la multitud. Empezaron a lanzar a la gente al suelo o a ahogarla con sujeciones de control mientras varios trataban de defenderse. Y, a pesar de los lastimeros alaridos, los oficiales arrebataban a los niños de los brazos de sus padres.

—¿Qué está sucediendo? —gritó Ruby, incapaz de contener su horror un segundo más—. ¿Cómo pueden hacer eso? ¿En especial en un momento como este? —dijo negando vigorosamente con la cabeza y apretando los párpados mientras escuchaba los gritos de miedo y desesperación. Era una escena demasiado espantosa para contemplarse.

—Van a subir a toda la gente en esas camionetas y autobuses —susurró Millie con voz frágil e incrédula—. Y, mira: están... separando a los niños. A los padres los están subiendo a unos autobuses y a sus niños en otros.

En contra de lo que le decía su cuerpo, en contra de la primigenia urgencia de protegerse de las atrocidades que describía Millie, Ruby abrió los ojos poco a poco. Se forzó a buscar y mirar la fila de niños temblorosos en el extremo del estacionamiento, separados, por varias patrullas y vehículos de brigadas, de la fila de los adultos y de los vehículos donde los estaban arrojando.

—¿A dónde crees que los llevarán? —preguntó Millie. Por el tono abatido de su voz, era obvio que conocía la respuesta.

—Los van a deportar —dijo Remy sin pensar.

—Pero ¿por...?

Remy contestó antes de que Millie pudiera terminar la pregunta siquiera.

—Porque los niños y los adultos van a instalaciones distintas.

Los tres se quedaron en sus asientos sin poder hablar, tan transfigurados por lo que estaban viendo que no notaron que la

En llamas 149

luz del semáforo había cambiado a verde en la intersección. No fue sino hasta que un Tesla pasó zumbando y sonando el claxon que lo notaron. Remy se frotó la barbilla bruscamente, como si tratara de despertarse y luego presionó el acelerador.

—Remy, me da mucho gusto que estés aquí con nosotras —dijo Ruby con voz ronca cuando la camioneta comenzó a moverse—. No sé si habría podido lidiar con esto, con todo lo que está sucediendo aquí en Buena Valley, sin ti. No puedo creerlo, ni siquiera reconozco el lugar. Estoy... estoy muy agradecida de que estuvieras libre y pudieras ayudarme —dijo Ruby sintiendo una abrumadora tristeza alojada en su pecho como una gran bola de hierro. Colocó su mano sobre el hombro de Remy y la dejó ahí como si fuera una especie de salvavidas que la mantenía a flote.

Al sentir el toque de Ruby, Remy se tensó.

Volteó a verla. Ruby no pudo descifrar la expresión en sus oscuros ojos, pero le hizo sentir escalofríos. Entonces notó que la camioneta perdía velocidad.

Remy permaneció en silencio y dio la vuelta para entrar al estacionamiento donde estaban arrestando a la gente.

—¿Qué haces? —dijo Ruby dejando de mirar a la multitud para ver a Remy.

Remy se estacionó a cerca de un autobús. Al acercarse escucharon a los oficiales gritando.

—¡Hacia atrás! ¡Fórmense en orden!

Y a la gente.

—¡No entendemos! ¡Ayúdennos! ¡No dispare!

El limitado español de Ruby le permitió comprender aquellas frases que se repetían en un agonizante bucle.

¡No entendemos!

¡Ayúdennos!

¡No dispare!

—Remy, ¿qué estás haciendo? —volvió a preguntar alarmada.

Remy no contestó. Abrió la puerta y descendió de la camioneta con pasos bruscos y decididos.

Ruby salió de la camioneta y lo miró como enloquecida.

¿Qué estás haciendo?

Vio la mandíbula de Remy tensarse cuando volteó hacia ella.

—Tenías razón, tuvimos suerte de que yo estuviera "libre" y disponible para ayudarte. También tenemos suerte de estar disponibles para otros. También estoy libre para ayudarlos —dijo señalando a la multitud que seguía aullando asustada por las indicaciones de los oficiales—. Al menos para intentarlo —agregó y pasó caminando a su lado, dirigiéndose hacia la multitud.

—No comprendo. ¿Qué vas a hacer? ¿Qué *vamos* a hacer? —gritó Ruby.

—Tú vas a subir a la camioneta e ir a casa. Estarás bien.

Al escuchar sus condescendientes palabras, Ruby sintió que la ira la inundaba.

—¿Y tú? ¿Qué diablos vas a hacer *tú*? —espetó.

—Algo —contestó Remy en un tono fatídico—. No puedo *no* hacer nada.

—Eres increíble —dijo Ruby haciendo una mueca.

En el rostro de Remy apareció una tenebrosa e irónica sonrisa. Lo que dijo Ruby fue el insulto más bajo que se le ocurrió, la desaprobación absoluta de su carácter, pero al ver el resplandor en sus ojos, se dio cuenta de que él lo había malinterpretado. Remy asintió.

—Tú eres formidable, Ruby Ortega. Más formidable que cualquier desastre natural, que cualquier incendio furioso. Eres una fuerza de la naturaleza. Tú no me necesitas, *ellos sí*. O, al menos,

En llamas 151

necesitan a alguien, incluso si no es a mí. Pero no puedo solo pasar conduciendo y fingir que esto no está sucediendo. No espero que entiendas, pero es algo que debo hacer.

Remy tomó la mano de Ruby. Ella sintió su piel tibia y suave, y luego sintió que presionaba las llaves en su palma. A pesar de todo su miedo y ansiedad, su pulso se aceleró al percibir el contacto. Remy inclinó su cabeza hacia ella. Por un instante, Ruby se preguntó si estarían a punto de abrazarse, pero entonces retiró su mano con brusquedad, sin saber lo que él haría.

Una mujer de cabello oscuro corrió hacia ellos respirando con dificultad, llevaba a un niño pequeño tomado de la mano. Aunque Ruby nunca la había visto, durante un instante en que el corazón se le encogió, le pareció estar viendo a Mamá Ortega. Y entonces el chiquillo se transformó en aquel niño que había visto tantas veces en las fotografías de su padre cuando era pequeño. La ilusión óptica solo duró un instante, los gritos de la gente la hicieron desvanecerse, pero bastó para que la embargara una increíble tristeza. La mujer seguía buscando respuesta en sus rostros, su mirada febril pasó de Ruby a Remy y a Millie, quien había salido de la camioneta sin decir nada y continuaba observando a la gente con expresión sombría. La mujer tomó a Remy de la mano y empezó a hablar en español a toda velocidad.

Remy asentía mientras la mujer hablaba en tono de súplica sin soltar al niño, manteniéndolo muy cerca de ella y señalando con desesperación los autobuses. Ruby solo comprendió fragmentos. Algo sobre la policía. Al parecer, arrestaron a alguien que ella conocía. Dijo algo sobre su hijo, quería que Remy le ayudara, pero Ruby no comprendía qué quería que hiciera con exactitud.

—Comprendo, señora. Vamos —dijo Remy en español y empezó a caminar con la mujer hacia la multitud sin voltear a mirar a Ruby. Ella solo lo vio sacar su teléfono y abrir la cámara mientras avanzaba.

—Tal vez podríamos esperarlo, ¿no? —dijo Millie en voz baja. Más gritos y una oleada de alaridos urgentes sofocaron el final de su pregunta. Ruby y ella voltearon tratando de identificar de dónde provenían y, no muy lejos del último lugar donde vieron a Remy antes de que desapareciera entre la gente, vieron el crepitar eléctrico de una pistola Taser y a un joven tirado bocabajo sobre la acera, retorciéndose.

Millie dejó salir un grito ahogado y Ruby sintió su cuerpo temblar mientras luchaba contra el instinto de volver a cerrar los ojos. Inhaló profundo para tratar de estabilizarse, pero el aire entró a su cuerpo como si fuera un arma dañina, amplificando los gritos de dolor y angustia que se escuchaban en todo el estacionamiento.

Tuvo que hacer un esfuerzo enorme para no pensar en el tipo de violencia, discriminación e *inhumanidad* que se desplegaba frente a ellas, y se obligó a enfocarse en su objetivo. Tenía que hacerlo. Necesitaba volver a casa y enfrentar su propia crisis, no podía permitir que nada la detuviera, su familia la necesitaba.

—¿Esperarlo? ¿Hasta que haga qué? ¿Hasta que lo arresten? —aulló Ruby. Sus palabras le sonaron hostiles y falsas a ella misma, pero tuvo que sumergirse en su enojo contra Remy. Era más fácil que procesar lo que estaba sucediendo a su alrededor.

—Millie, tengo que llegar a casa, por eso vinimos hasta acá. Mi familia podría estar... —dijo, pero su voz se fue apagando, fue incapaz de terminar la oración.

Era muy difícil lidiar con todo lo que estaba sucediendo.

Necesitaba controlarse. Sucumbir al dolor no le ayudaría en nada.

Volteó y abrió la puerta de la camioneta.

—Voy a ir a *casa*, Millie —gritó—. Al parecer, Remy puede hacer y hará lo que le venga en gana —agregó subiendo a la camioneta. Se acomodó en el asiento y alcanzó a sentir en él todavía el calor del cuerpo de Remy—. Estará *bien* —murmuró repitiendo la misma enervante afirmación que él había hecho respecto a ella apenas hace unos instantes.

Ajustó el asiento sin mirar al frente. No podía permitirse un vistazo más a aquella escena con que se toparon. Sintió a Millie observándola cuando subió a la camioneta, pero se negó a mirarla de vuelta.

Puso reversa, salió del estacionamiento y dio vuelta en la calle vacía, aliviada de porder alejarse de ese maldito lugar. Continuó manejando, asombrada por el repentino acto de caridad de Remy. Por supuesto, era una situación desgarradora, pero... vaya, no era una batalla que él tuviera que librar, ¿cierto? Era obvio que el mundo se había ido a la mierda, pero Remy, entre toda la gente, ¿qué podría hacer al respecto? Ya tenían suficiente con qué lidiar y él le dijo que la ayudaría. Pero las abandonó sin dudarlo por un instante.

16

Millie permaneció callada durante el trayecto, cosa rara en ella. Pero Ruby no se iba a quejar de eso. En ese momento no tenía energía para lidiar con sus tonterías y murmullos. No obstante, tras mirar su rostro desencajado por el rabillo del ojo un par de veces, se dio cuenta de que, quizá, su silencio no era solo una reacción a su cólera. Era obvio que estaba angustiada por Remy. Apenas se conocían, pero era típico de Millie preocuparse por alguien que se encontraba en una situación terrible que él mismo había provocado.

¿Qué se suponía que debíamos hacer en esa situación? Claro, era algo horrible, ¿pero acaso Millie creía que debieron quedarse y terminar también en la cárcel? ¿Había olvidado el propósito de su viaje igual que a Remy?

Además, si Millie se sentía culpable por no haberse quedado a su lado y respaldado su acto de heroísmo, era porque no se daba cuenta de lo inconsistente que era la noción del deber en Remy. Él sintió que debía ayudar a esas personas, pero todavía no acababa de ayudarlas a ellas, ¡y fue algo que se comprometió a hacer! No tuvo reservas en abandonarlas a pesar de que lo necesitaban. Y, aunque tal vez tuvo algo de razón cuando dijo que Ruby "no lo necesitaba" en un sentido estricto, para ella en algún momento fue reconfortante pensar que enfrentaría los desafíos que le esperaban contando con alguien a quien consideraba fuerte y sensato. Pero, claro, se habría arrojado al incendio antes de admitir eso frente a Remy.

Tal vez solo era cuestión de tiempo antes de que el sentido del deber ya no le atrajera lo suficiente y dejara a los inmigrantes del estacionamiento para ir en busca de un acto de caridad más glamoroso.

No puedo pensar en Remy ahora, se recordó. *Hay cosas muchísimo más importantes. Ya lidiaré con eso.*

Dirigió con suavidad el volante, giró a la derecha y, antes de que su cerebro pudiera reaccionar y reconocer que esa era *la* esquina, *su* esquina, escuchó a Millie musitar con voz entrecortada.

—¿Es... es esa la casa de Ashton?

Ruby miró por instinto el conocido sendero donde sabía que estaba la casa de Ashton. Sin embargo, llamarle "casa" a lo que quedaba resultaba cruel y falso. Dos muros de lo que parecía ser la cochera quedaban en pie, rodeados de montículos de escombros ennegrecidos pero no había nada reconocible, no quedaba nada de la casa a la que corrió tras cruzar la calle tantas veces a lo largo de su infancia.

—Oh, no —murmuró angustiada.

No podía verlo, no podía concentrarse en eso. Sobre todo ahora que estaban tan cerca.

Respiró hondo, volteó y enfrentó lo que vino buscando desde tan lejos.

Su hogar.

Sigue... sigue ahí.

¡Sigue ahí!

Ruby se repitió la frase contemplando lo que tenía frente a sí con ojos llorosos e irritados por el humo. Bajó a trompicones de la camioneta, ni siquiera recordó poner la palanca en *estacionar*, solo sintió su cuerpo caer sobre la acera. Su casa se veía distinta, no era el lugar que habitó en su corazón los últimos dieciocho años, pero seguía en pie.

Y eso era lo que importaba, ¿no?

La casa se veía igual, tenía un tono grisáceo por la humareda, pero, fuera de eso, la reconocía. Los árboles habían desaparecido y solo quedaban fragmentos de la verja de estacas. El aire no se movía, el único sonido que se escuchaba era el *pfft-pfft* de los aspersores que giraban sin cesar y regaban todo el jardín produciendo un rocío constante. Aunque no alcanzaba a ver las caballerizas estando en el patio del frente, recordaba que lo común era escuchar desde el acceso vehicular los resoplidos y relinchos de los caballos. Aquel peculiar silencio le dijo que no estaban ahí.

¿Habría *alguien* en casa?

El Jaguar de su madre estaba estacionado en la entrada, cubierto de tanto hollín que no se veía nada de la pintura blanca aperlada, pero la Range Rover de su padre no se encontraba en el lugar de costumbre, al lado del Jaguar.

Ruby se sintió paralizada por el terror, incapaz de dar un paso a pesar de que sabía que las respuestas a todas las preguntas que la hicieron viajar hasta ahí se encontraban del otro lado de la puerta del frente. El corazón le latía tan fuerte que sentía el pulso detrás de sus ojos, apenas alcanzaba a percibir la presencia de Millie, quien estaba a su lado. Se miraron y Ruby notó que, aunque

En llamas 157

acababa de salir de la camioneta y solo había estado expuesta a la humareda unos instantes, una leve capa de ceniza oscurecía la frente de Millie.

Sin decir nada, asintieron casi al unísono. En medio de una bruma, mezcla del humo y el miedo que le encogía el corazón, Ruby avanzó y comenzó a subir los escalones del frente sin sentir nada. Millie la siguió de cerca.

Colocó la mano en la manija y la puerta se abrió con facilidad. No estaba cerrada con llave, ni siquiera estaba cerrada del todo.

Recordó que solo dejaban la puerta sin echar llave cuando estaban en casa y sintió un breve alivio. Pero, quizá, salieron con tanta prisa que olvidaron cerrar.

Al entrar percibió de inmediato la ausencia de vida. Las luces estaban apagadas, el aire se sentía atrapado, estancado. No se escuchaba ni un sonido, ni un solo indicio de que hubiera alguien en el interior.

O, al menos, nadie vivo.

No. Si aún estaban en la casa, estarían bien. Después de todo, la construcción seguía en pie.

Pero, si no estaban ahí, ¿entonces dónde?

Solo había una manera de averiguar si había alguien en casa.

—¿Hola? —gritó Millie como si le hubiera leído la mente a Ruby.

Su voz se escuchó clara y nítida, hizo eco en el cavernoso corredor de la entrada.

Permanecieron juntas, esforzándose por escuchar cualquier señal de vida, pero el silencio continuó.

Ruby apretó la mandíbula. Buena parte de ella se sintió tentada a quedarse un rato en el vestíbulo, a vivir con la posibilidad de que los miembros de su familia estuvieran en el interior, heridos, pero a salvo. Dormidos, tal vez. Pero sabía que eso era ridículo, que necesitaba respuestas. Había viajado hasta ahí para obtenerlas.

Obligó a sus piernas a moverse y subió a toda velocidad por las escaleras para ir a las habitaciones, subió gritando tan fuerte como pudo. Abrió una a una las puertas y encontró cada cuarto oscuro, vacío. Desordenado.

Era como si hubieran salido con mucha prisa, como si hubieran corrido aventando todo, en un estado de urgencia.

Se fueron y, al parecer, lo hicieron muy apurados.

Ruby escuchó los pasos de Millie subiendo por las escaleras, la vio aparecer en el corredor tratando de recuperar el aliento. La profunda arruga en su frente le indicó a Ruby que ella también estaba tratando de atar cabos.

—Tal vez fueron a casa de tu abuela, ¿no? Dijiste que vivía como a una hora de aquí, ¿recuerdas? —dijo Millie mientras miraba los retratos familiares que colgaban de la pared, las hileras de miembros de la familia Ortega felices, juntos y a salvo detrás del vidrio en los marcos.

Ruby pensó en el correo de voz que recibió de su preocupada abuela el día anterior y sacó nerviosa su teléfono para tratar de llamarla... hasta que recordó por qué había viajado hasta ahí. No había servicio de telefonía.

¿Debería ir hasta Chula Vista a pesar de que no sabía dónde estaba su familia? ¿Podría siquiera llegar ahí? ¿No estarían cerradas las carreteras a partir de ese punto? ¿Qué tal si su familia seguía en Buena Valley? Y si, tal vez, ¿estaban en peligro?

Se sentó en la parte superior de las escaleras respirando de forma inestable, con dificultad.

—No... no sé qué hacer. No sé dónde están —dijo pronunciando cada palabra como si fuera una batalla.

En llamas 159

Millie se sentó a su lado y deslizó con suavidad la mano sobre su hombro.

—En general, los hospitales tienen generadores de respaldo, servidores y ese tipo de cosas —explicó—. Si vamos a uno, tal vez podrías ponerte en contacto con tu abuela.

Quizá tenía razón, pero Ruby sospechaba que la lógica y la propuesta de Millie no eran del todo altruistas. Después de todo, ella también había viajado hasta ahí para ver a su papá.

Ya no le quedaban ideas, así que se puso de pie.

—Y supongo que, si estuvieran heridos, tal vez estarían en... —susurró Ruby.

Millie se puso de pie también y volvió a hacer contacto físico con ella.

—No, no pienses eso. Iremos al hospital, de ahí podrás llamar a alguien. ¡Eso es! —dijo. Ruby vio un resplandor en sus ojos color ámbar, una valentía muy sutil. Era la misma expresión que vio la noche que Ashton le confesó que había dejado la escuela. En ese momento le pareció una tontería, lo consideró un optimismo trivial que incluso la ofendió.

Y sí, tal vez era trivial, pero de todas formas asintió, sucumbió a la esperanzadora resolución de Millie y la siguió de vuelta a la camioneta de Remy.

17

El terror incesante había alterado tanto los nervios de Ruby que, en su trayecto al hospital, le costó trabajo procesar lo que veía a su alrededor. Todo lo estaba viviendo de manera fragmentada, solo percibía estallidos de sonido y color que le resultaban estremecedores e inconexos.

Por eso Millie insistió en conducir a pesar de que Ruby protestó diciendo que no sabía a dónde iban. Millie condujo de todas formas y vieron pasar zumbando panoramas sombríos, parques, tiendas, casas y vidas enteras reducidas a escombros ennegrecidos, trágicos y, de alguna manera, monótonos.

Cuando por fin llegaron, la brillantez de las luces fluorescentes en la abarrotada sala de espera del hospital afectó los sentidos de Ruby. A pesar de que percibió el intenso ruido, el repiqueteo urgente del intercomunicador y las conversaciones ansiosas, cuando vio a Millie hablar con una fatigada enfermera, nada de lo que dijeron llegó a su cerebro.

Se quedó mirando la pantalla brillante de su celular, observó cómo parpadeaban las barras en la esquina mientras el aparato trataba de encontrar una señal. Ni siquiera notó que iba caminando, siguiendo a Millie por el pasillo flanqueado de camillas y puertas abiertas. Millie iba diciendo algo, miró por encima de su hombro y señaló una habitación frente a ellas, pero Ruby no escuchó nada.

Tenía la mirada fija en el celular, estaba tan concentrada deseando que hubiera suficiente señal para poder ponerse en contacto con su familia, que ni siquiera notó que sus hermanas estaban en el área de espera a la que Millie la condujo. No las vio sino hasta que Carla se lanzó a sus brazos.

En cuanto comprendió que eran sus hermanas las abrazó y hundió su rostro en su cabello, su cuerpo se agitaba y emitía gemidos sin llanto, gemidos de incredulidad y gratitud. Carla y Elena presionaron la cabeza contra el pecho de Ruby y la abrazaron de la cintura. Estaban ahí. Estaban vivas y a salvo. Estaban bien.

Cuando escuchó fuertes pasos detrás de ella, levantó la cabeza por un momento. Dos médicos pasaron corriendo por el pasillo. Ruby vio las batas blancas desaparecer en la esquina sintiéndose confundida, distante, sin dejar de presionar su mejilla contra el cabello castaño de Carla, percibiendo el olor a humo mezclado con el aroma del champú de lavanda.

Miró a Millie, la vio parada junto a una puerta, le sorprendió verla ahí aún. Pensó que se apresuraría a encontrarse con su padre, pero no, estaba inmóvil, presa de una peculiar rigidez. Su ceño fruncido debió ser para Ruby una señal de lo que estaba por venir, de lo que Millie escuchó a las enfermeras decir sin proponérselo.

Pero el alivio de ver a sus hermanas le impidió interpretar lo inminente. Incluso cuando todo estaba pasando, le resultaba ilógico porque su mente no podía atar los cabos, no había podido siquiera empezar a analizar por qué estaban sus hermanas en un hospital. Por qué tenían los brazos cubiertos de pequeños rasguños, o dónde estaban sus padres.

La voz de su padre gritando de agonía hizo eco en el pasillo, pero a Ruby le tomó varios segundos reconocerla.

Volteó. Lo vio en una bata de hospital, golpeando en una puerta cerrada, con dos enfermeras a su lado tratando sin éxito de alejarlo de ahí.

Las tres hijas Ortega observaron boquiabiertas desde lejos. Ruby no entendía lo que estaba haciendo su padre ni por qué lo hacía. Tampoco entendía lo que *ella* debía hacer.

La realidad no atravesó la bruma de la conmoción en la que estaba inmersa, sino hasta que comprendió por qué gritaba su padre. Entonces todo empezó a tener sentido, algo malo había sucedido. Algo que afectó un poco a sus hermanas, pero que tuvo un impacto mucho mayor en sus padres.

Su madre.

Por fin, caminó apresurada hacia su padre, avanzó lo más rápido que pudo, pero sintiendo que el mundo se movía en cámara lenta. Para cuando llegó a su lado, su padre ya no tenía fuerza, se había desplomado frente a la puerta sin dejar de gritar.

—¡*Eleanor*!

RUBY SOLO PUDO ASIMILAR LA INFORMACIÓN EN PEQUEÑAS DOSIS, tuvo que analizar parte de lo que había sucedido porque, si trataba de comprender la tragedia de una sola vez, jamás podría reponerse. Y, ahora más que nunca, necesitaba ser fuerte. Para sus hermanas, para su padre y, de cierta manera, para su madre.

Carla y Elena le contaron entre lágrimas. Hubo un accidente. Decidieron evacuar al fin, pero habían tardado demasiado. Las carreteras eran un desastre, estaban repletas de escombros y cierres, las densas nubes de humo eran cegadoras. La Range Rover chocó con un árbol, a unas nueve millas de su casa. El humo le impidió a su padre ver un árbol hasta que fue demasiado tarde, aunque viró lo más rápido que pudo, pero de todas formas hubo una colisión.

El resto de la historia se la contaron las enfermeras porque sus hermanas no recordaban nada de lo sucedido después del espantoso choque del metal contra el tronco.

La Range Rover impactó con el árbol del lado del pasajero del frente.

Carla y Elena no sufrieron mayores daños, solo algunos golpes y varias cortadas.

Era probable que su padre tuviera un traumatismo craneal, pero se recuperaría por completo.

Su madre estaba inconsciente cuando llegaron los paramédicos y permaneció así todo el tiempo que pasó en el hospital.

Hasta el momento de la escena de la que Ruby fue testigo.

No entendía lo que los médicos querían decir con "Tuvo un fallo". Sin importar cuántas veces trató de desglosar la información para comprenderla, en ningún momento encontró la lógica. Se preguntaba si algún día lo haría.

Su madre estaba... muerta.

No le parecía posible. No mientras abrazó a sus hermanas que no dejaban de llorar. No cuando vio a su padre firmar un montón de documentos incomprensibles. Tampoco cuando tuvo que despedirse del cuerpo inerte de la mujer que la guio y amo toda su vida.

Su madre estaba muerta.

Recorrió todo ese trayecto para llegar hasta ahí y su mayor miedo se había concretado.

Su madre estaba muerta.

¿Qué se suponía que debía hacer ahora?

18

Ruby tocó con suavidad la puerta de la oficina de su padre, pero no esperó a que respondiera para entrar.

—¿Papi? —dijo en voz baja empujando la puerta.

Su padre estaba de espaldas a ella, encorvado sobre su computadora. Tenía la cabeza tan gacha que, por un momento, Ruby se preguntó si estaría dormido. Volvió a llamarlo y el volteó antes de que ella terminara de hablar.

—Ruby Catherine, ¿qué haces aquí? —preguntó con voz temblorosa y suave, como si él mismo no supiera lo que quería saber.

Había pasado una semana desde el fallecimiento de su madre, pero el dolor de la pérdida se mantenía tan fresco y a flor de piel, que Ruby sentía que le estaban dando la noticia cada segundo por primera vez.

En esa semana hizo todo lo que estuvo en sus manos para traer de vuelta a sus vidas un poco de normalidad, porque le parecía que la necesitaban y porque enfocar su energía en tareas como lavar la ropa de cama con olor a humo o dirigir su furia a la empresa de Internet y quejarse porque el servicio no había sido restaurado le brindaba un poco de consuelo.

Sin embargo, entre una tarea y otra, de vez en cuando, permanecía en un momento de quietud como este y la dolorosa ausencia de su madre se volvía abrumadora.

Respiró hondo y se obligó a mostrarse pasiva.

—La cena está lista, papi —dijo.

Su padre la miró exasperado, asomándose entre alteros desordenados de papeles.

—Tengo trabajo —dijo levantando una carpeta de papel manila que, desde donde Ruby estaba, se veía vacío.

Desde que el médico le dio las noticias, su padre había fluctuado entre dos versiones de sí mismo que a ella le resultaban igual de angustiantes. Un momento se veía paralizado por el dolor de haber perdido a su amada esposa, consciente de su muerte y destrozado por la certeza de que fue responsable de ella. Y un instante después parecía estar funcionando en otro mundo, preocupado por tareas ínfimas y sin sentido, en una negación absoluta del hecho de que Eleanor había muerto.

Ruby en verdad no sabía qué versión era peor.

Su padre se veía derrotado por completo, y lo único que ella podía hacer era reprimir el doloroso llanto que se acumulaba en su garganta.

En los últimos días, sobre el escritorio de su padre se habían acumulado pilas y más pilas de documentos rodeados de tazas de café medio llenas. Todos los cajones de los gabinetes estaban entreabiertos, algunos vacíos y otros parecían haber sufrido el ataque de un oso. En la pantalla de su computadora había pegadas más de diez notas Post-it con números de teléfono e indescifrables mensajes garabateados.

En llamas 167

Cuando eran niñas *nunca* les permitían entrar a la oficina, así que los recuerdos de Ruby provenían solo de fragmentos, de ocasiones en que alcanzó a echar un vistazo desde el corredor. No obstante, en esas imágenes del pasado se veía un escritorio deslumbrante sobre el que nunca había más de un archivo, repisas con carpetas de registros financieros organizadas en orden alfabético, un plano o un volante de negocios que colgaba de una pared mientras era evaluado. Sus recuerdos no tenían nada que ver con el lugar donde se encontraba parada ahora.

Tuvo que volver a respirar hondo antes de poder responder, necesitó un momento para recobrar la compostura.

—Yo solo... en fin, solo dime si te puedo ayudar en algo.

Su padre no había mentido, había una cantidad insondable de trabajo que todos tendrían que llevar a cabo. Entre los arreglos para el funeral de su madre y la limpieza tras el incendio, la lista de tareas de pérdida y recuperación era interminable.

Pero aunque Ruby no sabía bien por dónde empezar a trabajar en la logística del nuevo capítulo en la vida de su familia, le costaba trabajo creer que lo que fuera que estuviera haciendo su padre hiciera alguna diferencia en las abrumadoras decisiones que tendrían que tomar.

—Está bien, *mija* —respondió su padre con una impaciencia que la sorprendió—. Dile a tu madre que bajo en un momento.

Ruby asintió y cerró la puerta detrás de sí sintiendo que las palabras de su padre le rasgaban el alma.

DESPUÉS DE LA CENA, RUBY FUE AL PATIO TRASERO y lo contempló casi en trance y tosiendo con amargura. ¿En qué momento se le ocurrió que aquel hedor a quemado le permitiría "respirar aire fresco"?

—¿Estás bien, *mija?*

Se sobresaltó en cuanto escuchó la voz de Mamá Ortega y la vio sentada en la silla favorita de su padre en la semioscuridad del atardecer y con una expresión de fatiga y preocupación que acentuaba las profundas arrugas de su rostro.

Ruby asintió a pesar de que no se sentía para nada bien. Mamá Ortega le indicó con un gesto que se sentara en la silla que estaba a su lado y ella aceptó sin dudar.

—Cada vez que pienso que no podría sentirme peor, recuerdo todo lo que fue destruido aquí —confesó Ruby en voz baja mientras contemplaba las grisáceas ruinas alrededor y sintiendo el corazón pesado en el pecho.

Pensando en retrospectiva, se preguntaba cómo pudo ser tan tonta y no revisar los alrededores de la propiedad el día que ella y Millie llegaron, pero también sabía que, quizás, en el frenético estado en que estaba porque no encontraba a su familia, aquella mínima omisión fue su salvación. De por sí, perder a su madre le resultaba un horror inconcebible, pero ¿cómo habría sobrevivido aquel día de haber constatado todo lo demás que perdió?

No fue sino hasta el día siguiente, después de que hicieron los arreglos para el tratamiento del cuerpo de su madre y firmaron los documentos de descarga de responsabilidad en el hospital, que Ruby por fin comprendió la verdadera gravedad de la situación de su familia. Tras un espeluznante recorrido a casa en el que Millie jugueteó ansiosa con el aire acondicionado y el radio, tratando de modificar las configuraciones para que ambas estuvieran más cómodas, como si algo tan estúpido como la música pudiera aliviar su dolor, Ruby por fin reunió el valor suficiente

En llamas 169

para ir a la terraza de atrás, al mismo lugar donde se encontraba sentada ahora, el lugar donde contempló tantos atardeceres con su padre.

El panorama de la tierra devastada la conmocionó. De hecho, aún no podía creer el alcance de la destrucción del incendio.

—Mmm, sí, me parece que hay mucho trabajo por hacer —dijo Mamá Ortega con empatía. A Ruby le pareció que estaba subestimando la situación, pero no pudo decir nada porque su abuela continuó hablando—. Al menos, la posada sigue en pie.

Resopló desconsolada. Cierto, no se había quemado, su silueta le resultaba todavía más o menos familiar, pero incluso desde lejos era obvio que sufrió daños importantes. Los muros blancos del granero exterior tenían ahora una capa negra y gris.

—Lo hermoso de las plantas y los árboles, mi amor, es que crecen de nuevo —dijo Mamá Ortega señalando los montones de tocones ennegrecidos y ramas que parecían esqueletos.

—Necesito acercarme y averiguar con exactitud qué se puede salvar todavía, qué necesita hacerse —dijo Ruby muy afligida—. Pero... no he podido forzarme a hacerlo.

Mamá Ortega asintió y acarició su mano.

—Hemos tenido que lidiar con mucho, *mija*, no te preocupes. Estas cosas toman tiempo.

El sol casi se había ocultado detrás de las colinas lejanas y, a pesar de que Ruby sabía que los incendios que podrían verse desde ahí habían sido extinguidos, el resplandor anaranjado del cielo sobre la tierra oscura le hacía sentir que su mundo seguía en llamas, y eso le revolvía el estómago.

Pensó en el claro sentimiento de amor y cercanía que experimentó la noche que estuvo ahí antes de partir a la universidad. Tal vez este no era el lugar que recordaba, pero al menos algo quedaba. Algo que no le resultaba del todo familiar, algo feo, sí, pero *algo*.

—Sé que en este momento parece imposible, pero los Ortega tienen una larga historia en la que se han recuperado de las dificultades —dijo su abuela tomando su mano y sosteniéndola en su regazo—. Aunque desearía que nunca hubiéramos pasado por esto, sé que lo superaremos juntos.

Ruby volvió a mirar a lo ancho del patio. Los últimos rayos de sol se habían apagado también, y ahora la tierra parecía un mosaico en negro y gris.

—Estaremos bien —dijo Mamá Ortega—. Será difícil. Y lo más probable es que sea distinto a como era antes, pero estaremos bien.

19

Ruby se miró en el espejo de cuerpo completo que colgaba en la parte de atrás de la puerta de su cuarto desde que estaba en la secundaria y trató de alisar la tela de su vestido, pero ni así logró que quedara bien.

El día anterior tuvo que conducir hasta el centro comercial en San Diego para comprar vestidos negros para ella y sus hermanas porque la mayoría de las tiendas en Buena Valley estaban cerradas debido a los percances causados por los incendios o a la falta de personal.

Elegir la ropa para el funeral de su madre fue una tarea de por sí difícil, pero la dificultad de manejar hasta allá y atravesar su comunidad destruida se sumó al comportamiento ingenuo de los compradores que andaban por ahí como si nada porque a ellos no les afectaron los incendios, y todo eso en conjunto la abrumó. Cuando estuvo en el centro comercial entró a la tienda a toda velocidad y solo compró tres vestidos oscuros sin fijarse bien en la talla o el corte porque necesitaba salir de ahí lo antes posible.

Ahora, por supuesto, estaba pagando por su apatía. Se dio cuenta con tristeza que su vestido era dos tallas más grande y le colgaba, formando horrendos pliegues.

Era el tipo de descuido que Eleanor jamás habría permitido.

Nunca tuvo que imaginar cómo debería lucir en el funeral de su madre, pero estaba segura de que, así, no era la manera. Miró con odio su reflejo, como si fuera culpa del espejo que ella se viera tan desaliñada y, en ese momento alguien tocó suavemente la puerta de su habitación.

—¿Cómo estás? —preguntó Millie asomándose.

Ruby se mordió el labio.

¿Cómo estaba? ¿Cómo *pensaba* Millie que estaba? Qué pregunta tan inútil y *ridícula*. Se encontraba a minutos de asistir al funeral de su madre, una ceremonia que le parecía una formalidad bastante rara, ya que solo asistirían los integrantes de su familia inmediata porque nadie podía viajar a la zona. Eleanor fue hija única y sus padres fallecieron antes de que Ruby naciera y, sin embargo, la cocina estaba repleta de decadentes arreglos de flores y tarjetas de condolencia de primos y amigos de sus padres, como si toda esa gente fuera a asistir. Todos esos detalles de simpatía le parecían frívolos y, para colmo, la intensa fragancia de los lirios le provocaba ganas de vomitar cada vez que bajaba al primer piso.

El único rayito de esperanza al que se había estado aferrando con todas sus fuerzas era el hecho de que se suponía que Ashton volvería ese día. Por supuesto, sus padres llamaron por teléfono y enviaron un arreglo floral particularmente opulento, pero la idea de que él estaría presente era lo que la había mantenido en pie. Hasta que se enteró de que, debido a un tiempo extra obligatorio que tuvo que cumplir en el trabajo, se vio obligado a iniciar

En llamas 173

el recorrido tarde y, con todos los cierres en la carretera por los incendios, parecía que no llegaría a tiempo para el funeral. Ruby se dijo a sí misma que Ashton llegaría tarde o temprano, después, pero la idea de despedirse de su madre sin contar con el apoyo moral de su mejor amigo la inquietaba demasiado.

Millie atravesó el marco de la puerta y entró a la habitación, seguía esperando una respuesta. Llevaba puesto un vestido improvisado color azul marino con cuello de Peter Pan. Aunque a Ruby le parecía demasiado juvenil para una chica de veintiún años, notó con envidia que, al menos, le quedaba bien. Tuvo que resistirse y no increpar a Millie por entrar así, ¿qué caso tenía que tocase a la puerta si no iba a esperar a que le permitiera pasar? Pero no dijo nada, solo suspiró.

—El pastor llegó hace unos minutos. Tu abuela está ayudándole a acomodar todo abajo —le dijo Millie en un tono de disculpa que había empezado a usar poco antes y que sonaba como si incluso su voz anduviera de puntitas—. Ya fui a ver a tus hermanas y verifiqué que se hubieran vestido, pero pensé que... ¿tal vez te gustaría ir personalmente a ver si tu padre está listo?

Ruby hizo una mueca, pero asintió. Aunque los excesivos mimos de Millie la desquiciaban, en el fondo, *muy, muy* en el fondo, apreciaba que aportara un cuidado consistente en ese aterrador período de transición. La novia de Ashton se estaba quedando en casa de los Ortega durante la recuperación de su padre y, entre las visitas que le hacía al hospital, ayudaba en la casa con todo tipo de cosas que Ruby estaba segura se habrían venido abajo de no ser por ella. Aunque Mamá Ortega también estaba ahí y hacía tareas importantes como cocinar para todos y lavar la ropa, Millie estuvo ahí para abrazar a Carla cada vez que lloraba o para reunirse con Remy y devolverle su camioneta, cosas que Ruby necesitaba que sucedieran, pero no tenía fuerza suficiente para llevar a cabo.

La excepción era su padre. Aunque ella no tenía lo necesario para lidiar con él en ese momento, era un asunto en el que Millie no se atrevió a intervenir. Ruby y Mamá Ortega se habían estado relevando para asegurarse de que su padre se bañara, comiera y tuviera un pie puesto en algo parecido a la realidad, pero todo eso implicaba una misión imposible, incluso trabajando en equipo.

Era un hombre sin anclas, que iba a la deriva sin control de sí mismo. Ruby comenzó a sospechar que su madre era la única fuerza capaz de mantener arraigado a ese ser salvaje y, ahora, al parecer, la responsabilidad había caído sobre sus hombros. Ella, sin embargo, a pesar de que lo anhelaba, no se parecía en nada a su madre y, si su padre necesitaba a alguien en ese momento, era a Eleanor.

EL SOL POR FIN SE OCULTÓ Y RUBY SINTIÓ UN POCO de alivio al ver desde la ventana de la cocina a sus hermanas limpiando la mesa del patio. Mamá Ortega había preparado chiles rellenos que, según ella, eran el platillo preferido de Eleanor. En realidad, su madre siempre los odió, pero sabía que creer que le encantaban hacía muy feliz a su suegra. Eleanor Ortega, una mujer con tacto hasta el último día.

Ruby se dirigió al fregadero para empezar a lavar los trastes que sus hermanas trajeron. Carla quiso que la ceremonia fuera en el patio porque a su madre le gustaba. Era muy común encontrar a Eleanor admirando su jardín, alimentando a los caballos con zanahorias, o incluso solo revisando una lista de pendientes

En llamas 175

mientras bebía una taza de café en una de las sillas. Sin embargo, el lugar que su madre amaba era muy distinto de lo que su familia veía ahora. En lo personal, a ella le pareció deprimente llorar a su madre rodeada de ese recordatorio tan gráfico de lo que habían perdido, pero Carla insistió. Al menos Ruby logró persuadir a sus hermanas de que no esparcieran las cenizas en la propiedad hasta que la hubieran restaurado.

De pronto un destello iluminó la cocina, eran las luces del frente de un automóvil que acababa de entrar al acceso vehicular.

—¿Y ahora quién podrá ser? —preguntó Mamá Ortega frunciendo perpleja el ceño y abrazando una jarra de agua contra su cuerpo.

Millie dio una bocanada y dejó caer una pequeña caja de veladoras sobre la mesa antes de salir a toda velocidad por el corredor y dirigirse a la puerta del frente.

Entonces Ruby comprendió como si una descarga eléctrica le hubiera recorrido todo el cuerpo.

¡Ashton!

Cerró con fuerza la llave del agua y fue detrás de Millie escuchando detrás de ella los pasos de sus hermanas y sus murmullos inquisitivos.

—¡Ay, Dios mío! —gritó Ruby desde la puerta del frente cuando por fin vio completa la silueta del Prius junto al borde de la acera.

Ashton abrió la puerta, salió y se quedó parado con los brazos extendidos y Millie se lanzó de lleno a él.

Ruby dio un paso al frente, lista para bajar corriendo los escalones e ir al encuentro de Ashton, pero entonces sintió una pequeña mano sujetando su codo. Cuando volteó vio a Carla con expresión inquisitiva.

—¿No crees que deberías dejarlos estar a solas un momento?

Elena apareció del otro lado arqueando la ceja con recelo.

—Ashton es *su* novio, ¿no es cierto? —dijo en tono áspero.

Ruby puso los ojos en blanco y no respondió. La breve sensación de alivio que sintió en cuanto vio el delgado cuerpo de Ashton y su cabello rubio oscuro se enroscó hasta formar un sólido nudo en su estómago. Carla le dio unas tiernas palmaditas en el brazo, pero la lástima de su hermana más chica era más de lo que Ruby podía soportar.

Todo el control que había estado ejerciendo durante varios días en el hospital, en casa con su familia, en el maldito funeral en que tuvo que sostener la urna de porcelana con las cenizas de su madre, comenzó a resquebrajarse.

Había soportado mucho y ahora tenía que lidiar con *esto*. Ashton había viajado desde lejos para estar con ella, ¿no? Pero entonces, ¿por qué lo sentía tan fuera de su alcance?

Algo se despertó en su interior y, por primera vez desde que llegó a casa, rompió en llanto.

20

El día después del funeral, Ruby despertó casi al amanecer. El cielo era todavía de un violeta oscuro. Se puso unos *jeans* y una camiseta, y bajó. La casa estaba en silencio. Preparó la cafetera y observó por la ventana de atrás las sombras y las cenizas en la propiedad bajo la tenue luz de aquella mañana invernal.

El tiempo de luto había terminado. Tenía que lidiar con lo que necesitaba que sucediera a continuación. No podía dejar que el hecho de no saber qué hacer le impidiera trabajar.

Se acercó al fregadero y se salpico la cara con agua, se ató el cabello en una cola de caballo y escuchó la cafetera empezar a borbotear. Sirvió el café en una taza para llevar y salió apresurada de la casa.

Había estado postergándolo, pero necesitaba ver la posada y las obras del salón de recepciones a medio construir. Tenía que examinar todo y entender con precisión cuánto implicaba la destrucción. Tal vez no sabría con exactitud qué hacer con lo que averiguara, pero supuso que era el primer paso para recuperarse de un desastre natural. ¿Qué sería lo siguiente? No tenía idea.

¿Llamar a la aseguradora? ¿Hacer reparaciones? ¿El gobierno tendría que involucrarse?

Ya lo averiguaría. Porque si no lo hacía ella, no tenía claro quién. Su padre no estaba en condiciones de tomar decisiones y no sabía cuándo lo estaría. Su madre siempre fue la columna vertebral de la familia, siempre los mantuvo unidos sin importar lo que sucediera. Ella no tenía ni la elegancia ni el aplomo de Eleanor Robinson Ortega, pero esperaba contar con la tenacidad necesaria para tratar de llenar sus zapatos. Ya luego trabajaría en el asunto de la elegancia.

En un noticiero, años atrás, escuchó que las casas con albercas tenían más probabilidades de sobrevivir a un incendio porque el agua servía como una especie de fosa que impedía que las llamas llegaran a la construcción. Le resultaba espeluznante ver el concepto en la vida real, pero era cierto, salvo por la capa de hollín gris, la casa y el patio trasero casi no sufrieron daños. La tierra en la falda de la colina, en cambio, resultó bastante afectada.

Empezaría por la posada. No solo estaba más cerca, también parecía que ahí había más que rescatar. Luego caminaría a las ruinas de lo que se suponía que sería la siguiente fase del imperio Ortega.

Sus ojos recorrieron los restos achicharrados de los corrales y la pastura de los caballos. Su corazón se encogió y congeló cuando la realidad respecto a la ausencia de los caballos se entrelazó con el inevitable panorama. Sabía que, con frecuencia, la gente liberaba a los animales para que lograran escapar de los incendios en el último minuto, pero, aunque desde que llegó a la casa notó que ya no estaban, de pronto asimiló la posibilidad de que anduvieran por ahí deambulando en el bosque o muertos.

En llamas 179

Su madre amaba esos caballos.

Seguro sintió que se moría cuando tuvo que irse y dejarlos de esa manera, pensó, antes de notar y tratar de evitar la cruel ironía de las palabras que pasaron por su cabeza.

Tragó saliva, tenía la garganta pegajosa y seca. Prefirió mirar el maltrecho granero que tenía frente a ella. El elegante exterior blanco ahora era gris y negro, el candelabro rústico que solía colgar de la entrada ahora formaba un montículo en el suelo, la estructura de metal se había deformado y los focos estallado. Muchas de las ventanas explotaron por el calor de las llamas y ahora solo quedaban trozos de vidrio dentado colgando de los marcos. Las que sobrevivieron estaban tan oscurecidas por el hollín que parecía que las habían pintado de negro. Todo lo que rodeaba la posada estaba muerto y seco: los arbustos de abundantes hojas que flanqueaban el sendero, los maceteros debajo de cada ventana, los altos árboles cuyas ramas alguna vez colgaron como una cortina verde.

La construcción, sin embargo, seguía en pie. Dañada, pero resistiendo.

Trató de provocar en sí misma algo de gratitud por esa pequeña victoria, pero la percibía como mínima en vista de todo lo demás.

Caminó sobre las esquirlas de vidrio y los trozos indistinguibles de escombros negros, y, al darle un buen jalón a la pesada puerta de madera, sintió el robusto picaporte frío y arenoso. La puerta se abrió produciendo una nube de polvo que permaneció en el aire cuando atravesó la entrada.

Miró alrededor, inhaló de manera profunda y empezó a toser escupiendo saliva.

Se veía... *bien*, pensó tratando de recuperar el aliento.

Caminó dejando huellas en los pisos sin barrer, exploró el lugar, pasó los dedos a lo largo de los terregosos pasamanos y encendiendo interruptores que no funcionaban.

Necesitarían trabajar mucho antes de estar listos para poder aceptar huéspedes de nuevo, pero recordó que lo importante era que, en algún momento, lo lograrían. Todo eso se podría reparar de alguna forma, no tenía muy claro qué pasos tendrían que dar, pero debajo de las cenizas y la tierra, alcanzaba a ver una meta final.

Las puertas de la parte de atrás, que abría hacia la pequeña zona del comedor, también llevaban al patio donde tuvo lugar la fiesta de quince años de Elena. Por lo general, era posible ver las exuberantes colinas que se extendían más allá de los adoquines del patio, los árboles de cítricos y aguacates que lo rodeaban, y la tierra desocupada que fue separada para hacer un viñedo. Pero cuando se asomó por las ventanas llenas de hollín de las puertas dobles, vio la negruzca destrucción y asimiló las ruinas en toda su extensión.

Tanto de lo que vivió en ese lugar había perecido. Podrían reconstruir y reparar, pero jamás podrían resucitar todo lo vivo que se perdió.

Caminó por lo que aún quedaba del huerto. Lo que alguna vez fue una arboleda de naranjos, limoneros y aguacateros en flor, ahora era un cementerio de tocones carbonizados mezclados con algunos supervivientes chamuscados. Conforme fue apareciendo la zona de construcción, Ruby se dio cuenta, desanimada, de que sería mucho más fácil evaluar las obras por lo que quedó en pie, que por lo que fue abatido.

La base de cemento que delineaba el contorno de los planes y sueños para la construcción estaba ennegrecida en las pocas

En llamas 181

zonas visibles debajo de la gruesa capa de escombros, pero parecía conservarse intacta. La elevada estructura de madera había desaparecido. Algunas vigas quemadas se extendían hacia arriba, pero la mayor parte estaba quemada.

Pasó la mano a lo largo de una viga de madera cubierta de hollín que sostendría el muro exterior y trató con desesperación de evocar el lugar que se supondría que sería, el *glamour* y la elegancia que su familia había imaginado. Incluso las pocas vigas que aún quedaban tendrían que ser reemplazadas, no quedaba nada salvable en la obra.

Comprender lo cuantioso de la ruina le rompió el corazón, pero al mismo tiempo, sirvió para que algo en su interior se detuviera a pensar en la logística que tendrían que implementar para llevar a cabo las reparaciones. No solo pensó en el dinero invertido y en el avance que ya tenían, también en el costo de reconstrucción.

¿Y qué habría respecto a los planes a futuro? ¿Podrían arreglar el lugar a tiempo para el evento de la gobernadora Cortez en julio? ¿Querría ella todavía realizarlo ahí?

Se suponía que sería el principio de una nueva era para Ortega Properties, una vía a nuevos emprendimientos, pero Ruby sentía que se le escapaba por entre los dedos como las cenizas que la rodeaban.

Tenía que tomar fotografías, la empresa aseguradora necesitaría documentar el percance. Las manos le temblaban, pero sacó su teléfono y empezó a tomar fotos en silencio. Se paseó por la obra en ruinas caminando con cuidado entre las vigas caídas y los escombros de objetos indistinguibles, el obturador computarizado de la cámara de su teléfono no dejaba de hacer clic, pero Ruby evitó mirar las fotografías mientras las tomaba.

De pronto escuchó detrás de ella pasos que la habrían asustado de no ser porque sus sentidos se encontraban abrumados. O tal vez no se sorprendió porque había estado esperando, con una especie de anhelo que sobrevivía en el fondo de su dolor, que él la encontrara. Volteó y vio a Ashton a unos pasos de ella, tenía las manos en los bolsillos de sus pantalones del Departamento de bomberos de Phoenix. Su mirada, incrédula y como presa de la ensoñación, recorrió la destrucción antes de encontrarse con la de Ruby.

—¿Recuerdas que solíamos jugar a las escondidas en el huerto de los naranjos? —preguntó él con voz tensa. Se acercó un paso más y señaló los árboles sobrevivientes como si Ruby necesitara un recordatorio.

Ella suspiró sintiendo el peso del dolor en su pecho.

—Sí. Lo jugamos hasta que aquella enorme araña te cayó encima y te negaste a volver al huerto —dijo Ruby.

La media sonrisa que apareció en el rostro de Ashton transmitía tanta tristeza y nostalgia, que desgarró a Ruby.

—Las cosas eran mucho más simples entonces —musitó Ashton.

—¿Cómo estás lidiando con todo esto? —preguntó ella. La familiaridad y ver su rubio cabello despeinado y sus mejillas rosadas por el frío matinal en medio de aquel entorno tan perturbador era una tortura.

No habían tenido un momento a solas desde que Ashton llegó la noche anterior, solo se habían dado un abrazo o dos, e intercambiado miradas furtivas de un lado al otro de la sala. Todo sucedió tan rápido y fue tan abrumador que Ruby ni siquiera había tenido tiempo de preguntarse cómo se sentiría él, cómo sería no tener un hogar a dónde volver, pero que su padre y su madre estuvieran a salvo. Ambos sufrieron pérdidas que alterarían sus vidas, pero los contextos no podían ser más distintos.

Ashton se encogió de hombros y mantuvo la vista fija en las grises colinas a lo lejos, el brumoso resplandor del amanecer comenzaba a iluminarlas.

—Es... —empezó a decir negando con la cabeza, pero descartó el resto de la oración.

Cuando por fin la miró de nuevo, a Ruby también le costó trabajo saber qué decir.

—En fin, me da mucho gusto que estés aquí —dijo Ruby en voz baja, consciente de cuán desesperadas e inconexas se escucharon las palabras al salir de su boca, pero sin que le importara. Necesitaba a Ashton, necesitaba sentirse unida a él, incluso si eso la hacía sonar como una tonta consumada.

Ashton suspiró y asintió.

Ella lo miró con franqueza. Contempló su hermoso perfil enmarcado por la tenue luz del amanecer y la oscuridad del huerto derruido. Abrió la boca en varias ocasiones tratando de formar palabras que, en el fondo, ni siquiera tenía para ofrecerle a aquel hermosísimo chico tras lo que, a todas luces, era el peor desastre en la vida de ambos.

Después de algunos minutos, se resignó al profundo y agobiante silencio, y volteó a mirar las ruinas en su entorno.

Había tenido la esperanza de que pudieran estar unidos en la pérdida, hacer luto juntos, entender la oscuridad y el dolor que los aquejaba, unidos. Pero en ese momento, por alguna razón, la tristeza de cada uno parecía independiente, aislada, como si entre ellos hubiera un insuperable muro de angustia.

Inhaló profundo, el aire que entró a su cuerpo le supo sucio, inerte.

—Fue un lugar hermoso —dijo por fin Ashton pensativo, mordiéndose el labio.

Algo se crispó en Ruby cuando lo escuchó hablar en pasado, pero antes de que la sensación la invadiera, Ashton se acercó y colocó su brazo alrededor de sus hombros. Inclinó su cabeza hacia la de ella y empezó a frotar con suavidad su hombro izquierdo mientras ambos miraban la tierra devastada.

21

Los incendios forestales eran un suceso estacional en California, era algo que la gente esperaba de la misma manera que una onda de calor o la llegada de Halloween. Pero, aunque se sabía que sucederían *en algún lugar*, Ruby nunca imaginó que pudieran llegar a Buena Valley. Porque era un lugar seguro y hermoso, y porque era suyo. No era el tipo de sitio donde pasaran esas cosas.

Se dio cuenta de que su sólida creencia de que, por alguna razón, estaba exenta de la violencia que el resto del mundo tenía que enfrentar le dificultaría lidiar con las consecuencias del desastre. Antes de todo eso, nunca había tenido que hacer nada más que no fuera programar una cita con el dentista o pagar la factura de su celular. Ni siquiera entendía lo que era una hipoteca o lo que implicaba el pago de los servicios. Y por todo eso, le parecía que administrar el día a día de su hogar y su negocio estaba más allá de lo que podía manejar.

No obstante, sus hermanas tenían que comer y su padre necesitaba una cama. Tenían que conservar su hogar, así que se puso manos a la obra.

Pensó que ya había soportado lo peor cuando su madre falleció y descubrió que una inmensa parte de su existencia se había extinguido y jamás podría ser restaurada. Y, aunque nada se comparaba con el dolor y la conmoción de la pérdida, las incontables horas de llamadas telefónicas y las decenas de correos electrónicos sobre los daños a la propiedad le enseñaron, en poco tiempo, que la incertidumbre de lo que sucedería venía acompañada por sus propios desafíos.

En efecto, tenían un seguro contra incendios, pero esa era la única respuesta definitiva que habían podido darle. ¿Cuánto cubriría? ¿Cuándo tendrían el dinero del seguro? ¿Cómo podrían empezar a reconstruir sin recursos? ¿Cómo esperaban los agentes que su familia pusiera su vida en orden si nadie le respondía ninguna de estas preguntas? ¿Y cómo iban a lidiar con sus necesidades básicas como alimentos, suministros y todas las otras cosas de las que sus padres solían hacerse cargo, si no tenían respuestas?

Y eso, sin mencionar que parecía imposible lograr que un ajustador de reclamaciones o un equipo de construcción fuera a su propiedad. Como toda la región estaba en llamas y la gente se encontraba tratando de reorganizar las cosas, no había suficientes trabajadores.

También le asombraba que, al parecer, no contaban con ninguno de sus empleados o, mejor dicho, exempleados. Ni siquiera con Paola y Jorge, a quienes siempre consideró, más que personal de trabajo, familia. Casi toda la gente que había trabajado para Ortega Properties pareció saltar del barco sin planes de nadar de vuelta.

Tal vez lo más desconcertante de todo era las pocas respuestas que su padre tenía para todas sus preguntas. El señor Ortega

En llamas 187

le había entregado su vida entera a su negocio, pero ahora estaba tan perdido, que Ruby se preguntaba si se reconocía a sí mismo.

—Ruby Catherine, hace demasiado tiempo que no he tenido que lidiar con este nivel de decisiones —le dijo su padre de mala gana una noche, después de pasar horas revisando antiguos formatos de pedidos.

En las últimas semanas, su padre había envejecido diez años. Su grueso cabello negro lucía más gris y siempre estaba despeinado, lo que lo hacía parecer constantemente asustado. Bajo sus ojos, había densas ojeras y su débil e incierta voz era la de un anciano confundido.

El peso de la ausencia de su madre era omnipresente y profundo. Algo de lo que nadie podía escapar, algo que nadie se atrevía a enfrentar. Y a pesar de todo, aunque el negocio la abrumaba, sentía que era mucho más sencillo lidiar con eso que con el dolor de su padre.

Sentía que sus hermanas trataban de ayudar, aunque fuera cada una a su manera. Y, si no, por lo menos trataban de no ser un obstáculo. Elena pasaba la mayor parte del tiempo escondida, lo cual, en su caso, era un verdadero esfuerzo por ser caritativa. Carla aparecía de vez en cuando con información hasta cierto punto optimista o con un bocadillo para Ruby.

—Millie dice que darán de alta al señor Hamilton esta semana —dijo Carla una noche, con su pijama a cuadros y acurrucada en el sofá con una cobija de lana.

Ruby asintió, pero no pudo ofrecerle una respuesta enfocada.

—¿Estás... bien? —preguntó Carla.

Ruby volteó a ver a su hermana con ojos vidriosos, y solo entonces se dio cuenta de que estaba llorando. Claro que no "estaba bien". Nada había "estado bien" en semanas, y en los oscuros rincones de su mente intuía que nada volvería a estarlo.

A pesar de ello, se forzó a asentir. Lo hizo por su hermana.

—Sí, sí. Es solo que... son muchas cosas —murmuró—. Y no ayuda en nada que Jorge y Paola, y todos los otros empleados que saben cómo funcionan las cosas nos hayan abandonado. No puedo ponerme en contacto con nadie útil. Y nadie nos ha llamado, es como si se hubieran olvidado de nosotros.

Carla se movió incómoda debajo de la cobija sin dejar de mirar fijamente a Ruby.

—¡Qué! —dijo Ruby casi gritando al percibir la desaprobación de Carla.

—Bueno... tal vez también la están pasando mal como nosotros, Ruby —insinuó en voz baja mientras acomodaba los pliegues de su cobija—. Quizá también perdieron a alguien. Tal vez quieren volver, pero no pueden. Vi en las noticias que muchas de las zonas donde más hubo heridos son en las que más inmigrantes viven —dijo lento, eligiendo con cuidado sus palabras—. Dicen que se debe a las barreras del idioma. O sea, la mayor parte de las advertencias de evacuación solo estuvieron disponibles en inglés. Y, luego, pues no todos podían pagar para irse porque no tenían dinero para el transporte y un hotel, y porque tampoco podían dejar de ir a trabajar y cosas así. Solo digo que muchas casas resultaron afectadas y, o sea, ya sabes lo difícil que es arreglar las cosas en este momento. La gente tiene que lidiar con un montón de problemas. Quién sabe lo que los empleados están teniendo que enfrentar.

Ruby frunció el ceño y continuó mirando el mismo altero de estados bancarios, sentía que era la centésima vez que los revisaba. Sabía que Carla era una niña amable y empática, y estaba

En llamas 189

acostumbrada a que viera las cosas con más dulzura que ella. Pero en ese momento, sus comentarios la obligaron a hacer una pausa. No había pensado las cosas de esa manera.

No tengo tiempo para ver las cosas así, pensó tratando de justificarse, *tenemos muchos problemas con qué lidiar, ni modo que nos empecemos a preocupar por las historias tristes de los demás*. Si en verdad quería avanzar, tenía que ser pragmática y realista, incluso un poco despiadada.

El teléfono celular de Ruby vibró, estaba a unos pies de distancia. Le hizo un gesto a Carla para que lo revisara. Carla fue y leyó el mensaje en voz alta, triste.

—Es Patty. Es tu compañera de cuarto en la universidad, ¿no? Quiere saber cuándo vas a regresar.

Ruby exhaló y se frotó las sienes. Oficialmente, había pasado un mes sin ir a la universidad. Patty solía preocuparse incluso en las situaciones más comunes, así que, para ese momento, seguro estaba fuera de sí.

—No sé. Dile que tal vez regrese después de las vacaciones de invierno —contestó. Esa respuesta debería, al menos, hacerle ganar algo de tiempo. Sin embargo, el desastre era tal, que se le dificultaba imaginar que algo pudiera cambiar en un mes.

Carla escribió el mensaje en silencio y luego le transmitió a Ruby la respuesta.

—Pregunta Patty si quieres que te envíe alguna de tus cosas. ¿Libros? ¿Ropa?

Ruby negó con la cabeza. En casa tenía suficiente ropa para funcionar y, como el semestre acabaría pronto, no le vio caso a pedirle que le enviara por correo algo tan pesado como sus libros. En especial porque la idea de hacerse un poco de tiempo para hacer tarea parecía irrisoria.

—¿Ningún libro? —repitió Carla con los ojos abiertos como platos.

—No, Carla.

—Bueno, pero entonces, ¿qué vas a hacer respecto a la universidad?

Ruby se encogió de hombros. En realidad, se había puesto en contacto con su consejera unos días antes para solicitar un permiso para el próximo semestre. Aunque el dinero que se pagó por su habitación no era reembolsable, logró un rembolso parcial por la colegiatura, dinero que, ahora se daba cuenta, iban a necesitar mucho. El presupuesto que su padre hizo para la construcción del salón de recepciones se sostenía, en gran medida, con las ganancias de la posada. Por el momento, Ruby podía lidiar con los gastos diarios, pero para reconstruir y echar a andar la propiedad de nuevo necesitaría soluciones muy creativas.

Carla no dejaba de verla con los ojos bien abiertos.

—No te preocupes, Carla. Tengo todo... bajo control —era una mentirilla y era obvio que Carla se daba cuenta. Sin embargo, tuvo la delicadeza de no seguir presionando.

ESA NOCHE, MÁS TARDE, CUANDO RUBY POR FIN subió a su habitación, se alivió al notar que bajo la puerta de Carla no se veía luz. Su pobre hermana necesitaba con urgencia que la reconfortaran, sentir la familiaridad a la que estaba acostumbrada. Quería darle lo que necesitaba, pero se sentía incapaz de hacerlo. Podía encargarse de las cosas prácticas como comprarle su cereal favorito o recordarle que se cepillara los dientes antes de dormir, ¿pero qué podía hacer respecto a su comportamiento?

En llamas 191

Los últimos cuatro días la había visto en la habitación de sus padres por las mañanas recorriendo con sus deditos los vestidos de su mamá.

La primera vez, solo le preguntó qué estaba haciendo.

—Quería sentirme cerca de ella —susurró Carla, y Ruby deseó al instante no haber preguntado, no haber presenciado ese desgarrador ritual. ¿Qué diablos sabía ella sobre cómo criar a una niña? ¿En especial a una como Carla, tan dulce y sensible, tan distinta a la necia que ella fue cuando tenía su edad? Además, incluso si tuviera idea de lo que estaba haciendo, había muchas cosas más que tenía a su cargo. Con el negocio y la propiedad de la familia en ruinas allá afuera, ¿en qué parte de su lista de prioridades pondría los sentimientos de su hermana más chica?

Se dirigió a su habitación, ansiosa de dejar otro desolador y frustrante día atrás, pero entonces escuchó los pasos de alguien subiendo por la escalera.

—Elena, si eres tú llegando a casa apenas en este momento, después de la conversación que tuvimos sobre tu hora límite para regresar, te juro por *Dios* que... —empezó a decir irritada y cruzando los brazos. Se suponía que sus hermanas volverían a la escuela al día siguiente. O, al menos, a algo parecido. Como el edificio se quemó, los grupos fueron asignados a una serie de sedes alternativas. A Elena la tendría que llevar al centro recreativo, pero las clases de Carla serían en una sala de conferencias en la oficina del alcalde. Ruby había sido muy clara con Elena cuando le dijo que, el hecho de que su padre se estuviera tomando un descanso de sus labores como jefe de familia y que la situación escolar fuera extraordinaria, no significaba que podía hacer lo que le viniera en gana. El mero hecho de pensar que estuviera subiendo de puntitas a esa hora de la noche hizo que le hirviera la sangre.

—Oye, oye, ¡tranquila! Soy yo —dijo Ashton despreocupado al llegar a la parte superior de las escaleras, viendo que Ruby venía con cara de muy pocos amigos.

—Oh —exclamó Ruby sintiendo un dulce calor en todo su cuerpo en cuanto vio que venía solo—. Lo siento, ¿dónde está Millie?

—Va a pasar la noche en el hospital. Se supone que darán de alta al señor Hamilton mañana temprano, pero se le ocurrió que si les empezaba a dar lata a los médicos desde hoy, lo enviarían a casa antes. Su papá está ansioso por salir —explicó Ashton pasándose la mano por el cabello y con los ojos vidriosos del cansancio—. Solo que, tomando en cuenta que deberé partir pronto, me dijo que aprovechara para dormir en una cama de verdad, así que insistió en que viniera a casa... Lo siento, quise decir... que viniera a *tu* casa —añadió sonriendo por el error y sin saber que Ruby sintió su corazón inflamarse al escucharlo referirse a su casa como la suya.

—¿Cuándo tienes que volver a la línea de fuego? —le preguntó.

—Pasado mañana. Debo partir y tomar la carretera lo más temprano posible, nuestro campamento está a tres horas de aquí —dijo mirándola muy serio, lo que hizo que Ruby se preguntara si percibía su desilusión. Después de pasar dos semanas en el incendio, le habían dado una para volver a casa, y ahora tenía que regresar al campamento. El incendio ya no representaba un riesgo en esa zona, pero más allá, en el norte, seguía causando estragos, y Ashton no sabía cuántas rondas más se requerirían para extinguirlo—. Escucha, sé que es un poco tarde y estoy seguro

En llamas 193

de que te sientes exhausta, pero ¿te gustaría beber una cerveza conmigo? Me vendría bien un trago.

Asintió sin dudarlo. Había días en que la posibilidad de hablar con Ashton a solas era lo único que la mantenía en pie, su cuerpo entero anhelaba pasar un momento así con él, en especial antes de que tuviera que partir de nuevo.

Ruby buscó en el refrigerador y encontró dos Coronas solitarias escondidas detrás de un frasco grande de mayonesa. Intentaba evocar un sentimiento de familiaridad y plasmarlo en ese momento. Varias veces, cuando estuvieron en la preparatoria, forzó a Ashton a revisar los gabinetes de bebidas alcohólicas de sus padres, pero le quedaba muy claro cuán distintas eran las cosas ahora.

¿Sería porque se besaron en Arizona? Con todo lo sucedido en las últimas semanas, no había tenido mucho tiempo para pensar en ese beso, pero de vez en cuando lo recordaba y, aunque fue algo abrupto, le brindó calma en medio de su dolor.

Desearía que ese mismo beso hubiese cambiado todo entre ellos, pero en el fondo sabía que no era así o, al menos, no como ella creía. Después de todo, Ashton no lo volvió a mencionar para nada desde aquella noche y, entre más tiempo pasaba, más le inquietaba a Ruby hablar del tema.

Tal vez era solo que él *se veía* distinto. Su cabello estaba un poco más despeinado que de costumbre y no tan largo como en aquel verano que hizo una excursión con su padre en el sendero de los Apalaches, pero sí un poco más largo de lo que siempre lo llevaba. También estaba más delgado. Siempre había sido esbelto, pero Ruby sospechaba que los días que pasó de pie realizando labores manuales contribuyeron a que ahora sus músculos se vieran así de firmes.

O tal vez eran sus ojos. Detrás de sus iris color avellana había algo oscuro, una especie de somnolencia también.

No sabría explicarlo.

—¿Te gusta ser bombero? —dijo con la repentina urgencia de escuchar su voz, pero de inmediato sintió que sus mejillas se acaloraban—. Lo siento, es una pregunta tonta. Sé que es difícil y quizá muy triste.

Ashton rio a medias y asintió.

—Sí, es ambas cosas, pero me agrada sentir que estoy haciendo algo que en verdad importa.

Ruby suspiró.

—Creo saber a lo que te refieres.

—Hablé un rato con mis padres esta tarde —continuó Ashton después de beber un generoso trago de cerveza. Ruby vio su manzana de Adán subir y bajar—. Dijeron que no planeaban volver.

—¿Cómo?

Ashton asintió de nuevo mientras jugaba con la botella haciéndola girar en el brazo de su silla.

—Dijeron que van a tomar el dinero del seguro para comprar una casa en Bakersfield, cerca de donde vive mi tía.

Ruby se quedó boquiabierta.

—Pero este es su *hogar*. Es *nuestro hogar*.

Ashton buscó titubeante algo en el rostro de Ruby, como si no supiera cómo proceder. Se veía triste, pero ella no sabía si era por la decisión de sus padres o por su reacción.

—Supongo que hay algunas personas que preferirían empezar de nuevo en otro lugar —dijo finalmente.

—Eso suena muy parecido a darse por vencido —masculló Ruby.

En llamas 195

Ashton se quedó sentado en silencio un momento, con la vista fija en la cerveza.

—No todos son tan fuertes como tú, Ruby. Sé que te cuesta trabajo imaginarlo, pero algunas personas no pueden enfrentar esta destrucción y tratar de encontrarle alguna lógica. A veces es más fácil empezar de cero en otro lugar.

Ruby trató de comprender lo que Ashton le estaba diciendo, pero le daba la impresión de que hablaba en otro idioma. Lo único que le parecía entender era que abandonarían su comunidad y sus recuerdos porque las cosas les parecían demasiado *difíciles*.

—Bien y, ¿qué harás tú? ¿Volverás a Arizona o te mudarás a Bakersfield? —preguntó en un tono inclemente y acusatorio aunque, en el fondo, en ese instante estaba orando para que se quedara con ella, que la amara y creyera en su hogar tanto como ella lo hacía; para que estuviera dispuesto a enfrentar las dificultades a su lado en lugar de huir. Se mordió el labio mientras esperaba su respuesta.

Ashton se encogió de hombros.

—Millie y yo no hemos hablado de eso todavía, primero necesito que pase la temporada de incendios.

A Ruby se le encogió el corazón al escuchar esa respuesta tan vaga, solo pudo beber un poco más de cerveza para ocultar su decepción.

La densa e indescifrable mirada de Ashton permaneció fija en ella y, por un instante, deseó que le preguntara cuáles eran sus planes o qué pensaba que él debería hacer. Pero no lo hizo.

—Ruby, no sé si Millie te preguntó si el señor Hamilton podría quedarse aquí hasta que su tía tenga oportunidad de venir el fin de semana a recogerlo.

En realidad, Millie no le había pedido nada, solo estuvo mencionando la situación de forma tangencial hasta que Ruby se salió de sus casillas e interrumpió sus murmullos para decirle que no habría problema, que su padre podía quedarse en su casa. No era lo ideal, ¿pero qué podía hacer? Para ese momento, ¿qué más daba una persona más?

—No hay problema —musitó.

Ashton se inclinó hacia adelante y apoyó los codos en las rodillas.

—Ambos sabemos que sí lo hay. Ya estás haciendo demasiado.

En el corazón de Ruby se agitó una densa mezcla de tristeza y amor por Ashton. Siempre lo había considerado una persona idealista y alegre, y que la mirara con esa solemnidad la estaba matando. Desde que eran niños tenía la idea de que él veía el mundo como algo que podría abordar en cualquier momento porque las oportunidades y los caminos se abrirían a su paso. De hecho era una actitud que siempre admiró en él y con la que se había identificado toda la vida.

Sin embargo, la oscuridad en sus ojos y su postura encorvada de ahora le hacían pensar que, tal vez, aquella actitud se estaba diluyendo; que las últimas semanas le habían pasado la factura y afectado la imagen que tenía de sí mismo, del mundo y, quizá, de ella también.

Ruby podía enfrentar una buena cantidad de la destrucción que provocaron los incendios, sobre todo porque no tenía opción, pero también porque sabía que las casas podían reedificarse. Pero, ¿se puede reconstruir a la gente? ¿Por dónde empezaría con su padre, con Ashton y todos los que se sentían devastados por lo sucedido?

En llamas 197

—Ashton, para ser honesta, siento que no estoy haciendo nada, ni siquiera sé si puedo hacer algo —dijo luchando por ocultar el temblor en su voz y la inestabilidad que amenazaba con dejar fluir el río de lágrimas que había estado conteniendo mucho más tiempo del que le gustaría admitir. Se sentiría tan bien si por fin dejara salir algunos de esos sentimientos, si se los confesara a alguien en quien confiara o a quien amara. Pero algo se lo impedía y no sabía qué era, así que solo apretó la mandíbula para tratar de contener el miedo y la ansiedad.

Suspiró y apoyó su cuerpo en el brazo del sofá. Solo los separaban un breve espacio. Si Ashton quisiera, podría estirarse y tocarla.

—¿No hay alguien que te pueda ayudar? —le preguntó con desgano.

Ruby sintió un gran dolor, ¡quería que *él* le ayudara! Lo necesitaba a *él*. Incluso si no pudiera asistirla con todas las tonterías del negocio, ¡el solo hecho de tenerlo a su lado mientras reconstruían todo sería suficiente! Sabía que podría soportar todo mucho mejor con Ashton a su lado, lo sabía incluso si no era capaz de explicarlo. Sería más fuerte, inteligente y paciente, justo lo que necesitaba.

Permaneció sentada con la mirada fija en Ashton, tratando de hacerle ver, instándolo a leer el mensaje en su rostro.

—¿Tu papá? ¿Los empleados o socios de negocios? —continuó preguntando entre murmullos.

Ruby negó con la cabeza.

—No. Al menos no por el momento. Nadie ha podido ayudar hasta ahora.

Ashton finalmente estiró el brazo y colocó su mano sobre la de ella. A Ruby le sorprendió sentir los callos en su palma. Las suaves manos que antes sostenían libros, ¡ahora estaban repletas de callos! Aún impactada y con los ojos abiertos como platos, esperó lo que sucedería a continuación sin respirar siquiera.

Él parecía estar reflexionando sus palabras, daba la impresión de que tenía en la mente algo denso y difícil. Finalmente, solo dijo:

—Ruby, estás haciendo un gran trabajo. Eres fuerte e inteligente, es lo que se requiere para superar un obstáculo como este. Lamento no poder decir nada más útil. Sé que extrañas a tu mamá, yo la extraño también. Desearía poder decirte cómo reparar tu posada o como obtener el dinero del seguro, pero no tengo ese tipo de habilidades prácticas. No sé nada sobre el mundo real.

Ruby negó con la cabeza y colocó su otra mano sobre la de él.

—No es cierto, ¡estás haciendo mucho! ¡Estás luchando contra los incendios! ¡Tú también eres fuerte e inteligente, Ashton!

Ashton retiró su mano y terminó su cerveza de un largo trago.

—Lo que nadie te dice es que luchar contra los incendios forestales es, en realidad, una forma extrema de jardinería. Me paso la mayor parte del día retirando maleza. Ni siquiera veo el fuego —murmuró—. Es decir, estoy contento de encargarme de ello porque alguien tiene que hacerlo, y me da gusto trabajar en algo *significativo* por una vez en mi vida —agregó antes de hacer una pausa. Ruby se preguntó si sus ojos se verían tan vidriosos porque era tarde y estaba cansado, o si estaría llorando—. ¿Pero sabes lo que me preocupa? Que creo que en algún momento surgirá algo incluso más difícil que el trabajo de bombero —dijo con voz temblorosa.

Ruby asintió a pesar de que no tenía idea de lo que Ashton iba a decir. Estaba asombrada por el nivel de intimidad con que le

En llamas 199

hablaba. ¿Alguna vez fue tan abierto con ella? No. Y, sobre todo, ¡no desde que Millie apareció!

—Regresar aquí —confesó con voz entrecortada—, enfrentar este lugar y tratar de imaginar qué hacer ahora que todo lo que alguna vez conocí se ha ido o es diferente. Hacer lo que *tú* estás haciendo ahora... no sé si pueda.

Ruby abrió la boca para insistir, para decirle que él era Ashton Willis ¡y podía hacer cualquier cosa que se propusiera! Pero de sus labios no salió nada, no sabía qué decir frente a ese nivel de duda en sí mismo, así que solo se quedó mirando su mano callosa, la que unos instantes antes estuvo sobre la suya.

Ashton hizo una mueca, dejó de mirarla y se enfocó en algo distante, algo que ella intuía que no sería capaz de comprender. Algo en el fondo de su mente.

—Pero supongo que no hay marcha atrás, solo podemos tratar de encontrar la manera de seguir adelante.

Eso es la vida, pensó Ruby perpleja. *¿Qué otra opción tenemos?* No comprendía que Ashton se sintiera tan desolado y asombrado ante los cambios que les había impuesto el incendio, solo pudo preguntarse desesperadamente si Millie lo entendería.

Ashton se puso de pie, parecía despertar del trance temporal en que los sumergió aquella reflexión tan cruda.

—Lamento balbucear tonterías, tal vez lo que digo no te parece lógico porque tú nunca has tenido miedo de averiguar qué vendrá a continuación. Porque tú eres una persona valiente, Ruby —dijo sonriendo con ternura.

El corazón de Ruby se agitó, no podía dejar de mirarlo anhelante. Una vez más, las palabras se le atoraron en la boca, solo pudo pensar: *tú también eres valiente*.

Hubo un tenso silencio, tan colmado de expectativas, que Ruby sintió que la ausencia de sonido estaba a punto de estallar.

—Te quiero, amiga. Vas a superar esto —dijo Ashton con voz grave, cortando en dos ese especial momento y lanzándolo a la lejanía de la misma manera que lanzó la botella al contenedor de plástico antes de salir de ahí y subir por las escaleras.

ESA NOCHE, CUANDO RUBY SE ACOSTÓ A DORMIR, ATURDIDA Y CON EL corazón latiéndole con fuerza tras haber escuchado todo lo que Ashton dijo, una voz triste e irritante en el fondo de su mente le recordó que sí había alguien a quien podía llamar. Alguien no muy lejos de ahí. Alguien que la ayudó en el pasado. Alguien que sabía una o dos cosas sobre la industria de la hospitalidad.

Alguien que me abandonó en medio de una crisis.

Sintió escalofríos solo de pensar en pedirle ayuda a Remy otra vez. Aunque no había manera de que él hubiera sabido que la estaba enviando sola a enfrentar la muerte de su madre, todavía le guardaba un profundo resentimiento por haberla dejado sola.

Tal vez si no se hubieran detenido para su heroica parada técnica, ella habría llegado al hospital a tiempo para ver a su madre con vida. Sabía que era muy poco probable porque Eleanor se encontraba en una situación crítica y porque ni siquiera dejaron entrar a su padre a pesar de que estuvo ahí desde el principio. Sin embargo, nociones imposibles e inconclusas como esa, alimentaban su ira de una forma que resultaba hasta cierto punto satisfactoria.

En llamas 201

Las cosas tendrían que irse muchísimo más al demonio antes de que siquiera considere llamar a Remy Bustillos, pensó antes de quedarse dormida.

22

Los días siguientes estuvieron marcados por varias llegadas y partidas. El señor Hamilton fue dado de alta del hospital y pasó dos noches durmiendo en el sofá y moviéndose por toda la planta baja en una silla de ruedas, hasta que la tía de Millie llegó para llevarlo de vuelta a Arizona. Ruby imaginó que Millie se iría con su papá, pero incluso cuando le preguntó de manera directa qué haría, expresó con timidez su deseo de quedarse.

—¿Por qué? ¿No quieres volver a casa? —le preguntó Ruby.

—Sí y no. Me encanta Arizona y también estar con mi papá, pero siento que hay cosas más importantes qué hacer aquí —dijo—. Mi papá tiene a mi tía y cuenta con una excelente red de apoyo: su familia y su equipo de bomberos. Además, puedo ir a verlo —explicó. Había un destello en su expresión, algo tácito, cierta compasión. Tal vez, a alguien más le habría conmovido su decisión, pero ese tipo de conmiseración a Ruby solo le molestaba.

Por otra parte, a pesar de lo incómodo que era vivir con la novia del chico del que estaba enamorada y a quien había besado hace poco, tenía que admitir que tener a Millie cerca resultaba ser de ayuda.

Ashton se fue la mañana que dieron de alta al señor Hamilton, como le dijo a Ruby que haría. Ella observó adormilada desde la ventana de su recámara y vio a Millie despedirse a las tres de la mañana. Había planeado levantarse al mismo tiempo que ellos, pero Ashton la acorraló la noche anterior, después de la cena, y le dijo que pensaba que lo mejor sería despedirse en ese momento. Acto seguido, solo le dio una especie de abrazo casual y continuó limpiando la mesa.

Una vez más, estaría lejos dos semanas, se perdería la Navidad, aunque, por cómo se veían las cosas, Ruby sospechaba que nadie celebraría de cualquier forma. Millie, en cambio, se sentía optimista, creía que lograrían extinguir el fuego y que Ashton no necesitaría hacer una tercera ronda, y, por primera vez, deseó que tuviera razón: sería el regalo de Navidad perfecto para ella.

En días recientes, Ruby se había enfocado en convencer a su papá de bajar con ella la colina y de que la acompañara a la posada en las mañanas, después de dejar a sus hermanas en sus improvisadas escuelas. En varias ocasiones aprovechó estos recorridos para hablar con su padre sobre la posibilidad de recibir terapia. Siempre lo hacía con sutileza y amabilidad, sintiendo que ahora él era el hijo y ella la madre, pero cada vez que tocaba el tema, él se mostraba azorado, casi insultado, lo cual no le sorprendía gran cosa. Por otro lado, suponía que de todas formas no importaba tanto porque la mayoría de los psicólogos a los que había contactado, todavía no reabrían sus consultorios o no estaban recibiendo pacientes nuevos por el momento.

Una de las pequeñas victorias que tuvo, sin embargo, fue la visita de un agente de reclamaciones de seguros. El agente no pudo ofrecerle muchas respuestas, pero hizo todas las anotaciones pertinentes y tomó las fotografías necesarias para echar a andar el proceso y darle un número de reclamación. Por eso se le ocurrió que podrían empezar a reparar la posada mientras esperaba el cheque. Todos los días, ella y su familia se ocupaban de las sucias tareas que se necesitan para limpiar un lugar devastado: sacar la aspiradora de uso industrial y aspirar el polvo de todos los huecos, tallar el hollín de las paredes y limpiar los ductos de aire. Su papá se movía lento y se distraía con facilidad, pero Ruby imaginaba que necesitaría sentirse útil para reencontrarse a sí mismo. Tenían que realizar una tarea insignificante y ardua tras otra, sin embargo, a ella le parecía que no solo estaban restaurando la posada, sino también deshaciéndose de la historia colectiva que el incendio les había impuesto.

Y ahora que su padre había vuelto a Arizona y que Ashton se había ido, Millie se unió a las tareas de los Ortega. Carla no dejaba de repetir con entusiasmo lo amable que era de su parte ofrecerles ayuda, mientras que a Ruby le parecía que era lo mínimo que podía hacer, tomando en cuenta que estaba viviendo con ellos sin pagar un centavo.

En algún momento, Mamá Ortega regresó a su casa en Chula Vista porque la calidad del aire era mejor y porque le pareció que la vida familiar se estaba acercando a algo semejante a la normalidad. A Ruby le dio tristeza verla partir, pero supuso que el hecho de que su abuela, quien nunca endulzaba ninguna situación, pensara que estaban reponiéndose, era buena señal.

No fue nada sencillo, pero empezó a sentir que, al menos, estaban haciendo *algo*.

MILLIE ESTABA ESCURRIENDO UN PAÑO ENJABONADO SOBRE UNA CUBETA de agua jabonosa cuando Ruby llegó al salón comedor de la posada con otra cubeta. Millie la recibió con una sonrisa cansada, pero sin ninguna intención de quejarse y continuó restregando el tapiz floral de estilo antiguo. Alguna vez fue turquesa, pero ahora tenía el difuso color del humo en la carretera.

Ruby suspiró y, cuando dejó su cubeta en el suelo, el agua salpicó.

—Creo que tendremos que volver a pintar todo. O retapizarlo, o lo que sea —exclamó frunciendo el ceño.

Millie no dejó de tallar.

—Es posible, pero de todas formas necesitamos limpiar todas las paredes.

Lo más probable era que tuviera razón. Ella nunca había ni pintado ni retapizado nada, pero le sonaba lógico, incluso si la idea de añadir una tarea y un gasto más a su lista de pendientes hacía que le palpitara la cabeza.

Lo único que le quedaba claro era que tenían que volver a abrir la posada. La semana anterior había recibido un correo electrónico de la asistente de la gobernadora Cortez preguntando en qué condiciones se encontraba la propiedad tras el desastre y solicitando reportes actualizados. Ruby no había reunido aún el valor necesario para responder. Por un lado, no podía mentirle porque eso era algo que no hacían los negocios honestos, pero por el otro, sabía que la verdad no era muy promisoria.

Volteó y, a la ventana, vio el vago perímetro de los restos de la obra suspendida del salón de recepciones. Era una imagen fantasmal y espeluznante a pesar de que, como telón de fondo, tenía un despejado cielo vespertino. Ni siquiera había empezado a trabajar en esa zona, de hecho, desde aquella primera mañana de exploración, no había visitado el lugar. Al menos, no en la vida real. En sus pesadillas, en cambio, a menudo se veía a sí misma martillando y serrando trozos de madera que estallaban en llamas de forma espontánea.

—También necesitamos lidiar con todo eso —murmuró señalando irritada los restos de la obra. Se preguntó enseguida por qué habría dicho "necesitamos" cuando, en realidad, era su responsabilidad. Pero, por suerte, Millie no hizo ninguna aclaratoria.

—En cuanto volvamos a abrir la posada habrá suficientes ingresos para reiniciar la construcción —dijo Millie muy segura de sí misma.

Ruby suspiró poco convencida.

—Bueno, supongo que el dinero del seguro bastaría para empezar, pero todavía no encuentro ningún contratista que tenga un equipo de trabajadores completo —explicó al tiempo que tomaba el paño de la cubeta y empezaba a frotar una manija manchada con tan poco ímpetu, que lo único que estaba logrando era que el agua sucia se escurriera al suelo.

Muchos de los equipos de construcción no tenían suficientes trabajadores, se lo habían repetido incontables veces en las llamadas desesperadas que hizo en busca de *alguien* que pudiera ayudarlos.

Los jornaleros a los que el incendio no había logrado ahuyentar, ahora los alejaba la policía. Los oficiales eran cada vez más estrictos. Dado el nivel de desplazamiento que estaba sufriendo la gente, se comportaban con mucho menos indulgencia y pensaban que todos eran vagabundos o saqueadores. Ruby recordó la aterradora escena que presenció con Remy al entrar a la ciudad

En llamas 207

y supuso que era solo la punta del *iceberg* de lo que en realidad estaba sucediendo en su comunidad.

El sonido distante de la voz de su padre interrumpió el tren de ideas. Lo vio por la ventana, estaba afuera. Se suponía que tenía que tallar los muros exteriores, pero en lugar de eso, estaba de espaldas a la construcción y ondeaba los brazos ofreciendo un apasionado discurso ante... nadie. Había estado haciendo lo mismo con frecuencia en días recientes: hablar solo. Ruby sospechaba que, en su mente, él conversaba con su madre y eso le resultaba aún más perturbador.

—¡Un paso a la vez! —exclamó Millie con urgencia— ¿Tienes información sobre cuándo llegarán los cheques del seguro? —añadió y, cuando Ruby volteó, alcanzó a verla mirando a su padre también. Entonces comprendió que su pregunta era solo un desesperado intento por distraerla.

—El agente dijo que el dinero por los daños iniciales ya debería estar en camino, pero supongo que también tenemos una póliza por las pérdidas en que estamos incurriendo por no poder operar, lo cual es buena noticia. El único problema es que demostrar que estamos perdiendo dinero es más complicado. Tenemos que enviar todos los recibos y evidencias que prueben lo que usualmente ganamos, y lo que estamos gastando ahora que estamos cerrados. Incluso si lográramos hacerlo, el proceso sería una locura —explicó antes de volver a sumergir el paño en el agua de la cubeta y empezar a tallar la superficie biselada de los brazos de una silla. Esta vez lo hizo con un poco más de vigor del necesario—. El agente dijo que podríamos solicitar algunas ayudas a FEMA, pero hay tanta gente haciéndolo que no creí que tuviéramos muchas oportunidades de obtenerlas. No tienen suficiente dinero para todos y, al parecer, no estamos en una situación tan terrible como la mayoría —agregó. Le fue imposible no notar en su propia voz el dejo de resentimiento al decir la última frase. No fue intencional, pero esperaba que Millie no lo hubiese notado.

—Bueno, supongo que es algo que tenemos que agradecer —dijo Millie mirando con aire pensativo el rostro de Ruby, quien sintió terror por lo que estaba a punto de salir de su boca—. No estás... preocupada, ¿verdad? Me refiero al dinero. Es decir, sé que no es asunto mío, pero si te inquieta demasiado, yo podría buscar un empleo, encontrar un lugar donde quedarme o...

Ruby retorció el paño entre sus manos, odiaba la idea de revelarle a Millie su vulnerabilidad, pero supuso que no tenía caso mentir.

—Tenemos... algunos ahorros y el dinero del seguro nos ayudará... cuando llegue —explicó, aunque sabía que ese dinero no resolvería todos sus problemas. Le dolía en el alma pensar en ello, pero el seguro de vida de su madre sería como enviado del cielo, incluso si también pasara algún tiempo antes de que llegara—. Necesito reabrir este lugar y llenarlo de huéspedes o encontrar un contratista que nos ayude de buena fe y sepa que le pagaremos cuando el dinero esté aquí.

—¿Tu papá no tiene antiguos contactos que puedan ayudar? —preguntó Millie mirando como de rayo y de forma casi imperceptible a la ventana, donde todavía era posible escuchar la voz del señor Ortega.

Ruby ya había pensado en ello. Le había preguntado a su padre lo mismo e incluso revisó todos los archivos y tarjetas de presentación que había en su despacho, pero no encontró nada.

—No lo creo, tendré que revisar la oficina de atrás y ver si el antiguo administrador de la propiedad dejó algo útil. Todavía

En llamas 209

no he revisado esos archivos. ¿Trajiste tu cargador? —dijo antes de sacar su celular de su bolsillo de atrás del pantalón. Como el servicio seguía siendo deficiente, su teléfono se pasaba el tiempo buscando señal y se descargaba rápido. Ruby había dejado cientos de mensajes de voz en los teléfonos de las empresas de construcción y ahora le aterraba la posibilidad de no estar disponible si alguien le devolvía la llamada.

Millie asintió y levantó un pequeño cubo negro con un par de cables.

—Estoy cargando el mío, pero puedo conectar el tuyo también. ¿Te molesta dejarlo aquí mientras trabajo? He estado escuchando un *podcast* sobre cómo realizar mejoras a inmuebles sin ser experto. Llegué a la parte en que explican cómo remplazar los sellos de goma de las puertas y ventanas. ¿Notaste que muchos se derritieron? Creo que muy pronto también tendremos que repararlos.

Ruby asintió, pero en realidad no le estaba prestando atención, solo le entregó su celular.

—Claro, no hay problema. Solo avísame si alguien llama.

DESPUÉS DE PASAR UNA HORA HACIENDO CLIC Y RE-VISANDO la computadora del administrador y de solo encontrar miles de reservaciones y una serie de evaluaciones de los empleados, Ruby escuchó la voz de Millie llamándola desde el mostrador de la recepción.

Presa de la ansiedad, se paró de un salto y corrió a la puerta, donde chocó con Millie: tenía los ojos abiertos como platos y traía el celular en la mano.

—¿Quién es? ¿Un contratista? —preguntó malhumorada y arrebatándole el celular.

Millie seguía negando con la cabeza cuando Ruby miró la pantalla y vio el nombre de la persona que llamaba.

Remy Bustillos. ¿Qué *diablos* querría?

Ruby frunció el ceño y miró a Millie confundida.

—¿No vas a contestar? —preguntó Millie insegura.

—¿Después de lo que nos hizo? —dijo Ruby resoplando y lanzando una mirada de odio a la pantalla, pero sin atreverse a contestar o a rechazar la llamada. ¿Por qué tendría que contestarle? ¿Por qué tendría que importarme lo que tenga que decir?

Millie se encogió de hombros.

—No lo sé, pero ¿acaso Remy no trabaja en la industria de la hospitalidad? Tal vez tiene contactos que podrían ayudarte, ¿no?

Ruby llevaba varios días preguntándose lo mismo, pero su orgullo le había impedido mencionarlo. Al escuchar esa posibilidad, incluso viniendo de Millie, cuyo juicio ponía en duda con frecuencia... pues le resultaba difícil argumentar contra la lógica. Estaba desesperada y, aunque todavía le repugnaba la idea de pedirle otro favor, no era una propuesta tan terrible.

Dudó tanto tiempo, que la llamada terminó y el lugar volvió a quedarse en silencio.

—Ya llamó dos veces. No alcancé a responder la primera llamada, pero volvió a marcar enseguida. Por eso pensé que podría ser importante —explicó Millie tratando de impedir que su vidriosa mirada delatara su desilusión.

El celular empezó a sonar de nuevo. Ruby inhaló desolada, como si estuviera a punto de sumergirse en una alberca infestada de tiburones, aceptó la llamada y se puso el celular en la oreja.

—Hola, Remy.

En llamas 211

UNOS INSTANTES DESPUÉS DE COLGAR, antes de darse siquiera la oportunidad de negarse a ayudarlo, Ruby se encontraba en la puerta.

En realidad, no lo estoy ayudando, pensó mientras se colgaba la bolsa en el hombro y empezaba a caminar por la colina. *Lo hago por nosotros, estoy ayudando a mi familia. Solo debo tener este detalle con él para obtener lo que necesito.*

—¡Ruby! ¡Espera!

Millie salió disparada por la puerta de la posada y comenzó a subir la colina con pasos torpes y disparejos para alcanzarla. Traía un pequeño bulto abrazado al pecho.

Cuando alcanzó a Ruby, respirando con dificultad por el esfuerzo, le entregó lo que traía: varios cosméticos en pequeños empaques de viaje. Una botella de loción, un pequeño peine y una toallita húmeda.

—Ambas sabemos que le gustas, no está de más que te arregles un poco antes de pedirle ayuda —sugirió Millie sonriendo con timidez—. Tienes un poco de tierra en la nariz.

Ruby asintió con decisión, como un soldado despidiéndose de su unidad antes de partir en una misión peligrosa, y salió corriendo por la reja trasera. Del otro lado, en el acceso vehicular, se encontraba estacionado su Jeep rojo. Lo abordó, se acomodó en el asiento del conductor con los artículos de belleza que Millie le acababa de dar y se miró rápido por el espejo retrovisor. Tenía chueca la coleta de caballo y el sudor había hecho que densas mechas de cabello oscuro se apelmazaran en su cuero cabelludo. Tenía tierra en el puente de la nariz y en las sienes, y notorias ojeras. También notó algunas manchas en la piel que indicaban lo poco que había dormido y cuán duro estaba trabajando.

Necesitaría mucho más que una botellita con loción y un peine para remediar su apariencia, pero eso tendría que bastarle por el momento.

REMY ACABABA DE LLAMAR DESDE EL DEPARTA-MENTO DE POLICÍA, pero dejó muy claro que no le estaba pidiendo dinero para la fianza. Aunque a él ya lo habían liberado, su automóvil continuaba en el depósito y necesitaba que alguien lo llevara a recogerlo porque en ese momento era difícil conseguir un taxi o un Uber. También le confesó que no sabía a quién más llamar.

—Supuse que, como te presté mi camioneta algunos días, todavía me debías un favor —le dijo con su insoportable y sensual voz, solo para molestarla.

Aunque Ruby sentía que él era quien le debía porque las abandonó a ella y a Millie junto a la carretera, no dijo nada.

—¿Por qué te arrestaron? —preguntó de mala gana.

—Te explicaré todo cuando llegues —le prometió—. ¿Vendrás?

Ruby sabía que la estación de policía se encontraba al otro lado de la ciudad, pero no tenía idea dónde estaba el depósito. De cualquier formas, no tenía elección. Se le estaban acabando las opciones de gente que podría ayudarle a reparar su propiedad y, si no auxiliaba ahora a Remy, él no podría ayudarla.

Lo encontró recostado en el muro de piedra de la estación de policía. Su apariencia, despreocupada y de aburrimiento, le resultó desagradable. Le desilusionó notar que, fuera del cabello

En llamas 213

despeinado y la camisa arrugada, Remy se veía alerta y lleno de energía. ¿Quién podía lucir tan vigoroso después de pasar una noche en la cárcel?

En cuanto el Jeep se detuvo, Remy abrió la puerta del pasajero y miró hacia atrás por encima del hombro.

—¡Hasta la próxima, muchachos! —gritó ondeando la mano de forma exagerada para despedirse de un par de oficiales que bebían café junto a sus patrullas. Luego volteó, miró a Ruby con sus rutilantes ojos negros y sonrió con aire seductor—. Ruby Ortega, gracias por el *ride*. No sabía si volvería a verte —dijo mientras se acomodaba con dificultad en el asiento del pasajero y se abrochaba el cinturón de seguridad con un entusiasmo muy singular.

Ruby frunció los labios y se negó a responderle con la misma energía. Echó el Jeep en reversa y salió del estacionamiento.

—Bueno, eso es lo que suele suceder cuando dejas botada a la gente al lado de la carretera.

Remy la miró fingiendo asombro, arqueando una de sus gruesas cejas.

—No seguirás enojada conmigo por eso, ¿verdad? —preguntó al tiempo que tecleaba en su celular la dirección del depósito de automóviles para que la aplicación lo ubicara—. Yo no diría que te "boté". ¡Te dejé mi camioneta!

Era obvio que no sabía por lo que había pasado esas semanas, la dureza de las dificultades que enfrentó desde la última vez que se vieron.

Ruby contuvo su incredulidad y su ira, mantuvo la mirada fija en el camino para no mostrarle que su resentimiento aún estaba a flor de piel. No fue a recogerlo para debatir sobre cómo la había traicionado, sino para pedirle su ayuda. No tenía caso ponerse como loca ni revelar cómo se sentía en verdad por lo sucedido.

Se forzó a sonreír con amargura.

—No, claro que no, solo te estoy molestando.

Remy asintió y, aunque a ella le pareció ver una breve oleada de alivio en su expresión, lo que permaneció en su rostro fue curiosidad, sospecha. Si en verdad quería obtener lo que necesitaba, tendría que esforzarse aún más para ocultarle sus verdaderos sentimientos.

—Bien. Da vuelta a la izquierda aquí —dijo Remy—. Sabía que entenderías. *Tarde o temprano.*

Su tono condescendiente y su noción de que ella se enfureció aquel día solo porque no entendía lo que pasaba hicieron que le hirviera la sangre.

—Cuéntame, ¿qué hay de nuevo? —preguntó él con toda calma, sin la más remota idea.

Ruby estaba furiosa, apretó la mandíbula y lo miró una vez más por el rabillo del ojo, ponderándolo. ¿Cómo responder a su pregunta?

Demasiadas cosas cambiaron desde la última vez que se vieron. *Todo* era distinto para ella ahora, pero ¿cuánto de eso quería decirle a ese arrogante y frívolo individuo que entraba y salía de su vida a su antojo?

Su lado práctico se preguntó si la probabilidad de que le ayudara sería mayor si supiera que aún estaba en duelo por la pérdida de su madre, pero con Remy era difícil saber, era imposible saber cómo reaccionaría. Además, la idea de hablar de algo tan personal, de su propio dolor, hizo que una especie de miedo se apoderara de ella y la paralizara. No, no se atrevía a jugar de esa forma con el recuerdo de su madre.

En llamas 215

Se guardaría esa información para usarla como último recurso.

—He estado muy ocupada —dijo con vaguedad—. He estado ayudando a mi padre con el negocio. Ahora que terminaron los incendios, hay mucho por hacer. Estoy segura de que estás al tanto.

Remy asintió mirando su celular, un tanto desinteresado. Le mostró la pantalla a Ruby para indicarle que tenía que incorporarse a la autopista. El tiempo estimado de viaje era doce minutos, lo que quería decir que tendría que reprimir sus deseos de botarlo del Jeep en movimiento doce minutos más.

Podía hacerlo, *tenía* que hacerlo.

Remy la miró con aire comprensivo o ¿quizás con simpatía?

—Pero la propiedad está bien, ¿no? ¿Tu casa está en pie?

—La casa está bien, pero hubo algunos daños al resto de la propiedad, es en lo que estamos trabajando —dijo y se quedó en silencio para evaluar su reacción.

Remy volvió a asentir con aire adusto, pero expresando algo indescifrable.

—Claro, esos incendios afectaron a muchos por aquí. Es increíble que sigan avanzando en el norte. Y, hablando del norte, ¿cómo le va a tu amiguito Ashton? ¿Sigue sin meterse en problemas?

La pregunta sorprendió a Ruby, la hizo inclinarse y volantear sin pensar. Un camión pasó y tocó con fuerza el claxon, haciéndola retomar su carril. Sabía que Remy la estaba provocando, así que solo exhaló con vigor.

—Sí, Ashton está bien —dijo de la manera más despreocupada posible—. Pero entonces, cuéntame, *¿por qué* te arrestaron? Dijiste que me explicarías —le preguntó, orando por un cambio de tema que le permitiera desviar la conversación de Ashton y evitar que sus planes se arruinaran.

—Pues, quiero pensar que recuerdas *por qué* nos separamos hace algunas semanas —respondió en un tono suave y amable, muy distinto del que acababa de usar para molestarla con el asunto de Ashton.

Ruby asintió.

—¿Me estás preguntando si recuerdo a la policía y a toda esa gente? —exclamó. Le parecía tener recuerdos bastante claros, a pesar de que no estaba dispuesta a admitir que seguía sin entender todo lo que había sucedido.

—Bien, pues han estado haciendo lo mismo por toda la zona —explicó Remy en tono sombrío. Ruby sintió su mirada buscando una reacción en su rostro.

¿Haciendo qué?, pensó mientras trataba de corresponder con una expresión igual de seria, con la esperanza de que esa fuera la respuesta correcta.

Remy hizo una mueca y se pasó la mano por su bien delineada mandíbula.

—Los incendios han desplazado a mucha gente, no solo a los inmigrantes, pero, por supuesto, en medio de una situación que ya es de por sí difícil para todos, es a *ellos* a quienes tienen en la mira —explicó negando con la cabeza—. La policía montó puntos de control en toda la ciudad, dicen que es para evitar los saqueos, lo cual tal vez sea cierto, pero ¿sabes por qué están deteniendo a la gente? Están revisando las identificaciones. Y, ¿qué les sucede a quienes no tienen una? No solo les impiden la entrada a la ciudad, también los están arrestando. Están tratando de *deportar* a esas personas —explicó con el rostro enrojecido y un resplandor de pasión y urgencia en sus ojos.

—¿Los están arrestando? —repitió Ruby—. ¿Y para qué se toman la molestia de hacer eso? Hay muchas más cosas importantes

En llamas 217

que hacer en la zona que juntar gente y meterla en un centro de detención —agregó. Le parecía mucho más trabajo del necesario.

Remy asintió.

—De hecho, no arrestan a toda la gente, solo a quienes tienen piel morena —precisó Remy tamborileando los dedos en su propio antebrazo, usando su propia piel como ejemplo—. *Por eso* se toman la molestia.

A Ruby le costaba trabajo creer que eso hubiese estado sucediendo en toda la ciudad sin que ella se enterara, pero estaba consciente de que había estado absorta en sus asuntos y no le quedaba tiempo para mucho más. A pesar de todo, aún tenía la sensación de que lo que Remy le estaba diciendo podría ser cierto.

—Pero ¿qué tiene que ver todo eso contigo? ¿Te arrestaron por no tener identificación?

—De cierta forma —admitió asintiendo de forma exagerada con la cabeza, gesto con el que reveló que había mucho más detrás de esa historia—. Al menos, eso fue lo que dijo la policía. Que no tengo nada que hacer en esta zona, que podría ser un saqueador. He pasado bastante tiempo en los puntos de revisión intentando ayudar a algunas de las familias que tratan de volver a su hogar. Como algunos no hablan inglés, traduzco para ellos. A veces registro las cosas en video, anoto los números de placas de los oficiales. Apunto los datos que me dan los detenidos para avisarles a sus familiares si las cosas llegan a ese punto. En realidad, trato de ayudar con cualquier cosa que necesiten, pero a los oficiales no les gusta mucho mi actividad. No pueden detenerme por mucho tiempo porque, aunque no soy residente de California, soy ciudadano americano. Por eso me "guardan" una noche y luego me dejan ir. Pero creo que esta vez los hice enojar mucho: nunca se habían llevado mi *pickup* al depósito de vehículos —dijo riendo entre dientes, pero con amargura, negando con la cabeza con aire divertido.

—¿Cuántas veces te han arrestado? —preguntó Ruby sin poder resistirse, estaba intrigada.

—Esta es la tercera vez. Toma la siguiente salida.

—¡Vaya! —exclamó con la esperanza de sonar asombrada. Se estaba quedando sin tiempo, el depósito quedaba a unos minutos—. No... no puedo creerlo —dijo al mismo tiempo que estiraba el brazo hacia el tablero de instrumentos para colocar su mano sobre la de él.

En el rostro de Remy primero apareció una ligerísima aprensión, pero enseguida apretó los dedos de ella como respuesta.

—Esperaba que lo entendieras. Sé que no parece gran cosa, pero sentí que tenía que hacer algo al respecto. Es solo que... estas breves "citas" con la policía se están empezando a salir de control. La gente a la que he tratado de ayudar vive aquí también y no me parece justo lo que les están haciendo —dijo inclinando la cabeza hacia la ventana—. Ahí está el depósito.

Ruby giró a la derecha sintiendo que el corazón le palpitaba con fuerza en los oídos. Era su última oportunidad.

Remy soltó su mano y se desabrochó el cinturón de seguridad.

—Gracias de nuevo, Ruby. Tal vez te vuelva a ver pronto —en sus negros ojos había calidez, afecto. Y, a pesar de su cabello despeinado y de la incipiente barba que empezaba a tornarse densa, a pesar de todo lo que había sucedido entre ellos, Ruby se sintió conmovida, cautivada por su tibia piel morena, sus labios gruesos, sus largas pestañas.

Remy abrió la puerta y descendió del Jeep.

En llamas 219

Ella abrió de golpe la puerta del conductor. Tenía las palabras atoradas en la garganta como si acabara de tragar una enorme cucharada de crema de cacahuate.

—¡Espera! —dijo rodeando con pasos torpes el Jeep hasta que estuvo frente a él. Remy frunció el ceño con aire curioso, pero no se movió.

Ruby volvió a tomar su mano entre las suyas con la esperanza de que no notara los feos callos que se habían formado en sus palmas tras horas de arrancar plantas muertas y barrer vidrios rotos, deseando que la premura no le impidiera reprimir lo violento y conflictivo de los sentimientos que le provocaba el frustrante pero fascinante hombre que tenía frente a ella.

—Solo quiero asegurarme de que te cuidarás —murmuró levantando el rostro y fijando lentamente en él su mirada seductora.

—Ruby, no necesitas preocuparte por mí —dijo y asintió con el ceño fruncido hasta que, de pronto, inclinó un poco la cabeza hacia ella, y una sonrisa apareció en su rostro.

—Es solo que... todo esto ha sido muy difícil para todos —canturreó Ruby acercándose a él. Si Remy se sintiera inclinado a besarla en medio de su desesperada petición de ayuda, se lo permitiría. Suponía que sería un precio muy bajo a cambio de su asistencia. Además, aunque le molestaba admitirlo, se veía muy guapo y masculino—. Ha sido difícil e injusto para la gente a la que has estado ayudando y para todos los demás. Lo sé porque nuestra propiedad requiere de muchísimo trabajo, he estado batallando mucho. No puedo hacer todo y... llegué al punto en que necesito ayuda —dijo sintiendo que la pérdida de su madre se cernía sobre su lengua, pero incapaz de mencionarla, incapaz de compartir esa terrible parte de su vida con alguien tan volátil—.

Remy, Yo... —dijo antes de hacer una pausa y mirándolo con toda la intensidad de que era capaz—. Necesito un equipo de construcción y todavía no tengo mucho dinero. Como toda la ciudad está siendo reconstruida, no encuentro ninguno. ¿Tienes... ¿Tienes algún contacto? ¿Alguien que pueda ayudarme? —dijo musitando las últimas palabras como si fueran una proposición romántica, como si pudiera engañarlo con su tono de su voz y el revoloteo de sus pestañas.

—Oh —exclamó Remy dando un paso hacia atrás para alejarse de ella y soltando sus manos.

Mierda, pensó Ruby.

—Sé que no es el mejor momento para pedírtelo y, de hecho, no lo haría si no estuviera *desesperada*, pero no sé qué más hacer. ¡No sé a quién recurrir!

—No, no. Debí saberlo —murmuró Remy con tristeza, negando con la cabeza e interrumpiendo cualquier cosa que Ruby hubiese podido decir. El encantador brillo de sus ojos había desaparecido, fue como si una puerta se hubiese cerrado en algún lugar en su interior—. Ruby, estoy planeando renunciar a mi puesto de director ejecutivo. Me reuniré con la junta directiva la próxima semana. Voy a dejar mi negocio privado para poder enfocarme en cosas que en verdad importan, en gente que necesita mi ayuda. Lo lamento, pero no puedo auxiliarte —agregó al tiempo que giraba con los hombros caídos hacia la pequeña oficina de estuco en la entrada del depósito de vehículos.

¿No podía ayudarle o no *quería* ayudarle?

—¿De qué hablas? ¡En verdad te necesito! —exclamó Ruby con aire frenético—. Yo...

Remy se detuvo, aún estaba de espaldas a ella. Ruby se preguntó por un instante desesperado si habría cambiado de parecer,

En llamas 221

pero cuando lo vio voltear y notó la expresión más lúgubre que le había visto hasta entonces, sintió un terror gélido y se preparó para lo que escucharía a continuación.

—Ruby, sé que estás convencida de ello y te aseguro que admiro lo sincera y feroz que eres. Creo que, algún día, esos rasgos te servirán de mucho, pero ahora, no puedo ayudarte. No puedo hacerte comprender que *tú* no necesitas nada, que *tú* tienes todos los privilegios del mundo para ayudarte a ti misma a pesar de que las cosas sean desagradables o desafiantes como sucede en este momento. Lo sé porque estoy en el mismo barco que tú. No obstante, yo he decidido usar mis privilegios y mi poder para ayudar a otros que no cuentan con las mismas ventajas. Y tú podrías hacer lo mismo. De hecho, pensé que lo harías... —dijo mordiéndose el labio, aunque luego pareció descartar la idea—. Pero no importa, puedo admitir las cosas cuando me equivoco. Buena suerte con la posada, aunque no creo que la necesites: eres el tipo de persona que siempre puede ponerse de pie. Gracias de nuevo por el *ride*.

Ruby se quedó parada en el mismo sitio hasta mucho después de que Remy se fue, con miles de "peros" en el pecho, sintiendo su silencio en ebullición, teniendo incoherentes exabruptos de ira. ¿Cómo se *atrevía*? ¿Cómo se atrevía a darle un sermón sobre el privilegio y los desafíos sin saber todo por lo que había pasado?

Y a pesar de sus aires de superioridad y de lo furiosa e *insultada* que se sentía, no le quedaba más que admitir que, a final de cuentas, lo que había hecho Remy no importaba.

Estaba sola.

Solo contaba con ella misma para avanzar.

23

En los siguientes días, mientras se afanaba en la posada, a Ruby le fue imposible no volver a escuchar en su mente lo que le dijo Remy fuera del depósito. Y, aunque en buena parte, la acritud del rechazo seguía molestándole, no era lo que más la irritaba. Le gustara o no, la noción del poder y el privilegio llevaba todo ese tiempo rondando en su cabeza y, entre más lo pensaba, más incómoda se sentía. ¿Tendría razón Remy? ¿Podría estar haciendo más? ¿Se suponía que debería hacer algo adicional? ¿Algo más relevante?

No estaba descansando en una torre de marfil sin que nada de lo sucedido le afectara. Su familia enfrentaba dificultades que Remy ni siquiera imaginaba y ella intentaba lidiar con todo de la mejor manera posible.

Por otra parte, era cierto, tenía un hogar, siempre podía contar con el apoyo de sus seres amados y, aunque había sufrido pérdidas significativas, también contaba con recursos para empezar de nuevo.

Negó con la cabeza. Ya tenía demasiado en la mente como para preguntarse si sus problemas eran justos desde la perspectiva filosófica. Era agotador. Por eso decidió desquitarse de la fatiga y la frustración de la manera más eficaz que se le ocurría: intimidando a quienes la rodeaban.

—No puedo creer que tengamos que ir a la escuela *toda la semana* y que, cuando volvamos, ¡nos obligues a hacer labores manuales! ¡Es injusto! ¿No merecemos un descanso? —gritó Elena al entrar a la posada y percibir el aroma a limón de los productos de limpieza que empezaban a aminorar la mohosa y ahumada peste con la que llevaban batallando durante tantos días—. Además, ¡no sé por qué de repente crees que estás a cargo de lo que sucede aquí!

Las hermanas de Ruby no habían tenido que ayudar a limpiar tanto desde que empezaron a ir a la escuela de nuevo, pero a ella le urgía reabrir, así que era hora de que todos pusieran de su parte.

—Elena, nos falta muy poco para estar en condiciones de abrir de nuevo al público. Deja de quejarte —dijo al mismo tiempo que inclinaba la cabeza un poco para saludar a Millie, quien había pasado horas y horas aplicando en todas las habitaciones de la posada cinta adhesiva para que la pintura no se corriera cuando por fin pintaran el lugar.

Elena frunció los labios al escuchar a su hermana.

—¿Quién en su sano juicio querría hospedarse aquí?

Ruby se había hecho la misma pregunta cada vez que miraba a lo largo y ancho de su apocalíptica propiedad, pero de todas formas, esa actitud de niña consentida la enfurecía. Por suerte, alguien la interrumpió antes de que cediera a la tentación de darle un sopapo en la cabeza a su hermana.

—En realidad no es tan malo como parece —les aseguró con paciencia Millie entregándoles los rodillos para pintar—. Mi papá siempre dice que muchas manos aligeran las labores y me parece que tiene razón.

Elena respondió frunciendo el ceño con aire resignado antes de subir las escaleras muy ofendida.

El sermón de Remy sobre el privilegio volvió a resonar en la cabeza de Ruby. El berrinche de Elena por tener que trabajar unas cuantas horas le hizo sospechar que tal vez no estaba tan equivocado.

Su ligera sospecha se volvió inevitable unas horas después, cuando fue a decirles a sus hermanas que les prepararía el almuerzo y las dejaría volver a casa temprano para premiarlas por su duro trabajo, y encontró a la pequeña Carla sola pintando una de las habitaciones.

—¿Dónde está Elena? —gritó desde la puerta abierta.

Carla se quedó paralizada, un poco de pintura empezó a gotear de su rodillo y a caer en la lona de protección.

—Mmm...no lo sé —dijo—. Miró hacia abajo y se fue.

—¿Se *fue*? —preguntó Ruby cruzando los brazos y mirando a Carla de forma inquisitiva—. ¿Adónde?

Carla suspiró y negó con la cabeza, cediendo sin mucha resistencia ante la cólera de su hermana.

—No estoy segura, en serio. Le estuvo enviando mensajes de texto a alguien y luego se fue. No me dijo adónde, lo juro.

Ruby resopló exasperada y salió echa una furia hacia la casa. Al llegar, abrió la puerta de cada habitación y las encontró vacías hasta que llegó al estudio de su padre, quien, al parecer, se había escapado para tomar una siesta y ahora estaba desplomado y roncando en la silla de su escritorio. Conforme fue descubriendo

En llamas 225

las habitaciones vacías, su ira fue aumentando. *¿De verdad es demasiado pedirle ayuda durante la maldita mañana?*

Salió furiosa al parque del frente y recorrió la calle con la mirada, buscando una pista del destino Elena. Solo tenía quince años, no podía encontrarse muy lejos.

Las casas de la izquierda habían sufrido de la misma manera que la de los Willis, por lo que ahora solo eran lotes ennegrecidos o una serie de grotescos restos inhabitables. Ruby dudaba que Elena o alguien más pudiera hacer gran cosa en esa zona. Sin embargo, más adelante, en la misma calle, algunas casas habían sobrevivido con daños hasta cierto punto menores. Aunque no tenía mucho tiempo para socializar con los vecinos, había notado que muchas de las familias estaban de vuelta y comenzaban a rearmar su vida igual que Ruby: aspirando el polvo y las cenizas, volviendo a plantar arbustos para sustituir los que se quemaron, quitando los escombros que dejaron los árboles derribados o el mobiliario de exteriores que se había derretido y se amontonaba en los patios.

Mantuvo la mano sobre los ojos a modo de visera mientras miraba de forma obsesiva cada casa, en busca de alguna señal que le indicara dónde estaba su hermana.

Por fin, vio una camioneta *pickup* de trabajo estacionada en donde vivían los Borowsky, a dos casas de la suya, y del otro lado de la cabina del vehículo, una oscilante coleta de caballo color castaño oscuro.

Caminó por la calle con decisión y encontró a Elena apoyada en la camioneta. Al acercarse vio a un desgarbado adolescente parado a su lado, con el hombro apoyado en la puerta del pasajero y mirando a su hermana de una manera incómoda, pero indudablemente con el objetivo de ligar.

Elena tenía la espalda hacia ella. La vio retorciendo de forma coqueta su rizada coleta. La blusa del uniforme de mantenimiento, manchada de gotas de pintura, la llevaba atada a la cintura, por lo que, a pesar de la intensa brisa, solo la cubría la delgada camiseta blanca recortada. Cuando el chico acarició su brazo desnudo, en su rostro apareció una estúpida y retorcida sonrisa.

Ruby sintió que la sangre le hervía. Si Elena tenía tiempo para el romance, seguro también tenía tiempo para más responsabilidades y, si tenía el descaro de escaparse mientras todos los demás trabajaban, entonces no veía ningún problema en provocar una teatral y vergonzosa escena. Claro, el hecho de que ella hubiese pasado la mayor parte de la preparatoria haciendo justo lo mismo, era completamente irrelevante. Las cosas eran distintas ahora.

Se acercó a ellos sin que Elena lo notara porque seguía inmersa en los soñadores ojos color café de su galán, pero, en ese momento, alguien más captó su atención. Por la puerta trasera de los Borowsky salió un joven corpulento con un casco de construcción en la cabeza y una caja de herramientas. Tendría, quizá, uno o dos años más que ella. El joven caminó con decisión hacia los dos adolescentes, ignoró el sendero para peatones y cruzó por el césped.

El chico que estaba con Elena también lo vio.

—Ay, ¿en verdad es hora de irnos? —graznó justo en el instante en que Ruby terminaba de rodear la caja de la camioneta y colocaba con firmeza su mano sobre el hombro de Elena.

Primero, Elena palideció al ver a su hermana, pero un instante después se ruborizó.

—Ay, ay, hola, Ruby. Solo tomé un descanso rápido para saludar a un, a un... amigo. Estaba a punto de volver a casa —balbuceó mirando con nerviosismo y de forma alternada a Ruby y al chico.

En llamas 227

—No es necesario —dijo Ruby con una sonrisa falsa—. Carla me dijo dónde estabas, ¡así que se me ocurrió venir a verlos, tortolitos! ¿Con quién tengo el gusto? —exclamó extendiendo la mano de forma agresiva para estrechar la del chico, quien respondió al gesto con aprensión.

—E... Eli —contestó con una especie de gemido.

El otro joven, que ya estaba a su lado, se quitó las gafas oscuras y miró a Ruby de arriba a abajo, entrecerrando los ojos con notable interés.

—Disculpa, no quisimos molestar a nadie —dijo el joven—. Solo nos detuvimos para verificar el avance de nuestros trabajadores. Mi equipo está trabajando en la cocina exterior de los Borowsky y Eli me preguntó si podía ver a su amiguita unos minutos porque vivía en la misma calle. Pero te juro que yo estuve ahí enfrente todo el tiempo —explicó encogiendo los hombros como diciendo: "¿Qué se le va a hacer?", y enseguida le sonrió a Ruby de una manera en la que no parecía estar disculpándose por nada—. Soy Frank, el hermano de Eli —dijo extendiendo la mano para estrechar la de Ruby y ella notó el ordinario reloj de platino que resplandecía bajo la luz del sol: un artículo que desentonaba demasiado con la ropa de trabajo del joven.

—Ruby Ortega —dijo ella, no tan encantada con el breve monólogo como él esperaba, sino, más bien, tomando nota de que traía un cinturón para herramientas y que, en el costado de la camioneta, había un logo: KENNEDY AND SONS CONSTRUCTORES. Ruby estrechó su mano sintiendo una mezcla de agitación y curiosidad—. Soy la hermana de Elena. Lo siento, tal vez exageré en mi reacción. Toda esta información es nueva para mí y, enterarme mientras Elena *se suponía que tendría que estar trabajando me...*

Frank le dio un codazo a Eli en las costillas. Este gesto de complicidad le molestó a Ruby, pero en ese instante se le ocurrió una idea tan buena que su irritación disminuyó de inmediato. De pronto se forzó a sonreír y se encogió de hombros de la misma manera que él lo acababa de hacer.

—Romance juvenil, supongo —murmuró sin mucho entusiasmo.

Eli y Elena empezaron a gruñir. Frank, en cambio, soltó una carcajada. Aunque ya se había vuelto a poner los Ray-Ban de imitación para cubrirse el rostro maltratado por la luz del sol, Ruby notó que seguía mirándola de arriba abajo como en bucle.

—Es una de esas cosas que no se pueden impedir —dijo Frank.

—Mencionaste que... ¿estabas supervisando a tu... equipo? ¿Trabajas en la construcción? —preguntó Ruby tocando la base de la caja de la camioneta y alcanzando a ver a la mortificada Elena poner los ojos en blanco.

—Sí, es un negocio familiar, pero yo apenas obtuve mi licencia de contratista y estoy empezando a aceptar algunos proyectos por mi cuenta —explicó Frank. Ruby lo vio inflar un poco el pecho y apoyar los pulgares en su cinturón—. Tuvimos que venir a esta zona para ayudar a los Borowsky porque el incendio arrasó con su cobertizo y la parrilla de barbacoa que tenían empotrada. El patio quedó hecho un desastre. Hemos estado muy ocupados debido a todos los daños y la reconstrucción que se está llevando a cabo —dijo al colocar su mano en la nuca del desgarbado Eli y sacudiéndolo de tal forma que no era fácil saber si se trataba de un abrazo o de maltrato familiar.

Ruby notó lo emocionado que estaba y la confianza con que se expresaba, y le pareció que era el tipo de sentimiento que producía

En llamas 229

el éxito inesperado. Asintió y empezó a juguetear con su propia coleta de caballo, igual que Elena lo hizo poco antes.

—Comprendo muy bien de lo que hablas. Precisamente, Elena y yo estamos realizando labores de remodelación en nuestra posada. Es la construcción que se ve justo allá —explicó señalando por encima de su hombro y revoloteando las pestañas de manera sensual.

—Ah, qué linda —dijo Frank en una voz tan baja e insinuante, que Ruby solo dio por sentado que se refería a algo más que a la posada—. Bien, pues lamento el malentendido. ¿Hay alguna manera en que te pueda compensar? —preguntó deslizando la mano por su barba de chivo color cobrizo.

Bingo.

—Tal vez podríamos intercambiar nuestra información de contacto para evitar malentendidos como este en el futuro —propuso Ruby.

A Frank se le iluminó el rostro. Empezó a buscar rápido y a tientas una tarjeta de presentación en sus bolsillos.

—*Por supuesto*. Aquí tienes mi información.

Ruby tomó la recién impresa tarjeta blanca y permitió que sus dedos permanecieran en contacto con los de él un instante más largo de lo necesario.

—Perfecto, gracias. Y, claro, también podemos cenar algún día para hablar de este par y de cualquier otra cosa que desees conversar —sugirió, haciendo a Frank ruborizarse enseguida.

A Ruby la embargaba una alegría feroz, mientras que Elena seguía alternando entre poner los ojos en blanco y mirar a su hermana, anonadada.

Tercera parte

Tú ardes infernal,
roja, tempestuosa,
y yo vuelo como humo
negro puro y oscuro.

—Mirza Sharafat Hussain Beigh

24

Al besar a Frank, a menudo Ruby pensaba en juegos de la infancia como el *Whac-a-Mole* o *Hungry Hungry Hippos*. Tal vez era por la forma rápida y errática en que la besaba, porque metía su lengua en su boca con un gesto abrupto y la sacaba de la misma forma, como si no estuviera seguro de que debía colocarla ahí. De hecho, todas sus costumbres parecían un poco forzadas y descoordinadas: desde la de hablar un poco más alto de lo necesario, hasta la de asegurarse de dejar el comprobante o recibo en algún lugar donde ella pudiera verlo, siempre que él pagaba la cuenta.

Frank era un joven que todavía estaba encontrado su lugar en el mundo, igual que la mayoría de los veinteañeros, pero también estaba desesperado por ocultarlo con toda la valentía y arrogancia de que era capaz.

No cabía duda de que era una pareja peculiar y, aunque a ella no le desagradaba del todo el tiempo que pasaban juntos, sabía que los principales incentivos de su romance no eran, digamos, románticos.

Ella trataba de no ahondar mucho en el perturbador sentimiento que la invadía cada vez que pensaba en el origen de su relación, pero al mismo tiempo se decía a sí misma que no era solo un asunto de conveniencia personal: ella tenía acceso a un equipo de construcción y él... bueno, él tenía acceso a ella. Sabía que sería demasiado egoísta admitirlo en voz alta, pero cuando veía en los aburridos ojos de Frank la ardiente lujuria y la legitimación que experimentaba cada vez que ella entraba a un lugar, se decía que, si a él le bastaba con eso, no tenía por qué cuestionarlo.

Poco después de la primera cita de Ruby y Frank, Eli botó a Elena y Elena la acusó de estar prostituyéndose Sin embargo, Ruby atribuyó aquellas amargas palabras al hecho de que a su hermana le habían roto el corazón. Eli le dijo que no era su culpa, que le hacía sentir demasiado incómodo saber que sus hermanos eran novios. Y, lo más importante, se dijo que *no* estaba prostituyéndose para obtener los servicios de Frank. Claro, sus artimañas femeninas tal vez lo convencieron de darle prioridad a las obras que ella necesitaba en su propiedad, pero le estaba pagando igual que todos sus otros clientes. Y, si a veces tenía la iniciativa de meter un poco de mano para reparar cosas por aquí y por allá en la posada cuando pasaba a recogerla para salir juntos, Ruby lo atribuía a un clásico comportamiento de novio... incluso si todavía dudaba en llamarle "novio" a un tipo blanco con un tatuaje tribal en el cuello.

La primavera se acercaba y la temporada de incendios forestales terminó, lo que le permitió a Ashton volver a casa por fin. El empleo de los bomberos de este tipo de incendios era temporal, igual que el de los consejeros de campamentos o los operadores de ascensores en los centros vacacionales para esquiar. Y, una vez

En llamas 233

que la amenaza disminuía, regresaban a su vida diaria y sus otras ocupaciones. Tomando en cuenta que antes de hacerse bombero Ashton estudiaba en Arizona, cuando Ruby se enteró de que sus ambiciones tras la temporada incluían volver a California y tratar de encontrarle sentido a su vida ahí, no solo se sorprendió, también se volvió loca de alegría. Meses antes, en enero, él y Millie regresaron en automóvil a Phoenix para empacar y dejar su departamento, y de paso recogieron las cajas en las que Patty, con suma amabilidad, había guardado las pertenencias que ella dejó en el dormitorio al partir para ir en busca de su familia, antes de retirarse de forma oficial del programa universitario. De hecho, se mudaron a un departamento incluso más pequeño, a unos kilómetros de la casa de los Ortega. Ahora que por fin había algunos huéspedes en la posada, Millie continuaba ayudando, pero también tomaba clases por internet. Y cuando Ruby vio la estratosférica cantidad que tendrían que pagar por su departamento, insistió en que Ashton le ayudara como asistente de la gerencia, a pesar de que, en realidad no necesitaba uno. Ninguno de los empleados anteriores regresó a trabajar, lo cual todavía le irritaba y seguía intrigándole, sin embargo, en los últimos meses había logrado atraer a unos cuantos huéspedes: familias desplazadas porque sus hogares necesitaban reparaciones mayores, un grupo religioso que se ofreció de manera voluntaria a limpiar y deshacerse de escombros, y el pequeño séquito de una pareja de futuros esposos que trataban de evaluar si en un par de meses podrían llevar a cabo una modesta boda en un jardín en esa zona. Ruby le prestó especial atención a este grupo, los acechó como ave de rapiña, pero luego se le rompió el corazón, cuando se enteró de la conclusión a la que llegaron: organizar una boda en Buena Valley no era una gran idea.

Asimismo, a medida que el equipo de trabajadores de Frank empezó a avanzar y a ella le pareció que podía enviar noticias optimistas, aunque vagas, fue teniendo más contacto por correo electrónico con la asistente de la gobernadora para asegurarse de que todavía continuaran con los planes del evento. En algún momento, el equipo de la gobernadora sugirió una visita en el verano y, aunque todavía faltaban meses, la noticia le causó mucha ansiedad. Estaban avanzando, pero ella se sentía demasiado impaciente, el regreso a la normalidad estaba en camino, pero todo iba tan lento, que resultaba una agonía.

Mamá Ortega los visitó por varios días en Año Nuevo. La familia se sentó en la cocina para deshebrar carne de res y añadirla a los tamales. Por un instante, a Ruby le pareció que la vida era lo que solía ser antes de los incendios. La ausencia de su madre en las fiestas de fin de año provocó sentimientos crudos, viscerales, pero en el fondo, tenía la esperanza de que esos momentos compartidos se fueran volviendo más frecuentes.

Incluso su padre empezaba a ser reconocible, algo que, sin duda, se relacionaba con el hecho de que mamá Ortega por fin lo había convencido de hablar con un terapeuta. Ya no estaba aturdido, ya no parecía impotente y era obvio que sus citas semanales le estaban ayudando a encontrarle sentido a lo que había pasado. No obstante, todavía no retomaba su puesto como presidente de Ortega Properties y a Ruby le inquietaba mucho que no volviera a hacerlo. El terapeuta, por su parte, sugirió que su padre diseñara nuevas rutinas, así que, además de sus paseos matinales y de lavar los trastes después de cenar, Ruby le daba listas de tareas cada dos o tres días: llamar a vendedores o entrevistar a empleados de mantenimiento. Su padre casi siempre las terminaba, pero no parecía tener ni el deseo ni la capacidad de asumir más responsabilidades.

En llamas 235

Ella sentía que, de alguna manera, tenía la obligación de ayudarlo a ser el hombre que era antes de la tragedia. Su padre le había enseñado todo lo que sabía respecto al trabajo arduo y la resiliencia, y ella debería ser capaz de devolver ese favor. Sin embargo, por la manera en que se habían desarrollado las cosas en las últimas semanas con Frank y el asunto de haber dejado la universidad, no estaba segura de cómo abordar el tema con él.

Eso, sin mencionar el terrible fiasco con los viveros.

Todo comenzó con una idea que Ruby traía en la cabeza desde tiempo atrás, pero que sabía que le rompería el corazón a su padre. El problema era que no veía otra manera de solucionar la situación. En algún momento llegó a la desesperada conclusión de que tendría que vender una parte de la propiedad. Necesitaban darle velocidad a la construcción para terminar antes del verano y Frank le había dicho con mucha claridad que eso no sucedería si no contaba con mano de obra adicional y dinero para pagar horas extras.

El viñedo que soñaban añadir a la propiedad ya no entraba en el presupuesto y ella sabía que con esa parte del terreno podrían obtener el capital que necesitaban en ese momento. A primera vista parecía una solución lógica, pero tenía claro que sería como atravesar una estaca en el corazón, de por sí roto, de su padre.

La tierra de la familia era parte de la identidad de Gerardo Ortega y, desde que Eleanor murió, se volvió un vínculo aún más importante con ella. Ruby a menudo lo sorprendía mirando por la ventana, murmurando, recordando los momentos que compartió con su esposa en su hogar. Además, el viñedo fue idea de ella, su sueño.

Ruby había dejado pasar el tiempo y postergado el momento de hablar con él, pero tenía que hacerlo por el simple hecho de que su firma sería necesaria en todos los documentos.

Una mañana lo convenció de acompañarla a comprar algunos árboles y arbustos nuevos para plantar alrededor de la posada. A su padre siempre le había encantado la jardinería y, a pesar de lo apático que era ahora, la idea pareció animarlo. No era lo ideal, pero Ruby creyó que era una buena oportunidad, le daría las malas noticias en público y mientras hacía algo que disfrutaba para que no se sintiera tentado a quitarse el zapato y golpearla con él.

Se forzó a contarle su plan mientras él admiraba las hojas de una pequeña palmera.

—Papi, creo que deberíamos vender el terreno que habíamos separado para el viñedo y algunos acres más —empezó a decir y luego enlistó de golpe las razones para hacerlo y los argumentos que ensayó en silencio durante todo el trayecto a la tienda.

Su padre se mantuvo un poco encorvado y no soltó las puntiagudas hojas de la palmera que tenía entre los dedos. Luego la miró y respiró hondo. El esfuerzo parecía provocarle dolor.

—¿Y qué hay respecto a tu madre, Ruby Catherine? —preguntó en un tono muy grave, casi silencioso, pero que sonó como gruñido.

—Papi, yo...

Su padre se levantó sin voltear a verla y se fue caminando por el pasillo entre los fertilizantes y las carretillas hasta desaparecer.

Ruby decidió darle algunos minutos para que se calmara. Reuniría los artículos que fue a comprar: un poco de césped, varias flores, incluso tal vez un limonero si estaba en oferta. Luego trataría de retomar el tema. Quizá su padre se mostraría más receptivo después de un rato de reflexionar a solas.

En llamas 237

No obstante, después de avanzar un rato empujando el carrito sobrecargado con varias hileras de plantas, se dio cuenta de que su padre no estaba por ningún lado. Se asomó al exterior del vivero. Ella tenía las llaves del automóvil, así que no pudo solo haberla dejado ahí, pero era obvio que ya no estaba en la tienda.

Dejó el carrito de compras cerca de la entrada, le dijo a un empleado que regresaría en un momento para pagar y salió al estacionamiento.

Ahí fue cuando vio las parpadeantes luces azules y rojas de una patrulla de policía en uno de los costados del lote. Al principio, los colores captaron su atención, pero no les dio mayor importancia porque no era nada raro ver patrullas esos días.

Pero entonces oyó la voz de su padre...

...*gritando.*

No lo había escuchado aullar así desde el día que falleció su madre.

Ni siquiera se dio cuenta del momento en que corrió hasta el lugar donde dos oficiales de policía uniformados sujetaban a su padre, su cuerpo la transportó ahí de una manera instintiva y primitiva, en la que, al parecer, su cerebro no tuvo nada que ver.

—¡Quítenle las manos de encima! ¿Qué están haciendo? —gritó con el pulso acelerado y la cabeza retumbándole mientras veía a su padre tratando de liberarse con el rostro enrojecido por la mortificación y el esfuerzo.

—¡Es mi padre! —rugió—. ¿Qué está pasando aquí?

Finalmente, uno de los oficiales la miró con aire indeciso. Era bastante joven, tendría treinta y tantos años, y llevaba el cabello cortado a rape. Cuando volteó a ver a Ruby, ella vio el nombre en su placa: DELGADO.

—Señora, retroceda —gritó el oficial con una dureza en su voz que sonaba artificial.

—¡Tiene que quitarle las manos de encima a mi padre!

Los oficiales se miraron por encima del hombre que no dejaba de retorcerse. Relajaron la sujeción de los antebrazos, pero no lo soltaron por completo.

—¿Está armado? —preguntó Delgado impávido.

—¿Cómo? No, por supuesto que no. ¡Vinimos a comprar flores por Dios santo!—¿Tiene alguna razón para creer que este hombre sea un peligro para sí mismo o para otros? —preguntó el oficial de la misma forma monótona y robótica, como si estuviera leyendo un guion.

—¡No!

—¿Es residente legal de los Estados Unidos?

Todos se quedaron paralizados. Delgado y su compañero se tensaron aún más. El padre de Ruby dejó de resistirse y ella inhaló muy profundo.

—¿Acaso está bromeando, carajo? —aulló apretando los dientes.

—Responda la pregunta, señora —dijo el otro oficial, un hombre pecoso con brillante cabello rojo que se negó a mirarla al hablar y solo mantuvo la vista fija en el asfalto.

—¡Claro que es ciudadano! Vivimos al final de la calle. ¡Ahora quítele las manos de encima!

Los dos oficiales se enderezaron y lo liberaron muy lento. El padre de Ruby caminó tambaleándose, pero ella avanzó rápido a su encuentro.

—¿Qué sucedió? —preguntó Ruby como implorando. La pregunta era para su padre, pero Delgado fue quien respondió mientras jugueteaba con su cinturón.

En llamas 239

—Recibimos una llamada. Nos dijeron que había un hombre en el estacionamiento causando... problemas. Que estaba hablando solo, gritando, y parecía encontrarse en un estado alterado —dijo señalando a su padre, quien respiraba de manera profunda con los ojos cerrados y el rostro arrugado en un gesto de humillación pura—. Cuando llegamos le pedimos su identificación y no obedeció.

Ruby se quedó boquiabierta.

—Oh, sí, claro, un mexicano caminando por ahí sin su cartera seguro es un peligro —exclamó indignada—. Jesús mío. ¿Se está escuchando? ¿Me está diciendo que asumió que mi padre estaba aquí de forma ilegal solo porque no obedeció con entusiasmo a su control racial? ¿Cómo es posible que no se de cuenta de lo absurdo que es todo esto?

—Espere un minuto —dijo el policía pelirrojo gruñendo y con un tono de advertencia que hizo que a Ruby le dieran ganas de darle una patada justo en la entrepierna.

Ignoró al pelirrojo y volteó a ver a Delgado fulminándolo con la mirada.

—¿Se da cuenta de lo que dice? ¿No notó que la piel de mi padre es del mismo color que la suya, oficial Delgado? —preguntó pronunciando de forma exagerada las vocales en el apellido y con el acento mexicano—. Por supuesto que no, ¿verdad? No pensó ni por un momento en lo absurdo y racista que sería abordarlo de esa manera, sino hasta que apareció la niña blanca y bonita, ¿cierto? —exclamó frunciendo los labios de forma involuntaria y sintiendo su repugnancia aumentar a medida que narraba el suceso.

Delgado abrió la boca para hablar, pero fue incapaz de decir algo.

—Deberían estar avergonzados de sí mismos. ¿Acaso no hemos sufrido lo suficiente? Este lugar ya tiene bastantes problemas para que, además, cerdos como ustedes se comporten de esta manera —agregó Ruby tomando a su padre del brazo.

Se le rompió el corazón al sentir que temblaba.

Miró con odio a Delgado y a su compañero, Vickers. Luego sacó el teléfono celular de su bolsa y tomó una fotografía de los números de las placas, tal como Remy le dijo que debía hacerse.

—Voy a reportar este comportamiento estúpido —dijo antes de dar la media vuelta y ayudar a su padre a atravesar el estacionamiento para llegar al Jeep.

Aunque ya no se veía enojado, estaba demasiado aturdido para abordar el vehículo. Ruby incluso tuvo que ayudarle a abrocharse el cinturón después de acomodarse en su propio asiento. Cuando colocó la llave en el encendido vio a la patrulla salir a toda velocidad del estacionamiento mientras un par de los empleados del vivero se asomaban por encima de la valla.

Aún tenía la mandíbula apretada, pero en cuanto escuchó a su padre comenzar a gemir a su lado, solo pudo suspirar.

ESA NOCHE, EL SEÑOR ORTEGA FIRMÓ LOS PAPELES PARA VENDER UN TERCIO de la tierra que habían separado para el viñedo y, para cuando llegó el fin de semana, aceptaron una oferta que sobrepasaba por varios miles de dólares la cifra que habían anticipado recibir. Mucha gente estaba ansiosa por aprovechar la frágil situación inmobiliaria de Buena Valley y, aunque eso le indignaba un poco a Ruby, se sintió aliviada al saber que, al menos, se estaban beneficiando un poco.

En llamas 241

Su padre no dijo gran cosa. Al menos no mientras deslizaba el bolígrafo, impávido sobre las hojas del grueso altero de documentos, ni cuando ella le entregó el cheque.

—Ya no reconozco este lugar —fue lo único que dijo.

Y a ella le pareció que era una manera muy amable de decirlo.

25

A veces, después de estar todo el día en la posada, Ruby pasaba a la casa de los padres de Frank y atravesaba el jardín trasero hasta llegar a la pequeña cabaña junto a la piscina donde él vivía. Lo visitaba, pero nunca pasaba la noche porque le parecía que explicar la situación sería complicado. Después de todo, su padre solo tenía una noción vaga de que había alguien en su vida y, por el momento, prefería mantener las cosas así: el pobre ya había estado sometido a demasiado trauma desde el año anterior. Los padres de Frank, en cambio, podían ver la cabaña de la piscina desde su cocina, y a veces incluso aparecían sin anunciarse para preguntar tonterías, lo cual los hacía parecer más las nanas de Frank que sus caseros, sin importar lo que él dijera.

Casi todas las noches Frank recalentaba algo de la cena que sus padres habían cocinado y se acurrucaba con Ruby en el sofá para ver las noticias o jugar video juegos mientras ella hacía una revisión de las tareas programadas para la semana.

Una noche, cuando Ruby se sentó a su lado para preguntarle cómo iba el trabajo de los conductos del salón de recepciones,

Frank le dio un plato con un contenido dudoso que él solía llamar "Pay de Fritos". De pronto una estremecedora imagen pasó a toda velocidad por la pantalla de la televisión. Frank se empezó a quejarse, entre murmullos, de que su mamá comprara una marca genérica de frituras de maíz. Ruby lo calló de pronto y se inclinó hacia el frente para tomar el control remoto, y subir el volumen.

El presentador mostró a un grupo de gente con sus maletas, amontonada en tiendas de campaña a campo abierto, muy parecida a la que Remy se detuvo a ayudar aquel día ahora tan lejano. El texto que se deslizaba en la parte baja de la pantalla decía: GRUPO LOCAL BUSCA AYUDAR A TRABAJADORES MIGRANTES E INMIGRANTES DESPLAZADOS POR INCENDIOS FORESTALES.

La escena le resultaba a Ruby demasiado incómoda y conocida. Desde el desagradable encuentro en el centro de jardinería, había pensado mucho en lo que estaba sucediendo en su comunidad. Había señales obvias de una injusticia profunda: encabezados sobre deportaciones en masa o sobre el incremento de la presencia policiaca en los vecindarios donde solían vivir familias de origen hispano, y donde a menudo los oficiales detenían a la gente para solicitarle los documentos que probaban su ciudadanía. Sin embargo, también había indicios que, aunque más sutiles, inquietaban igual a Ruby porque no toda la gente parecía notar que estaban relacionados. Como los letreros de SE SOLICITAN EMPLEADOS en casi todos los restaurantes de la ciudad o el hecho de que ella misma no había logrado contratar personal de mantenimiento o aseo, ni tampoco jardineros. O la manera tan abierta en que la gente ahora hablaba de "nosotros" y "ellos"; esos "ellos" cuyo país, en realidad, también era este y que merecían el acceso a la ayuda y los recursos necesarios para reconstruir sus vidas. Todo eso le parecía muy perturbador, así que empezó a fijarse más en la manera en que Buena Valley se estaba dividiendo durante el proceso de recuperación.

Pero eso no fue lo que captó la atención de Ruby en la escena. Al menos, no al principio.

Cuando la cámara se deslizó a lo largo de grupos de familias preocupadas, una reportera de cabello rizado apareció en la esquina de la pantalla y describió la situación que se desarrollaba detrás de ella. A su izquierda había alguien de pie respondiendo las preguntas sobre las necesidades de las personas desplazadas y los desafíos que enfrentaban: Remy Bustillos.

Frank dio un sonoro resoplido.

—¿Puedes creer esto? —gruñó recogiendo con su tenedor una buena porción del aguado chili que ella no había comido de su propio plato.

Ruby volteó a verlo antes de volver a fijar la mirada en la pantalla, donde Remy describía los esfuerzos realizados para recolectar artículos de aseo y del hogar para la gente necesitada.

—A todos les está costando trabajo reponerse tras los incendios —gruñó Frank—. Las cosas no son fáciles para *nadie*, pero así es la vida, jugamos con las cartas que nos tocan. Trabajamos duro y nos las arreglamos. Eso es lo que hacemos en este país, no nos quedamos esperando que alguien nos dé limosna de esa forma —exclamó señalando con el tenedor la inmensa pantalla que seguro compraron sus padres cuando redecoraron la cabaña de la piscina varias semanas antes. Frank la miró arqueando sus tupidas cejas, sorprendido por su silencio—. Como tu papá. Por lo que me dijiste, ¡es un hombre que hizo su fortuna solo! Sin recibir limosnas.

Ruby se tensó en cuanto mencionó a su padre. Hasta ahora no los había presentado y Frank solo tenía una idea vaga de quién

En llamas 245

era, no comprendía en absoluto sus problemas actuales. No tenía suficiente información sobre su familia para hacer ese tipo de generalizaciones.

—Supongo —dijo en voz baja—, pero todos tienen experiencias distintas. ¿No crees que algunas personas enfrentan más desafíos que otras sin que sea su culpa?

—La vida no es justa, nena. *Shit happens* —dijo riéndose.

—Pero... ¿a ti te detuvieron y te arrestaron cuando regresaste a la ciudad tras los incendios? ¿Perdiste tu empleo, tu casa y todo lo que poseías? —dijo y, aunque se detuvo y no le preguntó si siquiera pagaba renta para vivir en esa cabaña, sabía que, de todas maneras, él leería en su rostro lo que estaba pensando.

Los ojos color chocolate de Frank se oscurecieron aún más. Dejó el plato en la mesa de centro, como si la conversación le hubiera quitado el apetito.

—Pues no, porque yo soy ciudadano. Soy miembro de la sociedad y contribuyo con ella. Esas personas son ilegales. Por eso fueron "desplazadas". ¡La mayoría ni siquiera habla inglés! No pagan impuestos, ¿pero esperan recibir limosnas? Es una maldita ridiculez.

Ruby sospechaba que Frank tenía ese tipo de sentimientos, actitudes que demostraban lo ajeno que era a las experiencias de la gente distinta a él. Sin embargo, esta era la primera vez que lo admitía de forma explícita y eso hizo que se le revolviera el estómago.

Su primer reflejo fue enfrentarlo, quejarse y despotricar. Decirle que era blanco y tenía privilegios, pero le preocupó molestarlo demasiado y que frenara las obras en el salón de recepciones, un riesgo que no estaba dispuesta a correr. Todavía faltaban varias semanas de trabajo antes de poder abrir sus puertas de manera oficial y, aunque no le agradaba la idea, sintió que podía mantener la boca cerrada hasta entonces. Si romper la frágil visión que Frank tenía del mundo provocaba un rompimiento, podría lidiar con ello, pero si causaba el paro de las obras en su salón de recepciones a esas alturas, tendría que empezar de cero.

Se alejó un poco y volvió a fijar la vista en la pantalla tratando de ver cualquier otra cosa excepto el engreído rostro de Frank y los restos de chili en su estúpida barba de chivo. Desvió su atención justo a tiempo para escuchar la frase final de Remy.

—Lo que de verdad necesitamos son alojamientos —le dijo a la reportera con aire sobrio—. Estamos trabajando para ayudar a las personas a conseguir empleos y asistencia legal, pero eso toma tiempo, no podemos dejar que continúen durmiendo en casas de campaña como la que ve detrás de mí. Estamos trabajando para obtener refugios seguros de inmediato, pero si alguien en casa tiene recursos o puede donar algo para ayudarnos, por favor contácteme. Todos merecen ayuda y compasión en este proceso de reconstrucción.

La reportera le agradeció a Remy y en la pantalla apareció su información de contacto antes de que pasaran al siguiente segmento sobre la posibilidad de que los teléfonos celulares explotaran.

Tal vez Ruby no podría decirle todavía a Frank lo que en verdad pensaba, pero de pronto supo lo que *ella podría hacer*.

En llamas 247

26

Remy se escuchaba contento, pero no del todo sorprendido por su llamada. Cuando hablaron, aceptó de buena gana reunirse con ella. Quedaron en verse al día siguiente, en una cafetería.

—Me gustaría ofrecerte algunas habitaciones en nuestra posada —dijo fríamente tras estrechar su mano con indiferencia. No tenía ganas de participar en una conversación trivial ni recordar los momentos íntimos e incómodos de sus reuniones anteriores. Sabía lo que quería hacer y sintió que Remy sería receptivo, esto no tenía por qué ser complicado.

Sus oscuros ojos brillaron, se veía entretenido cuando se llevó la taza de café americano a los labios y sorbió con aire meditativo.

—Pero supongo que no sería para uso personal, ¿verdad? Porque escuché por ahí que tenías un nuevo novio y, de ser cierto, tu propuesta resultaría demasiado inapropiada.

Ruby puso los ojos en blanco y se negó a preguntarse siquiera cómo se había enterado de Frank. Esto no tenía por qué ser un asunto complicado, pero por supuesto, a Remy le encantaría que lo fuera.

—No digas tonterías. Te vi anoche en las noticias, dijiste que necesitabas alojamiento para la gente con la que trabajabas. Tenemos habitaciones vacías, así que pensé que podríamos albergar a algunas personas de forma temporal.

Remy asintió sonriendo de oreja a oreja.

—Eso sería excelente. ¿Cuántas habitaciones crees que podríamos usar?

—Bueno, sabes que la posada es un lugar pequeño, pero creo que podría prometerte seis habitaciones de aquí hasta que llegue el verano. Cuando empiece la temporada alta tal vez necesitaremos reevaluar la situación —explicó Ruby mirando hacia abajo, con la vista fija en la servilleta de papel que retorcía entre las manos—. Las personas que albergáramos necesitarían cuidar y limpiar sus habitaciones porque no tenemos personal de mantenimiento. Por otra parte, contamos con dos habitaciones lo bastante espaciosas para albergar familias. Creo que podría funcionar.

Esperó una respuesta sin mirar a Remy y, cuando por fin levantó la vista, lo encontró mirándola encantado. Su sonrisa incluso lo obligaba a verla con los ojos entrecerrados. A Ruby le desconcertó sentir que se sonrojaba.

—¿Qué? —preguntó de mala gana.

—Es una oferta asombrosa, Ruby, muchas gracias. Ahora quiero que me digas qué es lo que quieres a cambio.

Ruby volvió a poner los ojos en blanco.

—No quiero nada a cambio. Solo ayudar.

—Eso es una novedad, sin duda —exclamó riendo de forma burlona.

En llamas 249

—Esperaría que fueras un poco más amable con alguien que te acaba de ofrecer algo que necesitas —exclamó irritada—. Pensé en lo que dijiste la última vez y, aunque no estoy de acuerdo en todo porque, seamos honestos, tal vez nunca estaré de acuerdo con todo lo que sale de tu boca, dijiste algunas cosas que tal vez sean ciertas. En este momento me encuentro en posición de ayudar, así que quiero hacer algo —dijo exasperada por lo asombrado que se veía—. Ah, y no me mires así. Que nunca haya sido amable contigo ¡no significa que sea una persona indiferente! No me conoces bien, solo crees conocerme. Además, la mayor parte del tiempo me pareces tan irritante, que dudo que alguna vez logres ver todo lo bueno que tengo. ¡Incluso si pasáramos todo el tiempo juntos!

Los ojos de Remy se iluminaron cuando Ruby dijo: "todo lo bueno que tengo" y ella se arrepintió enseguida de haber elegido esas palabras, pero él no agregó mucho más.

—Entiendo —dijo extendiéndole la mano—. En ese caso, me gustaría aceptar tu oferta. Y, aunque me encanta verte enojada, me esforzaré lo más posible por no irritarte tanto. No quisiera poner en riesgo nuestro acuerdo.

Ruby colocó su mano sobre la de él y percibió su tibieza. Estrecharon manos como en un pacto de socios, pero cuando ella trató de retirar la suya, él la estrujó un poco. No lo suficiente para parecer agresivo, solo lo necesario para que se detuviera y permaneciera un poco más en esa posición.

—Escucha, Ruby. Me enteré de lo de tu mamá —dijo en un tono dulcísimo que la sorprendió, apenas audible entre el ruido circundante de las conversaciones y las tazas de café que chocaban con los platos.

Ruby se quedó mirándolo paralizada.

—Ah... ¿ah, sí? ¿Cómo?

Remy asintió. Ruby notó que estaba acariciando sus dedos con suavidad, como si ni siquiera se diera cuenta de lo que hacía.

—Un colega lo mencionó cuando tuve que firmar los documentos para renunciar a Capitán. Lo lamento mucho, Ruby. Sé que debe ser muy difícil para ti.

Como por instinto, Ruby se alejó de él y evadió su profunda y honesta mirada mientras trataba de retirar su mano de nuevo. Sin embargo, él continuó estrechándola. Parecía decidido a terminar su discurso.

—La última vez que nos vimos nos separamos de una manera incómoda —dijo—. Y, aunque lo que dije fue en serio, creo que de haber sabido por lo que pasaste, lo habría expresado de una forma distinta. Sé que te estás esforzando por hacer las cosas lo mejor posible para ayudar a tu familia en medio de estas circunstancias tan difíciles.

Finalmente, Ruby retiró su mano y se forzó a sonreír con aire despreocupado, pero temblaba un poco.

—En serio, Remy, no hay problema. No necesito tu lástima.

—No es...

Ruby sacudió la mano en un ademán tal vez demasiado exagerado para acallarlo, pero le urgía dar fin a esa conversación. La única manera en que había sido capaz de lidiar con todo era soslayando las dificultades y enfocándose en lidiar con los problemas inmediatos. De ninguna manera pensaba regodearse en su dolor ahí, *en ese momento*, con *él*.

—Si no hubieras dicho lo que dijiste, no estaríamos aquí, así que no entremos en detalles sobre lo que habríamos podido hacer de manera distinta. Solo enfoquémonos en lo que haremos de aquí en adelante.

En llamas 251

Pareció que Remy insistiría, pero su gesto se fundió enseguida y se transformó en sonrisa.

—De acuerdo, Ruby Ortega. Me dará mucho gusto hacer negocios contigo —dijo para finalizar.

Ruby juraría que mientras se miraron de un lado al otro de la mesita redonda del bistró, la tensión que había entre ellos se fue diluyendo hasta convertirse en un instante en el que se constituyó una complicidad formal de negocios, pero... lo aún más sorprendente, fue que también lo percibió como algo muy similar a la amistad.

AUNQUE TODAVÍA SE SENTÍA INCÓMODA DE DEJAR ENTRAR DE NUEVO EN su vida las bromas pesadas y las críticas de Remy, la emoción general cuando habló de sus planes a la hora de cenar acalló un poco sus temores.

—¡Oh! Me parece maravilloso, Ruby —dijo Millie mientras abría una caja de arroz de la comida china que habían comprado y lo servía en el plato de Carla—. Es en lo único que he pensado desde que... bueno, ya sabes. ¡Desde que llegamos aquí! Me parece fabuloso poder ayudar.

Carla le agradeció a Millie y se sirvió algunos bollos hervidos de carne también.

—Ruby, ¿crees... crees que entre esas personas puedan estar algunos de nuestros antiguos empleados? ¿Como Jorge y Paola?

Ruby se encogió de hombros y balbuceó con poca esperanza al escuchar sus nombres.

—No... no lo sé, Carla —admitió viendo desaparecer el brillo en la mirada de su hermana.

—Sería una coincidencia muy extraña —dijo Elena interrumpiendo de forma grosera—. No sé por qué crees que todos los mexicanos se conocen.

—No fue lo que quise decir —explicó Carla. En su voz se escuchó un agudo tono de pánico—. Solo... no sé, es que ¡los extraño! Pensé que tal vez...

—Tal vez encontremos a alguien que sepa qué les sucedió, Carla —dijo Ruby lanzándole a Elena hasta el otro extremo de la mesa una mirada amenazante que impidió cualquier comentario adicional de su parte. Ella siempre podría lidiar con la mala actitud de su hermana, pero no pensaba permitir que atacara a Carla.

La más pequeña de las Ortega asintió mirando su plato.

—De cualquier forma, ayudaremos a personas que lo necesitan, no importa quiénes sean —dijo Millie al tiempo que le daba cariñosas palmaditas a Carla en la mano—. ¿No te parece fabuloso, Ash?

Ashton se sobresaltó al escuchar su nombre. No esperaba que lo incorporaran a la conversación, así que aclaró la garganta antes de hablar.

—Si, claro, suena genial —dijo moviéndose en su silla antes de levantar la cabeza y mirar a Ruby. En su rostro se notaba una ligera preocupación, casi la intención de proteger. Tal vez era lo que quedaba de los celos que mostró en el primer encuentro que tuvo con Remy, pero entendía lo que intentaban hacer y, aunque no le agradaba quién había dado origen al proyecto, era el tipo de persona que deseaba ayudar a los demás. Así era Ashton, simplemente, y eso era lo que Ruby amaba en él.

—¿Le dirás a Frank? —preguntó Millie mientras enrollaba un poco de fideos *lo mein* en su tenedor tratando de sonar despreo-

En llamas 253

cupada. Pero cuando levantó la vista, Ruby pudo ver con claridad la desbordante curiosidad en su rostro.

Ella misma se había hecho esa pregunta y al final decidió que no, no le diría a Frank.

La obra de la construcción quedaba a dos acres de la posada y a los edificios los separaba lo que alguna vez fue el huerto: para ir a la posada era necesario realizar una vigorosa caminata y él solo la hacía de vez en cuando. Además, después de sus quejas de la noche anterior, Ruby sospechaba que no tendría nada bueno que decir sobre la propuesta que le hizo a Remy. Lo mejor era mantener separados esos dos aspectos de su vida hasta que pudiera eliminar lo que ya no tenía caso conservar.

También decidió que no le diría a su padre porque ni siquiera sabía si comprendería o le parecería lógico, incluso se preguntaba si la confusión adicional no lo desconcertaría aún más. O, quizá, ¿lograría ver que ella solo trataba de realizar una buena acción en medio de aquellas difíciles circunstancias? El señor Ortega estaba progresando, sus rutinas le ayudaban, pero cualquier desviación podría descarrilarlo por completo. Ese mismo día, en la mañana, por ejemplo, encontró en un cajón el anillo de matrimonio de Eleanor y se encerró en su habitación. Era hora de la cena y seguía ahí.

En el fondo, Ruby veía lo cercana que era su familia a las comunidades que más sufrían, no solo en lo físico, también en el aspecto cultural. Ella y sus hermanas nunca fueron inmigrantes sin dinero, nunca sufrieron en ese sentido, pero eso fue solo porque su abuela y su padre lo hicieron por ellas. Tenía fe en que algún día su padre vería y apreciaría el bien que intentaba hacer, inspirada en buena medida por sus enseñanzas. En ese momento, sin embargo, le inquietaba que no estuviera listo para comprender lo que pasaba.

EL DÍA DE LA MUDANZA SE PRESENTÓ UNA CARAVANA HETEROGÉNEA DE camiones y camionetas que abarrotaron la zona de estacionamiento con una gran cantidad de familias que se movían de ida y vuelta, cargando sus pertenencias en grandes sacos de basura y amplias bolsas de manta. Ruby se dio cuenta de que había olvidado cómo se veía el lugar cuando había mucha gente. Desde una de las ventanas del vestíbulo observó la escena como hipnotizada por la agilidad y la emoción del español que escuchaba y por el ajetreo de los niños subiendo y bajando por las escaleras. Vio a Remy ayudando a un señor mayor a cargar un pesado bolso marinero, mientras subían por el acceso a la entrada recién barrida.

Estiró el cuello para verlos entrar y notó que Ashton estaba detrás del mostrador de recepción... mirándola. Cuando sus miradas se entrecruzaron, enseguida movió papeles y fingió estar ocupado.

Un instante después, escuchó pesados y decididos pasos haciendo eco en el vestíbulo, y luego la profunda y resonante voz de Remy dirigiéndose a Ashton.

—No sabía que ahora eras conserje —dijo sonriendo lento y mirándolo de arriba abajo en su camisa polo azul claro del uniforme de Ortega Properties—. ¿Es parte del camino profesional de un bombero? —preguntó al cruzar el vestíbulo con la mano extendida para saludarlo, y Ashton solo atinó a estrecharla de mala gana.

En llamas 255

—La temporada de incendios forestales terminó —masculló mirando a Remy con un aire petulante antes de seguir cerrando cajones con demasiada fuerza y hurgando entre sus papeles.

—Ashton ha sido *indispensable* para poner la posada en orden y volver a la normalidad —interrumpió Ruby a la defensiva mientras Ashton reacomodaba un altero de folletos—. En verdad, ha sido de gran ayuda, no sé cómo lo logramos mientras él no estuvo aquí.

De haber sido más honesta, habría dicho que Millie era mucho más útil, pero jamás aceptaría algo así bajo la mirada burlona de Remy. Ashton no poseía las habilidades organizacionales necesarias para administrar una posada, a menudo soñaba despierto en la oficina de atrás, olvidaba cobrar noches adicionales y dónde guardaba formatos importantes, pero Ruby habría soportado dificultades mucho más engorrosas si eso significaba tenerlo ahí, a su lado, todo el día. Ahora que Millie tomaba sus clases en línea, Ruby y Ashton trabajaban juntos en muchas ocasiones y pasaban el día juntos. A ella no le importaba cuánto de ese precioso tiempo tenía que ocupar para corregir sus errores, el simple hecho de estar en el mismo lugar le parecía mágico.

—Estoy seguro de que es muy *indispensable* —gruñó Remy mientras ambos observaban a Ashton dando manotazos solo para volver a colocar varios bolígrafos en un vaso que acababa de hacer caer. Remy caminó hacia Ruby, el encantador brillo que vio en su mirada hacía apenas unos instantes se fue tornando en malicia—. Supongo que entre más cambian las cosas, más siguen siendo lo mismo, ¿no? —dijo. Ella no comprendió del todo por qué dijo eso, pero de todas formas no le agradó, así que solo mantuvo la mandíbula apretada.

¿Qué diablos sabía Remy sobre su amor por Ashton? Él entraba y salía de su vida con base en quién de los dos atravesaba una crisis, lo cual parecía gustarle. Ashton, en cambio, era constante, confiable y amable. Ashton era muchísimo más de lo que él jamás podría entender.

27

En un esfuerzo por evitar a su padre y a Frank, Ruby empezó a pasar más tiempo escondida en la oficina de la posada, algo que le antes le hubiera parecido imposible. Ashton y Millie la alentaron sutilmente a que se tomara un día libre, pero ella ni siquiera lo consideró. De cierta forma, la colina que separaba su casa de su lugar de trabajo se había convertido en la barrera emocional que la mantenía alejada del dolor y la pérdida que encontraba en su hogar, y le permitía enfocarse en las tareas relacionadas con el negocio, algo con lo que le era más fácil lidiar.

A pesar de que, en el fondo, sabía que Remy era mucho más que el personaje irritante y sabelotodo con el que le encantaba presentarse, ahora que pasaba más tiempo en la posada le sorprendió ver que tenía un lado amable; que se preocupaba por otros y los apoyaba. Se mantenía ocupado atendiendo a los "clientes" de ambos, como les llamaba, rastreando a miembros de sus familias o ayudándoles a buscar trabajo. Siempre era muy amable y servicial cuando tenía que pasar del inglés al español o de vuelta, y actuaba con rapidez, urgencia y atención al detalle cuando abordaba cualquier tarea. A Ruby le habría costado trabajo no sentirse esperanzada y orgullosa del vínculo que habían creado, incluso si todavía no le quedaba muy claro todo lo que podría implicar.

—Además de trabajar, no estarás durmiendo también en la posada, ¿verdad? —preguntó Ruby de forma incisiva un día que estaban sentados frente a frente en dos sofás de la sala, trabajando en sus respectivas *laptop*.

—Yo podría hacerte la misma pregunta —dijo Remy riendo entre dientes—. No. Ahora tengo un lugar aquí, un departamento en las afueras de Buena Valley. Es solo que me gusta estar disponible en la posada en caso de que alguien necesite algo. ¿Cuál es tu excusa? ¿Acaso nunca tomas un descanso?

—Hay mucho trabajo por hacer y, ahora que Emanuel instaló todos estos amplificadores, el Internet es mucho más rápido aquí que en la casa —explicó Ruby. Emmanuel era un estudiante universitario mexicoamericano que se acababa de mudar la semana anterior. Le suplicó a Ruby que le dejara hacer pruebas con el Wifi para poder tener acceso a sus cursos de UCLA porque la conexión que ella había instalado cuando hizo todas las otras renovaciones no bastaba para que él pudiera conectarse a sus clases de ciencia computacional. A ella le impresionó tanto su trabajo, que le pagó una modesta cantidad para que instalara las máquinas registradoras digitales y las cámaras de seguridad en el salón de recepciones.

—Emmanuel es bueno en lo electrónico —dijo Remy estirándose hacia atrás en el sofá para acomodarse mejor—. ¿En qué estás trabajando?

—En todo un poco. Estoy eligiendo aparatos domésticos, revisando nuestro presupuesto, echando un vistazo a los precios de los mosaicos que quiero poner en el baño... Frank dice que,

En llamas 259

para principios del verano, terminaremos el trabajo en el salón de recepciones, así que tengo que tomar muchas decisiones antes de eso.

—Frank —repitió Remy pronunciando cada letra muy lento, como si se deslizaran por su lengua, y exagerando el sonido de la "k"—. El novio... —dijo. Y, aunque no lo hizo en tono de pregunta, se quedó viendo a Ruby con ojos rutilantes por encima de la computadora, como si esperara una respuesta. Pero luego solo añadió—: No hablas mucho de él.

—Yo no diría que es mi novio —dijo Ruby encogiendo los hombros y evitando la penetrante mirada de Remy.

—¿Por qué no? Millie dice que lo has estado viendo desde enero. Ya llevan juntos algunos meses.

Claro, como era de esperarse, Millie se ha dado tiempo para chismear con él.

—Sí, es cierto, pero las cosas... no son así.

—Oh —dijo Remy asintiendo como si comprendiera—. Es porque hay otro hombre en tu vida, ¿cierto?

Ruby sintió sus mejillas encenderse en un instante y tartamudeó tratando de buscar las palabras correctas.

—No hablo de mí, por supuesto —aclaró Remy colocando la palma sobre su pecho y fingiendo sentirse halagado—. Ya sabes, Ash...

—¡Sshh! Cállate, ¿quieres? —siseó Ruby y miró alrededor para asegurarse de que estaban solos. Ashton había tomado el día libre, pero Millie andaba por ahí.

Remy hizo como si cerrara sus labios con un cierre, pero de todas formas, continuó hablando.

—Lo lamento, no quiero echar a perder tu coartada, pero tengo razón, ¿no es cierto? No podrás entregarle tu corazón a nadie mientras él viva. ¡Y tan cerca, por cierto! ¿Cómo soportas tenerlo ahí mismo y no poder reclamarlo como tuyo?

—¡Qué te importa! —exclamó Ruby resoplando—. De todas formas no entenderías.

—¿No entendería qué? ¿Que te ama?

El corazón le saltó a Ruby, se quedó mirando a Remy incrédula. Ella se repetía todo el tiempo que Ashton la amaba, pero, escuchar a alguien más decirlo en voz alta...

—¿No entendería que en secreto crees que te quiere, pero no ha encontrado la manera de decírtelo? —continuó—. ¿Por qué piensas que yo no entendería lo que es amar a alguien así?

Ruby se quedó sin aliento, los labios le temblaban, pero no pudo decir nada. ¿Estaría Remy siendo sincero por una vez en su vida? ¿O solo estaría aprovechando una oportunidad más para burlarse de sus sentimientos?

—¿Eres tú la razón por la que él y Millie siguen aquí? —le preguntó mientras cerraba su *laptop* y cruzaba las piernas como preparándose para una conversación seria.

—Buena Valley también es su hogar —dijo Ruby frunciendo el ceño con desconfianza.

—Más bien era, ¿no? El incendio destruyó su casa y sus padres decidieron no regresar —aclaró y, una vez más, Ruby maldijo lo mucho que le gustaba a Millie abrir la bocota. ¿No tendría mejores cosas que hacer? —¿Por qué él y Millie no volvieron a Arizona? ¿Por qué no regresaron para estudiar o estar cerca de la familia de ella? ¿Por qué está él aquí?

—Millie sigue estudiando, solo que toma sus clases en línea. Además, dijo que quería participar en el trabajo que se está realizando aquí. Tal vez te sea un poco más fácil entender eso.

Remy asintió con aire serio.

En llamas 261

—Eso lo comprendo. Incluso lo admiro. Pero ¿qué hay de Ashton? ¿Un día se despertó y se dio cuenta de que su gran sueño era trabajar en la industria de la hospitalidad?

Solo está tratando de provocarme de nuevo, pensó Ruby sintiendo una amarga mezcla de vergüenza y desilusión.

—Es bombero —le recordó a Remy poniéndose a la defensiva.

—Sí, por supuesto. Será bombero algunos meses del año, pero el resto del tiempo, como ahora, ¿qué es, Ruby? ¿Qué hará? ¿Disfrutar de tu presencia hasta reunir el valor necesario para botar a su novia, a la mujer con quien vive, y profesarte su amor eterno? ¿O flotar sin moverse y depender de las ambiciones de las fuertes mujeres a su alrededor hasta que averigüe qué diablos está haciendo con su vida?

Al escuchar esto, Ruby sintió que le perforaban el corazón, fue como si Remy hubiera rasgado algo crudo y desnudo en su interior. Quizá tenía razón.

Remy debió de sentir el dolor que le había causado porque de pronto se puso de pie con aire solemne y se sentó a su lado, tan cerca, que sus muslos y hombros se rozaban. Ella se negó a mirarlo, pero sentía su densa y oscura mirada, y por el rabillo del ojo alcanzaba a ver que tenía la cabeza inclinada hacia ella.

—Ya te he dicho en varias ocasiones lo mucho que admiro tu resiliencia —le dijo con una voz dulce, sedosa—. Eres imparable, pero a veces me pregunto si esos rasgos no te hacen más mal que bien —agregó.

Cuando Ruby logró por fin mirarlo, vio sus labios abiertos y esperó que continuara hablando, que dijera eso tan claro que tenía en la punta de la lengua.

Estaban tan cerca, que Ruby no pudo evitar sentirse un poco asombrada por la vibrante fascinación que le causaba ese impredecible y temerario hombre que decía cosas que la quemaban por dentro. No podía quitarle los ojos de encima y, justo en el instante en que se preguntó si de verdad empezaba a acercarse más a ella o si solo deseaba que lo hiciera, Frank entró a la oficina haciendo equilibrios con una caja de *pizza*.

—No estoy interrumpiendo nada, ¿verdad, nena?

28

—*Traje pizza* —dijo Frank en un tono gélido al tiempo que levantaba la caja que traía en las manos.

Ruby se levantó de un salto del sofá y, al hacerlo, chocó con la rodilla de Remy.

¡Frank!, pensó.

—¡*Pizza*! ¡Genial! —exclamó mientras su cerebro daba vueltas de forma frenética en busca de algo que decir, algo que no fuera solo una observación más en voz alta, hasta que solo respiró hondo y sonrió—. Frank, te presento a Remy Bustillos.

Remy se puso de pie con un poco más de elegancia que Ruby y les sonrió a ambos entretenido. Le extendió la mano a Frank, quien tuvo que pasar la *pizza* a su mano izquierda para saludarlo.

—Mucho gusto —dijo Remy.

Frank refunfuñó una suerte de saludo incoherente y volteó a ver a Ruby con desconfianza.

—Pensé que podríamos comer afuera.

Ruby asintió. Sintiéndose avergonzada por su brusquedad y por la rapidez con que iba a obedecer, le sonrió a Remy como disculpándose y siguió a Frank hasta la salida que daba al patio del frente.

La puerta apenas acababa de cerrarse cuando Frank empezó a reprenderla por lo que acababa de ver.

—Sé que no hemos acordado nada respecto a tener "exclusividad", pero ¡por favor, Ruby! ¿Justo en mi maldita cara? —preguntó resoplando—. ¿Has estado saliendo con otros?

—*Frank*, por favor. ¿A qué hora tendría tiempo para algo así incluso si quisiera? Si no estoy contigo, ¡siempre estoy trabajando! —refunfuñó frustrada—. Remy es un... colega.

—¿Trabaja en hotelería? —murmuró Frank arqueando las cejas incrédulo.

—Solía hacerlo, así fue como lo conocí hace algún tiempo.

—¿Solía? Entonces la intimidad con que estaban hablando y que interrumpí no era exactamente asunto de "negocios", ¿cierto? —preguntó antes de detenerse junto a la mesa para días de campo debajo de las largas ramas de un roble en recuperación. Aventó la caja de *pizza* a la mesa y se quedó de pie con las manos en la cintura, erguido y derecho, en una posición con la que parecía convencido de verse más alto de lo que era en realidad.

—¡No te desquites con la *pizza*! —dijo Ruby bromeando, con una sonrisa que esperaba pareciera encantadora, pero Frank permaneció inmutable. Aunque quería evitar a toda costa darle detalles sobre la presencia de Remy en la propiedad, se dio cuenta de que él no dejaría pasar el tema sin recibir una explicación. Entonces abrió la caja y tomó una rebanada. Estaba fría, pero no pensaba lanzarse en esa fatal misión sin haber cargado baterías.

No esperaba que Frank aprobara su decisión, pero tampoco esperaba un sermón ni un regaño. Después de explicarle la manera en que se asoció con Remy, él se puso a enumerar con lujo

En llamas 265

de detalle las razones por las que pensaba que era una pérdida de tiempo para Ruby y, en general, una decisión equivocada.

—De acuerdo, pero es mi posada —dijo ella secamente. Logró comer tres pedazos de *pizza* durante la perorata de Frank, lo hizo para dejar pasar el tiempo y para no interrumpir furiosa y hacerle ver lo sesgada y crítica que era su opinión que, por cierto, ella no había pedido.

—En realidad, la posada es de tu papá —aclaró Frank mirándola con desdén—. Y créeme que yo, entre toda la gente, sé muy bien lo que eso significa.

—Como sea —dijo Ruby, molesta por la insinuación de que ella solo era la "ayudantita de papá". Llevaba meses haciéndose cargo del negocio y que Frank insinuara que no tenía los conocimientos o experiencia necesarios para tomar una decisión importante la hizo estallar en cólera—. Además, no sé si lo recuerdas, pero la familia de mi papá también migró a Estados Unidos hace no tanto tiempo, así que no creo que se enoje conmigo por ayudar a gente que no es tan distinta a nosotros.

—¿No crees? ¿Eso significa que no le has dicho? —exclamó Frank arqueando de nuevo las cejas en un gesto de franca desaprobación.

Ruby se mordió el labio. Si su padre se encontrara en otro estado, tal vez habría notado los cambios que estaban teniendo lugar en la propiedad, pero ahora que la posada estaba limpia y en funcionamiento, rara vez se atrevía a cruzar más allá del jardín de atrás. Y, de cualquier forma, su comprensión de la realidad era tan fugaz y cambiante, que era imposible saber qué le resultaría inusual y qué no.

—Hay mucho por hacer y a mi papá no le interesan las operaciones cotidianas. Además, confía en mí —explicó.

Y, por supuesto, me aterra que pierda la cordura si se entera.

—Creo que sabes que esto no es una operación cotidiana. Acabas de transformar tu elegante posada *boutique* en un refugio de alto nivel para indigentes —dijo Frank—. Lo único que te digo es que, al menos, a mi papá le gustaría estar al tanto si yo usara nuestro negocio como una especie de proyecto de caridad de medio pelo a sus espaldas.

Los términos "de medio pelo" y "a sus espaldas" molestaron muchísimo a Ruby, pero antes de poder quejarse, Frank retomó el tema de Remy.

—Maldita sea. Allá tú, es tu negocio. Tú eliges si quieres regalarle cosas a cualquiera que pase —dijo entre gruñidos y en tono despectivo—. Mientras les puedas seguir pagando a mis trabajadores, a mí no me afecta, ¿o sí? Lo único que necesito saber es que no hay nada entre tú y el tipo ese, Remy.

—No, Frank —dijo ella fatigada—, no hay nada. De hecho, la mayor parte del tiempo, apenas nos soportamos.

Aunque Frank no insistió en el asunto, Ruby vio en sus ojos entrecerrados algo que le indicó que no estaba convencido del todo.

YA CASI OSCURECÍA CUANDO ESCALÓ LA COLINA aquella noche. En el porche trasero encontró a su padre sentado con una expresión melancólica. Aunque la vista aún estaba muy lejos de ser lo que en el pasado contemplaron, verlo en su lugar favorito sujetando una copa sobre el brazo de su silla le resultó familiar y acogedor.

—Ruby Catherine —le dijo en un tono cariñoso—. Volviste temprano a casa.

En llamas 267

Ruby sonrió.

—Quería decirte algo —advirtió. Las palabras de Frank le habían estado dando vueltas en la cabeza todo el día y sentía que, si no las dejaba salir, explotaría. Se apoyó en uno de los grandes postes que formaban el perímetro del porche.

—Papi, estoy trabajando con Remy Bustillos. Permití que se hospedaran en la posada algunas de las personas desplazadas que han sufrido debido a las regulaciones de inmigración y las redadas. Necesitaban alojamiento. No es un proyecto rentable y, para ser franca, no estoy segura de que sea una sabia decisión de negocios, pero esa gente necesita ayuda y nosotros estamos en posición de proveérsela —explicó antes de respirar hondo—. Si no lo apruebas, lo lamento. Sé que te ha costado trabajo enfrentar todos los cambios en la propiedad. Odiaría decepcionarte, pero no quiero que creas que he olvidado de dónde venimos porque, cuando pienso en esas personas, recuerdo todo lo que tú y Mamá Ortega tuvieron que enfrentar, y tal vez no lo comprenda por completo porque mi vida fue muchísimo más fácil gracias a ustedes, pero no me gustaría los trataran de la forma en que tratan a la gente que intento ayudar. Además, me parece que es lo correcto, algo que debo hacer...solo quería que lo supieras.

Su padre bebió un sorbo de tequila, empinó la copa y chasqueó con los labios sin romper el contacto visual con ella. Por primera vez en mucho tiempo, Ruby reconoció algo en su mirada, cierta nitidez y entendimiento.

—Muy bien, mija —dijo en voz baja y empezando a sonreír un poco con las comisuras de su boca.

29

Marzo se convirtió en abril trayendo cambios y un clima más benigno. El salón de recepciones estaba casi listo y Frank se paseaba frecuentemente por la propiedad de manera casual e innecesaria. Los clientes de Remy llegaban y partían de la posada todos los días al ritmo de las oportunidades que se presentaban. Y, finalmente, por alguna razón que eludía a Ruby, el carácter relajado y tranquilo que Ashton solía tener se transformó en algo distinto, algo cada vez más amargo.

No estaba segura de cuál era la causa. Suponía que tal vez los muchos sucesos inusuales provocaron el cambio, pero también le gustaba pensar que quizá se debía a los celos que les tenía a Frank y Remy, aunque, pensándolo bien, ¿quién podría tenerle celos a Frank? Fuera lo que fuera, Ashton no le había dicho nada que explicara su nuevo comportamiento. Sin importar cuántas horas pasaran trabajando juntos en la posada mientras ella revisaba y rehacía un inventario que él acababa de terminar, o explicándole por décima vez cómo reactivar una tarjeta-llave desactivada, él permanecía en un silencio absoluto respecto a lo que lo inquietaba.

A Ruby le desconcertaba mucho su actitud porque ella nunca pasaba más de un día triste, a la mañana siguiente siempre empezaba a hacer algo respecto a la situación o, por lo menos, hacía un berrinche. Todo dependía de cuál vía tuviera más probabilidades de conseguirle el resultado deseado. ¿Qué caso tenía obsesionarse con algo?

Luego recordó que Ashton era muchísimo más sensible y reflexivo. Si ahora sentía la necesidad de regodearse en su tristeza, seguro lo hacía por algo. Ruby solo quería que compartiera sus sentimientos con ella, que le permitiera ayudarlo.

Por otra parte, le daba la impresión de que, entre más alejado permanecía Ashton, más cariñoso y abierto se volvía Remy. Ella era demasiado inteligente para dar por hecho que se trataba de una coincidencia y, aunque con gusto habría cambiado la compañía de Remy por la de Ashton, en realidad disfrutaba de los fugaces momentos de amistad que se producían entre ellos cuando Remy abandonaba su actitud mordaz. En días recientes, le pareció que podía hablar con él de casi cualquier cosa, de asuntos que no habría intentado siquiera explicarle a Frank o con los que no habría querido abrumar a Ashton. Remy se acercaba a ella con un nivel de comprensión que antes la hacía sentirse vulnerable, sin escudo, pero en algún momento se dio cuenta de que esa actitud le permitía ser honesta y espontánea. A él le podía decir lo que en verdad pensaba. No estaba segura si era porque al fin estaban en una situación en la que no necesitaba manipularlo para obtener lo que quería o porque se habían vuelto amigos.

—Tuve una idea sobre el trabajo que estás haciendo —le dijo una noche. Estaban sentados en el vestíbulo de la posada comiendo taquitos y fingiendo que trabajaban.

—Del trabajo que *estamos* haciendo —la corrigió Remy con cariño.

Ruby asintió. Frank había planeado ver una película con unos amigos, Millie pasó el día entero diciendo que saldría con Ashton y ella estaba contenta de tener una noche libre, sin citas programadas. Tal vez debió alarmarle que lo primero que percibió fue cierto deleite por trabajar con Remy, pero cuando él insistió en traer comida rápida y empezó a darle noticias positivas sobre algunas de las familias que por fin habían logrado dejar la posada, la velada empezó a prefigurarse como un momento agradable.

—Claro, que estamos haciendo —repitió ella sorprendida por el aleteo nervioso que sintió en su pecho mientras esperaba una respuesta.

Remy bebió un sorbo de una de las dos Fanta de fresa que había traído y sus labios hicieron *pop* contra el borde de la botella de vidrio.

—Continúa —dijo con un centelleo en los ojos.

—Sé que ya no diriges Capitán, pero sigues involucrado, ¿no? Es decir, porque eres el dueño de la idea y la tecnología de la aplicación, ¿cierto? —se atrevió a decir.

Remy no habló de inmediato, en su rostro se veía que estaba reflexionando.

—Sigo siendo el fundador y formo parte del consejo directivo, pero no he sido el mejor de los miembros últimamente. ¿Por qué?

—Estaba pensando que tal vez otros negocios estarían interesados en lo que estoy haciendo aquí —dijo Ruby al tiempo que tomaba un taco de la caja de poliestireno y señalaba con él la propiedad circundante—. Ya sabes, a muchos de los negocios locales les interesa ayudar en tiempos de crisis, pero no siempre saben cómo hacerlo. Creo que las grandes empresas tienen

En llamas 271

programas corporativos de auxilio, pero los negocios pequeños suelen carecer de los recursos necesarios para participar en proyectos o para en verdad entender lo que a la comunidad le hace falta. Estaba pensando que podrías usar tu aplicación como una plataforma para conectar a los negocios con la gente necesitada en caso de desastres naturales o cualquier tipo de emergencia. Podría ser algo particularmente útil para la gente que tiene miedo de usar los servicios que administra el gobierno, para quienes se sentirían más cómodos interactuando con el sector privado —dijo antes de morder nerviosa su taco en espera de la respuesta—. Los negocios podrían registrar en la plataforma todo lo que están en condiciones de ofrecer y los usuarios podrían hacer listas de lo que necesiten: refugio, ropa, trabajo. Sería como un... Tinder de ayuda en caso de desastre.

Remy la miró de forma incomprensible por un largo rato. Luego se puso de pie y atravesó la sala sin decir nada.

Ella se movió en el sillón y lo observó acercarse a su mochila de trabajo detrás del mostrador de recepción y hurgar en ella.

—Sé que no es algo rentable, pero creo que, en general, las personas quieren ayudarse entre sí... y tal vez podríamos encontrar la manera de que produjera ingresos algún día, ¿no? A través de patrocinadores, anuncios o algo así. Los buscaríamos una vez que esté en operación —añadió con cierta ansiedad, pero Remy seguía mudo—. ¿Qué haces? ¡Dime lo que piensas!

Después de otra larga pausa, Remy por fin volteó a verla.

—Lo siento, necesitaba ir por mi *laptop*... —dijo al regresar a la sala. Se inclinó, tomó otro taco de la caja que estaba más cerca de Ruby y mordió el extremo tratando de separarlo como si fuera un habano—, y robarme uno de estos —masculló. Las palabras se atoraron un poco en el taco que aún colgaba de sus labios. Volvió a sentarse en el sillón, terminó de morder el taco y se lamió el exceso de guacamole de la boca con un gracioso gesto—. Creo que es una idea asombrosa. Me encanta. Quiero empezar a escribir la propuesta ahora mismo. Mañana llamaré al consejo y echaremos a andar las cosas —agregó al abrir su *laptop*. Los ojos le brillaban cuando la miró—. Eres sorprendente, Ruby. Adoro, adoro esta idea.

Ruby no pudo impedir que el calor se extendiera en sus mejillas, llegara a su pecho y se plantara al final en su estómago. En ese momento se sintió agradecida de que el lugar fuera lo bastante oscuro para impedir que Remy notara que se había sonrojado. Sus miradas se entrecruzaron por un instante, en ellas había emoción, entendimiento mutuo y... algo más. Algo más profundo. Ruby esperó que añadiera algo, pero de pronto la *laptop* se encendió e iluminó su rostro con una luz azulosa, y ambos pusieron manos a la obra.

AL DÍA SIGUIENTE, REMY SE ENCERRÓ EN LA OFICINA DE ATRÁS PARA hacer una videollamada y exponer el plan en el que se quedaron trabajando hasta medianoche. Ruby le preguntó si creía que debería estar presente, pero él insistió en que el comité sería más receptivo al proyecto si se reunía con los miembros en privado. Su respuesta la decepcionó un poco, pero sabía que, de todas maneras, estaba demasiado nerviosa para participar a lo largo de toda la reunión. Entonces pensó que necesitaba ocupar su mente en algo más y solo esperar la decisión.

Cuando estaba a punto de salir al área de recepción para distraerse, vio a Ashton levantando un par de AirPods que había

En llamas 273

dejado en el mostrador. A pesar de no haber dormido mucho la noche anterior, lo saludó con gran energía, casi con frenesí. Ashton permaneció inmutable y solo guardó los audífonos sin colocarlos en su estuche.

—Ey, ¿qué vas a hacer ahora? —le preguntó Ruby cuando lo vio caminar hacia la puerta del frente.

—Lo mismo de siempre, nada, voy a regresar al departamento y esperar hasta que Millie salga de trabajar —murmuró.

—Ven conmigo —dijo ella extendiéndole una entusiasta súplica en lugar de solo pedírselo. No estaba dispuesta a que declinara la invitación—. Voy a supervisar el avance en la construcción, no he ido en un par de días y me gustaría tener una segunda opinión.

—¿La opinión de Frank no es ya una segunda opinión? —preguntó Ashton frunciendo el ceño con aire incrédulo.

Ruby puso los ojos en blanco.

—Me refiero a una segunda opinión de alguien que no esté sesgado, alguien en quien yo pueda confiar.

Ashton suspiró poco convencido, miró por las ventanas del frente y vio el Prius mal estacionado en el lote de grava. Era urgente que lo lavara.

—Por favor, Ashton.

Ashton asintió sin entusiasmo y medio encogió los hombros.

—Lo siento. Sí, vamos, por supuesto.

—En verdad lo aprecio —susurró Ruby acariciando con afecto su huesudo hombro.

Mientras caminaban en silencio por la ligera pendiente de la exigua arboleda de aguacates, notó lo pálido y delgado que se veía. El bronceado con el que regresó después de varias semanas que pasó en la línea de fuego haciendo ejercicios de trabajo y expuesto a los elementos se había desvanecido. Ahora su piel tenía el aspecto cenizo y la palidez casi transparente de la de alguien que pasaba demasiado tiempo en casa. Su cabello, que antes llevaba solo un poco largo y peinado de lado, ahora lucía descuidado y maltratado, y le colgaba sobre las pestañas y hasta debajo de los lóbulos de las orejas. Sus labios permanecieron fruncidos, formando una delgada línea mientras solo caminó en silencio con una profunda arruga en la frente, apenas visible debajo del despeinado fleco.

—Ashton, ¿qué está sucediendo? ¿Qué pasa? —preguntó Ruby de repente.

Él la miró, sus ojos color avellana le revelaron una mezcla de fatiga y sorpresa.

—Nada —gruñó sin convicción.

Ella negó fuerte con la cabeza, de forma desafiante. Se detuvo y se colocó frente a él, impidiéndole seguir.

—No, no me digas que no pasa nada. Llevas algún tiempo muy callado y de mal humor. Algo anda mal. ¿Acaso hice algo malo? —preguntó sintiendo que el corazón se le atoraba en la garganta mientras esperaba la respuesta.

Ashton gimió.

—No, Ruby, tú no hiciste nada malo. ¿Cómo podrías hacer algo malo? —dijo antes de inhalar profundo. Ruby vio su pecho extenderse y desinflarse poco a poco. La luz de media mañana que atravesaba por entre las hojas de los árboles formó ligeras sombras redondas que pintaron sutiles motas en su rostro.

—Después de todo lo que has hecho por Millie y por mí, sería imposible decir que hiciste algo malo. Te debo todo.

Ruby se sintió aliviada por un instante, pero entonces se dio cuenta de que no había respondido a su pregunta. Si no era ella, entonces, ¿qué lo molestaba? ¿Qué estaba sucediendo?

—*Ashton* —dijo en un sutil pero insistente tono—, ¿se trata de tus padres? ¿Los extrañas?

—Sí, por supuesto, pero es más que eso. Es... es que extraño todo —las palabras salieron de sus labios y se quedaron en el aire densas y lacerantes—. Me siento muy perdido.

Ruby frunció el ceño desconcertada.

—¿A qué te refieres?

—Mi mundo entero desapareció, es distinto —admitió vacilante—. Mi casa ya no existe, mis padres ya no están, se fueron y se establecieron en otro lugar sin mirar atrás. ¿Te dije que compraron una casa? Ya nada es como antes y siento que... nunca podré acostumbrarme a las cosas como son ahora. Siento que estar aquí solo me hace extrañar mi vida de antes.

—¿Ya le dijiste esto a Millie?

Ashton negó con la cabeza, los despeinados rizos bailaron sobre su frente.

—No. Tú y ella se han *adaptado*, ¿sabes? Retomaron las cosas justo donde se quedaron y empezaron algo nuevo, y eso me parece asombroso —dijo señalando el floreciente follaje que los rodeaba, el mundo que, literalmente, estaba recobrando la vida frente a sus ojos—. No puedo decirle a Millie lo mucho que me entristece ver que a ella no la ha vencido nada ni por un instante. Dejó todo para apoyarme cuando estaba en la línea de fuego, y luego para venir aquí y estar con su padre, contigo y la comunidad. De hecho, está enfrentando muchos más cambios que yo, así que no puedo decirle que me siento abrumado. Nunca volvería a verme de la misma manera.

Ruby suspiró triste.

—Ambos sabemos que eso no es cierto, Millie te amaría y te entendería a pesar de todo —dijo. Aunque admitirlo la carcomía por dentro, era innegable, Millie era el tipo de persona que cuidaba a otros por naturaleza, su compromiso con Ashton era firme, casi abrumador. Cuidar de él era una de las pocas áreas en las que Ruby creía que había logrado ponerse al mismo nivel que ella.

—¿Pero comprendes lo que digo? —preguntó Ashton con los ojos bien abiertos, en una especie de súplica desenfrenada.

Ruby deseó con toda su alma comprenderlo, pero solo alcanzaba a entender la superficie de lo que quería decir. Ashton sentía nostalgia porque los incendios transformaron el lugar donde vivían, y claro, eso era muy triste. Pero ¿por qué ahora? Lo peor ya había pasado, ¿no? Todo empezaba por fin a solucionarse y a tener lógica de nuevo. Era una pena, pero la esperanza y la posibilidad de sus circunstancias por fin comenzaban a dar frutos. ¿Cómo podría estar triste por eso?

—Cuando empezaron los incendios y me uní al equipo de bomberos, sentí que era *lo correcto*. Me sentí bien al dejar todo y hacer algo para ayudar a otros. Era lo que *debía* hacer. Era importante. Todos los días sentía que trabajaba para lograr que nuestras vidas volvieran a la normalidad. Ese era mi objetivo. Es solo que no se me ocurrió que las cosas nunca volverían a ser iguales —explicó. Su mandíbula se tensó y la última frase la dijo ronco, como si se ahogara—. Sabía que sería difícil, pero no *tanto*.

Ruby sintió que estaba hablando en círculos, tratando sobre todo de convencerse a sí mismo. Ya le había dicho muchas de estas cosas antes, pero la desesperanza en su voz era algo nuevo y oscuro.

—No tengo escuela, no tengo un hogar y no sé qué haya en el futuro para mí. ¿Otra temporada de luchar contra incendios forestales? ¿Y luego qué? ¿Qué hago entre temporadas? ¿Solo dejo

En llamas 277

que me sigas permitiendo arruinar tu posada? —preguntó con voz cada vez más temblorosa. Ruby abrió la boca para interrumpir, pero él continuó—. Ni siquiera intentes mentir, Ruby, sé que soy pésimo para administrar. Sé que pasas la mitad de tu tiempo corrigiendo mis errores, y está bien, aprecio que me des una oportunidad tras otra, pero sé que este no es el empleo adecuado para mí. El problema es que no sé en qué debería trabajar. El plan que tenía para mi vida también se incendió y ni siquiera me di cuenta. Y sé que soy un verdadero imbécil por decirte esto, sobre todo a ti, de entre toda la gente: sé lo mucho que has perdido y todo lo que has progresado. Pero no sé qué debería hacer ahora —explicó y la miró una vez más antes de reír amargamente—. No tienes idea de lo que hablo, ¿verdad?

Al escucharlo mencionar sus pérdidas, el corazón le dolió, solo por un instante, pero de manera muy profunda. Era lo que siempre sucedía cuando recordaba a su madre.

—*Creo* comprender, Ashton. Por supuesto que todo esto es difícil. También para mí lo sigue siendo. Las cosas no se parecen en nada a lo que imaginé que serían hace un año, pero no le veo caso a obsesionarnos con lo que pudo ser, tomando en cuenta que hay tanto por hacer ahora. Tal vez esto no sea lo que planeaste para ti, y sé que es difícil, ¡pero necesitas hacer un nuevo plan! —dijo. Su intención era inspirarlo, darle esperanza, pero de pronto también temió que la irritación que le causaba que Ashton se sintiera tan impotente se hubiese revelado en el tono frenético y estridente que usó. ¿Acaso pensaba que las cosas habían sido fáciles para ella? Perdió a su madre, tuvo que abandonar la universidad para hacerse cargo del negocio. Todos los demás habían tenido tiempo para hacer luto y vivir su dolor, pero ella se vio obligada a mantener las cosas a flote y proveerle alimentos a su familia. ¿Qué les habría pasado a los Ortega y, ¡por Dios santo!, incluso a Ashton y Millie si solo se hubiera sentado a llorar por lo difícil que era la situación? ¡Tuvo que enfrentarla! No le dieron opción. Y ahora las cosas eran muy distintas a lo que tenía planeado, pero a medida que se desarrollaba en esa nueva realidad, iba encontrando satisfacción en las dificultades que lograba superar e incluso creando un nuevo plan para sí misma. ¿Por qué Ashton no podía ver eso? Había nuevas oportunidades, ¡solo había que buscarlas!

Cuando Ashton se quedó mirándola de nuevo, Ruby se dio cuenta de que compartían algo muy importante, pero ninguno de los dos tenía lo necesario para descifrar el mensaje del otro. El aire se sentía denso entre ellos, lo único que se escuchaba era el crujir de las hojas que se cernían sobre ambos. Verlo ahí, exhausto y ensimismado mientras el mundo circundante estallaba en colores y vida nueva, era tan trágico que no encontraba palabras para expresarlo. Ambos asintieron lento, no sabían qué más hacer, solo continuaron caminando sin decir nada más.

Cuando salieron de entre los árboles, Ruby no vio la camioneta de Frank, pero no quiso pensar en dónde podría estar porque su corazón y su mente deseaban enfocarse en Ashton.

El escenario que descubrió, sin embargo, la distrajo enseguida. Frank llevaba las últimas semanas diciendo que el proyecto estaba casi terminado, pero ella había interpretado sus palabras como parte de su tendencia usual a exagerar. Frank siempre trataba de hacer creer a otros que las cosas iban mejor de lo que en realidad se encontraban. A ella le parecía que, más que nada, esa conducta era producto de mucha inseguridad. Sin embargo, había estado tan ocupada en otros asuntos que durante más de una semana no había tenido tiempo de verificar las afirmaciones

En llamas 279

de Frank. Al llegar, tomó dos cascos de construcción. Le dio uno a Ashton para que ambos pudieran entrar a la obra, y se quedó asombrada al ver que, después de todo, ¡Frank le había dicho la verdad!

Había un panel de *tablarroca*, pisos y techo: detalles que en algún momento le parecieron triviales, pero ahora la tenían extasiada. Más que una obra en construcción, parecía un edificio, lo cual era mucho más de lo que vio en su última visita. Las cavernosas salas, las esplendorosas ventanas en arco, los inmensos corredores con bóvedas y los adoquines perfectamente bien entramados... todo era *asombroso*.

¡No podía creerlo!

—Se ve genial, Ruby —dijo Ashton deslizando su mano sobre el estuco blanco que cubría los muros exteriores—. Es mucho mejor de lo que pude haber imaginado.

A medida que recorrieron el acceso de entrada, Ruby notó las tareas por hacer: algunas paredes necesitaban pintarse, había que montar los dispositivos de iluminación, tenían que colocar puertas y señalizaciones, y, por supuesto, todavía faltaba que llegaran los muebles. Sin embargo, todos esos eran detalles con los que se podía lidiar, incluso tareas menores tomando en cuenta cómo se encontraba todo cuando empezaron a trabajar. Sin duda estarían listos para el evento de la gobernadora Cortez. Ahora podría inaugurar ese hermoso lugar, la siguiente adición al imperio Ortega, ¡e iniciar un capítulo nuevo!

De pronto se sintió culpable de experimentar toda esa emoción, en especial después de haber escuchado las profundas confesiones de Ashton, pero le costaba trabajo contener su deleite. Después de todo su arduo trabajo, de eliminar los escombros, de luchar por el dinero del seguro y, ¡demonios!, incluso después de haber soportado la compañía de Frank, todo empezaba dar frutos finalmente. Extendió los brazos, rodeó el cuello de Ashton y ocultó su incontenible sonrisa en el cuello de su camiseta dando un ahogado grito de emoción.

—Disculpe, ¿señorita Ruby?

Levantó la cabeza, soltó a Ashton y vio a un hombre robusto con chaleco amarillo y casco de protección mirándolos aprensivo.

Su alegría se extinguió al ver la expresión del hombre.

—¿Sí?

—¿Es usted la hija de Gerardo? Trabaja con el señor Remy, ¿verdad?

—Sí —contestó. El hombre le resultaba familiar, pero no lograba reconocerlo.

—Mi esposa y yo acabamos de mudarnos ayer a su posada —dijo en voz muy baja.

—¿Ayer? —preguntó Ruby frunciendo los labios y concentrándose—. ¿Alma y Mateo?

El hombre asintió sonriendo.

—Sí, son mi esposa y mi hijo. Es un lugar muy bonito. Lo que está usted haciendo es una cosa buena. Estoy muy contento de tener un lugar seguro para nosotros —dijo señalando con la cabeza el lugar de donde ella y Ashton acababan de venir.

—¿Quiere decir que su familia se está quedando en la posada, pero usted no? —preguntó Ruby confundida. Se preguntaba por qué no se hospedaría con su esposa y su hijo, pero recibió otras respuestas antes—. ¿Y trabaja aquí? ¿Trabaja para Frank? *Qué coincidencia tan extraña*, pensó.

—Sí —dijo mirando alrededor ansioso. Ruby notó en su mirada un mensaje incomprensible—. Tal vez usted no me recuerde, pero soy el hermano de Jorge. Él trabajaba para su padre.

En llamas 281

Nosotros vivíamos con él antes de los incendios y a veces veníamos de visita aquí. Es un lugar muy agradable.

El corazón de Ruby se aceleró al escuchar sobre Jorge y su esposa.

—¡Ah! ¿Y cómo están ellos? ¿*Dónde están*? Los hemos extrañado mucho.

El hombre se movió con aire incómodo.

—Perdimos la casa, se incendió —confesó con tristeza—. Creo que para Jorge y su esposa... fue mucho más fácil solo regresar a México —explicó. En sus ojos sombríos se veía que había mucho más detrás de su historia, pero Ruby no se atrevió a preguntar.

Tal vez no eran ciudadanos legales, aunque nunca imaginó que ese pudiera ser el caso. De pronto se sintió culpable. Se dio cuenta de que, salvo por decir siempre que eran sus empleados preferidos —dos personas que siempre dejaban lo que estaban haciendo para recompensarla a ella y sus hermanas con Chupa Chups u otros dulces cuando corrían de aquí para allá en la propiedad— en realidad nunca consideró quiénes eran realmente.

—Lamento escuchar eso —dijo suspirando—. Jorge y su esposa... significaron mucho para nosotros. ¿Podría decírselos cuando hable con ellos? —preguntó con una sutil sonrisa y lo vio asentir de nuevo. No estaba segura de qué más podría decir respecto a circunstancias tan trágicas e injustas, pero el hombre no se movió—. ¿Cómo se llama?

—Benito —contestó—. Quería agradecerle, pero... —dijo antes de lanzarle una mirada desconfiada a Ashton y añadir—: también me gustaría hablarle en privado sobre un asunto serio. Se trata del señor Frank —dijo en español. Ruby había practicado un poco más su español desde que trabajaba con Remy, pero

Benito habló rápido y entre susurros, y todo lo que pudo entender fue: *privado*, *serio* y, por supuesto, *Frank*. Eso bastó para que comprendiera la angustia del trabajador.

—Venga conmigo —le dijo, sabiendo que lo que estaba a punto de escuchar le añadiría una capa más a la de por sí pesada carga que ya soportaba.

30

—*Hay una razón por la que* los Kennedy son los únicos que tienen equipos de trabajo —le confesó Benito a Ruby en un tono sombrío en cuanto entraron a una sala que acababa de ser pintada.

—¿A qué se refiere?

Benito inhaló como preparándose.

—El señor Kennedy, o sea, Frank padre, está reuniendo trabajadores, gente que perdió su hogar en los incendios y, sobre todo, inmigrantes. Con ellos está estableciendo campamentos en algunas de las obras en las que trabaja —explicó e hizo una pausa. En su expresión había una compleja mezcla de aprensión y rabia—. Pero no es como aquí, no como lo que usted y el señor Remy están haciendo. Dormimos en el suelo, nos cubrimos con lonas y vivimos separados de nuestras familias y de cualquiera que no pueda trabajar en las obras. Somos cientos. El señor Kennedy dice que, si nos quedamos, nos va a proteger y a impedir que nos deporten.

Ruby frunció el ceño, su pulso comenzó a acelerarse. A Frank no parecía importarle mucho que estuvieran forzando a la gente a irse de Buena Valley, pero no sabía si la familia Kennedy compartía ese sentimiento. ¿Cuánto sabría respecto a lo que estaba haciendo su padre?

—¿Y por qué hace eso el padre de Frank? —le preguntó a Benito sintiendo que la cólera le encendía las mejillas.

—Para pagarnos menos. Toma una parte del dinero de nuestro cheque y nos dice que es para cubrir el alojamiento. Ganamos menos de lo que deberíamos, a pesar de que nos tiene trabajando entre sesenta y setenta horas por semana —le explicó Benito—. Dice que si renunciamos, llamará al Control de Inmigración y Aduanas. Algunos se han ido para reunirse con sus familias dondequiera que estén, pero no sé si esas personas encontraron un lugar donde estar a salvo o si el señor Frank padre cumplió su amenaza —dijo agachando la cabeza—. No tenemos muchas opciones, perdimos nuestra casa, nuestro empleo. Algunos no tenemos los documentos migratorios necesarios, no podemos recurrir a nadie. *No tenemos nada* —afirmó en una mezcla de inglés y español—. Por eso, cuando el señor Frank viene y nos dice que tiene para nosotros un lugar dónde albergarnos y empleo, nos parece que suena bien. Pero luego llegamos ahí, nos damos cuenta de qué se trata y ya no podemos escapar, estamos atrapados.

—No sabía nada de eso —admitió Ruby respirando con dificultad. La culpa se le atoró en la garganta y las costillas al hablar. ¿Cómo pudo involucrarse de una forma tan íntima con Frank y con la empresa de su padre, Kennedy and Sons Construction, sin darse cuenta de la forma en que actuaban? Se sintió asqueada de sí misma. Incluso si Frank no estuviera enterado de nada, le pareció que no había manera de justificar *su* propia ignorancia—. Lo lamento, Benito, yo... yo... por favor dígame cómo puedo ayudar.

En llamas 285

EN REALIDAD, RUBY NO HABÍA TENIDO HASTA ENTONCES UN MAL rompimiento, algo que atribuía al hecho de que nunca le importó nadie que no fuera Ashton. Era difícil sentirse triste por alguien cuya presencia le parecía, de manera inevitable, intrascendente con relación a su verdadero amor. Sin embargo, con Frank aprendió que era posible no tener sentimientos profundos por alguien y también sentir deseos irrefrenables de sucumbir a un ataque de rabia al terminar la relación.

En su situación, la elección del momento oportuno lo sería todo, así que, aunque su primera reacción fue visceral y sintió deseos de tomar un martillo de la camioneta de Frank y usarlo, también sabía que, antes de transformarse en una inestable exnovia, varias cosas tendrían que suceder.

Cuando Ashton y Ruby salieron del huerto sudando y jadeando, Remy estaba frente a la posada caminando de un lado a otro con el celular entre las manos. La emoción en su mirada se apagó en cuanto los vio llegar juntos.

—¿Qué sucede? —preguntó.

Aunque era obvio que estaba consternado por verla con Ashton, la escuchó con atención mientras ella explicó todo lo que le había dicho Benito. No hizo preguntas. Permaneció impávido, como si estuviera resolviendo un problema matemático en lugar de escuchando una estremecedora historia sobre explotación racista. Cuando Ruby terminó de hablar, asintió y metió las manos en los bolsillos.

—Supongo que eso significa que tendremos que poner "Buena" a prueba Beta antes de lo esperado.

Ruby frunció el ceño confundida.

—¿Buena?

—Sí, estaba esperándote para darte las buenas noticias. Al comité de Capitán le encantó la idea y ya están planeando y desarrollando la funcionalidad a partir de los rasgos existentes de la aplicación. El nombre se me ocurrió mientras hablaba con ellos, fue una especie de epifanía. Espero que no te moleste. Pensé: *"Buena"*, como algo *bueno*, como una bienvenida, pero también "Buena" de Buena Valley, donde todo comenzó.

Sus miradas se encontraron por un instante íntimo en el que compartieron una gran emoción y Ruby sintió el impulso de saltar a sus brazos. Claro, las cosas se habían puesto feas y las dificultades surgían a diestra y siniestra, pero al enfrentar todos sus desafíos, estaban logrando hacer algo increíble, a pesar de todo. Y eso le encantaba.

Por el rabillo del ojo vio a Ashton moverse incómodo, así que dejó de mirar a Remy.

—Necesitamos sacar a todos los trabajadores de los "campamentos" de los Kennedy y encontrarles empleo. Empleos decentes para todos, no el tipo de servidumbre medieval de mierda a la que están sometidos en este momento. Pero ¿cómo lo hacemos? ¿Por dónde empezamos? —preguntó Ruby. Sabía que tal vez Remy sería quien diera una primera respuesta, pero de forma deliberada miró entre ambos para incluir a Ashton, quien se veía cada vez más ajeno y fuera de lugar.

—Bueno, es obvio que la aplicación hará eso tarde o temprano, pero por el momento solo hay requisitos y esquemas de página en un sistema. Emanuel va a ayudar creando una versión de prueba, pero tenemos que atender esto de inmediato —dijo Remy resuelto, como mariscal de campo emitiendo instrucciones

En llamas 287

en la reunión del equipo—. Tendremos que hacerlo a la antigua: llamaremos a toda la gente que se nos ocurra que pueda ayudar y veremos con qué está dispuesta a contribuir.

HASTA ESE MOMENTO, RUBY HABÍA DADO POR HE-CHO QUE SU PRIMER año en la universidad estaría repleto de noches sin dormir porque tendría que estudiar, ver Netflix con su compañera de habitación o porque andaría de fiesta hasta la madrugada. Nunca imaginó que esas noches incluirían encerrarse en la oficina de la posada y trabajar en equipo con Remy, Ashton y Millie, y con los huéspedes a los que les habían ayudado a encontrar alojamiento temporal, transporte e información sobre posibles empleos y ayuda legal para los cerca de cien trabajadores indocumentados que su novio y su familia habían forzado a trabajar sin remuneración.

Para Ruby, la vida se había tornado salvaje e inesperada, también agotadora, para ser honesta, pero no tenía ni un instante para pensar en el cansancio. Había demasiado por hacer.

Justo antes del mediodía del día siguiente, después de todo el trabajo realizado, empezaron a tener un respiro. Millie tuvo la genial idea de mantener a Frank ocupado y lejos de ahí diciéndole que había una emergencia en otra de sus obras de construcción. Ruby tenía una idea bastante clara de cuáles eran sus proyectos más importantes y eligió los condominios cerca de la ciudad de Oceanside porque sabía que le tomaría un buen rato manejar hasta allá. Millie fue muy hábil y descargó una aplicación dudosa, no solo para ocultar su número verdadero, sino también para que pareciera que estaba llamando desde un lugar distinto. Ruby estaba segura de que esa aplicación había sido diseñada por y para defraudadores, pero tomando en cuenta las extenuantes circunstancias en que se encontraban, supuso que podrían perdonarse ese detalle. En cuanto escuchó a Millie adoptar una voz formal y fingir que era una oficial de policía reportando graves acciones de vandalismo en la obra de Frank, Ruby sintió que la sobrecogía un nuevo sentimiento de respeto por ella, tan intenso, que muchas otras cosas dejaron de preocuparle.

Mientras Frank conducía a toda velocidad a Oceanside, lo cual pudieron constatar gracias a un breve mensaje de texto que le envió a Ruby, en el que le dijo que no volvería sino hasta la tarde, ellos recogieron a todos los trabajadores de los horribles campamentos de los Kennedy y los llevaron a lugares seguros donde serían tratados con compasión: otros hoteles a los que su padre y Remy habían convencido de ayudar, iglesias e incluso a casas particulares. Ruby hizo arreglos para que una familia se quedara en casa de Mamá Ortega, en la suite para invitados que tenía encima de la cochera. Como muchos de los hoteles y negocios locales a los que llamaron también se encontraban en el mismo predicamento que la posada de los Ortega, no conseguían cocineros, recepcionistas, empleados de mantenimiento ni jardineros, es decir, el tipo de empleos que solía desempeñar la población inmigrante de Buena Valley, se mostraron ansiosos de ofrecerles trabajo a los trabajadores rescatados. Ruby sabía que no todos eran empleos ideales ni correspondían a la perfección a las necesidades de algunos, pero supuso que esta sería una primera etapa y que les permitiría encontrar luego algo más adecuado, tal como le sucedió a ella.

Después de varias horas de urgentes y tensas maniobras, parecía que solo quedaba una tarea por realizar.

En llamas 289

Mandar al diablo a Frank, con todo y su racista trasero.

TAL VEZ HABRÍA SIDO MÁS FÁCIL LLAMARLO, PERO A RUBY LE ESTABA costando demasiado trabajo controlar su ira y no quería arriesgarse a empezar la conversación de rompimiento por teléfono. De hecho, la furia que hervía en su interior era tanta, que anhelaba hacer las cosas cara a cara.

Atravesó la propiedad y, bajo la resplandeciente luz del sol al atardecer, vio la silueta del nuevo edificio erigirse sobre las copas de los maltratados árboles. Su teléfono llevaba horas vibrando, recibiendo textos desbordados de pánico que Frank le enviaba mientras trataba de comprender lo que sucedía con sus equipos de trabajadores. Estaba segura de que la iría a buscar para contarle el día infernal que tuvo.

Las botas de Ruby hicieron crujir la capa de adoquines recién colocada en el estacionamiento. Vio a Frank caminando frente a su camioneta, debajo del letrero que acababan de instalar y que decía *Salón de recepciones Tierra Ortega* en una tipografía cursiva bastante de moda. Tenía una inmutable expresión de angustia que se notaba incluso a distancia. Se detuvo al verla y empezó a gritar en cuanto creyó que lo escucharía.

—¡No sé qué diablos está sucediendo! —rugió al tiempo que golpeaba el asfalto con sus botas de trabajo. En cuanto se quitó los lentes oscuros, Ruby vio que su rubicundo rostro estaba más inflamado que de costumbre. En sus ojos cafés notó un resplandor salvaje, incluso una especie de miedo.

—¿De qué hablas? —preguntó Ruby acercándose a él con cautela.

—¡Todo el maldito equipo desapareció! Y no solo el de aquí, ¡también desaparecieron los equipos de todas las otras obras! —gritó con pánico desbordante, agitando los brazos, haciendo gestos ante el vacío y el silencio—. Tuve que ir hasta Oceanside porque recibí una llamada de alerta falsa, de algún bromista, y cuando llegué allá, ¡no había nadie! Pasé el día yendo a todas las obras y ¡*todos* se habían ido! ¡No sé qué pasó!

Eso... no se lo esperaba Ruby. Claro que había anticipado su malestar y, de hecho, lo esperaba con ansiedad. Pero, al parecer, Frank no había atado los cabos, no se había dado cuenta de que ella estaba implicada en el asunto.

Aunque, viéndolo en retrospectiva, tal vez era tonto creer que lo haría. En muchas ocasiones evitó hablar del clima político y social en el sur de California, por lo que tal vez él nunca imaginó la posibilidad de que sus opiniones fueran distintas. Además, ¿a quién quería engañar? Si había decidido salir con él, fue por la ventaja que representaban sus servicios profesionales, en tanto que él lo hacía por la apariencia física de ella. Era probable que jamás hubiera pensado en sus inclinaciones políticas.

—No miento, ¡se fueron todos! ¡Cien trabajadores desaparecidos! ¡Como aire! —gritó rascándose la nuca y negando con la cabeza incrédulo.

—Frank.

—Claro que he trabajado con algunos perdedores poco fiables, pero nunca me había sucedido que todo un equipo desapareciera. ¡Esta mierda nos va a retrasar! Y ya estamos a punto de acabar aquí. Bueno, ¡*lo sabes!*

—Frank.

Ni siquiera la veía, seguía negando y con la mirada fija en el edificio frente a él.

En llamas 291

—Mierda, ¡mi papá me va a matar!

—¡Frank! —repitió su nombre con más severidad.

Y, finalmente, volteó a verla con la ceja arqueada y los labios fruncidos.

—Yo sé dónde están tus equipos —le dijo impávida—, y también sé dónde se están quedando.

Frank entrecerró los ojos y palideció.

—¿*Qué*? —siseó rechinando los dientes—. ¿Qué hiciste?

De pronto, la ira que se había estado acumulando desde el día anterior encendió todo su cuerpo y le hizo sentir un terrible hormigueo cuando el sudor se formó en su nuca.

—¿Que *qué hice*? Frank, ¿acaso no sabes que tu padre ha estado explotando a toda esa gente?

Por un instante, Frank la miró con la mandíbula apretada y ella se aferró a la vaga esperanza de que, por alguna razón, no estuviera al tanto de lo que el señor Kennedy había hecho. Eso, naturalmente, no lo absolvería, tampoco a ella, pero así sería más fácil enfrentar la culpa.

Frank chasqueó la lengua, sus labios se fruncieron en un gesto de desdén.

—No solo mi padre. Tú también los has estado explotando en esta obra. ¿O para quién trabajamos, nena?

—¡Yo no sabía nada de esto!

Frank dio una carcajada amarga.

—Qué gloria es la ignorancia, ¿cierto? Solo vemos lo que queremos. Tú habrías hecho cualquier cosa por lograr que alguien arreglara este lugar. ¿Me estás diciendo que si te hubiera explicado por qué éramos la única empresa de construcción con equipos completos, me habrías rechazado? —Dijo fulminándola con una maliciosa mirada. Ruby trató de responder, trató de negar su espantosa acusación—. Ay, por favor, ambos estábamos tratando de sacar lo mejor de una situación de mierda. Tú conseguiste que remodelara tu propiedad, bastante trabajo y, ¡demonios!, incluso los trabajadores recibieron algo de dinero y tuvieron un lugar donde dormir a salvo de la policía. Puedes hacernos ver como los tipos malos todo lo que quieras, pero así funciona el mundo.

—Funcionaba —comentó iracunda—, en pasado. La gente como tú y tu padre, con poder y privilegios, se aprovechan de otros en cada oportunidad, y su forma de justificarlo es diciendo que, al menos, le arrojaron sus sobras a alguien. Y tienes razón, yo y otros hemos sido testigos mudos de todas tus fechorías porque tuvimos miedo de perder nuestros privilegios también, porque no queríamos hacer sacrificios ni enfrentar demasiadas dificultades. Pero todos estos incendios han traído algo bueno: han expuesto estas espantosas verdades y, en lo personal, no pienso soportarlas.

Frank puso los ojos en blanco.

—Eres una chica muy ingenua.

Ruby cruzó los brazos y se puso frente a él, desafiándolo.

—Y tú eres un fanático egoísta al que acaban de despedir de su empleo y cuya novia acaba de enviarlo al demonio. Y si vuelvo a enterarme de que tú o tu padre están tratando de volver a hacer esta estupidez, voy a llamar, tuitear, enviar correos electrónicos a todos los medios noticiosos que se me ocurran, hasta que tu cuadrada y prejuiciosa cabeza hueca sea tan conocida en la zona, que nadie te contrate ni trabaje para ti —gritó antes de sacar un cheque doblado de su bolsillo trasero, hacerlo bolita y aventárselo—. Aquí tienes tu último pago, ¡ahora lárgate de mi propiedad!

En llamas 293

31

Al ver la camioneta de Frank salir del estacionamiento, Ruby sintió un intenso sentimiento de orgullo por haberse enfrentado a él a pesar de las dificultades inesperadas. Lo más probable era que su madre hubiera manejado el asunto con un poco más de tacto o, ¡demonios!, habría tenido el recato de no mezclarse en todo ese asunto para empezar. A pesar de todo, quería pensar que también estaría orgullosa de ella.

Mentiría si dijera que no lamentaba un poco haber dado fin a la relación estando tan cerca de terminar el salón de recepciones, pero no daría marcha atrás. Y para evitar remordimientos, ni siquiera pensaría en lo mucho que llegó a contar con que podrían inaugurar con tiempo de sobra antes del evento de la gobernadora Cortez.

Eso no es lo importante, se recordó a sí misma, y una vocecita burlona dijo en su mente: *pero también es necesario pagar las facturas.*

Envió un breve mensaje de texto a sus amigos y su familia para avisarles que Frank se había ido y que ella se encontraba bien, y su teléfono empezó a zumbar con cada felicitación y emoji celebratorio que llegaba. Entonces levantó la vista y miró el hermoso edificio blanco brillando bajo la luz del atardecer. Aún no estaba terminado, cierto, pero ya era increíble. Había requerido de mucho trabajo y aún necesitaba mucho más, pero Ruby sentía esperanza a pesar de todo lo sucedido.

Se preguntó si debería ofrecerle a Elena una disculpa por haber arruinado sin ninguna vergüenza su relación con tal de acercarse a Frank. Tal vez también debería explicarle sus motivos para tener una relación con él, aunque no estaba segura de que el hecho de centrarse de esa forma en el negocio fuera menos repugnante que haber estado dispuesta a besuquearse con alguien que no le interesaba y con quien no tenía nada en común. Solo esperaba que su familia y, claro, Ashton, Millie y Remy, alcanzaran a ver, aunque fuera un poco, sus buenas intenciones, y que, a pesar de que no se sentía del todo inocente, no la juzgaran por el papel pasivo que jugó en el plan de los Kennedy sin saberlo. Si corría con suerte, tal vez contaría para algo que hubiera tratado de corregir las cosas al final y aprendido una lección que sabría utilizar en el futuro.

NO VOLVIÓ A LA POSADA DESPUÉS DE lidiar con Frank, no estaba lista para contarles de nuevo lo sucedido a Remy, Millie y Ashton. Lo único que quería era darse una ducha y purificarse: de su relación, de su negocio, del rompimiento, *de todo*. Al llegar a casa le alivió ver que no había nadie. No recordaba la última vez que estuvo a solas, incluso cuando trataba de dormir la interrumpían sus hermanas o recibía mensajes de texto y llamadas de

En llamas 295

trabajo. Mientras luchaba contra la urgencia que sentía de estallar en llanto, se sintió muy agradecida de encontrarse sola.

Después de la ducha, cuando se estaba secando, escuchó a su padre y sus hermanas entrar a la casa. Por suerte nadie la buscó, todavía no sabía que decirles. Como le dolía la cabeza, decidió tomar una siesta antes de empezar la ardua tarea de buscar un nuevo contratista.

No despertó sino hasta la siguiente mañana, cuando la luz del sol entró a su habitación y entibió su rostro. Se despertó sobresaltada al darse cuenta de que había olvidado poner la alarma y, al parecer, durmió la noche entera hasta el día siguiente. Buscó a tientas su teléfono entre la confusión de las sábanas y las cobijas en su cama. Acababan de dar las nueve, no se había despertado tan tarde desde que estaba en la universidad, pero lo más sorprendente fue descubrir que no había mensajes ni llamadas perdidas. ¿Significaba eso que estuvo muerta para el mundo quince horas, y nadie la necesitó? ¿No hubo ninguna crisis? ¿No surgieron preguntas que solo ella podía responder? ¿Nadie se *preocupó* por averiguar lo que estaba haciendo?

Salió de la cama y se miró al espejo. Como la tarde anterior se había acostado con el cabello todavía húmedo, lo tenía apelmazado en todas direcciones. También vio que las costuras de la funda de la almohada se le habían quedado marcadas en la mejilla derecha, junto con una encantadora costra de baba que se extendía hasta su barbilla. Por otra parte, las ojeras que desde hace tiempo se habían instalado de forma permanente alrededor de sus ojos, hoy se veían un poco menos oscuras, y en sus iris verdes también notó un resplandor que no había visto en semanas. Se sintió culpable de dormir tanto tiempo, pero era obvio que su cuerpo lo necesitaba.

Se aplacó el cabello hasta que pudo peinarlo en un chongo suelto y se salpicó agua en la cara. Sacó los tenis, los *leggings* y la sudadera que fueron su uniforme durante el período en que estuvo limpiando la posada, y empezó a enlistar en su cabeza las tareas que aún quedaban por hacer en el salón de recepciones.

Lo que un par de días atrás le parecieron detalles fáciles de atender porque aún contaba con un equipo a su disposición, ahora que estaba sola le parecían abrumadores, pero al menos tendría que intentarlo.

Cuando bajó a la sala vio que la casa seguía vacía. Miró su teléfono con curiosidad. Era lunes, así que sus hermanas estaban en la escuela, pero era raro que su padre no estuviera, en especial después de todas las horas que trabajaron el fin de semana. Aunque en los últimos días lo había visto mucho más activo, asistiendo a sus sesiones semanales de terapia, trabajando en el jardín o preparando su comida preferida para la cena, huevo con chorizo, casi siempre estaba en casa.

Se asomó de nuevo por la ventana de atrás. En general, siempre tenía demasiada prisa para contemplar la grandeza de su propiedad, pero en ese momento la asombraron los distintos tonos de verde que pintaban la tierra. En lo que en algún momento se vio negro, inerte y desolado, ahora había zonas de pasto y algunos retoños de arbustos y flores. Recién pintada de blanco y con los maceteros floreando, la posada se veía fulgurante y acogedora. Simples señales de vida, como los automóviles de los huéspedes estacionados afuera, le producían a Ruby cierto aturdimiento. Al otro lado del cada vez más nutrido huerto, donde los árboles crecían de nuevo a un ritmo asombroso, se encontraba el salón de recepciones: el modesto castillo español estilo misión en el

En llamas 297

perímetro de su propiedad, con muros blancos y persianas oscuras, palmeras y adoquines de losa. Era hermoso.

No se parecía en nada al lugar que conoció siendo niña y que todavía hacía que su corazón se encogiera, pero de todas formas le sorprendió ver lo distinto que se veía de aquel infierno achicharrado que fue apenas unos meses antes.

Permaneció unos minutos más admirando el trabajo que realizaron y después recogió sus cosas y bajó por la colina hacia el salón de recepciones con la esperanza de que el simple hecho de llegar ahí le ayudara a pensar en algún plan.

Al cruzar el umbral y entrar al espacioso vestíbulo, el mismo lugar en el que Benito le reveló el secreto de Frank dos días antes, encontró a Remy en cuclillas junto al marco de la puerta de una de las habitaciones más pequeñas, la que usarían las novias para vestirse o tomarse fotografías cuando llegara la silla de terciopelo y el espejo de cuerpo entero. Remy estaba junto a una pequeña niña que Ruby había visto en la propiedad: Lupe. Le estaba pasando tornillos que luego ella insertaba y atornillaba en la perilla de bronce.

—¿Qué estás haciendo? —dijo Ruby a forma de saludo, sonriéndole a Lupe.

Remy le dio una palmada a Lupe en el hombro antes de ponerse de pie, tomar el último tornillo que tenía apretado entre los dientes y sonreír.

—Me parece que es bastante obvio lo que estamos haciendo: estamos instalando perillas.

Ruby estaba a punto de poner los ojos en blanco, pero en ese momento Lupe levantó la vista y se la quedó viendo.

—Bueno, sí, pero *¿por qué?* —dijo al tiempo que volteó al corredor y se dio cuenta de que en todas las puertas había relucientes perillas nuevas.

La sonrisa de Remy se transformó en una descarada risita entre dientes.

—Insisto, creí que sería obvio, en especial para ti —dijo riendo—: ayer rompiste con tu contratista y, de paso, lo despediste. No creo que se sienta inclinado a volver y terminar de instalar estas perillas.

—¡Yo estoy ayudando! —interrumpió Lupe jalando con fuerza la perilla para probar la calidad de su trabajo—. El señor Remy me enseñó: ¡derecha, apretadito! ¡Izquierda, flojito!

Ruby le sonrió a Lupe antes de volver a mirar a Remy. Aunque era obvio que estaba tratando de hacer algo amable y que verlo trabajar al lado de aquella pequeña de cabello rizado provocaba en su corazón sentimientos que no estaba preparada para explorar, aún le frustraba que siempre fuera así de elusivo y críptico. ¿Por qué nada podía tener una respuesta clara con este hombre?

—El salón está casi listo y sé que la decisión que tomaste y lo que hiciste ayer no debió ser nada fácil —confesó finalmente Remy. Su sarcástica expresión se suavizó y se transformó en algo dulce y genuino—. Reuní a algunas personas para que nos ayudaran con los acabados, así que, si todo sale bien, no estarás tan retrasada respecto a tu plan.

—Oh, es... es muy lindo de tu parte —dijo sin poder ocultar la sorpresa en su voz.

—Bueno, ya sabes, a veces hago alguna cosa linda por aquí y por allá. ¡Pero no le digas a nadie! —exclamó guiñándole mientras tomaba el destornillador de las pequeñas manos de Lupe—. Pero no soy solo yo, Lupe ha sido de gran ayuda. Tu papá vino muy temprano, está trabajando en los aparatos eléctricos de la cocina. Y como Benito y algunos de los trabajadores del antiguo equipo de Frank querían agradecerte, se ofrecieron como

En llamas 299

voluntarios durante algunas horas también. La última vez que los vi estaban terminando la instalación del baño —dijo antes de voltear a ver a Lupe—. Por cierto, tú deberías correr e irte a jugar antes de que te pongan a trabajar. Gracias por tu ayuda, chiquita —le advirtió a Lupe, quien sonrió de oreja a oreja antes de salir a toda velocidad por el corredor—. Y, por supuesto, *tu amiguito* Ashton también vino. Creo que está sellando cenefas —dijo con ojos maliciosos.

Ruby asintió y empezó a balancearse hacia el frente y hacia atrás vacilante.

—Vaya. De acuerdo. Y entonces, ¿qué debería hacer yo? —preguntó, sintiéndose extraña de pedirle instrucciones a Remy en *su* propiedad y riendo incómoda.

Remy notó el embarazoso cambio de papeles y en sus carnosos labios apareció una sonrisa juguetona.

—Bueno, los gabinetes también necesitan asas y perillas. ¿Sabes cómo instalarlas? —preguntó. Y, aunque la frase parecía condescendiente, en su mirada se veía una honestidad inusual.

Ruby puso los ojos en blanco, pero por primera vez, no era un gesto de enfado.

—*Ay, por favor*. ¿Quién crees que hizo todo el trabajo aquí antes de que apareciera Frank?

—Por supuesto, ¿en qué diablos estoy pensando? Entonces, vamos —dijo Remy riendo de buena gana.

TRAS SEMANA Y MEDIA DE ARDUO TRABAJO EN LA QUE con mucha frecuencia Remy y ella se encontraban haciendo labores en el mismo lugar, Ruby notó que ya casi no veía a nadie más y, en particular, a Ashton. Empezó a sospechar que Remy tenía algo que ver con su ausencia, pero estaba tan orgullosa del avance que estaban teniendo, que se resistió a mencionar la extraña coincidencia de que, aunque en el complejo había tres salones de baile de distintas dimensiones, una cocina completa, dos series de baños y una miríada de otros recovecos que requerían atención, dondequiera que ella se encontrara, siempre había una tarea azarosa que Remy tenía que estar llevando a cabo.

Por otra parte, aunque nunca se lo diría, cuando él estaba cerca, el tiempo pasaba más rápido. Había algo reconfortante en su presencia esos días. Si bien su tendencia a burlarse o ser sarcástico aún se revelaba por momentos y ella la notaba de vez en cuando, como cada vez que hacía un comentario mal intencionado o una pregunta capciosa, la mayor parte del tiempo se mostraba servicial y abierto, cosa que Ruby no se esperaba.

—Oye, ¿y dónde aprendiste a hacer todas estas labores manuales? —le preguntó una tarde. Ambos estaban acuclillados junto a dos muros opuestos, dándose la espalda mientras atornillaban las placas de las tomas de corriente.

—Ya sabes que uno se las arregla para saber cómo solucionar estas cosas cuando hay que hacerlas —contestó mirando atrás, por encima del hombro, y descubrió que Ruby lo observaba y esperaba una respuesta real—. Cuando era niño mi mamá me envió a vivir con una tía en Texas. Tenía muchos hijos pequeños en su modesta casa y no contábamos con recursos suficientes, así que, cuando algo se descomponía, lo cual pasaba con frecuencia, alguien tenía que repararlo. De otra manera, teníamos que enfrentarnos a vivir sin agua corriente o con una puerta atorada. Por eso aprendí.

Ruby asintió y se deslizó con rapidez hacia la siguiente toma de corriente.

En llamas 301

—¿Y por qué fuiste a vivir con tu tía? —preguntó mientras por la mente le pasaba la imagen fugaz de un salvaje y temerario Remy adolescente. ¿Habría sido demasiado difícil de controlar para su madre? ¿Lo enviaron a hacer labores manuales como castigo para calmarlo y tratar de inculcarle valores?

—A mi mamá le pareció que donde vivíamos no era un lugar seguro, era un pequeño pueblo en las afueras de la Ciudad de México. Las escuelas eran pésimas, muchos chicos terminaban atrapados en las pandillas. Pensó que las cosas serían distintas si me enviaba a vivir a Estados Unidos —explicó y la miró con aire pensativo antes de volver a enfocarse en la placa de la toma de corriente frente a él y continuar hablando—. Yo, eh... me estaba metiendo en problemas. Siempre he tenido ese "innovador" rasgo. Mi madre decía que siempre encontraba nuevas maneras de sacarle canas.

Ruby dejó de girar el destornillador y se quedó pensando en lo que le acababa de decir Remy.

—O sea, pero ¿solo te envió acá? ¿No vino contigo?

Remy negó con la cabeza a pesar de que Ruby no lo estaba viendo.

—No. Tenía planes para arreglar el asunto de su ciudadanía y reencontrarse conmigo, pero quería sacarme de ahí lo antes posible. Además, como a mi tía no la trataba muy bien su esposo y, como tenía muchos hijos, mi mamá pensó que yo podría ayudarle.

Ambos terminaron con las últimas tomas de corriente y se pusieron de pie al mismo tiempo. Remy se agachó para recoger la caja con las placas restantes e ir al salón de baile contiguo. Empezó a caminar hacia la puerta, pero Ruby permaneció donde estaba, se quedó mirándolo de forma curiosa y solemne. Lo que acababa de escuchar sobre él la sorprendió tanto, que de repente sintió una especie de ansiedad. La vida de Remy era tan glamorosa y ordenada, que nunca habría imaginado que no creció con la misma comodidad y seguridad que ella.

—Y, ¿tu mamá logró venir a Estados Unidos? —le preguntó en voz baja.

Remy negó con la cabeza.

—No. Llenó los formularios y completó el trámite, pero después de algunos años de espera, un abogado le dijo que las cosas serían más fáciles si mi tía me adoptaba. Es decir, más fáciles para mí. Ella se quedó en México y se volvió a casar. Tuvo varios hijos más. Antes iba mucho a visitarlos.

—¿Antes?

Remy desvió la mirada y abrió la puerta, pero se quedó a medio camino entre el salón y el corredor.

—Sí. Mi madre murió de cáncer hace algunos años.

Ruby se llevó la mano a la boca y dio un leve grito ahogado. El mero hecho de pensar en la pérdida de una madre le provocó una oleada de dolor.

—Ay, Remy. Lo siento mucho.

Remy volteó a mirarla con una expresión apacible y encogió los hombros.

—Desearía que hubiera tenido una mejor vida y haber pasado más tiempo con ella, pero espero que esté orgullosa del lugar donde me encuentro ahora.

Ruby asintió.

—Estoy segura de que estaría orgullosa, has logrado muchas cosas.

El rostro de Remy se iluminó al escuchar ese inesperado halago de su parte. Logró sonreír un poco, pero más allá de su sonrisa, Ruby vio cierta consternación.

En llamas 303

—Ven —le dijo a Ruby aclarando la garganta—. Te apuesto que puedo colocar más placas que tú en el otro salón. Pero si ganas, te invito a un helado.

32

Había pasado apenas poco más de un mes desde que Ruby despidió a Frank de su negocio y de su vida. Junio se acercaba y, por fin, parecía que llegarían al final de la extensa lista de "detallitos" que necesitaban terminar. Los aparatos electrodomésticos de la cocina ya estaban instalados, se suponía que las mesas y las sillas llegarían esa tarde, y el inspector de incendios había aprobado todas las precauciones y medidas, además de alabar el hecho de que ella hubiera incluido un espacio de protección en todo el perímetro de la propiedad, como medida de seguridad para la siguiente temporada de incendios.

Ashton volvió a sus turnos de costumbre en la posada y, aunque Ruby sabía que era necesario, también le resultaba decepcionante. Empezó a inventarse todos los días tareas que justificaban que pasara por el mostrador y lo viera, pero sus interacciones siempre eran abruptas. Ashton no había dicho gran cosa respecto a sus sentimientos desde aquel día en que confesó que se sentía muy perdido, y la idea de entrometerse ponía a Ruby muy nerviosa. La actitud de Ashton no había cambiado mucho, tal vez nada, pero ella trató de convencerse de que quizá sí hubo cierta evolución que no notaba porque ahora no pasaban mucho tiempo juntos. Tal vez ni siquiera estaba cerca de él lo suficiente para notar nuevos comportamientos.

Anhelaba que confiara en ella, estar ahí para él, poder ayudarle a resolver sus dificultades, pero la verdad era que, incluso si hubiese tenido tiempo y disponibilidad, no tenía idea de cómo ayudarlo a encontrar un nuevo propósito en la vida. Le parecía que era algo que cada persona tenía que hacer por sí misma y que no se solucionaba jamás con una actitud derrotista, pero sabía que a él no le gustaría escuchar eso. Como no sabía qué más decir, a menudo permitía que sus momentos con él pasaran de manera superficial, hablando de trivialidades y lanzándose miradas amistosas.

Le gustara o no, tenía que enfocarse en preparar el salón de recepciones para el evento de la gobernadora Cortez. Habían empezado a correr rumores sobre ella y sobre su interés en presentarse como candidata para el congreso, y algunas cosas que Ruby escuchó a sus asistentes decir le hacían creer que el evento sería para recolectar fondos para su tan especulada campaña. La idea de que una latina representara a su amado estado, la llenaba de esperanza y orgullo, pero la idea de ser la anfitriona de un evento VIP de tan alto nivel le causaba aún más entusiasmo. Muchos de los asistentes serían grandes personalidades y luego habría fotografías del salón de recepciones por todos lados.

Sería una gran inauguración y ella estaba decidida a que las cosas salieran bien.

REMY SE SENTÓ EN LA ENTRADA AL SALÓN DE RECEP-CIONES Y SE RECLINÓ cómodamente en el nuevo sofá tipo Chesterfield color crema que él mismo ayudó a elegir semanas atrás. Era un poco más costoso que el par de *loveseats* que Ruby había considerado, pero luego ella se dio cuenta de que la opción de Remy era más adecuada y que el sofá combinaba mucho mejor con el candelabro rústico y la alfombra turca de colores terrinos.

—Deberíamos celebrar esta noche, después de que lleguen los muebles —dijo de repente Remy desde atrás de la pantalla de su *laptop*.

—Quizá, pero desempacar y organizar todo tomará un poco de tiempo. Ni siquiera sé si logremos hacer todo *eso* esta noche —dijo Ruby. Se suponía que su padre y sus hermanas irían al salón después de cenar para ayudar a retirar las envolturas de plástico y empezar a ensamblar las diversas piezas separadas en que, muy probablemente, llegarían los muebles.

—De acuerdo, entonces mañana —dijo Remy—. O cuando sea que terminemos de organizar todo —añadió con una sonrisa y muy determinado.

Ruby negó con la cabeza. Seguía preocupada por la mantelería y los cuadros. ¿Cuándo tenían que llegar? *Esta semana, claro, pero... ¿era mañana o pasado? Debería buscar la orden para verificar.*

—Tal vez sería mejor esperar hasta que la gobernadora venga o, ¿incluso hasta que pase el evento de recolección? O quizás hasta que...

Remy cerró su *laptop* de golpe.

—Ruby, me gustaría llevarte a cenar a un lugar agradable, no me importa lo que celebremos —exclamó. Ruby abrió la boca para recordarle que cenaban juntos todo el tiempo. De hecho, era mucho más común encontrarla en la noche cenando con él

En llamas 307

en algún rincón del salón, que en la cocina de casa con su propia familia. Pero era obvio que Remy había anticipado esa respuesta porque de pronto se paró de su asiento sonriendo con aire travieso y se acercó a ella. La sorprendió distraída, garabateando una lista de pendientes—. Quiero que tengamos una cita —le dijo—. Celebremos la llegada de los muebles o lo que tú digas, solo será un pretexto. Lo único que me interesa es que tú estés ahí.

Ruby se ruborizó. Hasta ese momento, el extraño sentido del humor de Remy había disimulado el interés que sospechaba que tenía en ella, pero ahora, escucharlo hablar con tanta franqueza la dejó atónita.

Lo vio recargarse en la barra más cercana e inclinarse hacia ella con sus oscuros y rutilantes ojos.

—Sabes que me gustas, Ruby, me has gustado desde hace algún tiempo. Sé que tu rompimiento con Frank es reciente, pero ¿cómo saber cuándo se producirá la siguiente crisis? No pienso seguir rondando y esperando el momento en que te encuentres en pausa entre dos de tus novios por conveniencia.

Ruby no pudo reprimir una carcajada. No podía creerlo. En el fondo sabía que haberse involucrado con Charlie siglos atrás, y luego con Frank, solo fueron medios para alcanzar un objetivo, etapas para cumplir metas. Pero escuchar a alguien más reconocerlo con tanta objetividad y, sobre todo a Remy, era algo nuevo.

—Vamos, ¿cuándo fue la última vez que hiciste algo solo para divertirte? ¿No crees que lo mereces? —continuó Remy.

Ella se contuvo y evitó preguntarle qué le hacía creer y estar tan seguro de que pasar una velada con él sería divertido. En las últimas semanas, sin embargo, se había mostrado muy abierto y amigable, compartió con ella detalles sobre su vida y la trató como si le importara, con una ingenuidad que no le había visto antes.

Además, Remy podía ser muchas cosas, pero, si algo no tenía, era ser aburrido. Entonces recordó la noche de la gala y le costó trabajo no sentir emoción y curiosidad por lo que significaría volver a salir con él.

¿En qué momento se convirtió en esa chica tan obcecada en negarse un buen rato a sí misma?

—De acuerdo —dijo, pero no sin dudar un poco—. Mañana por la noche podemos salir... y tener una cita.

Remy se puso de pie de un salto y con una sonrisa de oreja a oreja.

—No digo que no te veas hermosa en esos *leggings* y tu sudadera salpicada de pintura —dijo señalando las desgastadas prendas que llevaba usando los tres últimos días de trabajo—, pero tal vez deberíamos hacer algo más formal el viernes —dijo guiñando antes de sentarse. Ella solo puso los ojos en blanco y se preguntó si más tarde no se arrepentiría de haber aceptado.

RUBY SUGIRIÓ QUE SE ENCONTRARAN EN EL RESTAURANTE, PERO Remy descartó la idea de inmediato y se negó a decirle a dónde la llevaría, como tratando de demostrar algo. Insistió en que era una cita formal y que iría a su casa a recogerla.

Ruby tenía sentimientos contradictorios. Antes consideraba que cualquier chico demasiado flojo para recogerla en su casa no era merecedor de su tiempo, por lo que, en general, habría visto el caballeroso gesto de Remy como parte del protocolo para cortejarla.

Pero ahora las cosas eran distintas. Debido a la compleja naturaleza de sus relaciones personales y a su frágil dinámica familiar, a lo largo del año anterior había mantenido a su padre al margen de demasiados aspectos de su vida y, en ese momento, después de todo lo sucedido, se sentía incómoda de regresar a las viejas costumbres.

—Me da gusto que salgas —dijo su padre al detenerse frente a la puerta abierta del baño donde Ruby se pasaba los dedos por el cabello recién rizado. En su voz se escuchaba cariño, pero también un poco de dolor. Se preguntó si sería porque él, como ella, extrañaba a Eleanor en un momento como ese. ¿Cuántas veces no le ayudó su madre, antes de una cita, a peinarse o ponerse un collar en ese baño del corredor que compartía con sus hermanas?

Sonrió esperanzada y miró a su padre a través del reflejo en el espejo.

Empezaba a sentirse culpable de salir a divertirse, pero sus palabras la reconfortaron. No sabría explicar con claridad qué era lo que la conflictuaba tanto, de pronto se preguntó si no sería la noción de tomarse una noche libre habiendo aún tanto trabajo pendiente, pero sospechó que su remordimiento más bien tenía que ver con Ashton. ¿Acaso le daba vergüenza la idea de salir con Remy sabiendo que su corazón aún le pertenecía a él? Nunca se sintió así cuando salió con Charlie y Frank, pero Remy era... distinto, por decir lo menos, y sospechaba que Ashton lo sabía. ¿Le molestaría si se enterara de su cita? ¿Y qué diría Remy si supiera que, instantes antes de que llegara a recogerla, a ella le seguía preocupando lo que Ashton pensara?

—Encontré el vestido que estabas buscando —dijo Carla asomando la cabeza en la puerta, junto a su padre—. Lo dejé sobre tu cama.

Como desde que volvió de la universidad Ruby no había necesitado nada salvo algunas prendas de trabajo y una camisa polo de la posada, la mayor parte de su ropa seguía empacada en las cajas que Patty envió de vuelta. Ni siquiera cuando salía con Frank sentía la necesidad de ponerse algo más formal que un suéter y un par de jeans porque, de hecho, nunca consideró nada de lo que hicieron juntos como una cita. Encontrar un atuendo adecuado para esta ocasión fue una misión que requirió de ayuda.

Le echó un vistazo al reloj en el baño. Por lo que recordaba de las últimas dos ocasiones en que Remy la recogió para hacer algo, tenía la costumbre de llegar temprano, así que solo se agitó por última vez el rizado cabello castaño y salió de prisa hacia su habitación para vestirse.

Con la llegada de junio al sur de California, también sobrevino un clima cálido en las noches, lo que por fin le permitiría usar un ligero vestido sin mangas y las sandalias de plataforma que consideró ponerse la noche que conoció a Millie, tantos meses atrás. Le había tomado bastante tiempo eliminar toda la pintura de sus manos, pero ahora le costaba trabajo no admirar lo mucho que se parecía a la antigua Ruby, a esa versión de sí misma cuya única preocupación en la vida era regresar a casa antes de su hora límite.

Casi como una señal de sincronización, escuchó el timbre sonar. Por la ventana de su habitación vio la camioneta negra de Remy estacionada en la calle. Mientras tomaba su bolso y se daba el último toque de perfume, escuchó los pasos apresurados de su familia bajando a toda prisa por las escaleras para recibir al visitante.

Cuando ella bajó, vio a su padre llenando su caballito con tequila y, al girar al final de la escalera, vio a Remy de pie en el centro de la sala y a sus hermanas sentadas en el sofá contemplándolo boquiabiertas.

En llamas 311

—Lo usual sería que también te ofreciera un tequila —le dijo su padre a Remy—, pero como hoy vas a salir con mi hija, solo puedo ofrecerte agua: no se puede beber y conducir.

Remy asintió con una amable sonrisa.

—Por supuesto —dijo. Vestía traje azul marino y camisa blanca recién planchada y desabotonada en el cuello, solo lo suficiente para darle a su apariencia un toque casual.

—¡Ay, Ruby! ¡Qué bonita te ves! —exclamó Carla con alegría infantil.

Elena por fin despegó la mirada de Remy, a quien había estado contemplando como si nunca lo hubiera visto. Aunque todos habían trabajado juntos en la posada en incontables ocasiones, esta nueva circunstancia parecía conmocionarla.

Remy también volteó. A Ruby le complació ver una dulce sonrisa en su rostro al descubrirla.

—¡Vaya! —dijo a forma de saludo y, al verla ruborizarse, su rostro se iluminó.

El señor Ortega aclaró la garganta.

—Bueno, espero que vuelvas a casa alrededor de medianoche, ¿estamos de acuerdo, Ruby Catherine? —dijo, interrumpiendo con decisión la ardiente mirada de Remy.

Ruby le sonrió a su padre. Tenía dieciocho años y, sin duda, era lo bastante responsable para decidir a qué hora era razonable volver a casa, pero no se atrevió a cuestionar su autoridad, no en ese momento en que, por fin, Gerardo Ortega se parecía tanto al que solía ser. Su familia no lo sabía, pero la última cita que tuvo con Remy resultó ser una aventura de toda una noche, aunque no el tipo de aventura que le habría inquietado a su padre. De cualquier forma, no tenía la menor intención de pasar toda la noche fuera con Remy. Una velada de diversión y frivolidad era una cosa, claro, pero pasar la noche con él era algo distinto, algo que, se aseguró a sí misma, no le interesaba en absoluto.

—¿Nos vamos? —dijo Remy señalando la puerta del frente. Ruby asintió.

LLEGARON A UN ELEGANTE RESTAURANTE EN EL CEN-TRO, desde donde se veían las luces parpadeantes de los botes y yates en la bahía. Era el tipo de lugar en que los meseros podían dar por hecho que ningún menor de edad trataría de cenar porque no podía pagarlo, así que el suyo le sirvió sin chistar una generosa copa de champaña.

—Vaya, es un lugar agradable —dijo muy contenta bebiendo un sorbo de su copa y leyendo el menú. Langosta, *foie gras*, filete *mignon*...

—Me alegra que te guste, quería que fuera un lugar especial.

—¿Ah, sí? ¿Por qué? —preguntó Ruby antes de levantar la vista de golpe y descubrirlo observándola a través de la luz de las velas en la mesa. La sombra que proyectaba la flama bailaba en el rostro de Remy como si fuera magia y resaltaba su marcada mandíbula y sus carnosos labios de una manera tan peculiar que Ruby sintió que su cuerpo vibraba.

Remy extendió su brazo y colocó su tibia mano sobre la de ella. Al percibir el inesperado contacto, a Ruby se le puso la piel de gallina.

—Ruby, quisiera ser honesto contigo. Desde la primera vez que te vi, furiosa, con ese vestido de coctel y aventando botellas de cerveza, supe que en ti había *algo* que adoraba. El pulso de Ruby se aceleró al recordar la ira que sentía cuando se vieron por

En llamas 313

primera vez, y al notar que usó la palabra *adorar*—. He tratado de ocultarlo —continuó y rio de buena gana antes de añadir—: bueno, tal vez no me he esforzado demasiado, pero sé que ambos estábamos concentrados en cuestiones particulares en ese tiempo, que teníamos ciertas preocupaciones. No era el momento correcto y me doy cuenta de ello. Sin embargo, me parece que ahora... —dijo e hizo una pausa. Sus oscuros ojos buscaban en el rostro de ella algo de manera muy intensa. ¿Qué sería? No estaba segura, solo contuvo el aliento y esperó a que continuara—. En los últimos meses nos hemos vuelto buenos amigos y, diablos, incluso somos buenos socios de negocios. Pero siento por ti algo más que solo amistad, y creo, o, al menos espero, que tú también sientas algo más por mí.

La emoción hizo que Ruby se sintiera mareada, su mente empezó a buscar a toda velocidad cómo responder. Remy le importaba, era cierto. También era cierto que podía ser irritante y confuso, pero la mayor parte del tiempo le parecía ingenioso e intrigante. Le encantaba trabajar con él y valoraba su opinión, pero ¿implicaba eso algo más que una amistad?

No pudo evitar pensar en Ashton. ¿Le sería posible estimar a Remy con los mismos sentimientos que acababa de describir mientras Ashton aún ocupaba un lugar tan prominente en su corazón?

—Solo lo diré: quiero estar contigo, quiero que estemos juntos —dijo Remy. En sus palabras no se escuchaba ningún indicio de impaciencia o nerviosismo. Lo dijo con la misma resolución que mostró al pedirle que salieran en una cita, como si estuviera pidiéndole al mesero el salmón a la parrilla en lugar de dejar que su corazón se volcara ante ella.

—Oh —musitó Ruby, su expresión se escuchó como un sonido ahogado que escapaba de su boca.

Remy entrecerró los ojos, debajo de sus gruesas pestañas, Ruby vio su mirada decidida, analítica.

—Sabía que dudarías, Ruby, pero ¿cuándo fue la última vez que estuviste con alguien porque *querías* estar con él? ¿No crees que mereces preocuparte por alguien y disfrutar de una relación después de todo por lo que has pasado? Creo que podríamos sentirnos bien juntos si solo estuvieras dispuesta a darnos esta oportunidad —dijo antes de retirar su mano y beber un trago de *whiskey*. Parecía satisfecho de haber expresado lo que pensaba y dispuesto a esperar a que ella formulara su respuesta.

El mesero llegó y Remy preguntó cuál era el pescado del día antes de ordenar con amabilidad la cola de langosta y solomillo, y de preguntarle a Ruby si se había decidido. Sus ojos brillaron al notar el doble significado de su propia pregunta, y Ruby solo logró decir tartamudeando que quería los ravioles de langosta.

Después de ordenar la comida, la cita continuó como si el interludio emocional de Remy nunca hubiera sucedido. Él habló sobre el vecindario, viajes recientes y noticias de Buena Valley, y, aunque a Ruby le tomó unos minutos recuperarse, de pronto se descubrió imbuida de la energía y la alegría de Remy. Él había apagado un interruptor, no quedaba ni un indicio de la seriedad con que acababa de comportarse. Era como si la persona sentada frente a ella, la que acababa de confesar sus sentimientos, hubiese sido alguien más. De cualquier forma, fuera por la champaña, por la deliciosa cena o por su estimulante conversación, para el final de la cena, Ruby había casi olvidado la tremenda revelación que Remy le hizo antes de siquiera ordenar, y parecía que él también.

Tal vez solo dijo eso porque estaba nervioso, pensó Ruby cuando salieron del restaurante, a pesar de que Remy no se veía inquieto en absoluto.

Cuando la camioneta se detuvo frente a la casa, Remy se ofreció a acompañarla hasta la puerta, pero ella insistió en que sería mejor que no lo hiciera.

—Estoy segura de que Carla y Elena están espiando desde algún lugar —le dijo mientras se desabrochaba el cinturón de seguridad y miraba con desconfianza las oscuras ventanas de su casa.

No obstante, Remy ignoró sus palabras, bajó de la camioneta al mismo tiempo y, cuando ella rodeó el frente del vehículo, la detuvo.

—Entonces supongo que será mejor que haga esto aquí.

Remy encontró su cintura y atrajo su cuerpo hacia el suyo con tanta agilidad e intuición, que Ruby se preguntó si lo habría estado planeando toda la noche. Ella lo miró con aire inquisitivo, sintiendo la garganta tensa. Los labios de él se acercaron tanto que alcanzó a sentir el calor de su aliento.

—Di que tú también quieres estar conmigo —murmuró Remy inclinando un poco más su rostro hacia el de ella, hasta que sus narices se tocaron ligeramente.

Claro que no había olvidado lo que dijo. ¿Cómo habría podido?

Una especie de alerta la abrumó, la hizo estremecerse. De pronto, despertó a cada pulgada del cuerpo de Remy, a cada uno de sus movimientos en medio de ese abrazo en la oscuridad del verano y bajo el resplandor de la luz de los postes recién reparados.

—Sí —susurró Ruby, la palabra surgió de sus labios incluso antes de que siquiera la pensara. Una onda cálida, mitad deseo, mitad curiosidad, la embargó y culminó de forma deliciosa cuando los labios de Remy se encontraron con los suyos, al principio con ternura y suavidad, pero luego, con cada vez más intensidad a medida que presionaba su cuerpo contra el de ella y la acorralaba con delicadeza entre él y el frente de la camioneta. Ruby se estremeció al sentir una de sus manos deslizarse de la parte baja de su espalda a su cabello y respondió rodeando su cuello con los brazos, sintiéndose aturdida al percibir su tensa piel y su cabello entre las puntas de sus dedos. Cuando abrió los labios para corresponderle, no podía creer el *anhelo* que sentía, era como si una presa en su interior se hubiera desbocado. ¿Cuánto tiempo había deseado eso? No tenía idea de que besar a Remy, o besar a quien fuera, se sentiría tan liberador, tan hipnotizante, tan...

¿Existe siquiera una palabra para describir lo que significa besar a Remy Bustillos?

Después de un intenso momento, se separaron. Remy suspiró y frotó la incipiente barba en su mejilla contra la mejilla de ella, como jugando, feliz.

—Vaya, yo... —las palabras la eludían, incluso le costaba trabajo recuperar el aliento. Jugueteó con el cuello de su camisa, con los dedos de la mano izquierda recorrió la estrecha franja de piel expuesta de su cuello, con la derecha sintió su pulso y se deleitó al descubrir que estaba igual de acelerado que el de ella.

Con un resplandor en los ojos, Remy se separó, pero solo lo suficiente para descansar su frente en la de Ruby.

—Deberías ser besada con más frecuencia —dijo y, a pesar de que estaban a pulgadas el uno del otro, Ruby lo vio guiñar—, y debería hacerlo alguien que en verdad sepa lo que está haciendo. De preferencia yo, por supuesto —añadió antes de volver a reclamar sus labios.

Ruby sintió el fugaz deseo de reír ante aquel hombre con tanta confianza en sí mismo, tan guapo y embriagante que la hacía enfurecer de esa manera. Remy Bustillos tenía tantos rasgos que la desconcertaban, que le costaba trabajo hacerse a la idea, por eso, mejor olvidó todo, lo abrazó de nuevo y se derritió una vez más al calor de su beso.

Cuarta parte

*De una diminuta chispa,
surge una poderosa flama.*

—Dante Alighieri

33

Ruby odiaba admitirlo, pero salir con Remy en una cita fue... *divertido*.

En su compañía, incluso la tarea más trivial se volvía un encanto. Aunque el hecho de que pudiera tomarla entre sus brazos sin advertencia añadía un elemento de emoción, no era solo eso. Ruby se había dado cuenta de que, para su sorpresa, disfrutaba de todos los momentos que pasaba con él, tanto en los que se besaban y se acercaban, como en los que no. Remy siempre zumbaba de energía cuando trabajaban enfocados en el salón de recepciones o la aplicación, también en los descansos, siempre parecía tener una nueva broma o historia que contarle. De hecho, entre más descubría a Remy Bustillos, más fascinante le parecía.

Y, por supuesto, que la abrazara contra la pared de un clóset de suministros y sujetara con fuerza su camisa polo mientras recorría su clavícula con besos, tampoco le disgustaba.

Remy era el refinado y convincente empresario que siempre imaginó, pero había mucho más. Cada vez que creía haber comprendido quién era, descubría un nuevo e intrigante rasgo. Remy era como un postre decadente, cada capa en la que ella encajaba los dientes resultaba más compleja e intricada que la anterior.

Cuando conversaba con chicos, casi siempre se quedaba con la desagradable impresión de que, en lugar de hablar *con* ella, hablaban para ella, como si no existiera. Y, aunque Remy hablaba bastante, nunca la hacía sentir así. Siempre la invitaba y juntos se sumergían en conversaciones sobre la niñez de ambos, le contaba sus recuerdos de cuando trabajaba con su tía en los campos de lechuga en el Texas rural, pero también le preguntaba sobre sus experiencias en el campamento donde montaba a caballo, como si las situaciones tuvieran la misma riqueza cultural o el mismo tipo de complejidad en la forma en que les ayudaron a formar el carácter. Le preguntaba sobre sus metas y sobre la escuela, le hablaba de su visión para la aplicación Buena y para el país porque sus ambiciones eran muchas. Cuando pensaba en el futuro, los planes de Remy se extendían por todo el mundo. Tenía ideas y opiniones respecto a todo, desde el cambio climático hasta los carriles para bicicletas definidos por el gobierno federal. Cosas en las que a veces Ruby no pensaba porque le parecían, o demasiado insignificantes o abrumadoras, para Remy y su imaginación eran como un jardín de juegos.

Nunca pensó que una persona tan vibrante y sorprendente como Remy pudiera existir fuera de los libros y las películas, toda su vida dio por hecho que entendía en gran medida el mundo que la rodeaba y la gente dentro de ese mundo, pero entre más tiempo pasaba con Remy, más se preguntaba de cuánto se habría perdido por no haberse atrevido a ver más bajo la superficie.

¿Ashton también tendría esta cantidad de historia y aspiraciones? ¿Y Millie? ¿Sus hermanas?

Demonios, incluso empezó a preguntarse si en ella misma habría detalles profundos e inexplorados para los que nunca se había dado tiempo. Sentía que estaba creciendo y aprendiendo, abriéndose a un mundo que le parecía nuevo, algo que no había experimentado hasta entonces y, definitivamente, nunca con un chico.

Era una sensación incómoda y confusa, pero también fascinante.

Una noche, Remy la invitó a comer pozole en su departamento. Había pasado semanas tratando de convencer a un grupo de señoras mayores, que se hospedaron en la posada, de que compartieran su receta con él y por fin lo logró. Aquella visita se convirtió en una de las rutinas favoritas de Ruby con él: cena, vino y una conversación intensa que fluctuaba, a la velocidad de la luz, entre planeamiento estratégico de negocios, charla ligera y coqueteo. Todos los temas hacían que en los ojos de Remy se encendiera una chispa de la que Ruby no se cansaba jamás.

Era increíble la manera en que la aplicación Buena había despegado en las últimas semanas. A Ruby le preocupaba tener que controlarla al mismo tiempo que administraba la posada, pero le asombró ver cómo todo fluía e iba encontrando su lugar. Por supuesto, los días eran largos y fatigantes, pero ella sentía que nada podría detenerlos, y el sentimiento no solo lo compartía con Remy: muchos de los clientes de Buena se habían convertido en colaboradores y les ofrecieron ayuda con aspectos que iban, desde el diseño gráfico hasta la extensión de negocios. Ella tenía la esperanza de que muy pronto serían capaces de ofrecerles a esos colaboradores empleos pagados en la organización. Gracias a la fuerza laboral y la ocasional experiencia de su familia, de Millie y de Ashton, sentía que todos los problemas tenían soluciones y que todas las soluciones se transformaban en emocionantes oportunidades.

Asimismo, ella y Remy pudieron ayudar a varias familias a salir de la posada, los hoteles y las instalaciones de sus socios, para hacer una transición y comenzar a vivir en departamentos propios porque obtuvieron empleos gracias a la aplicación. Algunas otras organizaciones sin fines de lucro del país, se pusieron en contacto para preguntar cómo podrían reproducir el modelo en sus comunidades, lo que hizo que Remy se emocionara muchísimo al ver la oportunidad de ofrecer consultoría a otros grupos. Días atrás, después de que en un blog se publicara información sobre sus colaboraciones para ofrecer alojamiento temporal, tuvieron que ofrecer una inesperada conferencia de prensa en una de las salas de baile del salón de recepciones. Y, en la reciente junta con la gobernadora Cortez y su equipo, la gobernadora incluso mencionó que organizaría otra reunión para ver de qué manera podría apoyar la labor de Buena. Era increíble. Al ver los avances que habían logrado y, en medio de la ensoñación de lo que podría ser su futuro, Ruby y Remy empezaron a hablar sobre cabildear con los políticos locales, e incluso presentarse como candidatos ellos mismos.

—No, Ruby, estoy seguro de que conoces a este señor —le dijo Remy riendo entre dientes, antes de beber un generoso trago de vino para contrarrestar la picante cucharada de pozole que acababa de comer—. Es el que tiene todos los comerciales, ya sabes, el de la cancioncita tonta, ¿no? —dijo agitando la cuchara en el aire mientras tarareaba una animada melodía. Ruby negó con la cabeza y se encogió de hombros perpleja—. Bueno, no importa, es un señor todo cursi, pero sus padres vinieron de Bolivia a vivir aquí hace cuarenta años, y estaba muy emocionado por lo que

En llamas 323

estamos haciendo. Quiere donar cinco horas de ayuda legal por semana, *pro-bono*. Incluso cree que puede convencer a un par de colegas de que hagan lo mismo —explicó sonriendo mientras alejaba el bol casi vacío, como si se estuviera rindiendo, y reclinándose en el sofá.

—Es asombroso —dijo Ruby y acercó su bol al de él antes de levantarse para alcanzar la botella de vino. Remy tenía las piernas extendidas y los pies apoyados en la mesa de centro, y cuando Ruby se inclinó para llenar su copa, sintió sus gruesos brazos rodeando su cintura y atrayéndola hacia él. El movimiento la hizo perder un poco el equilibrio, y algunas gotas de vino salpicaron de la botella al tiempo que ella sintió el calor de su cuerpo. La sentó en su regazo a horcajadas y ella percibió con emoción su aliento al dejar su cuerpo caer sobre el suyo.

—Eres *asombrosa* —dijo en una especie de gruñido gutural, más que hablando.

Ruby sintió las palabras vibrar en su pecho. Remy retiró la densa cabellera de su cuello y tocó con sus labios la piel expuesta mientras ella sentía que la piel se le ponía chinita y bebía un trago directo de la botella que aún tenía en las manos. Luego la colocó en la mesa sintiendo los besos de Remy viajar de su garganta a su clavícula y luego al hombro, en donde se detuvo y empezó a jalar con suavidad su camiseta para revelar más de su piel.

Los oscuros ojos de Remy se encendieron por un instante y Ruby se sintió sorprendida por el profundo y desenfadado deseo que ardía en ellos. Le fue imposible reprimir el deleite que le causaba sentirse tan poderosa, pero de pronto se preguntó si algún día podría corresponder a una pasión así, dado que no se trataba de Ashton. Aunque su afecto por Remy era sincero, siempre lo reprimiría la intensidad de su primer amor. Por eso, la manera en que ahora la miraba Remy, la cruda emoción que veía en él, la incomodaba un poco. ¿Algún día podría igualar ese sentimiento? Si no pudiera, ¿Remy lo notaría? ¿Sabría por qué no podía sentir lo mismo que él?

Con una sutil sonrisa en los labios, la tomó entre sus brazos, se levantó y la cargó sobre su hombro como el villano que se roba a la damisela en apuros. Ruby rio y su culpabilidad se disipó mientras él la llevaba a su habitación. La colocó con ternura sobre la cama y se recostó a su lado con la cabeza apoyada en su mano extendida. La otra mano la colocó en la cintura de ella, justo debajo de su camiseta, y el calor de su palma fue como una descarga en su piel.

—Te quiero, Ruby —susurró en su oído, pero no con la lujuria que ella habría esperado de él en esa situación. La miró de una manera solemne, y ella empezó a sospechar que quería decir mucho más que *quiero*.

¿En realidad querrá decir...? No, no es posible, pensó. Solo era su imaginación.

Y como siempre sucedía en esos momentos de intimidad cada vez más frecuentes, pensó en Ashton. Aunque le quedaba claro que él tenía su propia relación con Millie y que esta era mucho más íntima, no lograba sacudirse la sensación de que su relación con Remy era una especie de infidelidad. Cada vez que sentía su corazón abrirse más hacia Remy, le preocupaba que eso significara que estaba renunciando a Ashton, lo cual seguro sucedería, pero de todas maneras sentía que era... *incorrecto*. Remy era maravilloso, guapo, divertido, ambicioso, protector.

Pero no era Ashton.

Acarició la tibia y firme piel de su grueso antebrazo y luego deslizó su mano, pasó por su hombro y se detuvo en los tensos

En llamas 325

músculos de su pecho. Remy la estrujó y la atrajo aún más hacia él. Con cada respiración de él, Ruby sentía que se derretía más en la solidez de su cuerpo. Tal vez fue por el vino o por la satisfacción de haber comido un platillo hecho en casa, o quizás fue la irreprimible ansiedad de saber que Ashton y Millie se encontraban en ese momento abrazados de manera similar sin siquiera pensar en sus sentimientos, o sería por lo que fuera, pero de pronto se escuchó a sí misma murmurar.

—Yo también te quiero.

Y así era. Anhelaba saber qué se sentiría estar abrazados como si fueran uno, estar tan cerca de él que el mundo entero desapareciera. Al menos esa noche.

Cuando movió la cabeza hacia arriba y presionó sus labios contra los de Remy, de pronto vio en sus ojos la expresión fugaz de algo indescriptible. ¿Estupor? ¿Temor? ¿Decepción? No estaba segura, pero le daba miedo averiguarlo.

Fuera lo que fuera, lo que Remy sentía no le impidió jalarla y colocarla sobre él con un movimiento ágil y urgente para besarla.

RUBY EXTENDIÓ EL BRAZO SOBRE EL PECHO DESNUDO DE REMY para tomar su celular del buró. Tocó la pantalla: 2:57 a.m. Lo vio respirar de manera lenta y rítmica. A pesar de la oscuridad de la habitación, ahora que no la miraba con sus ojos rutilantes, se veía muy distinto, tan vulnerable, tan sencillo.

Moviéndose con mucha precaución para no despertarlo, empezó a levantarse de la cama. Remy gruñó, giró, extendió el brazo y lo dejó caer sobre la sábana como si la estuviera buscando en sueños, pero no abrió los ojos. Ruby recogió su ropa del suelo.

Se puso la camiseta y se permitió contemplar por última vez, antes de huir, al guapo chico semidesnudo recostado en la cama.

La piel se le puso de gallina al pensar en los sucesos de la noche anterior, al recordar cómo se veía él, cómo lo sintió, la forma en que la hizo sentir.

Solo pudo sonreír. Sabía que le importaba a Remy y, aunque tal vez no podría corresponderle de la misma manera, él también le importaba.

Echó otro vistazo a su teléfono: 3:04 a.m. Debía irse.

Cuando estaba abriendo la puerta del frente, escuchó la voz de Remy detrás de ella.

—Escaparte así puede hacer que un hombre se sienta barato —le dijo adormilado desde la puerta de su habitación.

Ruby sonrió con timidez al verlo atravesar la sala en solo en bóxer.

—Lo siento, no quería despertarte —le dijo Ruby cuando él se estiró para tomar su mano.

Su cabello, que de costumbre lucía perfecto, ahora se extendía sobre su frente en incontrolables mechones que lo hacían verse más juguetón y juvenil.

—La manera más sencilla de no despertarme es no salir de la cama para empezar —murmuró Remy con una sonrisa traviesa.

Ruby mantuvo la otra mano en la perilla.

—Lo sé —admitió sin hacer contacto visual—, pero debo volver a casa antes de que alguien note que no estoy ahí.

Remy frunció el ceño y se enderezó.

—Siempre con secretos —dijo en un tono que Ruby no se esperaba.

En llamas 327

—Remy, vivo con mi padre y mis hermanas menores. Seguro comprendes —dijo antes de soltar la perilla para tomar su mano entre las suyas y por fin mirarlo a los ojos.

Aún se veía indeciso, pero no insistió. Asintió y la besó con brusquedad en la mejilla.

—Por supuesto —dijo, y cuando se estiró para abrirle la puerta, la rozó con su pecho desnudo—. ¿No quieres que te lleve? Es tarde.

Ruby negó con la cabeza.

—No, no es necesario —contestó. No tendría ningún caso tratar de ser discreta si de pronto aparecía la camioneta de Remy en su calle y ella llegara a casa habiendo dejado su todoterreno en el edificio donde él vivía—. Estaré bien.

Remy la miró escéptico, pero, una vez más, se quedó callado—.

De acuerdo, maneja con cuidado. ¿Te veo mañana en el trabajo? Envíame un mensaje de texto cuando llegues a casa.

Lo que Remy no dijo, fuera lo que fuera, permaneció tenso en el ambiente. Ruby asintió a pesar de su desconcierto y de no saber qué podría molestarle después de las horas que pasaron juntos. Estaba segura de que no se encontraba así de irritado solo porque acortó el tiempo que compartieron. Después de todo, pasaron varias horas entrelazados.

Se forzó a sonreír para tratar de ocultar su confusión y en ese momento escuchó que una puerta se abría en el pasillo. Remy volteó hacia el lugar de donde provenía el sonido y de pronto apareció en su rostro su típica expresión de hartazgo. En varias ocasiones se había quejado de su vecina, una señora mayor que conducía de forma agresiva en el estacionamiento y que en la defensa trasera de su automóvil tenía una desagradable calcomanía que instaba a todos a PROTEGER NUESTRAS FRONTERAS, PROTEGER A NUESTROS NIÑOS. Antes de siquiera voltear, al ver la expresión desdeñosa de Remy, Ruby supo que se trataba de ella.

—Buenos días, señora Williams —le dijo Remy a la señora canosa en bata y pantuflas que los miraba desde la puerta al otro lado del pasillo.

La mujer abrió los ojos como platos y se quedó boquiabierta. Pero era imposible saber si su reacción era producto de ver a Remy casi desnudo, de sentir la agresividad en su burlona mirada o de ambas cosas.

Frunció los labios estrujó su bata y se la pegó al cuerpo como cubriéndose más.

—Es que... escuché un escándalo aquí afuera. Es de madrugada —tartamudeó incómoda mientras los miraba al uno y al otro con aire santurrón—. ¿Sabe, señor Bustillos?, este es un edificio familiar —dijo aclarando la garganta y tosiendo y resollando en un tono agudo con el que, de alguna manera, los estaba juzgando.

Remy sonrió.

—Por supuesto, señora, lamento haberla despertado. Mi hermana se irá en cuanto terminemos de despedirnos —dijo antes de lanzarle una mirada retorcida a la señora y de besar a Ruby en los labios con la boca abierta y aire dramático, y de darle una vigorosa nalgada.

Ruby no alcanzó a ver la expresión de la señora Williams, pero escuchó el graznido horrorizado que emitió al cerrar su puerta de golpe.

Parecía que la actuación de Remy acababa de abrumar a la momentánea irritación de la que fue presa momentos antes por... cualquiera que haya sido la causa. Al despedirse de él, Ruby notó que su alegría y retorcido buen humor estaban de vuelta.

En llamas 329

34

—*Respecto a lo que sucedió anoche...* —dijo Remy a la mañana siguiente, al saludarla en el vestíbulo de la posada y entregarle un café en un vaso de papel.

Tras la noche que pasaron juntos, ella esperaba encontrarse con un Remy distinto, aunque no sabía explicar en qué radicaría el cambio. Sin embargo, ahora estaba ahí frente a ella con su camisa azul abotonada, las mangas remangadas a tres cuartos de sus musculosos antebrazos, y el cabello peinado con las mismas ondas de siempre. No había cambiado en lo más mímimo. Era el Remy Bustillos que ya conocía.

Ruby se molestó un poco. Se suponía que Ashton llegaría en cualquier instante y no quería que la encontrara repasando con Remy sus aventuras de la noche anterior y la madrugada. De hecho, Ashton estaba tres minutos retrasado para su turno. Llevaba algún tiempo evitando reprenderlo por sus frecuentes tardanzas, pero en ese momento incluso rezó por que llegara lo bastante tarde para no escuchar lo que Remy le diría respecto a la noche anterior.

Remy se recargó en el mostrador y esperó a que ella terminara de revisar los recibos que estaba ordenando para continuar.

—Estuve pensando en lo que sucedió, en que te fuiste, en lo que dijiste de tu familia.

Ruby frunció el ceño.

¿Es eso lo que más recuerdas de anoche?, pensó.

—¿Qué tal si vienes a vivir conmigo?

Si creía que la señora Williams se quedó conmocionada en la madrugada por la actuación de Remy, la dimensión del desconcierto que acababa de causarle a ella superaba por mucho dicha conmoción. Trató de responder, pero sus labios solo temblaron, incapaces de producir algún sonido.

Remy bebió un sorbo de su café, su mutismo parecía divertirlo.

—No te presiones, no tienes que contestar ahora mismo. Solo piénsalo.

Ruby suspiró.

—Remy, solo hemos salido juntos como...

—Solo dos meses, lo sé —interrumpió—. Y es pronto, también lo sé, pero ¿a quién le importa? —dijo encogiéndose de hombros y resplandeciente, sonriendo tanto que los ojos se le arrugaron.

Ruby ni siquiera intentaría sonreír. ¿Mudarse con Remy? ¿Vivir juntos? Sonaba tan absoluto, tan *serio*. Remy era divertido y ella disfrutaba del tiempo que compartían, incluso comenzaba a importarle más de lo que había anticipado, era perfecto para ella *en ese momento*, pero no tenía pensado comprometerse con él de la manera que vivir juntos implicaba. Además, si pensaba que a su padre le agradaría más la noticia de que vivieran juntos que darse cuenta de que ella volvía a casa a todas horas de la

En llamas 331

madrugada, pues, vaya, era obvio que no conocía bien al señor Gerardo Ortega.

¿A quién le importa? tampoco era un argumento convincente. Tal vez él no les otorgaba mayor importancia a las opiniones de otros, lo cual fue obvio durante su actuación en el pasillo la noche anterior, pero para actuar, Ruby a menudo se guiaba por la opinión de una persona en particular, alguien que imaginaba o, al menos esperaba, que tendría algo que decir si se mudara al departamento de Remy. Ashton vivía con su novia, así que sabía lo serio que era eso. ¿Qué pensaría al respecto?

Remy debió de notar que su conmoción se estaba transformando en aprensión porque de pronto dejó de sonreír como tonto y le habló con más tacto.

—Disculpa, no quise molestarte. Solo pensé que, como siempre estamos trabajando juntos en el hotel y la aplicación, eso nos ahorraría tiempo porque estaríamos en el mismo lugar con más frecuencia. ¿No te gustaría no tener que salir corriendo para volver aquí en la noche o la madrugada y entrar a tu casa a escondidas estando tan exhausta? —preguntó encogiéndose de hombros y sin dejar de mirarla—. Y, quizá, ese tiempo que ahorres podrías usarlo para acelerar tu regreso a la escuela o para hacer algo más importante que estar atrapada en el tráfico —explicó con una expresión neutra y casual, como si todo ese tiempo no hubiese estado sugiriendo más que una solución práctica.

Ruby lo miró poco convencida. A pesar del desenfado que veía en él, sabía que había algo más, ya que no serían solo colegas y compañeros de cuarto. Vivir juntos implicaba algo importante respecto a su relación, indicaba que se dirigían a algún lugar, y ella no estaba preparada para ponerse a pensar cuál podría ser ese destino.

—No creo que sea el momento idóneo, Remy —murmuró nerviosa.

Él levantó la mano para interrumpirla.

—Solo... piénsalo un par de días. Reflexiónalo, ¿sí? Por favor.

Ruby asintió con poco entusiasmo antes de volver a concentrarse en los recibos o, al menos, antes de fingir que lo hacía para dar fin a la conversación.

O Remy disfrutaba de su incomodidad o simplemente no la notaba, siempre era difícil saber con él. Se quedó por ahí haciendo nada cerca del mostrador, sorbiendo su café como si solo estuviera contemplando la vista en lugar de participar en lo que a Ruby le parecía un silencio sofocante.

—Eh... ¿algo más? —preguntó Ruby tratando de no sonar, ni tan cortante ni tan impaciente como en realidad ella misma se escuchaba, sin embargo, estaba ansiosa de que le diera algo de espacio. No quería que Ashton los sorprendiera en medio de la agonía de aquella decisión de pareja tan importante, pero también necesitaba un momento a solas para procesar lo que acababa de suceder. No era que quisiera pensar las cosas como Remy se lo pidió, solo quería tratar de entender cómo llegaron a ese punto para empezar. ¿En qué momento ese emocionante coqueteo que aprovechó para distraerse se transformó en una relación seria con futuro?

—¿Ya pensaste en transferir tus créditos? —preguntó Remy riendo entre dientes, disfrutando de una broma que Ruby no estaba segura de comprender.

—¿Cómo dices? —preguntó frunciendo el ceño.

—Hablo de la universidad. Sería una pena que desperdiciaras todo el esfuerzo que hiciste al principio del año escolar. Sé que no terminaste el semestre, pero es posible que puedas transferir

En llamas 333

algunos créditos, en especial porque acabas de empezar tus estudios. Seguramente la mayoría de las materias eran de tronco común, ¿no? ¿No has pensado en transferir esos créditos a una universidad cerca de aquí?

La agilidad con que cambió de tema la tomó por sorpresa. Primero habló de un asunto muy delicado para ambos, y estaba segura de que las cosas no salieron como él esperaba. Y ahora, casi sin respirar, estaba cumpliendo con las funciones de un secretario de admisiones. Tal vez, haberle pedido que se mudara con él *realmente* tenía que ver con el aspecto práctico de estar cerca, y no se trataba de un gesto romántico como ella se temía. Quizá solo era una de las muchas ideas creativas que se le ocurrían todo el tiempo y no merecía que le diera tanta importancia.

—Eh... no —respondió con cautela.

—¿No? ¿Por qué no? —exclamó arqueando sus pobladas cejas.

Ahora le tocaba reír a ella. Puso los ojos en blanco y señaló el vestíbulo donde se encontraban.

—¡Vaya! No lo sé, Remy. ¿Tal vez porque *no* he estado súper ocupada o algo así?

Remy endureció su expresión, la miró con desdén y negó con la cabeza.

—De acuerdo, pero ¿y ahora? ¿Por qué no los transfieres? El evento de la gobernadora está a la vuelta de la esquina y ya nos hicimos cargo de los asuntos de mayor importancia. A partir de este momento, ¡será miel sobre hojuelas! Puedes reducir tu horario de trabajo. Ahora que cuentas con los nuevos empleados contratados a través de Buena, tienes un buen ritmo en la posada, incluso a pesar de la "ayuda" de Ashton. Hemos logrado equilibrar todo, parece el momento idóneo. Podrías empezar las clases en el verano.

Ruby suspiró.

—No lo sé. Es decir, sí, tal vez.

Remy colocó su vaso en el mostrador, dejándolo caer con un poco más de fuerza de la necesaria. Ruby solo vio algunas gotas salpicar a través de la tapa de plástico.

—Pero *tienes* el plan de volver a la universidad, ¿no? —dijo mirándola con aire inquisitivo, no obstante, la severidad de su tono hizo que sonara a algo más que una pregunta.

Ruby iba a asentir, pero de pronto solo se encogió de hombros.

—En algún momento. *Es probable.*

Remy exhaló fuerte y le lanzó una intensa mirada de exasperación.

—¿Qué demonios quiere decir eso?

Ruby hizo a un lado la pila de recibos y lo miró con la misma determinación.

—Significa lo que significa —contestó de mala gana y manoteando—. Volver a la universidad no es una prioridad en este momento. Necesito enfocarme en mi negocio. Tal vez cuando las cosas se calmen podré pensar en ello, pero no es algo que me preocupe ahora. Y a ti tampoco debería preocuparte.

Remy no necesitó decirle nada más, que la fulminara con la mirada le bastó para saber que su respuesta no le satisfacía, pero solo se recordó a sí misma que no era asunto suyo. Lo que él pensara respecto a su educación no importaba porque, después de todo, sería *su* educación. *Su* decisión. En efecto, les había prometido a sus padres que se graduaría, y era una promesa incumplida que todavía le pesaba, en especial cada vez que pensaba en lo que su fallecida madre habría deseado para ella en la vida. Asimismo,

En llamas 335

tal vez sería más sencillo administrar las propiedades si contara con más estudios porque, en lo referente a las metas financieras a largo plazo, Google tenía sus límites. Y, por supuesto, extrañaba las clases. Se esforzó durante años para obtener esa oportunidad, pero, no solo eso: generaciones enteras de la familia Ortega también trabajaron muy duro para que ella pudiera obtener un título universitario algún día. Llevaba algún tiempo tratando de no pensar en ello, pero el hecho era que *necesitaba* estar en la posada, ¿cierto?

Sí, necesitaba permanecer ahí y no estaba lista para dejar las cosas así nada más.

Volvió a mirar el reloj, Ashton tenía quince minutos de retraso. Si hubiese sido alguien más, le habría marcado por teléfono cinco minutos antes.

Pero ¿y qué tal si Remy tenía razón respecto a empezar a delegar algunas de sus responsabilidades? Sabía que las cosas nunca funcionarían como él decía porque, en ese momento, Ashton era muy ineficiente, se mantenía demasiado distante, y sería imposible confiarle una responsabilidad mayor. La necesitaba, necesitaba que lo apoyara y lo guiara. Y, por su parte, ella necesitaba incluso más los pocos momentos que antes pasaban juntos, cuando solo eran ellos dos. La posada era uno de los poquísimos lugares donde podía estar a solas con él y no estaba dispuesta a renunciar a eso para volver a la universidad, en especial ahora que él había empezado a hablar de la siguiente temporada de incendios forestales. De por sí, ya tenían muy poco tiempo juntos, no necesitaba una actividad más que los alejara.

Volteó hacia Remy, aunque habían pasado varios minutos desde su desdeñosa respuesta, él continuaba mirándola impávido, con una expresión indescifrable. De pronto se preguntó si alcanzaría a percibir en todo lo que ella estaba pensando. Tal vez fue justo por eso que sacó a relucir el tema.

—Da la impresión de que tienes tus propias razones, Ruby. Estoy seguro de que sabes qué es lo mejor —dijo sin emoción antes de encorvarse como nunca lo hacía, girar y alejarse hasta salir del vestíbulo.

LOS DÍAS PASARON Y, AUNQUE REMY NO VOLVIÓ A MENCIONAR EL TEMA de mudarse juntos o de que regresara a la universidad, a Ruby le parecía que el peso de sus conversaciones inconclusas generaba resentimiento entre ellos. La tranquilidad y comodidad que antes sentía cuando estaba a su lado ahora se veía empañada por su rechazo a siquiera considerar la posibilidad de un futuro con él. Además, haber comprendido que tenían ideas tan distintas respecto a su relación era un hecho ineludible. Remy mostraba la misma motivación, energía y entusiasmo de siempre, pero de vez en cuando, en especial en los momentos de quietud, cuando se quedaban a solas, cuando viajaban en su camioneta o al estar recostados lado a lado en su cama, Ruby sentía que algo había cambiado. Sentía descontento, distancia. Oscuridad y soledad. La burbujeante esperanza y la posibilidad que antes se desbordaban de él cuando la abrazaba se habían desvanecido.

Tal vez el gran cambio era producto de su indecisión, pero ¿cómo podría Remy saber todo lo que le pasaba por la mente? Ni siquiera sabía cómo articular sus temores respecto al lugar que ocuparía Ashton en el siguiente capítulo de su vida, e incluso si hubiera podido hacerlo, no se lo habría mencionado a Remy.

En llamas 337

Quizá solo era que la novedad de su relación empezaba a desgastarse. O tal vez solo se estaba imaginando todo.

Porque, finalmente, él nunca dijo que algo le molestara. Ruby a menudo se recordaba a sí misma que Remy no era el tipo de individuo que se guardaba sus opiniones, en especial cuando algo le desagradaba. En más de una ocasión, a medida que Buena y su impacto fueron creciendo, lo escuchó cantarle sus verdades a más de un político local, y hacerlo con un vigor tan virulento, que resultaba difícil creer que fueran las palabras de un individuo elegante y refinado como Remy.

El evento de recaudación de fondos de la gobernadora Cortez sería al día siguiente y, cada vez que Ruby volvía a revisar el programa o el mapa de los asientos, comprendía lo mucho que todo aquello podría significar para ella. Además de provocar una avalancha de eventos masivos de alto nivel, podría ser el inicio de una relación profesional importante y de un mayor apoyo para Buena por parte de la gobernadora y de los demás invitados poderosos que asistirían.

La gobernadora y su personal llegaron de Sacramento esa mañana y estaban ansiosos por ver el salón por fin. Y, aunque después de meses de planeamiento, Ruby se encontraba hecha un manojo de nervios por las posibilidades que le esperaban, también sabía que estaba lista. Desde que volvió a casa sentía que todos los pasos importantes que había tomado fueron vacilantes y caóticos, pero esto era distinto. Ver que los planes de su equipo se desarrollaban con facilidad por primera vez, le resultaba casi perturbador.

A esto era a lo que Remy se refería cuando me preguntó sobre los créditos de la universidad, pensó con cierta incomodidad. Las cosas empezaban a acomodarse, todo su trabajo y esfuerzo estaban rindiendo fruto. Había llegado *el momento* de volver a enfocarse en sus metas personales. Ese sentimiento se reafirmó mientras conducía a la gobernadora y a su séquito de tres quisquillosos empleados por los flamantes espacios del salón de eventos.

—Y aquí estará el podio —dijo la asistente personal de la gobernadora, una mujer con apariencia de amazona llamada Inez Warren, la misma con la que había estado en contacto por correo electrónico durante tanto tiempo, y enseguida señaló con un ostentoso ademán una zona cerca de las ventanas en saliente recién lavadas.

—Supongo que contará con un taburete, ¿cierto? El fiscal general va a presentarme y es muy bajo de estatura —dijo la gobernadora Cortez muy seria.

Inez miró a Ruby.

—Por supuesto, me aseguraré de que esté oculto debajo del atril —dijo mientras escribía *taburete* en la aplicación de notas de su celular.

La gobernadora asintió y volteó a mirar a Inez. Ambas se veían satisfechas.

—Bien, me parece que es perfecto. Es el lugar idóneo para hacer este anuncio. Es un negocio familiar en una zona que se recuperó de enormes dificultades. Estoy convencida de lo que hicieron aquí encarna lo que esperamos lograr cuando yo entre en funciones.

Ruby escuchó el halago de la gobernadora sintiéndose en las nubes, pero asintió con la mayor seriedad posible y solo sonrió con amabilidad.

—Lo que acaba de decir... significa mucho para nosotros, señora. Gracias.

En llamas 339

Camino a la entrada, Inez le hizo a Ruby varias preguntas para afinar detalles adicionales que fue leyendo de su gruesa carpeta: recordatorios sobre los manteles, dudas sobre la distribución de las entradas del menú o actualizaciones sobre el presupuesto para el bar. Y mientras ella las iba contestando a toda velocidad con gran seriedad, y la asistente las iba marcando como contestadas, sintió que el corazón le estallaría.

—En verdad es muy encomiable lo que ha hecho aquí, Ruby, no puedo insistir lo suficiente —dijo la gobernadora Cortez con aire meditativo mientras atravesaban el estacionamiento en dirección de su automóvil—. Debo admitir que, tras considerar los reportes de la destrucción en el área, nos preocupamos un poco, pero el avance que lograron es asombroso y, además, lo hicieron a la par de un importante trabajo comunitario, ¿cierto? —añadió con una profunda exhalación mientras miraba pensativa alrededor y contemplaba la vibrante propiedad recién pintada, la exuberante tierra y las plantas floreciendo en pleno—. Es usted una joven de cuidado.

En esta ocasión, Ruby no pudo contenerse y sonrió orgullosa de oreja a oreja.

—Gracias, señora —volvió a decir tartamudeando. Se inclinó para estrechar la mano de la gobernadora y, justo cuando estaba a punto de dar el breve discurso sobre Buena que había estado practicando todas las noches frente al espejo, la gobernadora y su asistente voltearon al escuchar un extraño sonido proveniente de un lado del edificio. Ruby volteó alarmada y vio a Millie caminando frente a la entrada del personal con la mano cubriéndose la boca y una tensa expresión.

—Eh, lo siento, tendrán que disculparme —dijo distraída antes de voltear hacia la gobernadora de nuevo y sonreír forzadamente—.

Las veré mañana por la tarde. Por favor llámenme si necesitan cualquier cosa.

¿Qué diablos le estaría pasando a Millie por la cabeza? Sabía lo importante que era dar una buena impresión, ¡llevaban un año trabajando para llegar a ese momento! ¿Qué podría ser tan urgente y angustiante justo en ese instante para aparecer como si le estuviera dando un ataque?

Después de ver el automóvil sedán negro de la gobernadora desaparecer al dar la vuelta en la esquina, volteó hacia donde se encontraba Millie caminando con dificultad entre los contenedores de basura. Y al ver la dureza en su rostro, se detuvo en seco y tragó saliva sintiendo la garganta tensa.

—¿Qué... qué sucede?

Millie enderezó los hombros y apretó la mandíbula, el optimismo que solía brillar en ella se había apagado, era evidente, en su lugar había un sentimiento de dolor y confusión.

—Acabo de hablar con Ashton —dijo muy lento, tartamudeando.

A Ruby le pareció que eso no era nada raro, así que esperó ansiosa.

—Me... —empezó a decir, pero la voz se le quebró. Respiró profundo con los ojos cerrados—. Me dijo que se besaron —terminó y abrió los ojos de golpe. La furia en su mirada hizo a Ruby sentir un hueco en el estómago.

—*Oh.*

Aunque no podía siquiera imaginar por qué Ashton le habría confesado eso *ahora* o por qué no le habría advertido a ella, no le sorprendía del todo. En las últimas semanas se había mantenido alejado, era imposible confiar en él. Era obvio que traía algo en la cabeza. Jamás pensó que lo que le pesaba era aquel beso de tantos meses atrás, y tampoco sabía lo que significaría para él y para Millie.

—Sí, "*Oh*" —dijo Millie gritando con los brazos cruzados—. ¿No pensabas contármelo algún día, Ruby? —dijo negando con la cabeza, como si predijera la respuesta a su pregunta—. Yo sabía que Ashton te gustaba, incluso sabía que yo no te agradaba —dijo riendo de forma sarcástica—. No te esforzaste mucho en ocultarlo. Pero le importas a Ashton y sé que necesitabas a alguien que te ayudara a superar todo esto, por eso voy a dejar el asunto del beso de lado, porque es lo que yo hago, ayudo a la gente cuando lo necesita. Incluso cuando no sabe que lo necesita —exclamó. Sus palabras fueron recobrando claridad y firmeza, la tristeza y la ansiedad comenzaron a desvanecerse—. Pensé que, tarde o temprano, *madurarías* lo suficiente para notarlo.

Ruby se acercó a Millie aún sin saber qué decir, pero su furiosa mirada la detuvo de nuevo.

—Sé que no es solo tu culpa. Ashton me dijo que él fue quien te besó.

Ruby arqueó las cejas sorprendida.

—¿Lo hizo? —dijo sin poder eliminar la perversa curiosidad que escuchó en su propia voz. ¿Por qué se habría tomado la molestia de aclarar su culpabilidad? ¿Por fin estaría rompiendo con Millie?

—Claro, imagino que te preguntas por qué lo hizo —la frialdad con que empezó a hablar Millie le causó escalofríos—. Quiero que sepas que, al principio, cuando me lo dijo, no le creí —dijo caminando hacia ella con pasos bien medidos e intención—. Estaba segura de que ni tú ni él me harían esto. Sé que ambos tienen fallas, *créeme*, lo sé. Pero nunca he hecho otra cosa que tratarlos con cariño. A ambos.

—Fue hace mucho tiempo —explicó Ruby titubeante, sin saber si importaba que lo dijera.

Millie estaba peligrosamente cerca.

—Sí, *fue* hace mucho tiempo. Antes de que se fuera a combatir los incendios. Han pasado muchas cosas desde ese beso, pero nada ha cambiado entre ustedes. No corrió hacia ti, te besó, pero se quedó conmigo —dijo antes de hacer una densa pausa—. Porque besarte fue *un error*.

Ruby abrió la boca, pero las palabras no pudieron salir de ella.

—Fue un error que Ashton te besara, Ruby —repitió entrecerrando los ojos. No era que esperara una respuesta de ella, estaba tratando de decir algo—. Estaba asustado y cometió un error.

Ambas se quedaron frente a frente en un silencio tan desgarrador, que Ruby sintió que Millie la estaba retando a hablar. Hasta que por fin pudo hacerlo.

—¿Y qué pasará ahora? —preguntó con temor a pesar de la curiosidad que naturalmente sentía.

Millie asintió como si hubiese anticipado su pregunta.

—Lo perdoné —contestó con certeza y resolución, sus palabras fueron como un golpe en las entrañas para Ruby—. Y también te perdono a ti.

—Me... ¿qué?

—Tal vez pienses que es estúpido de mi parte, ¿no? Una estúpida y dulce buena acción de Millie para frustrar tus planes, ¿cierto? —continuó diciendo mientras Ruby se ruborizaba por la precisión de sus palabras—. Pero es que somos distintas, Ruby. Esta soy yo. Amo y apoyo a la gente cuando lo necesita, a pesar de sus propios errores, incluso si me resulta difícil. Me siento lastimada y decepcionada, pero no puedo evitar ver un panorama más amplio: lo asustado que estaba Ashton entonces y lo mucho que

En llamas 343

su honestidad me hace ver que ha cambiado. No puedo evitarlo, creo que la gente puede ser mejor. Creo que él puede ser mejor, y tú también. Somos distintas —dijo con un profundo suspiro—. Y es por eso por lo que me ama a mí, no a ti.

RUBY NO PODÍA RESPIRAR, SUS PENSAMIENTOS LA ESTABAN AHOGANDO, sintió que balbuceaba como atrapada en una nube de humo mientras veía a Millie caminar con calma hasta su automóvil e irse.

¿Qué *demonios* fue eso?

Tenía que hablar con Ashton.

Tendría que estar en la posada, ¿no? ¿Por qué más habría aparecido Millie tan alterada en el salón de recepciones?

Sin embargo, al entrar de golpe al edificio, recordó que Ashton tenía el día libre. Ella misma había programado a Daniella, una de las nuevas asistentes contratadas en Buena. Decidió que se hiciera cargo de la recepción porque no quería arriesgarse a que Ashton cometiera un descuido y se equivocara ese día.

Eso significaba que Millie había ido hasta ahí con el único propósito de confrontarla.

Demonios.

Estando de pie en la entrada, de pronto empezó a escuchar los sonidos del personal preparando las mesas y las sillas en el salón al final del corredor, pero se negó a dejar que eso la distrajera. Necesitaba hablar con Ashton.

Escuchar su voz.

La primera llamada la envió al buzón, pero no se dio por vencida, lo intentó otra vez enseguida.

Contestó al tercer timbrazo, incluso su "hola". se escuchó desbordante de miedo.

—¡Ashton! —gritó casi rompiendo en llanto—. ¿Qué está sucediendo? Acabo de... acabo de hablar con Millie y...

—Entonces ya sabes lo que está sucediendo —dijo de forma cortante.

—*Ashton.*

—Escucha, no es contigo con quien estoy furioso, estoy furioso conmigo mismo por... por todo esto —dijo. Ruby abrió la boca para protestar y, aunque no podía verla, percibió su enojo y le impidió hablar—. Estuve esperando que todo volviera a sentirse normal otra vez, pero me he dado cuenta de que no sucederá. Solo podemos avanzar, no puedo seguir viviendo así, dejando que las circunstancias me arrastren sin asumir la responsabilidad de lo que pasa. Decidí que antes de volver a la línea de fuego, le pediría a Millie que se case conmigo, pero no podía hacerlo sin ser honesto y decirle lo que sucedió. Ese beso fue un error, no debí hacerte eso. Espero que puedas perdonarme. Espero que ambas puedan perdonarme.

¿Eso era lo que en verdad quería? ¿Era Millie a quien quería?

—Lamento mucho haberte involucrado en todo esto, Ruby. Debo irme —dijo y colgó antes de que ella pudiera decir cualquier cosa.

Ruby se quedó con el teléfono pegado a la oreja, furiosa, con incontables sentimientos, pero, sobre todo, sintiendo su impotencia respecto a lo sucedido. Impotencia ante el hecho de que Ashton se negara a ver su participación, a tomar en cuenta sus sentimientos y decisiones, y que diera por sentado que solo la había "involucrado" en sus acciones. ¿Qué había de sus propios deseos? Ni siquiera le dio oportunidad de hablar.

En llamas 345

Y al final, de todas formas, no podía negar que nada importaba ya.

Se había ido.

ESA NOCHE RECARGÓ LA CABEZA EN EL PECHO DE REMY, ESCUCHÓ el rítmico palpitar de su corazón mientras sus conversaciones con Millie y Ashton le daban vueltas en la cabeza como un bucle agonizante. Remy la tenía abrazada, las puntas de sus dedos rozaban ligeramente su hombro, pero ella no podía enfocarse en la ternura de su abrazo, solo podía pensar en Ashton.

Le iba a pedir a Millie que se casara con él.

Después de todo lo que sucedió, se iba *a casar con Millie*.

Suspiró, el cansancio empezaba a abrumarla. Nunca se había enfrentado a un problema que en verdad estuviera fuera de su control, no de esta manera. Incluso con los incendios encontró cómo luchar contra todas las posibilidades. Estaba segura de que había algo que podría hacer en este caso también.

De pronto, Remy jaló su brazo de forma abrupta de debajo de ella. Ruby se sobresaltó y tuvo que abandonar sus pensamientos al sentir que la aventaba.

—Ey, ¡oye! —gritó.

—Necesitamos descansar, mañana será un día difícil —dijo entre gruñidos al tiempo que giraba en la cama y le daba la espalda.

Ruby se quedó mirando en la oscuridad la silueta de aquel cuerpo rígido y encorvado sin saber lo que acababa de suceder. Sabía que continuaba despierto por cómo respiraba, pero fingió dormir y no dijo nada más, ni siquiera cuando ella se fue.

35

La mañana del evento de recolección de fondos Ruby se levantó al amanecer, abordó su Jeep con los asientos traseros repletos de floreros, veladoras y otros elementos decorativos que pensó que necesitaría para el evento, y se dirigió a la posada para recoger servilletas adicionales y tarjetas de presentación por si acaso hacían falta. Al detenerse en el estacionamiento, le sorprendió ver la camioneta de Remy. En la mayoría de las ventanas todavía se veían las persianas cerradas, los huéspedes y los clientes de Buena seguro dormían aún. Sin embargo, cuando se acercó a la puerta del frente alcanzó a ver un resplandor a la altura del mostrador de recepción. Abrió la puerta de golpe y encontró a Remy de pie mirando la pantalla de la computadora, concentrado y con el entrecejo fruncido. Se sobresaltó al verla entrar y, aunque permaneció impávido, ella percibió un sutil cambio al acercarse.

—¿Qué haces aquí? —preguntó tratando de sonar amigable a pesar de su confusión.

Remy resopló, pero mantuvo la mirada fija en la computadora e hizo clic varias veces antes de levantar la vista y mirarla.

—¿Esperabas a alguien más? —preguntó. Ruby se preguntó si no se daría cuenta de que estaba repitiendo las palabras que dijo mucho tiempo atrás, la noche de la gala. En aquella ocasión, sin embargo, las dijo con voz ligera y bromeando. Ahora había dureza y mala intención en la forma en que le hablaba.

Ella negó con la cabeza.

—No, eso no fue lo que quise decir. Es solo que... es temprano, eso es todo. No sabía que estarías aquí —dijo, respiró hondo y caminó hacia él—. ¿En qué estás trabajando? —dijo inclinando la cabeza para ver la pantalla, pero Remy se alejó en seguida de ella y de la computadora.

—No podía dormir, así que vine a trabajar un poco. Dios santo, Ruby, ¿por qué este interrogatorio?

Ruby abrió los ojos, sorprendida por su brusquedad. Ya habían discutido antes, también se habían hablado con agresividad, claro, pero él nunca se había dirigido así a ella. En sus palabras se escuchaba una crepitación y un fuego iracundo. Ni siquiera la miró al hablar.

Sintiendo casi pánico, lo vio tomar su celular y las llaves de su camioneta del mostrador.

—Remy ¿qué sucede?

Remy se detuvo y levantó la vista muy lento hasta mirarla de frente.

—¿Por qué tienes la impresión de que sucede algo, *querida*? —dijo de forma muy grosera. Referirse a ella como *querida* le añadía fuerza al golpe que sintió en su respuesta.

Volvió a caminar hacia él, pero al verlo fruncir los labios como reflejo, se detuvo.

—¿Es porque no te he dado una respuesta? ¿Porque no te he dicho si acepto vivir contigo o no? —preguntó Ruby.

Las comisuras de su boca se retorcieron formando una especie de sonrisa inerte. Era la expresión de un cazador sediento de sangre cuya inocente presa está a punto de caer en sus manos.

—Dijiste que podía pensarlo —continuó Ruby—. Pues bien, ya lo pensé.

Remy permaneció en el mismo sitio, lo único que se movió fue la ceja que arqueó como esperando.

—Y... no creo que sea el momento adecuado. Mi familia todavía me necesita. Mis hermanas. Mi padre. Todavía hay mucho trabajo que hacer aquí —dijo, su voz se fue apagando poco a poco.

Remy exhaló en un exagerado gesto de incredulidad.

—"El momento adecuado". Sí, claro, lo haces por *tu familia* —dijo poniendo los ojos en blanco al tiempo que guardaba las llaves en su bolsillo y caminaba hacia la puerta del frente.

—¿Qué significa eso? —preguntó Ruby sin importarle que los huéspedes todavía durmieran en las habitaciones de arriba, pero Remy azotó la puerta y ella se quedó ahí sin saber si la escuchó siquiera.

CONTANDO A LOS AMIGOS Y LA FAMILIA, AL PERSO-NAL DEL salón de recepciones, los clientes de Buena contratados y al personal de la gobernadora, tenían un equipo completo ayudando a preparar todo. Pero por supuesto, la tensa y forzada manera en que se saludaron Remy, Ashton, Millie y ella esa mañana, marcó la pauta en el ánimo y en todo lo que sucedió a continuación. Ruby no le había contado a nadie lo que sucedió entre ellos el día anterior, pero imaginó que la actitud de los cuatro era elocuente. Nadie la miraba, mucho menos le hablaban, tal vez solo los empleados que tenían preguntas sobre la logística, e incluso en ese caso, los acercamientos fueron cada vez menos debido a la frustración con que contestaba.

A medida que vio el salón irse transformando, se esforzó más por hacer a un lado aquel tenso silencio. Llevaban casi un año organizando ese evento, era crucial para las metas que tenía en cuanto a Buena y a Ortega Properties, así que no podía darse el lujo de dejar que sus agitadas emociones interfirieran y arruinaran todo.

Se suponía que, justo antes de la cena, ella y Remy ofrecerían unas palabras de bienvenida para presentarse, describir los avances que ella había logrado en Ortega Properties desde los incendios y explicar el trabajo que se estaba realizando con Buena. La gobernadora dijo que el breve discurso sería una manera de "centrar la atención en la comunidad" y su asistente personal insistió en que no debería exceder tres minutos. Ruby sabía que era esencial usar ese poquísimo tiempo para lograr un impacto en los invitados. Lo habían ensayado muchísimas veces y ella se había sentido muy confiada... hasta ahora. Remy era una carta impredecible, era perfectamente capaz de sofocar el enojo que tenía contra ella el tiempo necesario para ofrecer una actuación deslumbrante, pero la pregunta era: *¿lo haría?* Ella había experimentado varias facetas de su cambiante estado de ánimo, pero nunca se enfrentó a lo que veía ahora: una mecha que ardía muy lenta.

Su familia regresó a la casa a las cuatro de la tarde para arreglarse. Ella y Remy llevaron al salón de recepciones la ropa que usarían para no perder tiempo cambiándose. También había guardado una botella de champaña para poder brindar por su éxito, un gesto de optimismo que ahora le resultaba absurdo.

Ashton los felicitó por su trabajo y sus logros mientras contemplaba el fruto de su labor con aire melancólico. Había por lo menos veinte mesas preparadas con relucientes manteles blancos, deslumbrantes velas flotantes y grandes floreros desbordantes de flores endémicas del sur de California: una elegante mezcla de suculentas y flores silvestres de colores cálidos. A lo largo y ancho de todo el salón había caballetes con posters que decían CORTEZ PARA EL CONGRESO e incluían distintos eslóganes de campaña y promesas en gruesas letras azules. Al frente, sobre el podio donde ella y Remy hablarían, había un gran banderín que decía: CLAUDIA CORTEZ PARA TODOS LOS CALIFORNIANOS.

El salón en verdad *se veía* genial. Mientras Ruby admiraba los elementos decorativos elegidos con tanto cuidado, recordó el páramo carbonizado que encontró al volver de Arizona y pensó que, con base en pura fuerza de voluntad, no solo logró que esa noche se produjera, también que el edificio fuera construido. Todo lo que la rodeaba era resultado directo de su arduo trabajo y de su compromiso con el sueño de su familia, y darse cuenta de ello la llenó de una abrumadora combinación de terror y orgullo.

Recorrió con la mirada el salón, capturando los espectaculares detalles, hasta que notó que Remy no dejaba de ver su teléfono celular sumamente estresado. De pronto lo vio levantar la vista de manera furtiva y darle la espalda al darse cuenta de que lo observaba. A pesar de que estaba lejos de ella, la voz baja y discreta que usó para responder la llamada antes de escabullirse por una de las puertas que llevaba al patio hizo que a Ruby se le erizara la piel de todo el cuerpo y empezara a sospechar.

¿Qué fue eso?, se preguntó dando un paso sin pensarlo hacia la puerta, como si acercarse pudiera aclarar la situación.

En llamas 351

—¿Aquí quieres que deje los folletos? —le preguntó Ashton caminando hacia ella con una gran caja de cartón llena de folletos brillantes y tarjetas de presentación que ella y Remy habían ordenado semanas antes.

—¿Eh? —exclamó Ruby tratando de dejar de pensar en Remy y enfocarse en la pregunta.

Ashton no esperó su respuesta, solo dejó caer la caja sobre la mesa y empezó a sacar los folletos de manera desordenada, desperdigando todo sobre la mesa.

—¿Eh? —repitió Ruby con un poco más de firmeza y extendiendo la mano para detenerlo—. Ashton, tal vez...

Ashton se detuvo por un instante, pero cuando levantó el rostro su mirada se enfocó en algo detrás de Ruby, quien al voltear, vio a Remy acercándose con la misma expresión de insatisfacción de un momento antes. Estaba metiendo su celular en el bolsillo cuando vio los folletos desparramados sobre la mesa.

—¿Estás bromeando, carajo? Esto se ve horrible. Por Dios, Ashton, ya sé que te importa un comino este evento y también Buena, pero ¡por favor! Un pequeño esfuerzo sería agradable para variar —gritó.

—¡Remy! —siseó Ruby con los ojos abiertísimos por la impresión y estirando los brazos como si con ese gesto pudiera lanzarle de vuelta su ira, pero él se hizo hacia atrás antes de que ella pudiera siquiera hacer contacto visual con él—. Solo son papeles, no exageres...

Remy echaba chispas.

—Ah, ¡claro que no importa! ¡Todo lo que Ashton hace está bien! Puede ignorarte y deshacerte la vida entera, ¡y no importa un carajo! Porque es el chico bueno, porque, haga lo que haga, ¡siempre lo vas a defender! —gritó mientras Ashton y ella miraban su pecho inflamarse cada vez más con toda la furia que parecía hervir en su interior.

Ruby se quedó muda. Ashton, desesperado, empezó a reunir los folletos, buscando algo que lo distrajera.

¿Qué le pasó a Remy? Sí, llevaba irritado todo el día, pero ¿qué pudo haberlo hecho estallar de esa manera?

Remy apretó la mandíbula y negó con la cabeza.

—Olvídalo, estás haciendo un trabajo extraordinario como siempre —le dijo a Ashton poniendo los ojos en blanco antes de caminar casi dando tumbos hacia la salida y rascándose la nuca.

36

Una cosa que Ruby había notado a lo largo de ese año era que Remy tardaba en vestirse y prepararse. Por lo general, pasaba el doble de tiempo que ella eligiendo un atuendo, peinándose y acicalándose frente al espejo. Era el primer hombre que conocía que hacía eso, pero, a decir verdad, tampoco conocía a otro que vistiera tan bien y tuviera una manicura tan perfecta. A menudo se preguntaba si ser tan meticuloso en su arreglo personal sería producto de una niñez sin lujos o, incluso, de un deseo de compensar de más e impresionar en aquellas situaciones en las que pensaba que lo juzgarían por sus orígenes, pero nunca tuvo el valor suficiente para preguntarle. Era una más de esas cosas desconcertantes en él que aceptaba sin chistar.

En esta ocasión, sin embargo, a pesar de la importancia del evento, se vistió a toda velocidad. Después de su berrinche, ella lo siguió hasta la oficina y, al abrir la puerta lo encontró acomodándose la camisa sobre su firme torso y tratando de abotonarla con furia. Al verla entrar, la fulminó con la mirada y se volteó hacia la pared para terminar de acomodarse la camisa.

A Ruby le sorprendió encontrarlo ahí, solo en ese reducido espacio y, hasta cierto punto, desvestido. Fue un sentimiento muy íntimo comparado con la brutal distancia que se había estado produciendo entre ellos. A momentos lo miraba por el rabillo del ojo y le parecía que estaba a punto de voltear hacia ella. Cuando cambiaba el patrón de su respiración por un instante y dejaba de inhalar de forma brusca y apresurada, le parecía que estaba a punto de decirle algo. ¿Tal vez querría hablar con ella por fin? ¿O solo se lo estaba imaginando? A veces era tan difícil entenderlo.

Fuera lo que fuera, nunca sabría qué le sucedía porque de pronto salió huyendo del improvisado vestidor sin decir una palabra, con la corbata alrededor del cuello y los deslumbrantes zapatos de piel en la mano. Parecía que no estaba dispuesto a soportar un instante más su presencia.

Ruby se quedó sola en la silenciosa oficina que ella misma diseñó. Miró los libreros empotrados, los lujosos sillones de brazos y, por último, contempló su reflejo en el pequeño espejo antiguo que había colocado sobre las repisas meticulosamente acomodadas y entre dos libros empastados en piel, uno sobre la historia de California y, el otro, sobre horticultura.

Volvió a recordar la gala a la que asistió con Remy el año anterior y la forma en que se arregló para coquetear con él de forma descarada, sin tomar en cuenta los sentimientos de él ni los del pobre Charlie. Lo único que le importó entonces fue sentirse hermosa y disfrutar de sí misma por encima de todo.

Alisó la prenda color esmeralda que encontró en el fondo del clóset de su madre unas semanas atrás, una falda tableada que le llegaba a las rodillas, reluciente pero recatada. Cuando la encontró, todavía tenía las etiquetas, lo que le hacía sospechar que Eleanor la había comprado para un evento antes de encontrar

En llamas 355

algo que le gustara aún más. Era un hábito frívolo que todos conocían de su madre. En ese momento, la extrañó de manera feroz. Extrañaba todo, su perfeccionismo, su energía, su intuición. Seguro su madre sabría lo que debería hacer en ese momento respecto a Remy, a Ashton y al resto de su vida.

Le echó un vistazo al reloj, guardó su uniforme de trabajo en su bolso marinero y empezó a reunir sus pertenencias. Sabía que la gobernadora llegaría dentro de poco, y luego el resto de los invitados, pero tenía la esperanza de poder ensayar por última vez su discurso antes de que comenzara el evento. Apaciguar la situación con Remy parecía muy improbable, pero lo mínimo que debía hacer era asegurarse de no terminar balbuceando.

Al abrir la puerta vio a Ashton caminando nervioso afuera, la luz que lo bañaba le daba una apariencia etérea, apareció como si lo hubiera invocado con solo su imaginación.

—Te ves linda —le dijo al verla.

Ella se pasó la mano por el cabello como no prestando mucha atención, salió del vestidor y se quedó en el reluciente vestíbulo.

—Gracias. ¿Por qué no estás en la recepción? —le preguntó con el corazón palpitándole a toda velocidad. No estaba segura si verlo ahí debía preocuparle o darle gusto. No habían tenido un momento a solas desde todo el asunto con Millie y el beso. No creyó que iría al evento pero, después de todo, estuvo dispuesto a recibir los boletos cuando llegaran los invitados.

El traje negro que llevaba puesto le quedaba un poco holgado, lo que le recordó a Ruby lo mucho que había adelgazado en las últimas semanas.

—Tus hermanas me están cubriendo. Quería hablar contigo antes de que empiece... todo eso.

—Ay, ¡no me digas que hiciste caer uno de los centros de mesa! —exclamó bromeando, él solo continuó mirándola de forma sombría. Estaba ansiosa por ir al salón para el evento, pero, justo como dijo Remy, le era imposible negarle algo a Ashton. A pesar de todo lo que estaba sucediendo allá afuera, su mente se calmó para hablar con él, y tenía el corazón abierto para escuchar lo que fuera que hubiese ido a decirle.

Él estiró los brazos y la tomó de las manos, no encontraba las palabras correctas. En cuanto sintió la frescura de su piel, Ruby se sorprendió al notar lo distinto que se sentía ahora ese toque que, alguna vez, anheló noche y día. Por lo general, sentir a Ashton cerca le provocaba una corriente eléctrica que le recorría todo el cuerpo y hacía que en cada una de las fibras de su ser se activaran alarmas. Pero ahora, mientras él tocaba con delicadeza sus dedos, solo sintió calma. Sintió comodidad y paz en lugar de empezar a temblar de emoción. Sus ojos dorados, su silencio y su seriedad seguían siendo las mismas cualidades de las que se enamoró, pero ahora su corazón lo percibía de otra manera, casi distante.

Trató de no pensar en eso, ya tenía demasiadas cosas en la cabeza por lo que sucedería esa noche, no podía concentrarse en esa nueva forma de sentir a Ashton.

—Mereces tener una noche maravillosa —dijo él—. Has trabajado muy duro para lograr esto y todo lo demás, y tienes derecho a disfrutar de ti misma y de tu éxito —dijo mientras Ruby contemplaba sus largas pestañas y sus ojos vidriosos—. ¿Sabes? Creo que ambos hemos cambiado mucho tras lo que pasó. Tú, por supuesto, arrancaste a toda marcha y aprovechaste todas las oportunidades que pudiste sin importar cuán difíciles eran las cosas. Yo desearía haber sido más inteligente o fuerte para hacer lo mismo. He luchado todo el tiempo, he tratado de volver a sentir

En llamas 357

que soy el de antes o, al menos, de encontrar mi camino de vuelta a lo que fue nuestro hogar. Pero intentarlo solo me ha hecho sentir triste y perdido. Me he estado ocultando de la realidad de nuestro mundo y, ahora... solo quería agradecerte. No sé si he sido justo contigo, pero siempre me has apoyado y estado a mi lado, incluso cuando no lo merecía. Incluso cuando fui... cruel contigo.

Por lo general, Ruby dejaba de prestarle atención en los primeros momentos de este tipo de monólogos introspectivos, pero, por primera vez en la vida, no solo sintió que entendía de qué hablaba, sino que también lo entendía *a él*. Tal vez el amor enfermizo que le profesaba, empañó siempre su visión y le impidió verlo con claridad. Ahora, por fin, lo veía como nunca.

—Oh, eso no es cierto —le aseguró sin mucho entusiasmo, estrujando su mano con cariño... sabiendo que en el fondo tenía razón.

—Nunca he sabido lo que quiero de la vida, pero como he tenido suerte y se me han presentado muchas oportunidades, he podido intentar cosas distintas y luego cambiar de opinión sin que haya muchas consecuencias. Por eso antes no importaba —explicó.

Ruby sintió una especie de remordimiento al escucharlo porque por fin entendía su tristeza y porque, aunque sabía que se estaba desnudando ante ella de una manera honesta e íntima, deseó que se apresurara para poder bajar al salón. Sonrió nerviosa. Durante años esperó que la halagara y, ahora que por fin lo estaba haciendo, solo sentía lástima.

—A veces yo también extraño nuestra vida de antes. Algunas partes. Pero hay mucho de bueno en lo que tenemos y podemos hacer ahora —dijo Ruby en voz baja y encogiendo los hombros incómoda.

Ashton asintió con una expresión compleja que parecía mezcla de miedo y esperanza.

Ruby bajó la mirada, se sentía dividida. La dulce manera en que Ashton la tenía tomada de las manos, su honestidad y la forma en que confiaba en ella, aunque le rompían el alma, también hacían vibrar fibras de su corazón que guardó para él durante años. No obstante, se dio cuenta, tal vez por vez primera, que esas fibras pertenecían a una versión antigua de sí misma, a una chica que había dejado de existir. Una chica que rara vez veía hacia fuera de su propia burbuja y sus deseos. Cierto, fue una niña feliz, pero con todo lo que había sucedido era imposible seguir fingiendo que era la misma. Su amor por Ashton ahora le pertenecía a la Ruby que dejó de ser, la Ruby del pasado.

De pronto sintió una repentina tristeza que le punzó el corazón y pensó que, quizás, ella y Ashton nunca estarían juntos ni serían felices, no por las diferencias que a él le parecían insuperables, sino porque eran demasiado similares. Él se aferraba al pasado que romantizó en sus recuerdos a pesar de la complejidad y las dificultades que aquel período de lucha les trajo. Y, aunque ella reaccionó de forma distinta, ahora veía que a él lo había tratado de la misma manera que manejó sus sentimientos por Buena Valley. Se obsesionó con su amor por él y ahora se daba cuenta de que era solo un enamoramiento juvenil, algo que fue amplificando y exacerbando más allá de la realidad a medida que pasaba el tiempo. Había soslayado las fallas y la incompatibilidad casi como para reconfortarse a sí misma mientras se adentraba en un mundo que le era desconocido. Pero ahora, al estar frente a ese chico inseguro y complicado que tanto le importaba, sabía que no podría pasar su vida tratando de prolongar su amor y persuadiéndolo de que aceptara el mundo distinto en que ahora vivían. Ese mismo mundo que a ella tanto la inspiraba y emocionaba, y del que él quería ocultarse.

Era innegable, el futuro era aterrador y desafiante, pero ¿no sería la vida aburrida si no fuera así? ¿Cuál era la alternativa? ¿Cómo aprendería y crecería si el mundo permaneciera igual que antes? Ella podría amar Buena Valley por todo lo que fue y todo lo que sería, por el simple hecho de que el amor debía impulsarte hacia adelante e inspirarte.

Igual que mi relación con Remy, pensó de pronto sintiéndose sobresaltada.

Levantó la vista y miró a Ashton al fin, por el momento de silencio que acababan de compartir supo que él también comprendía. La esperanza que alguna vez tuvo de que hubiera un romance entre ellos se había extinguido finalmente, ahora era parte del mundo y de la infancia que compartieron y amaron, pero que ya solo existía en su recuerdo.

Ashton la abrazó y las mejillas húmedas de ambos se encontraron. No era un abrazo de pasión, sino un gesto simple entre dos personas con una historia común. Dos personas en lugares demasiado distintos en el presente, pero con toda una vida de recuerdos.

No estaba segura de cuánto tiempo pasó ahí, tan cerca de él que alcanzaba a escuchar el latido de su corazón. No fue sino hasta que escuchó la puerta del frente cerrarse de golpe detrás de ella, que despertó de aquel momento y recordó que debía irse.

CUANDO POR FIN LOGRÓ SEPARARSE de Ashton e ir al patio, vio varios grupos de personas vestidas para una fiesta de coctel.

Entró al salón y, al ver la iluminación ambiental, le pareció que centelleaba. A pesar de su ansiedad por echar todo a andar, se forzó a detenerse y permanecer en la puerta de doble hoja para observar y asimilar todo: su arduo trabajo, su lucha, su sacrificio. Su mirada recorrió el salón observando cada uno de los mágicos detalles, como el deslumbrante candelabro en las alturas y las velas flotantes en cada mesa. En el interior había ya algunas personas entreteniéndose cerca del bar y conversando en sus mesas. Alma, la esposa de Benito, estaba acomodando el arreglo floral en el centro de la mesa reservada para el personal de la gobernadora y, tras arrancar una hoja marchita y café, le lanzó a Ruby una sonrisa desbordante de entusiasmo. Por encima del estruendo de las conversaciones se escuchaba la constante voz de su padre. Ruby lo vio no muy lejos de ella, señalándole a uno de los empleados del servicio de banquetes una hornilla Sterno apagada.

El corazón de Ruby palpitó con fuerza, mil sentimientos se arremolinaban y la mareaban por la emoción. Sí, se sentía nerviosa, pero también orgullosa y llena de esperanza. Aunque todavía le sorprendía que la vida resultara tan distinta a lo que había imaginado, y después de todo lo sucedido, estaba aprendiendo a encontrar belleza y promesa en los resultados.

Incluso cuando las cosas se tornaban difíciles.

Su mirada se fijó en Remy, se encontraba al frente, parado debajo del banderín y jugando con varias tarjetas con anotaciones. Luciendo encantador, pero estoico. Aunque estuvieron juntos apenas un rato antes, sintió que era la primera vez que lo veía.

Atravesó el salón para encontrarse con él. Tenía la esperanza de que postergara su mal humor el tiempo suficiente para practicar por última vez el discurso que darían juntos, pero antes de llegar adonde se encontraba, se detuvo.

En llamas 361

Volteó y vio a Patty, su antigua compañera de cuarto en la universidad. Estaba de pie frente a ella con un vestido ondulado que le llegaba a la rodilla y que más bien parecía camisón. Detrás de ella estaba su amiga Hannah vistiendo un elegante vestido negro corto y con un corte tipo *pixie* que a Ruby siempre le había parecido muy difícil de hacer funcionar, pero que a ella la hacía lucir como supermodelo.

—Oigan, ¿qué están haciendo aquí? —preguntó Ruby riendo y abrazándolas a ambas con alegría.

Patty sonrió de oreja a oreja, tenía las mejillas rosadas de la emoción.

—Mi padrastro estudió con la gobernadora en la universidad y, cuando vi en las noticias que su evento de recaudación de fondos sería en tu salón de recepciones, le dije que comprara boletos para todos —explicó señalando la mesa en que estaba sentada su familia: un grupo de personas fornidas y muy alegres.

—Claudia Cortez es asombrosa —dijo Hannah emocionada—. Estamos muy contentas de estar aquí.

—¡El lugar se ve *increíble*! —exclamó mirando el salón con los ojos abiertísimos—. ¡No puedo creer que tú hayas hecho todo esto! Te hemos extrañado muchísimo, ¡pero mira lo ocupada que has estado! ¡No puedo creerlo!

Ruby les agradeció y se sorprendió al notar que se había ruborizado ante tantos elogios.

—En verdad estoy muy contenta de volver a verlas. Les prometo que regresaré más tarde, pero ahora debo irme —dijo empezando a buscar de nuevo a Remy con la mirada. Lo vio caminando de un lado a otro, seguía jugando con las tarjetas de anotaciones, pero todavía estaba al frente del salón.

Patty miró hacia donde Ruby había volteado y asintió arrugando la nariz como comprendiendo.

—Ah, ¡por supuesto! Hablaremos más tarde.

Ruby se sentía agradecida de que tantas personas que la estimaban y a quienes les importaba estuvieran ahí para apoyarla, pero le era imposible no sentirse un poco agobiada al ver a toda esa gente que le recordaba las vidas dispares que había llevado y lo mucho que cambiaron las cosas. Le daba la impresión de que el universo había decidido que su pasado y su presente colisionaran esa noche ahí.

—¿Estás listo? —le dijo a Remy a modo de saludo con una sonrisa temblorosa, pero la respuesta fue una mirada fría y turbia. Remy asintió con frialdad—. ¿Quieres practicar por última vez?

La sonrisa glacial hizo que le dieran ganas de desaparecer. ¿Cómo podría fingir optimismo y alegría frente a todas esas personas sabiendo que algo oscuro y frenético se estaba gestando en él y entre ellos?

—¿Por qué? ¿Ashton no quiso practicar contigo? —dijo gruñendo finalmente.

La puerta se azotó, pensó aterrada. La había visto abrazando a Ashton. No se trató de un abrazo romántico, pero imaginaba lo que le habría parecido a Remy que fue.

Todo empezó la noche en que estuvo pensando en Ashton mientras se encontraba recostada en la cama al lado de él y, aunque no imaginaba cómo se dio cuenta de lo que le pasaba por la mente, estaba convencida de que lo sabía.

Pero ¿por qué regresó a la oficina, para empezar?

—Remy, puedo explicarte —le aseguró desesperada. Si solo supiera lo que pasó entre ella y Ashton, si supiera que por fin

En llamas 363

había dejado atrás los sentimientos que tenía por él, no habría manera de que continuara sintiéndose herido o teniendo celos.

—No te preocupes, solo acabemos con esto —dijo al tiempo que metía la mano en el bolsillo de su saco para tomar sus notas. Ella trató de sujetarlo del brazo para suplicarle que la escuchara, pero él solo le entregó las notas con brusquedad y evitando que sus manos se tocaran, y se dio la media vuelta.

Lo siguió desconcertada hasta el podio. Mientras atravesaban el salón entre las mesas, vio a una multitud de casi trescientas personas elegantemente vestidas, sonriendo y riendo emocionadas. En una mesa cerca del frente del salón estaba su familia, Ashton, Millie y el señor Hamilton, a quien Ruby no había visto desde que se fue de Buena Valley. Tenía su bastón recargado a un lado de su silla. Millie se veía esplendorosa con su traje color blanco crudo y el cabello recogido en un chongo impecable, les sonrió apacible a ella y a Remy, y levantó los dos pulgares con alegría. A pesar de la distancia, Ruby notó que llevaba un reluciente anillo de diamantes en su dedo anular izquierdo. Era una joya modesta y refinada, pero hermosa. Como Millie.

De pronto comprendió todo, fue un sentimiento intenso, pero no desagradable del todo.

Ashton le había pedido que se casara con él, por eso fue a verla al vestidor. Nunca sabría por qué él no fue capaz de decir las cosas como eran, pero ahora tenía la certeza absoluta de que su amor por él era imposible. Siempre lo había sido. No solo porque se casaría con Millie, sino porque eran dos personas distintas atrapadas en realidades que nunca convergerían, y él solo la había conocido como la Ruby que había dejado de ser.

Quizás esa fue la primera vez que le sonrió de vuelta a Millie sin ningún dejo de envidia o amargura, y se sintió conmovida al verla asentir y mirarla fijamente con sus ojos color ámbar.

Ruby respiró hondo para estabilizarse y volteó a ver a su padre en esta ocasión, quien la miraba con reverencia, como si lo supiera todo. Era una mirada que ella no había visto en mucho tiempo.

—Estoy orgulloso de ti, mija —dijo gesticulando. Los labios de Ruby empezaron a temblar un poco, pero se sintió animada al leer las palabras silenciosas de su padre.

Remy le extendió la mano para ayudarle a subir los tres escalones que llevaban al podio y Ruby la aceptó confiada. Se quedaron de pie mientras el ruido en el salón disminuía y se convertía en un ansioso silencio. Cientos de brillantes miradas se posaron en ellos esperando que hablaran. La gobernadora Cortez estaba del lado izquierdo del podio, se veía emocionada, pero también muy enfocada. Ruby respiró hondo y le lanzó a Remy una última mirada por el rabillo del ojo. Todavía parecía estar furioso, pero volteó a verla. El momento había llegado.

LA NOCHE PASÓ EN UN INSTANTE DE CONFUSIÓN. EN CUANTO LE entregaron el micrófono a la gobernadora, Remy salió disparado del podio, pero sin correr de lleno. Aunque en el mapa con los asientos que Ruby diseñó lo había colocado junto a ella, nunca se apareció por la mesa. De hecho, solo lo vio de repente platicando y riendo con los invitados en distintos rincones del salón. Le pareció que no le costaba ningún trabajo eludirla.

En llamas 365

Bueno, de todas formas, no tengo tiempo para preocuparme por eso ahora, se repitió cada vez que escuchaba la sonora voz de Remy en el salón o que alguien mencionaba su nombre y ella se erizaba. *Tendré que dejarlo para después.* Estaba decidida a no permitir que ni Remy ni la reciente epifanía que tuvo respecto a Ashton la distrajeran de la tarea que tenía frente a sí: usar su encanto para hacer *networking* y hacer contactos que pudieran ejercer un impacto favorable en su trabajo. Era justo para lo que sentía que había nacido.

Pensó en todas las cosas intimidantes que se vio forzada a aprender solo por necesidad tras los incendios. Recordó que al principio solo deseó con vehemencia desaparecer en sí misma, en su dolor. Que se sintió aterrada, frustrada y sola, pero supo que tendría que superarlo porque no tenía opción, porque, sin importar lo poco preparada que creyera estar, tendría que hacer todo. Y aunque ese proceso la transformó en una persona distinta, ahora se sentía orgullosa de sí misma por haber enfrentado los desafíos.

Esa noche, sin embargo, era una especie de invocación a la chica sobre la que habló Ashton, la que Ruby sentía que se perdió en los incendios, la que tenía una madre que la guiaba y a veces la castigaba: la insolente chica que adoraba las fiestas, la apasionada joven que sentía que era más ella misma cuando se enfundaba en un hermoso vestido y coqueteaba con un grupo de jóvenes que la adoraban como diosa. Le parecía que esa noche era su última oportunidad de vitorear a aquella chiquilla, la última oportunidad de bailar con ella en la pista de baile antes de renunciar a ella y dejarla en el pasado.

El evento terminó a las once de la noche, pero los últimos invitados que salieron tambaleándose del salón se fueron pasada la medianoche. La gobernadora seguía sentada en su mesa, rodeada de varios sobres de papel manila mientras dos integrantes de su personal le daban las últimas noticias y sus observaciones respecto a lo sucedido esa noche.

El padre de Ruby se había ido horas antes a casa con sus hermanas. El cansancio de las semanas pasadas se dejaba ver en el rostro de toda su familia y era justo que descansaran. Y, tras pasar la última hora del evento acurrucados en una esquina, en un universo propio, Ashton y Millie por fin se escabulleron para disfrutar de la dicha de su flamante compromiso.

—Me voy —le dijo Remy sin ninguna emoción. Su traje negro aún se veía impecable a pesar de que se había quitado la corbata, que traía en uno de sus bolsillos. Llevaba desabotonado el cuello, dejando ver un poco su piel bronceada.

—¿Te vas? —dijo Ruby apretando contra su pecho los manteles que llevaba en el brazo. Se quedó parada esperando más información. Todavía tenían que limpiar y quitar las decoraciones, y ella sabía que, aunque no eran tareas que le correspondían a Remy, sería raro que se fuera sin ayudar. Además, ¿qué pasaría si la gobernadora quisiera hablar con ambos? ¿No querría quedarse para eso?

—Debo tomar un vuelo muy temprano para ir a Nueva York. Tengo que hablar con mis abogados.

A Ruby se le congeló el corazón.

—¿Sobre qué? —dijo con dificultad.

—Buena. Nosotros. Esto —dijo con una expresión indescifrable.

Ruby comenzó a pensar a toda velocidad, a tratar de entender lo que quería decir. No solo eran novios, también eran socios de negocios en ese proyecto. Que tuviera que reunirse con sus

En llamas 367

abogados, ¿significaba que romperían su relación en todos los sentidos? Le dolió todo solo de pensar en ello.

—Remy, me habría gustado que me mencionaras esto antes.

Remy metió las manos a los bolsillos y negó con la cabeza.

—Ruby, yo no soy el hombre que quieres y estoy cansado de fingir. Es solo que... Te llamaré cuando vuelva —dijo con un profundo suspiro y mirándola con sus infinitos ojos oscuros. Por un instante, a Ruby le pareció que diría algo más, pero solo volvió a negar con la cabeza y salió de ahí.

Ella se quedó inmóvil, no estaba segura si lo que sentía era dolor o conmoción. Cuando la gobernadora Cortez dijo su nombre, le pareció que le hablaba a una persona completamente distinta. Los manteles que llevaba pegados al pecho formaron ondas blancas que se desplegaron cuando los dejó caer.

Quinta parte

El amor, dijeron,
te quema,
pero te construye.

—Kamand Kojouri

37

—*¿No has sabido* nada de él? —preguntó Carla boquiabierta mientras aplanaba una bola de masa en la mesa.

Ruby se encogió de hombros y fingió no estar preocupada, pero la manera en que Carla lo preguntó atrajo la atención de Elena y de Mamá Ortega, y las tres la miraron arqueando las cejas.

—¿Entonces rompieron? —preguntó Elena con una curiosidad tan intensa que a Ruby le pareció grosera.

Sin embargo, ella misma llevaba tiempo haciéndose la misma pregunta. Había pasado más de una semana desde que Remy se fue y, aunque la última vez que hablaron todo le indicó que no debería esperar que hubiese mucho contacto, de todas formas le dolía su silencio. No dieron fin a su relación de forma explícita, pero ella tuvo que dar por hecho que su desaparición no era una señal positiva.

—No... no estoy segura —admitió al tiempo que aplanaba como dormida la bola de masa que tenía entre las manos y la colocaba sobre una hoja de maíz. Luego tomó una aceituna del cuenco al centro de la mesa y lo insertó en el relleno de carne. La familia Ortega tenía la tradición de ponerle una aceituna a cada tamal como sorpresa. Mamá Ortega decía que daba suerte y, sin duda, Ruby necesitaba un poco más en ese momento.

Carla la miró con cariño desde el otro lado de la mesa.

—Estoy segura de que te llamará pronto. A veces, las personas solo necesitan darse tiempo.

Ruby no había podido confiarle a nadie los detalles de lo que pasó entre ella y Remy. Fue tan desagradable e incómodo, que ni siquiera pudo celebrar que la gobernadora Cortez le ofreció hacer una pasantía en su oficina. El dolor de su corazón la distraía demasiado.

Aunque sus hermanas y su abuela tenían buenas intenciones, Ruby extrañaba los sabios consejos de su madre. De niña y adolescente, nunca apreció su sabiduría lo suficiente, era una de las muchas cosas que dio por hecho todos esos años y de las que tanto se arrepentía. A pesar de todo lo que había logrado conquistar sin su guía, aún no sabía cómo lidiar con los asuntos del corazón.

—Ten paciencia, mija —le dijo Mamá Ortega con dulzura mientras acomodaba una pila de tamales dentro de la enorme olla vaporera plateada—. Hay muchas cosas que puedes controlar, pero el corazón de la gente todavía no.

—Podrías llamarle —dijo Carla.

Ruby asintió. En efecto, podría hacerlo. De hecho, lo había pensado en varias ocasiones, pero algo siempre se lo impedía. Su orgullo, miedo o algo más. Era solo que... no sabía qué decir. Quería explicarle a Remy que ya no estaba enamorada de Ashton y que era posible que no lo hubiera estado por algún tiempo, que lamentaba no haberse dado cuenta antes. Sin embargo, no estaba segura de que le creyera y, peor aún, de que le importara.

En llamas 371

HABÍAN PASADO DIEZ DÍAS DESDE QUE REMY SE FUE, PERO NO, NO ERA QUE Ruby los hubiera estado contando con angustia y sintiendo que agonizaba.

Como Mamá Ortega se lo había sugerido, trató de ocuparse con cosas que podía controlar, pero también había estado deslizando la pantalla del celular, leyendo la cobertura noticiosa sobre la gobernadora. Entre otras cosas, la alababan por su apoyo a los negocios californianos como Ortega Properties y enfatizaban la esperanza que causaba que una mujer de color ocupara un puesto de liderazgo, pero por supuesto, también había algunos artículos críticos que se enfocaban en su agenda en pro de la inmigración, en el conservador que ocupaba el escaño que ella buscaba, e incluso en que no fuera una mujer casada.

Ruby habría pasado días mirando los resultados de sus búsquedas. Había una enorme cantidad de cándidas fotografías del irritante y guapo Remy en su traje hecho a la medida, así como una miríada de publicaciones en redes sociales sobre la gobernadora, pero también sobre Buena. En algunos foros les aplaudían por su pensamiento de avanzada, por el servicio que prestaban a otras personas con base en la comunidad y, en otros, los acusaban de circunvalar a las organizaciones de ayuda del gobierno, o incluso de ser "salvadores blancos", una crítica que a Ruby le parecía fascinante. Estaba segura de que contaba con una buena cantidad de privilegios que tenían que ver con lo blanco de su piel, pero trabajaba con mucha gente latinx, como Remy y sus clientes, así como con personas con experiencias muy variadas. También había algunos blogs oscuros y publicaciones sobre Remy, decían que tenía un pasado sórdido y demandas legales pendientes. ¿Alguien se habría enterado de que se reuniría con sus abogados? ¿Cómo lo habrán sabido antes que ella?

De pronto empezó a pensar que, de entre más cosas se enteraba, más preguntas tenía, y se preguntó si así le pasaría a toda la gente.

También se enfocó en ponerse al día con los clientes de ella y de Remy, por eso pasó horas visitando a varias personas en sus nuevos hogares para tomar "un cafecito" y escuchar sus historias. Asimismo, tuvo una intensa conversación a través del correo electrónico con la directora de la campaña de la gobernadora. Aceptó la pasantía que le ofrecieron y propuso establecer un comité consultivo de clientes de Buena para ofrecer guía sobre su labor de apoyo a comunidades marginadas. Contrató a dos gerentes y acortó el número de horas que pasaba en la posada. Solicitó su expediente académico y empezó a enviar solicitudes a algunas universidades cerca de casa.

Todo eso formaba parte de una serie de pendientes que, una vez que fue atendiendo, además de tranquilizarla le imbuyeron un sentimiento de logro. También eran tareas que, la mayor parte del tiempo, le impedían estar revisando su teléfono de forma obsesiva para ver si había alguna llamada de Remy.

Al onceavo día de su partida, su teléfono sonó a las dos de la mañana, pero, como no había podido dormir bien desde que él se fue, abrió sin problema los ojos al escuchar el segundo timbrazo.

Era él.

—¿Pue...des recogerme? —dijo. Ruby escuchó una voz grave y perezosa que mezclaba las palabras con torpeza.

—¿Cómo? —preguntó ansiosa al mismo tiempo que se incorporaba como de rayo.

En llamas 373

—...toy aero... puerto. ¿Puedes ...erme?

—Claro —contestó. No había terminado de responder cuando ya estaba de pie.

Le tomó algunos minutos más lograr que le diera su ubicación exacta porque parecía confundido y distraído, pero en cuanto la tuvo se puso en camino.

LO ENCONTRÓ RECOSTADO EN UN MURO DE LA ZONA DE RECOLECCIÓN de equipaje. Le había marcado en dos ocasiones para decirle que lo esperaría afuera, en la acera, pero Remy nunca entendió sus indicaciones. Se rindió, se estacionó y fue a buscarlo. Cuando lo vio todo desaliñado, entendió.

Estaba ebrio. *Muy* ebrio.

Tenía la camisa a cuadros medio salida de los jeans y manchada en el dobladillo. Lo encontró con las piernas dobladas y pegadas al pecho, con la cabeza apoyada en las rodillas. Una profusa barba le cubría las mejillas, tenía la boca medio abierta y los labios mojados de saliva.

—¿Remy? ¿Qué estás haciendo? —fue todo lo que pudo decir. Era obvio que Remy estaba a punto de perder el conocimiento en el suelo del segundo terminal, pero ella no entendía por qué, de todos los lugares, le dio por emborracharse justo en ese.

Alcanzó a ver sus oscuros ojos cuando sus cansados y pesados párpados revolotearon.

—Viniste —balbuceó con una peculiar impotencia en su mirada.

Ruby asintió y se acuclilló a su lado.

—¿Qué sucede?

Remy trató de sacudir la cabeza, pero solo logró hacerla bambolearse sobre sus rótulas de forma descoordinada.

—Traté de llamar un Uber, pero no pude encontrarlos. Tra... té cuatro veces. Idiotas —dijo suspirando—. Solo tú pudiste encontrarme. Pero no trabajas pa... para Uber, ¿ver... dad?

—No, pero no hay problema. Te llevaré a casa —dijo Ruby dándose cuenta de que nunca lo había visto sonreír de esa manera.

En varias ocasiones consumieron bebidas alcohólicas juntos, pero siempre se controlaba, era una persona refinada y reflexiva sin importar las circunstancias. *¿Qué habrá sucedido?*, pensó mientras lo tomaba del brazo. Él se alejó de ella y estuvo a punto de caer.

—No quería llamarte —le aseguró con un inconfundible tono de desconfianza. Era obvio que, a pesar de estar embriagado, se aferraba a su resentimiento.

—Lo sé. Vamos. Entre más pronto te lleve a casa, más rápido dejarás de verme —afirmó ella extendiendo la mano de nuevo, pero él se apartó de nuevo.

Se puso de pie con dificultad, ayudándose de la pared y muy lentamente. Se balanceó con aire desafiante y la mandíbula apretada, tratando de enfocarse. Ruby tomó su maleta, pero no se ofreció a ayudarlo de nuevo, ni siquiera cuando lo vio dando tumbos en el estacionamiento, camino al Jeep.

Remy se quedó dormido y así permaneció todo el trayecto hasta llegar a su departamento, jadeando y roncando fuerte, con la mejilla pegada a la ventana. Despertó al llegar al complejo, pero de todas formas Ruby casi tuvo que arrastrarlo hasta los escalones de su puerta. Mientras ella abría, él permaneció agachado, apoyándose en el barandal de la escalera, pero cuando la puerta estuvo abierta, avanzó a trompicones como si se hubiera

En llamas 375

tropezado con algo y la gravedad lo empujara con fuerza. Se quitó los zapatos dando patadas, se lanzó al refrigerador y abrió la puerta de un jalón.

Sacó dos cervezas y las dejó caer con fuerza sobre la barra de la cocina.

—¿Quieres un trago?

Ruby se quedó en la puerta sintiendo que la confusión, el miedo y la preocupación burbujeaban en su interior como una especie de veneno hirviente.

Por un instante, la terrible crueldad en la mirada de Remy dio paso a una vulnerabilidad fugaz. A la desesperación. Destapó las cervezas y le extendió una a Ruby.

—Vamos, no me hagas beber solo.

Ruby entró al departamento, pero dejó la puerta entreabierta.

—Creo que ya bebiste suficiente, Remy —le advirtió con un murmullo, pero de todas formas aceptó la botella.

Él se rio entre dientes, le dio un trago a su bebida y se lanzó al sofá dejando que sus pies colgaran sobre el brazo. Desde donde Ruby se encontraba en la cocina, era lo único que podía ver.

Atravesó la sala con tiento y se sentó en el sillón frente a él. Él la miró con los ojos entrecerrados y a Ruby le pareció ver un sigiloso depredador esperando con paciencia antes de actuar. La piel se le puso de gallina, pero no pudo obligarse a salir de ahí.

—Entonces, ¿me vas a decir de qué hablaste con tus abogados? —lo increpó. Tras más de una semana de silencio, supuso que, si no le preguntaba ahora, no volvería a tener otra oportunidad de obtener respuestas.

Remy bebió otro trago y algunas gotas de cerveza cayeron en el sofá.

—No eres la única que tiene secretos, Ruby Ortega. Hay algo que nunca te dije —confesó hablando con mucho tiento, tratando de concentrarse para pronunciar con claridad—. Es sobre la propiedad intelectual de la aplicación. Bueno, de las aplicaciones, supongo. Capitán y Buena. Técnicamente, los derechos... no me pertenecen —dijo y, en ese mismo instante palideció tanto, que Ruby se preguntó si estaría a punto de vomitar. Hizo un gesto de dolor, respiró hondo y continuó hablando—. Hay un tipo de la universidad que asegura que le robé la idea.

Ruby se quedó paralizada.

—¿Y... lo hiciste?

Su mirada se endureció.

—Parece algo que haría, ¿no es cierto? —gruñó con un tono crudo y evitó la pregunta de forma deliberada—. En fin, este tipo, Chad Waters, habló con los medios e interpuso una demanda. Quiere quedarse con todo.

Ruby inhaló muy profundo, pero el aire que sintió entrar a sus pulmones parecía caótico. De pronto le costó trabajo respirar. *La llamada que tomó la noche del evento de recaudación de fondos.* Fue eso.

—¿Y apenas te enteraste de todo esto? ¿Por qué ahora?

Remy se mordió el labio y se enfocó en arrancar con la uña la esquina de la etiqueta en la botella de cerveza como si su vida dependiera de eso.

—Me contactó hace mucho tiempo, antes de que te conociera —explicó. Ruby sintió que estaba siendo vago con los detalles a propósito. No sabía si era porque estaba embriagado o avergonzado, pero lo dejó continuar hablando. Más adelante lo presionaría a él o a sus abogados para enterarse de los pormenores—. Nos íbamos a arreglar fuera de los juzgados. Le pagaría lo que él

En llamas 377

consideraba merecer. Lo mantendríamos en privado, al margen. Las cosas iban bien.

Sus ojos se iluminaron de pronto, Ruby los vio tan inyectados y vidriosos que se asustó.

—...Pero en cuanto se enteró de lo que estábamos haciendo con Buena y vio que teníamos vínculos con Cortez, pidió más dinero. *Mucho* más dinero —dijo aclarando la garganta. Volvió a fijar la vista en la cerveza—. Supuso que, si teníamos fondos para organizar un evento de caridad, podríamos pagar más, pero bueno, ya sabes, no es así. Yo he estado pagando una buena cantidad de los gastos de Buena con mi propio dinero. Chad me amenazó vagamente. Dijo que, si yo no aceptaba, iba a denunciar a nuestros clientes en el Control de inmigración y aduanas. No sé si sería capaz de hacerlo, pero no estoy dispuesto a averiguarlo ni a jugar con la vida de la gente de esa manera. En fin, el caso es que va a demandar por la propiedad de las dos aplicaciones.

—Ay, *Remy* —musitó. En su tensa voz se escuchaba el dolor, la decepción y la impotencia.

—Me aseguré de mantenerte fuera de esto. En los documentos solo aparece mi nombre. También puedes decirle eso a la gobernadora, que todo fue mi culpa y no tuviste nada que ver. Tú, tu negocio y todo lo demás está a salvo, pero todo lo que yo tengo y lo que construimos con Buena, se lo llevará Chad. Podemos hacer recomendaciones sobre cómo debería usar los fondos, pero al final, Buena y la tecnología le pertenecerán. Y, con base en nuestras conversaciones, creo que puedo decir que no le interesa el aspecto caritativo, así que lo más probable es que suprima Buena.

—¿Suprimir Buena? —exclamó, pero sus propias palabras le parecieron irreales al escucharlas escapar de su boca.

Remy asintió y ambos se quedaron en silencio, lamentándose juntos. Su tristeza era tan profunda, que Ruby se preguntó si estarían afligidos por el fin de Buena y de su relación también.

—Después de todo, tal vez estaríamos mejor si hubiera sido más como tu precioso Ashton —masculló tan bajo que Ruby no estaba segura de haberlo oído bien. Remy se movió en el sofá como si tratara de ocultarse de su mirada—. De todas formas, todo ese tiempo deseaste que fuera él —dijo. A ella le tomó por sorpresa el abrupto cambio de tema y, sobre todo, la vulnerabilidad en sus palabras.

El aire se le quedó atrapado en la garganta, no encontraba las palabras adecuadas.

—Remy, estuve enamorada de Ashton muchos años o, al menos, eso pensaba, y me aferré a ese sentimiento mucho más tiempo del que debí. Pero ha terminado.

Remy puso los ojos en blanco y, con ese simple gesto, volvió a subir la guardia.

—Claro que se acabó, ¡se va a casar con Millie! —dijo rechinando los dientes—. Pero eso no fue lo que dije. A lo largo de toda nuestra relación, siempre quisiste estar con él, no conmigo. Habrías preferido estar en sus brazos que en los míos —murmuró, y las palabras parecieron agriarse en su boca antes de que las pronunciara y las comisuras de sus labios se desplomaran formando una mueca.

Ruby no entendía lo que estaba haciendo, ¿por qué repasar detalles aún más dolorosos a pesar de que era claro que estaba en agonía? Trató de asentir de todas formas, pero solo pudo sacudir la barbilla con rigidez.

—Supongo que es cierto, Remy, pero...

En llamas 379

Remy asintió con una rara y triste sonrisa que parecía ser lo único que le impedía terminar de desplomarse.

—Sé que he cometido muchos errores, pero pensé... pensé que juntos podríamos ser mejores personas, ¿sabes? Que podríamos crecer juntos. ¿No se supone que eso es el amor? —preguntó negando con la cabeza, como si estuviera escuchando por primera vez esas palabras y descubriendo que no tenían sentido. Se puso de pie tambaleándose un poco, pero decidido a moverse—. Y tú solo te mantuviste encerrada en tu mundo, y me dejaste fuera de la misma manera que Ashton te dejó a ti fuera del suyo. Solo le entregaste tu corazón sin darte cuenta de que él jamás podría entenderte o interesarse siquiera en intentarlo. Yo sí te quería. Quería todo de ti, te quería tal como eras. Pensé que, si lograbas dejar de pensar en él lo suficiente para darnos una oportunidad, podríamos ser felices. Y tú tiraste a la basura una relación que pudo hacerte feliz, con la esperanza de algún día tener a alguien que *jamás* podría darte lo que necesitabas. ¡Tiraste nuestra relación a la basura! —dijo caminando de un lado al otro hasta que se detuvo con la espalda hacia ella.

Volteó la cabeza muy poco y, la mínima parte de su hermoso y triste perfil hizo que a Ruby se le rompiera el corazón. Remy la miró por el rabillo del ojo.

—Quería que tú y yo formáramos un equipo. Quería hacer algo para mejorar el mundo contigo. Y, ahora, supongo que nos hemos quedado sin nada. Arruiné Buena y tú nos arruinaste a ambos —dijo con las palabras atoradas en la garganta y negando con la cabeza, cada vez más lento—. Incluso en este amargo final, somos todo un par, ¿eh?

El pecho de Ruby palpitó con fuerza hasta que la angustia que se había estado acumulando en él dio paso a lágrimas ardientes.

—*Remy, yo...*

Remy levantó la mano para acallarla con un movimiento tan rápido y enérgico que la hizo retraerse. Ruby quería explicarse, decirle que sabía que tenía razón y que se dio cuenta de ello algunos días atrás, pero al mismo tiempo, sabía que no importaba. Remy se había hartado, eso era obvio.

Permaneció de pie sin hablar, enjugó sus lágrimas y tomó las llaves de su Jeep de la barra de la cocina. Le lanzó una última mirada a Remy. Seguía de espaldas a la puerta. Notó un imperceptible tremor en sus hombros y se preguntó si también estaría llorando, pero no se atrevió a acercarse.

Abrió la puerta, la azotó al salir y bajó las escaleras corriendo.

Se quedó en el Jeep unos minutos tratando de recuperar el aliento y con la lejana esperanza de que Remy viniera detrás de ella.

Pero no apareció.

MIENTRAS CONDUCÍA VIO EL SOL EMPEZAR A APARECER ARRASTRÁNDOSE en las cimas de las colinas, el cielo tenía una muda tonalidad azul purpúreo con brotes ardientes de naranjas que se asomaban a lo largo del horizonte. Le tomó casi la mitad del trayecto convencerse de que, el hecho de que Remy le hubiera ocultado el problema de las aplicaciones, significaba que nunca la amó. Aunque tal vez las nociones que ella tenía del amor eran erróneas, exigían más lealtad que eso. Si la amara, habría sido honesto, y si ella lo hubiera amado en verdad, en lugar de solo guardarse todo, habría sido más franca respecto a sus complejos sentimientos por Ashton. Quizá su amor por Ashton

En llamas 381

era algo fuera de lugar, pero tenía la impresión de que sus sentimientos por Remy se habían basado en mentiras, y de algo estaba segura: la gente que se ama no se guarda secretos de esa manera.

Estaba tan convencida de ello, tan concentrada en esta idea que, mientras recorría las colinas por la carretera que llevaba a Buena Valley, no notó que el Jeep empezaba a sobrepasar las ondulantes líneas amarillas. Estaba tan enfocada en Remy y en los momentos que condujeron a lo que acababa de suceder, que no vio el tráiler que venía rodeando la esquina, directo hacia ella.

Igual que Ashton, no vio lo que estaba sucediendo hasta que fue demasiado tarde para hacer algo al respecto.

38

Desde los incendios forestales, el tiempo había dejado de tener mucho significado para Ruby. O los minutos pasaban a un doloroso ritmo glacial, o los días volaban y se le escapaban sin advertencia. No había punto medio ni consistencia. No podía depender del paso del tiempo, por eso no le fue difícil lidiar con la situación cuando, estando en el hospital, veía que el tiempo se estiraba y fluía lentísimo en todas las direcciones posibles, haciendo indistinguibles la noche y el día, el ayer y el hoy, las horas y los segundos.

El tiempo no era una dificultad, pero había muchas otras cosas que *sí* lo eran. Como el incesante palpitar en sus costillas, la bruma que inundaba su cerebro, la resequedad en la boca, el borroso desfile de rostros al lado de su cama, los constantes bips y trinos de los aparatos médicos que la rodeaban y las enfermeras manipulándolos. Pero sobre todo, la confusión.

¿Qué sucedió? ¿Por qué estaba en el hospital? ¿Se encontraba bien?

Y, quizá la duda más persistente, ¿estaba Remy ahí?

CUANDO LA VAGA Y NUBLADA LÍNEA A LO LEJOS POR FIN SE DESVANECIÓ, vio a su padre al lado de su cama. Estaba sentado en un sillón con brazos, encorvado con un desgastado libro de bolsillo en las manos, pero mirando más allá de las páginas. Se puso de pie en cuanto la vio abrir los ojos.

—Ruby, ¡despertaste! —exclamó casi sin aliento y moviéndose por toda la habitación hasta que se inclinó a su lado.

Ruby miró alrededor y su memoria la llevó enseguida a la última vez que estuvo en un hospital, cuando encontró a su familia y descubrió que su madre había muerto. Estar ahí con ella, reviviendo el dolor y el miedo de aquel terrible día, debió de ser espantoso para su padre.

—¿Qué sucedió? —carraspeó Ruby.

Su padre la tomó de la mano con cuidado para no mover la intravenosa que tenía insertada y acarició sus dedos.

—Tuviste un accidente automovilístico, mija.

Ruby frunció las cejas. Recordaba que estuvo en el departamento de Remy, quizá lo recordaba *demasiado* bien. Sus palabras seguían punzándola de tal manera que ni siquiera los analgésicos que mantenían su cuerpo adormilado lograban mitigarlas. Aunque con menos claridad, también recordaba haber salido del departamento, la necesidad de huir ensombrecía los detalles... Seguro condujo su Jeep, pero no recordaba haberlo abordado, mucho menos manejarlo o el accidente en sí mismo.

—Un accidente automovilístico —repitió ella.

Su padre asintió.

—Tal vez estabas demasiado cansada para manejar.

—¿Fue... mi culpa?

Él titubeó un instante, pero volvió a asentir.

¿Cómo pudo ser tan descuidada después de todo lo que había sucedido ese año?

Sintió el miedo en el estómago.

—¿Y la otra persona? ¿El otro conductor? Choqué con alguien, ¿no? ¿Cómo están?

—Chocaste con un semirremolque, el conductor se encuentra bien. Tú y la camioneta sufrieron la mayor parte de los daños —explicó su padre mirándola con verdadera preocupación, pero chascando la lengua en una especie de regaño falso—. Siempre que haces algo, lo haces en grande, Ruby. El impacto fue tan fuerte, que pudo ser mucho peor, solo estoy agradecido de que te encuentres bien. Los paramédicos que te trajeron dijeron que tuviste suerte de salir viva —le contó con la voz quebrándosele por el llanto. Era obvio que estaba reviviendo el dolor y la culpabilidad que sentía por su propio accidente—. No podían creer que hubieras sobrevivido con solo algunos golpes en la cabeza, cortadas y rasguños. Te tuvieron en observación durante horas para detectar cualquier contusión, pero el médico acaba de venir a decirme que estás lista para volver hoy a casa —dijo con un suspiro y mirándola con aprensión—. Tus hermanas y yo... tratamos de contactar a Remy para decirle lo que sucedió. Le dejé un correo de voz, mija, pero no he recibido respuesta.

Ruby cerró los ojos con fuerza mientras un agudo dolor le atravesaba todo el cuerpo.

—Pero todavía es temprano —añadió su padre señalando el reloj. Eran casi las diez de la mañana. No, no era temprano, pero Ruby no tenía energía para aclararlo—. Tal vez no ha revisado su celular, mija.

En llamas 385

Ruby asintió poco convencida. Al menos no había lastimado a nadie más, estaba cansada de lastimar a otros con su desconsiderada forma de ser. Al menos esta vez solo se hirió ella misma.

39

Ruby tenía la esperanza *de* volver al trabajo de inmediato. Estaba desesperada por hacer *algo* que la distrajera de la pena de su rompimiento, pero su padre no pensaba permitirlo.

—Has hecho demasiado, ya no necesitas exigirte de esta manera, Ruby. Gracias a ti, nos encontramos en una situación favorable —le dijo al verla tratando de ir a la oficina algunas horas—: disfrútala, cuida de ti misma. ¡*Relax*!

Las palabras de su padre la consternaron, eran demasiado parecidas a lo que Remy le estuvo diciendo durante varias semanas. El solo hecho de pensar en él le causaba tensión, pero que le dieran el mismo frustrante consejo hacía que el estómago se le revolviera.

—Pero *no quiero* relajarme.

—De acuerdo —dijo su padre levantando la mano para acallarla—. Si insistes en mantenerte ocupada, haz algo para el siguiente capítulo de tu vida. Termina las solicitudes a las universidades. En el sofá. En pijama —le dijo dándole un par de palmadas en el hombro antes de salir de ahí y no escuchar nada más.

Ruby sabía que tenía razón, pero no lo habría admitido, ni siquiera si se hubiera quedado en casa suficiente tiempo para dejarla hablar. Le gustara o no, ella ya no le hacía falta a la posada. Aunque había sido el año más desafiante de su vida, ahora que lo veía llegar a su fin sentía un inexplicable terror. ¿Cuántas veces no deseo dejar atrás esos días brutales? Esos días de luto y pérdida inimaginables, de tener que abandonar su vida como una universitaria común y verse obligada a lanzarse a un nuevo mundo, de reconstruir el negocio familiar, de hacer a un lado sus sentimientos por Ashton y Millie, de ver a su familia luchar, de ver a su comunidad desde una perspectiva distinta. Fue difícil a un punto indescriptible y, con frecuencia, lo único que le ayudaba a llegar al día siguiente era fantasear e imaginar cómo serían las cosas cuando todo acabara.

Tal vez por eso estoy tan triste, pensó mientras abría su *laptop* sin mucho entusiasmo. Esta nueva realidad, el nuevo capítulo, no se parecía en nada a lo que imaginó a lo largo de todos esos meses de dificultades. Había soñado que pasarían muchas cosas favorables para Buena y le resultaba demasiado decepcionante que todo pareciera haberse desvanecido. Si su encaprichamiento con Ashton no la hubiera distraído tanto, ¿Remy le habría confiado su secreto? ¿Le habría permitido ayudarle a tratar de resolver el problema? ¿Habría importado? ¿Habría ella podido impedir la ruina? Demonios. Si se hubiera tomado un momento para ver más allá de su enamoramiento de la infancia, ¿habría podido salvar su relación con Remy?

Sabía que su determinación fue lo que salvó el negocio y le permitió hacer muchas cosas buenas para su familia y su comunidad, pero no podía ignorar todo lo que saboteó también. ¿Cuán mejor sería la vida si no hubiera estado tan obsesionada con Ashton? ¿Si hubiera visto a Remy como realmente era, tanto lo bueno como lo malo? Mucha gente, incluyéndola, enfrentaba desafíos debido a causas de fuerza mayor, pero le angustiaba mucho darse cuenta de que ella misma se había dificultado demasiado la vida.

El arrepentimiento la carcomía por dentro.

Supongo que la vida no trae manual de instrucciones, pensó con tristeza mientras veía la pantalla inicial de su *laptop*. *Solo debería estar agradecida de que las cosas no hayan empeorado*. Abrió con calma un buscador y dio clic en la URL del formato de solicitud que empezó a llenar antes del accidente. *Pensaré en eso después. Papi tiene razón, es momento de enfocarse en lo que sigue.*

PARA CUANDO RUBY DIO CLIC EN *SUBMIT* Y ENVIÓ LA ÚLTIMA de sus solicitudes de transferencia universitaria, el crepúsculo empezaba a revelarse a lo largo del horizonte. Aunque le había costado trabajo empezar la tarea en la mañana, durante el proceso de pronto sintió que tenía un propósito. Se descubrió animada al escribir la información solicitada e incluso empezó a imaginarse a sí misma en cada uno de los campus. Era un asunto pendiente que, en los últimos meses, había hecho de lado por necesidad. Cuando empezó a disfrutar escribir en el teclado, se dio cuenta de lo mucho que había extrañado la universidad. Siempre le gustó enfocar su mente en problemas y encontrar soluciones y, aunque le habían sobrado los contratiempos, quería enfrentar nuevas incógnitas. Dilemas teóricos, tal vez, que no implicaran la responsabilidad de salvar el sustento de su familia.

En llamas 389

Deslizó el cursor sobre los correos electrónicos de confirmación de envío de las solicitudes, estaban en su carpeta de enviados, acomodados con pulcritud uno sobre el otro. Un año antes había estado haciendo lo mismo, enviando solicitudes a universidades, pero no podía creer lo diferente que era la situación ahora. El año anterior le urgía irse de casa, irse de California y empezar su propia vida. Ahora, en cambio, su relación con ese lugar era muy distinta, mucho más compleja y significativa. Estaba vinculada a su casa de una forma indisoluble y no sabía explicar por qué.

Cuando por fin cerró la *laptop* y la colocó a un lado, escuchó que alguien tocaba a la puerta con suavidad, y luego oyó los pasos de su padre atravesando el corredor para abrir.

Dos pares de pisadas se oyeron, dos personas caminando hacia la sala familiar donde ella se encontraba extendida en el sofá.

Su corazón empezó a palpitar con emoción anticipando ver a Remy entrar a la sala. ¿Lo habría invocado con sus pensamientos? Tenía tanta esperanza de que fuera él, que ni siquiera le preocupó su apariencia. No llevaba sostén, solo sudadera y pantalones deportivos, tampoco se había cepillado el cabello desde que salió del hospital. Ni siquiera notó que estaba conteniendo el aliento.

—¿Ruby? Alguien vino a visitarte, cariño —dijo su padre en voz baja al entrar a la sala sonriendo.

Detrás de él venía Millie.

—Ho... hola —tartamudeó Ruby.

—¿Cómo te sientes? —preguntó Millie con una dulzura que le permitió a Ruby confirmar que no fue a verla para continuar su confrontación.

Ambas habían comprendido lo necesario para mantener su amistad, para aclarar los distintos roles que tenían en la vida de Ashton y en la de ellas mismas. Y, por supuesto, una experiencia en la que casi se pierde la vida siempre sirve para poner en evidencia lo que realmente importa.

—Oh, he estado mejor, ¿sabes? —contestó riendo incómoda—. Aunque... no los últimos días, claro.

Millie asintió al tiempo que se sentaba en el sofá junto a ella. Parecía comprender.

—Ha sido un año muy difícil, en especial para ti —señaló Millie. En su mirada Ruby vio emociones a las que no le encontraba lógica. Afecto y lástima, tal vez. Pero también nerviosismo—. ¿Te dijeron tus hermanas que Ashton y yo fuimos a verte al hospital? Estabas inconsciente.

—Sí, Carla me dijo, gracias —contestó Ruby y señaló la mesa de centro donde había varias tarjetas deseándole pronta recuperación, todas firmadas por clientes de Buena. No tenía idea de cuándo tuvo Millie tiempo para reunir las firmas. La tarjeta encima de todas las demás era de parte de ella y de Ashton, pero la impecable letra manuscrita era solo suya.

—Qué bien —dijo Millie acomodándose el cabello detrás de la oreja, un gesto que a Ruby le pareció producto de la ansiedad—. Eh, bueno... cuando salíamos del hospital también nos encontramos a Remy —explicó con cierta torpeza e inseguridad, como si no le quedara claro si eran buenas o malas noticias.

¿Por qué nadie le había dicho nada de esto?

—Bueno, creo que... debería aclarar las cosas porque me parece que, en este caso, los detalles son importantes —dijo hablando lento, lo cual en general irritaba a Ruby, pero en esta ocasión estaba tan inmersa y ansiosa por saber, que no dijo nada—. Remy y Ashton se encontraron en el estacionamiento. Yo todavía estaba dentro porque tuve que ir al sanitario mientras Ashton iba por el automóvil. Ahí fue cuando se vieron.

En llamas 391

Aunque parecía un detalle ínfimo, Ruby supo de inmediato lo que Remy imaginó al verlo solo ahí, que se trataba de una instancia más en la que Ashton era más importante para ella que él.

Se veía bastante molesto cuando llegué —continuó Millie.

Ruby tragó saliva con dificultad y sintió de repente la garganta sequísima.

—Tuvimos una discusión muy fuerte —confesó Ruby.

Millie asintió.

—Sí, eso fue lo que dijo cuando empezamos a conversar.

—Rompimos en la madrugada —dijo sintiendo en la lengua la tremenda extrañeza de sus propias palabras. Era algo que sabía y había pensado durante mucho tiempo, pero no lo había articulado en voz alta—. De hecho, creo que rompimos desde mucho antes, no estoy segura, pero ahí fue cuando *en verdad* terminó todo.

—Fue lo que él también dijo.

Ruby sintió un tenso dolor en el pecho.

—¿Qué más dijo?

Millie se inclinó y colocó su mano sobre la de Ruby, quien se sorprendió al notar que se sentía reconfortada.

—Cuando salí del hospital, él se dirigía a su camioneta, iba a medio camino, pero lo alcancé, traté de persuadirlo para que entrara a verte. Insistí mucho, pero... no lo sé, Ruby, creo que él también estaba sufriendo demasiado. Me dijo que no podía perder algo que nunca tuvo.

Ruby sintió que los ojos le ardían por el llanto que amenazaba con desbordarse.

—Le dije que estarías bien, y ahí fue cuando me contó todo. Estaba llorando y...

—¿Remy lloró? —preguntó Ruby. Le costaba trabajo imaginarlo, no porque Remy fuera una persona estoica, sino porque no creía importarle tanto. Esa noche tuvo reacciones emocionales, sí, pero también estaba sumamente embriagado. Le parecía difícil conciliar la ira que vio en él antes del accidente con lo que ahora escuchaba.

Millie asintió sonriendo con tristeza.

—Oh, claro que lloró, Ruby. Le tomó bastante tiempo calmarse lo suficiente para hablar —le contó mientras trataba de ver su expresión—. Me explicó lo que está sucediendo con las aplicaciones, los problemas con los derechos de propiedad intelectual.

—Sí, a mí también me lo confesó esa noche.

—Sé que Remy ha cometido muchos errores, Ruby, pero creo que está muy asustado y no sabe cómo comportarse. Cree... cree que todo esto es culpa suya —dijo señalando su vendaje de la frente—. Dijo que él te había hecho esto, que estaba furioso contigo y quería que sufrieras tanto como él, y que por eso tuviste ese espantoso accidente.

Ruby empezó a llorar sin reservas y negó con la cabeza, como si negar lo sucedido pudiera deshacerlo.

—Remy te ama.

Escuchar la palabra *amor* fue como una descarga eléctrica que la hizo vibrar. Asintió pensando en mil cosas, en todos los momentos que había pasado con Remy el año anterior, todas las veces que comieron juntos, todas las risas, las noches que pasaron recostados en su cama, tan cerca físicamente, pero tan lejos en lo emocional por culpa de su propia necedad. Los fugaces recuerdos de su bronceado y hermoso rostro hicieron que le doliera la cabeza.

Sabía que lo había lastimado, pero una pequeña parte de ella creía que su dolor se debía sobre todo a lo orgulloso que era. Remy era un hombre que, de una u otra manera, había conseguido todo

En llamas 393

lo que quería del mundo, y que ese no fuera el caso con Ruby, le molestaba. En realidad nunca creyó importarle tanto. O tal vez le importaba, pero no estuvo dispuesta a aceptarlo debido a sus sentimientos por Ashton. Todo ese tiempo, ¿en verdad le importó tanto como parecía? ¿Y ella fue tan egoísta y desconsiderada con él? ¿Cómo pudo?

—Gracias por decirme todo esto, Millie. Gracias por todo. Sé que he sido una persona horrible contigo, pero en verdad creo que no habría podido sobrevivir este año sin ti. Lamento todo lo sucedido. Ashton es muy afortunado de tenerte. Ambos son muy afortunados.

Millie desestimó lo que acababa de decir ondeando la mano como acostumbraba, y solo se quedaron sentadas en silencio por un rato antes de que Ruby se pusiera de pie. Millie la miró desconcertada mientras ella usaba los pies para sacar, con movimientos torpes y urgentes, sus sandalias de debajo de la mesa.

—¿Qué estás haciendo? —preguntó.

Ruby se quedó congelada con el teléfono celular en la mano y la cabeza dándole vueltas por la combinación de analgésicos y la sobrecarga de información.

—No... no sé. Solo siento que debería hacer... algo. Siento que necesito verlo —balbuceó mirando ansiosa la puerta del frente. No podía manejar, ya había cometido demasiados errores por ser desconsiderada.

Y antes de siquiera tener tiempo para pensar en pedirle un favor más a Millie, Carla y Elena salieron de detrás de la barra de la cocina, donde se habían escondido para escuchar la conversación.

—¡Yo puedo llevarte! —exclamó Elena. A Ruby le sorprendió la rarísima muestra de generosidad de su hermana, pero no tuvo oportunidad de analizarla—. Hace algunos días papi me llevó a hacer el examen para obtener mi permiso de conducir, pero casi no he podido practicar porque estabas en el hospital.

Eso le sonó más lógico, así que asintió sin pensarlo.

Carla y Elena se miraron titubeantes.

—¿Qué sucede? —preguntó Ruby ansiosa.

—Sé que tienes prisa, Ruby... —dijo Carla—. Pero no podemos dejar que salgas viéndote... *así* —terminó de decir Elena señalándola exasperada.

Ruby asintió de nuevo, no se atrevería a desperdiciar ni un minuto solo porque le irritaba la franqueza de sus hermanas.

Ellas volvieron a mirarse, pero esta vez pudo interpretar el silencio. Las tres salieron disparadas en distintas direcciones. Ruby fue al baño a cepillarse el cabello y los dientes, Carla subió por el vestido sin mangas y Elena fue a su habitación para traer perfume.

Ruby se puso con cuidado el vestido que, por coincidencia era verde, y tras solo tomar un instante para asegurarse de que la delgada y etérea tela cubriera todo lo necesario, aplacó su cabello. Carla le sonrió para motivarla y Elena expresó su aprobación gritando.

—Listo, ¡vámonos! ¡No tenemos todo el día!

Esa fue la tercera ocasión en que Ruby no tuvo más opción que obedecer las órdenes de sus hermanas.

Al caminar apresurada hacia la puerta, se detuvo y miró atrás por encima del hombro, adonde estaba Millie. El nerviosismo no le permitió articular en palabras los mil pensamientos de gratitud que burbujeaban en su mente. Ese año Millie había estado ahí para ella y la acompañó a través de distintas dificultades, sacrificó mucho para apoyarla sin que ella siquiera tuviera que pedírselo. Era algo que no había apreciado del todo sino hasta

En llamas 395

ahora, hasta que estuvo lista para enfrentar este impensable desafío sin ella.

Millie sonrió como si le leyera la mente.

—Vamos, puedes hacerlo, Ruby. Ve por él.

40

Para cuando llegaron al complejo de departamentos donde vivía Remy, ya había oscurecido. A Ruby le sorprendió mucho lo similar que se veía a la última vez que estuvo ahí. Fue casi como si hubiera vuelto en el tiempo al momento previo a su discusión, antes de su accidente.

Si solo...

—¿Te vamos a esperar aquí? —preguntó Carla curiosa, casi como si deseara que Ruby las invitara a acompañarla.

Ella apreció el apoyo de la sororidad, pero sabía que era algo que tenía que hacer sola. Miró a sus hermanas con cierta incomodidad.

—Gracias por hacer esto —dijo en voz baja—. Gracias por todo. Sé que he sido muy dura con ustedes este año, y lo lamento. He necesitado su ayuda y, por supuesto, la aprecio, incluso si no siempre supe mostrarlo —dijo sonriendo a medias. Observó la expresión inmutable de Elena, sentada en el asiento del conductor, y luego vio la dulzura en el rostro de Carla, asomada entre los asientos de atrás.

Carla asintió y puso su pequeña mano sobre su hombro.

—Lo sabemos, somos familia —le aseguró. Si alguien más lo hubiera dicho, le habría sonado demasiado cursi, pero viniendo de su dulce y generosa hermanita, su corazón de por sí desbocado, se entibiaba.

Elena puso los ojos en blanco, aunque no fue necesariamente un gesto de mala voluntad. Ruby sabía que, sobre todo a ella, la había tratado con mucha severidad... aunque en varias ocasiones habría merecido que le jalaran las riendas incluso más.

Su hermana inhaló de manera profunda.

—No ha sido sencillo —admitió riendo entre dientes—. Para ser franca, *nunca* ha sido sencillo vivir contigo. Pero creo que este año fuiste un poco como los incendios.

Ruby frunció el ceño. *¿Destructiva? ¿Devastadora?*

Elena se encogió de hombros y la miró de una forma incómoda, de la manera que solo pueden hacerlo los adolescentes cuando se sienten vulnerables.

—Lo que quiero decir es que las cosas han sido difíciles y, en muchas ocasiones, hiciste que parecieran aún peores, pero al final, somos mejores gracias a eso. Nos hiciste dar lo mejor de nosotros mismos. A todos —dijo ruborizándose—. Ahora deja de perder el tiempo y sal de aquí. ¡No vinimos tan lejos para nada! —dijo estirándose sobre el regazo de Ruby para abrir de golpe la puerta de pasajero.

Ruby asintió y, animada por el inesperado discurso motivacional de su hermana, bajó del automóvil antes de que menguara su resolución.

En la ventana del departamento de Remy se veía un resplandor y, detrás de las cortinas, Ruby alcanzó a ver una sombra que se movía de ida y vuelta. En ningún momento pensó en lo que haría si no lo encontraba en casa, pero ahora que constataba que estaba ahí, se sintió aún más convencida de que esto tenía que suceder. El camino entre ellos había sido largo, retorcido y doloroso, pero era lo que necesitaban. Era lo correcto. Esto estaba bien, así debía ser.

A pesar de su convencimiento, subió las escaleras temblando de nervios.

Extendió el brazo para tocar. No fue sino hasta que sus nudillos hicieron contacto con la madera que se dio cuenta de que la puerta solo estaba entrecerrada, se abrió en cuanto la tocó. Entonces vio a Remy parado en el pasillo con una maleta en las manos.

Al ver su rostro, su cabello oscuro, las cejas pobladas, el contundente contorno de su mandíbula y sus labios carnosos, sintió que una tibieza le recorría el cuerpo. Su alivio fue tanto al constatar que estaba ahí, que ignoró su rígida postura.

—Remy —dijo respirando al fin. Entró al departamento sin esperar invitación. Remy se acercó la maleta más al cuerpo para formar una barrera entre ellos y extendió los hombros de forma defensiva. Aunque no se veía cómodo, Ruby no vio una expresión de sorpresa en su rostro, solo notó que su mirada parecía cansada. Se quedó ahí de pie, tratando de recuperar el aliento, con su ligero vestido sin mangas, la cabellera revuelta cayéndole sobre los hombros y los gruesos vendajes cubriéndole las cortadas en los brazos y la frente.

Y Remy, en lugar de correr a su encuentro como ella esperaba o de preguntarle qué hacía ahí, o *cómo* se sentía, solo suspiró.

—Siéntate —dijo dejando la maleta en el suelo.

Caminó hacia él, pero Remy se movió, se puso fuera de su alcance como por reflejo y se sentó en una de las sillas de la cocina. Señaló la silla que tenía enfrente y Ruby se sentó sin pensarlo.

En llamas 399

—¿Por qué no fuiste a verme al hospital? —preguntó, consciente de que no se trataba de la declaración de amor que le urgía que saliera de su corazón, pero tenía que empezar de alguna manera.

Con una expresión indescifrable, Remy rascó la descuidada capa de incipiente barba que aún cubría sus mejillas y su cuello.

—Me pareció que, a quien en verdad querías ver, ya estaba ahí.

—Espero que sepas que eso no es cierto —dijo Ruby estirando la mano para tocar su antebrazo, pero él se hizo hacia atrás y, una vez más, se alejó resoplando.

Miró angustiado alrededor, posó la mirada en distintos puntos excepto en ella.

A pesar de su desdén, Ruby continuó.

—Millie me contó lo que dijiste y vine a decirte que...

Remy negó con la cabeza y por fin la miró, en sus ojos negros solo había furia y obstinación.

—Ya sé lo que viniste a decir y... no quiero escucharlo —exclamó de forma cruda y áspera, como si las palabras le dolieran.

Ruby se quedó boquiabierta.

—Pero...

—Estás lastimada y herida, y todas estas cosas que hacen parecer que yo estoy bastante bien en comparación, pero eso no significa nada, Ruby —la increpó con la mandíbula tensa.

—Remy, no me importa la demanda —balbuceó frenéticamente mientras trataba de entender lo que él decía y refutarlo al mismo tiempo.

Remy la fulminó con la mirada.

—Bueno, entonces eres incluso más tonta de lo que habría pensado.

Ruby negó con la cabeza, decidida a no permitir que sus intentos por lastimarla la detuvieran.

—No, lo que quiero decir es que confío en ti, Remy. Quiero enfrentar esto, quiero lidiar con este asunto, ¡pero contigo! Como dijiste.

Remy suspiró, se veía demasiado frustrado.

—Escucha, soy el tipo de individuo que hace cosas malas por buenas razones. Tú estás acostumbrada a hacer cosas buenas por las razones equivocadas. Y no sé qué sea peor o si acaso importe —dijo inquieto, sintiendo que el momento lo sofocaba, pasándose la mano por el cabello—. Dicen que robé la idea y, bueno supongo tal vez no sea del todo incorrecto, pero te aseguro que es *mi* idea —cuando su inquieta mirada se encontró con la de Ruby, ella vio algo tormentoso que no reconoció del todo, algo que hizo que le dieran ganas de tomar su mano—. Cuando estaba en la universidad no tenía mucho dinero, así que trataba de ser creativo para llegar a fin de mes. Tenía más de un empleo y también les hacía la tarea a otros estudiantes —relató negando con la cabeza y mordiéndose el labio inferior, un gesto de estrés que Ruby nunca había visto en él—. Ahora suena ridículo, como salido de un programa de televisión, pero es lo que es. En fin, Chad era un "cliente frecuente". Me pidió que hiciera un proyecto para él, tenía que diseñar una aplicación de "estilo de vida". Me pagó por las ideas incipientes que luego se convirtieron en Capitán, pero, por supuesto, él la llamó *Chadventure* —dijo rechinando los dientes y con una expresión irreprimible de desagrado—. Él ni siquiera iba a usarla, solo era una tarea. De hecho, estaba trabajando en la revista de su papá, no pensaba fundar ningún negocio —la ira que se escuchaba en sus palabras sonaba desgastada, practicada. Ruby se dio cuenta de que pensaba en eso con mucha frecuencia—. ¿Lo ves? Tuviste razón desde el principio. Soy un tramposo, un mentiroso. Soy un imbécil.

—¡No, no, las cosas no son así! —insistió Ruby bajando la voz—. Sé que no eres perfecto, pero yo tampoco lo soy. ¿Quién es perfecto? Eso no es lo que importa. Lo que importa es que... te amo. Que te *he amado* desde hace tiempo. No me interesa la perfección, quiero algo real. Quiero seguir creciendo y ser mejor persona, contigo. Como dijiste —argumentó inclinándose al frente y colocando con firmeza las palmas sobre la mesa.

Remy volvió a negar con la cabeza, pero no dijo nada.

—Esos sentimientos que tenía por Ashton debí dejarlos ir hace mucho tiempo. Era solo un enamoramiento juvenil, pero yo lo convertí en algo más —dijo como si pensara en voz alta—. Entre más veía cómo había cambiado mi hogar y cuánto tendría que cambiar yo, más me aferré a la idea de que lo amaba... Tal vez porque me resultaba familiar. Estaba tan obsesionada con el pasado, que nunca me detuve a analizar las cosas y ver que el sentimiento no era ni real ni adecuado.

Remy continuó en silencio, tenía el ceño fruncido y respiraba de manera profunda pero indescifrable. Hasta que murmuró.

—No importa.

—¿No importa? —repitió Ruby con aire incrédulo—. ¿Cómo podría no importar? ¡Es esencial! ¡Todo importa!

Remy se encogió de hombros.

—Tal vez, pero todo tiene su final, Ruby. Los incendios se acabaron. Buena también. Nosotros. Yo te amaba, claro. Eso podría ser verdad, pero también se acabó. Tarde o temprano, todo sigue su curso.

—¡No! —insistió ella—. Las cosas cambian, pero no tienen que terminar, Remy. Avanzamos, decidimos qué hacer a continuación. No tiene por qué *terminar*. Al menos, no si trabajamos en ello.

La mirada de Remy volvió lentamente a ella, Ruby vio las lágrimas acumularse en sus gruesas pestañas.

—Este año he tratado de superar toda esta mierda, me he dicho que las cosas estarían bien en algún momento. Todo lo que tenía que ver con las aplicaciones y todo entre nosotros. En verdad pensé que juntos podríamos enfrentar cualquier dificultad. Tuvimos momentos difíciles, pero tú eres tan fuerte e intrépida, que solo quería estar a tu lado. Pensé que la vida sería mucho mejor si permanecíamos juntos para enfrentarla. Que podríamos hacer que fuera mejor, también el mundo. Es decir, teníamos Buena, y fue algo *increíble*. Lo hicimos muy bien —explicó enjugando sus lágrimas, en su rostro apareció una calma producto del cansancio—, pero mira todo lo que ha salido mal, Ruby. ¿Cómo podríamos ignorarlo? Es demasiado. Las cosas no tendrían por qué ser tan difíciles —agregó encogiéndose de hombros, como si todo su cuerpo se desplomara un poco—. Hemos estado descoordinados desde el principio, si uno avanza, el otro retrocede. Sin importar lo que pase, no podemos alcanzarnos y la verdad es que estoy muy cansado de eso —dijo negando con la cabeza, con las manos en el regazo y la vista fija en ellas—. Bueno, ya no importa.

—Te amo —dijo Ruby de forma contundente, como una orden.

—Tal vez así sea, pero algunas cosas no pueden volver a unirse. No todo puede ser reconstruido.

—¿Entonces eso es todo?

Remy respiró hondo.

—Me voy, Ruby —dijo mirando la maleta que dejó junto a la pared. No fue sino hasta ese momento que Ruby notó varias bolsas y maletas más.

—¿Te vas? —repitió ella— ¿Otra vez? ¿A dónde? ¿Cuándo?

—A México. Mañana muy temprano.

—México.

—Es que... ya no sé qué pensar. No me queda nada aquí. Voy a visitar el lugar donde mi mamá y yo vivíamos, recomenzar allí. Tal vez hicimos las cosas mal. Tal vez la manera de hacer la diferencia es... No lo sé. Como dije, todo termina. Necesito algo nuevo. Ya no puedo estar aquí.

Aunque le doliera admitirlo, de entre toda la gente, ella era una de las personas que entendían la importancia de volver a casa.

—¿Cuánto tiempo te irás? —preguntó en voz baja.

Remy volvió a encogerse de hombros.

—¡Podría ir contigo! —gritó de repente—. Aunque... acabo de terminar mis solicitudes para volver a la universidad y también tengo que hacer la pasantía con Claudia Cortez, así que tendría que regresar en el otoño.

Remy por fin se acercó, se inclinó y puso su tibia mano sobre la de ella. Ruby lo miró ansiosa, acercándose a él. Aprovechó ese breve momento, ese instante, para besarlo. Se lanzó al frente con tanta fuerza, que la mesa se tambaleó. En cuanto sus labios se encontraron, sintió el cuerpo de Remy relajarse, sintió que se abría a ella, percibió la cálida ternura de su boca respondiendo a lo que necesitaba.

Pero entonces, Remy se contuvo y se apartó rápidamente, como si se hubiera quemado. Apretó los labios con firmeza y se alejó con todo y silla de la mesa.

—Ruby, no me importa lo que hagas, pero no puedes venir conmigo.

—Pero te amo —dijo suplicando una vez más, acercándose sin que le importara lo desesperada que se veía.

Remy abrió la boca ligeramente y exhaló con calma.

—No me importa —dijo en un tono más firme de lo que Ruby lo creía capaz—. *I don't care* —insistió señalando la puerta y cortando acongojado el aire con el brazo—. Es demasiado tarde, Ruby. Me importa un bledo.

EL TRAYECTO DE VUELTA A CASA FUE SILENCIOSO. ELLA Y SUS HERMANAS continuaron comunicándose así. Sin que Ruby hablara, Carla y Elena parecieron entender que las cosas no salieron como todas esperaban. Ella supuso que era obvio.

Se asomó por la ventana del automóvil y vio el oscuro borde de la carretera sintiendo que de su pecho se desbordaban la tristeza y anhelo.

En lo que iba de ese año, ¿cuántas veces había sentido que todo estaba perdido? ¿Y cuántas veces triunfó?

Remy se equivocaba, no todo tenía por qué terminar. Al menos, no lo bueno. Las cosas podían renacer y convertirse en algo mejor.

Además, que algo no estuviera terminado no significaba que se hubiese terminado. Las tareas más importantes en la vida eran complejas y venían repletas de fallas, exigían amor y esfuerzo permanentes. Pensó en el afecto que sentía por Ashton e incluso por Buena Valley, y en que antes adoraba la perfección y simplicidad

En llamas 405

de ambos. Ahora sabía cuán ignorante había sido: en el pasado las cosas solo le parecían simples porque no las veía con claridad. ¿Cómo amar en verdad algo o a alguien sin también ver sus fallas? ¿Y qué era el amor verdadero sino trabajar juntos, superar los obstáculos y enfrentar la adversidad cara a cara? ¿Qué era sino ser tu mejor versión posible? El amor no era forzar las cosas para que fueran como uno las quería o idealizaba. El amor era un delicado equilibrio entre dejar ir y mantenerse fiel a lo trascendente. El amor implicaba mucho trabajo, pero valía la pena.

Se detuvieron en el acceso vehicular de la casa. Carla y Elena titubearon, no sabían si Ruby necesitaría más tiempo antes de entrar, pero ella salió del automóvil y corrió al patio de atrás, incluso saltó la verja que le llegaba a la cintura. Corrió y no se detuvo sino hasta llegar a la parte más baja de la colina que separaba el área del jardín del lugar donde alguna vez estuvieron las caballerizas y el huerto. Ahora, en esa parte había un corral reconstruido y un modesto macetero en el que florecían brillantes hojas verdes que parecían estallar de la oscura tierra. Alrededor del área había varios árboles jóvenes, largas ramas que se extendían y temblaban con la brisa nocturna.

Respiró hondo y percibió el rico y fresco olor de la tierra en el aire. Cierto, su hogar no era lo que alguna vez fue, pero de todas formas le parecía hermoso. Era el lugar donde empezó la historia de ella y de su familia, y era el lugar donde comenzaría de nuevo. Ahora y en los años por venir. La ausencia física de su madre seguía siendo insoportable e irremediable, pero su espíritu seguía vivo en el hogar que construyó para ellos con la esperanza y los sueños que siempre tuvo para su tierra, seguía vivo en cada planta que florecía y surgía entre la tierra quemada a pesar de todo lo que tenía en contra. Aunque se sentía triste por todo lo que perdieron, amaba su hogar aún mucho más por todo el cariño y el arduo trabajo de todos para salvarlo ese año.

El viento se agitaba a su alrededor, la suave tela de su vestido revoloteaba contra sus piernas, y el cabello le golpeaba el rostro. El delgado tirante se deslizó en su hombro, un hombro que ahora se veía tenso y delgado tras meses de trabajo manual. Escuchó pasos detrás de ella. Miró cansada la fresca oscuridad de la noche y vio a Millie acercarse. A pesar de la distancia, Ruby vio el brillo en sus ojos y sus hombros caídos, y supo enseguida que comprendía lo que había sucedido. Después de un año de ser la amiga más cercana y verdadera que jamás había tenido, era obvio que entendería.

—Ay, Ruby —dijo en una voz muy baja, apenas audible encima del viento.

Ruby asintió y vio las siluetas de su familia detrás de Millie, en el porche de atrás, cerca de la parrilla de su padre. Entonces percibió en el aire el aroma de la carne asada, uno de sus platillos favoritos. Volteó al otro lado, hacia las continuas colinas de su propiedad, y vio las luces parpadeantes de Buena Valley y más allá.

Dejaría que Remy fuera a México. Ella se quedaría aquí. Si él necesitaba empezar de nuevo, que lo hiciera. Ella sabía que este era su lugar. Iría a la universidad, trabajaría, estaría en casa. Había mucho por hacer con el negocio y la comunidad, incluso muchísimo más de lo que Buena llegó a ofrecer. Además, debajo de todo su dolor, aún se desbordaba la posibilidad. Remy volvería a donde empezó su historia y haría lo que necesitara hacer, lo que le ayudara a encontrar un propósito.

Ella entendía que algunas cosas requerían más que solo fuerza de voluntad. Otras, las importantes, las difíciles, las que

En llamas 407

te definen como persona, también exigían paciencia y confianza, exigían escuchar.

Ella y Remy se dejarían ir. Al menos por el momento.

No porque lo que tuvieron hubiese terminado o porque se haya arruinado. Como muchas otras cosas, solo estaba inconcluso. Y, a pesar de ello, Ruby tenía que creer que aún era fuente de mucha promesa.

Su amor fue puesto a prueba, de eso no había duda, pero con tiempo y trabajo, podría volver a surgir y convertirse en algo más grande y mejor. Estaba segura de ello.

Aún tengo tiempo. Encontraré las respuestas más adelante, pensó y asintió.

Era joven, todavía le quedaba mucha vida y amor. Sentía dolor, pero tenía esperanza. Y hambre.

Epílogo

Ruby ajustó su cinturón por décima vez. No encontraba la manera de que se sintiera cómodo. *Ella* no se sentía cómoda.

Su cuerpo entero pulsaba con la ansiedad que no disminuyó en las cinco horas que duró el vuelo. Con su familia había viajado lo suficiente para saber que volar no la ponía nerviosa, incluso si fuera más sencillo tratar de convencerse de eso. Pero esto... era algo distinto.

En efecto, era su primer viaje internacional sola. También pasaría un semestre entero estudiando en otro país, cumpliendo el sueño que había sobrevivido en ella desde que Ashton se fue a España.

Era un capítulo nuevo, una de las metas más ambiciosas, uno de los países más grandes, y...

Podría seguir parloteando todo lo que quisiera, fue justo lo que estuvo haciendo la mayor parte de ese año. Pero al ver el ala del avión atravesar las esponjosas nubes blancas, supo que el tiempo de negación había quedado atrás.

Volvió a desplegar el papel sobre su regazo. Era suave y estaba muy arrugado, había estado leyéndolo casi sin parar desde que llegó de forma misteriosa por correo postal meses antes, con una dirección de la Ciudad de México.

Contempló la fotografía de los grandes bloques de edificios rectangulares con vibrantes murales que ocupaba la parte superior del folleto. Debajo del logo de la Universidad Nacional Autónoma de México, en letras gruesas decía: INNOVADOR PROGRAMA DE TURISMO Y GESTIÓN HOTELERA. El resto lo había memorizado gracias a Google Translate, a su cada vez mejor español y al poder de la repetición. *Énfasis en la sustentabilidad y en las culturas locales a través de experiencias en centros turísticos. Técnicas para involucrar a los huéspedes en consumo esencial. Servicio a las comunidades a través del turismo.*

Cuando Ruby colocó el folleto en el escritorio de su asesora para que evaluara sus posibilidades durante una de las frecuentes revisiones a las que se tuvo que someter desde que fue transferida a la Universidad del Estado de San Diego, la asesora le advirtió que era un programa muy competitivo. No había muchos lugares y, como había abandonado sus estudios en una ocasión, le sugería no albergar demasiadas esperanzas.

No obstante, Ruby estaba decidida. Aunque había cambiado mucho en los últimos dos años, seguía siendo el tipo de persona que no aceptaba un "no" como respuesta.

En ese programa podría aprender lo necesario para hacer crecer Ortega Properties. Delegaría más responsabilidades y disminuiría su control absoluto sobre el negocio: como su terapeuta y ella misma consideraban que era necesario.

Y...

El corazón le revoloteó en el pecho en cuanto la idea empezó a materializarse. Cerró los ojos, respiró hondo y posó la vista en la única frase escrita a mano en la parte inferior del folleto, en las letras parejas pero agitadas que reconoció de inmediato.

¿Una nueva aventura?

Una frase elusiva y cautivante. Como él.

Deslizó el pulgar sobre las palabras. Las tenues marcas que la pluma dejó en el papel ya casi estaban planas por las innumerables veces que las había tocado. Era el único contacto que habían tenido desde aquella noche, aunque Ruby no había dejado de pensar en él un solo día; de invocarlo con un anhelo y anticipación que se volvieron tan habituales que ahora le parecían parte esencial de sí misma.

La voz del piloto interrumpió sus pensamientos.

—Asistentes de vuelo, por favor preparados para el aterrizaje. Empezamos nuestro descenso a la Ciudad de México.

A pesar de todo lo sucedido, o quizás debido a eso, de algo no quedaba duda: Ruby Ortega siempre estaba lista para una nueva aventura.

Agradecimientos

Ningún libro se escribe solo, por eso siento un profundo aprecio por todas las personas que tocaron estas páginas de una u otra manera.

En primer lugar, este libro no existiría sin Mitch, mi esposo. Desde el momento en que me sorprendió escribiendo a escondidas en un documento de Word sin nombre, me ha brindado todo su apoyo. Ha sostenido a bebés llorando para que yo pueda hacer mi investigación. Se ha compadecido de mí por los diversos obstáculos de la montaña rusa editorial. Hizo revisiones. Participó en lluvias de ideas. Me animó. Creyó en mí cuando más lo necesité. Siempre estaré agradecida de contar con él para esto y otras cosas.

Amy, mi agente, fue una de las primeras campeonas del libro. Su visión y su defensa de la historia me ayudaron a hacerla crecer hasta lo que es ahora. Me siento muy afortunada de haber contado con sus comentarios y su sabiduría.

Agradezco a Jenny, mi editora, quien hizo realidad mi sueño más ambicioso. Nuestros caminos se encontraron hace muchos años en una conferencia de escritores durante la cual me dio valiosa retroalimentación y ánimo respecto a las páginas que más adelante se convertirían en este libro. Siempre sentí que estábamos destinadas a trabajar juntas en esto, su experiencia y amor por los personajes realmente hicieron que la historia brillara. Todos los integrantes del equipo en Penguin Random House han sido maravillosos. Jeff Ostberg me dio la portada que imaginé desde los primeros borradores de la historia.

Aprecio mucho el apoyo de toda mi familia, por celebrarme, por hablarles a sus amigos del libro y por cuidar a mis hijas para que yo pudiera escribir. Quiero agradecer de manera especial a mis padres, quienes siempre me hicieron sentir que podría lograr cualquier cosa. Todo lo que he logrado en la vida ha sido porque ellos me dijeron que podía hacerlo.

Y gracias a mis niñas, Helen y Marian, mis dos hijas. Empecé a escribir los borradores de este libro poco después de convertirme en madre y sé que no es coincidencia. Ustedes dos son mi razón para hacer todo lo que hago.

Un gran agradecimiento también para todos mis primeros lectores que ayudaron a darle forma a cada borrador, en especial a Kirsten, Katie, Taylor, y a Erin: mi mamá. Gracias al equipo de la Estación 613 del Departamento de bomberos de Scottsdale por ayudarme a entender los detalles de cómo extinguir incendios forestales. Gracias a Jonah y Nick por sus correos sobre las leyes de inmigración, ¡no creerían cuántas preguntas legales pueden surgir cuando uno escribe un libro para jóvenes adultos! Y, por supuesto, gracias a todos los lectores, ¡su apoyo significa todo para mí!

Por último, debo mencionar que la idea para este libro surgió cuando, hace diez años, mi abuela me dio mi primer ejemplar de *Lo que el viento se llevó*. Falleció poco antes de que el libro se publicara, pero espero que donde esté sepa lo mucho que cambió mi vida al presentarme a Scarlett y Rhett, y de tantas otras maneras.